知音动漫图书 · 漫客小说绘
ZHI YIN COMIC BOOK 以梦想之名 点燃阅读

漫客小说绘

4

十宗罪

TEN LEVELS IN THE TRIAL AREA

颜 凉 雨 ◎ 著

中国致公出版社　知 音 动 漫

知音动漫图书 · 漫客小说绘出品

一个人再强也只能单打独斗，

一群人再弱也可以团结协作。

目录

CONTENTS

第　一　章

SHA YI　杀　意

1

森林某处。

一把狙击枪从天而降，砸向迷了路的白路斜和两个白组成员——自落水上岸，他们就只剩下三人，其余队友随着河流不知所终。

“哎哟！”

“什么玩意儿？！”

两个组员一个被枪管砸，一个被枪托砸，同时抱头惨叫，一边叫一边低头看：是枪？！惊完了再抬头看，原本同行的临时组长早躲到两步开外了，闪避得那叫一个完美。

“组长，你就不能拉着我们一起闪？”组员1揉着脑袋，心酸地说。

白路斜眼睛完全盯在枪上，特自然地命令组员2：“捡起来看看。”

组员1：“……”

很好，他又又又被忽视了。

从进入闯关口到现在，他竟然还对这位临时组长抱有“平易近人”“亲切互动”“善待组员”的幻想，他的错。明明在3/10集结区刚应征入队的时候，集结区负责人就给他打过预防针了——

“他是一个很……特别的人，说不好听一点儿就是任性、我行我素，所以你最好想清楚，是不是要跟这样一个组长去闯关。”

"你不是说他实力很强吗？实力强的人都会自负、任性，我又不是没遇见过。"

"他的任性可能和你常规理解的有偏差。"

"比如？"

"曾经有一个白组兄弟听说他很厉害，跑去跟他请教，他拒绝了对方所有卑微的请求，并将其文具洗劫一空。"

"……"

听到这样的事迹，自己为什么还是坚持要成为白路斜的临时组员，和他一起闯 4/10 呢？

组员 1 默默看向白路斜那张漂亮的脸——色令智昏啊！

组员 2 听白路斜的话，捡起狙击枪查看，一掂觉得很有分量："好像是真枪……"

组员 1 抛开心塞的回忆，凑过来："不会就是之前在山脚狙击我们的那把吧？"

组员 2 也怀疑："但是狙击手呢？怎么只有枪被扔过来了？"

"确定是真枪？"白路斜向来只信自己，闻言上前拿过狙击枪，抬起随手瞄准不远处的一片树叶。

"咻——"子弹飞过，叶柄断裂，叶片飘然而落。

组员 1 觉得神了，神到完全可以让他给白路斜先前的冷漠套上美颜滤镜："组长，你可以啊，百步穿杨！"

白路斜却一脸嫌弃地把枪丢还给组员 2："瞄准镜有问题。"

组员 2 蒙了："你不是打中了吗？"

白路斜："我瞄准的是另外一片叶子。"

组员 1、2："哪一片？"

白路斜："它旁边的旁边的旁边的再往上那个。"

组员 1、2："……"偏到这种程度就不是瞄准镜的问题了好吗？！

"别用这种眼神看我，不然我会以为你们想挑衅。"白路斜迷路到现在，战斗欲已经蠢蠢欲动了，身边的人要是再勾引，他可不能保证一直和平相处，"赶紧找路。"

组员 1、2 面面相觑，心情复杂。知道的，他们这是跟着自家组长一起迷路了；不知道的，还以为他们被挟持了。

森林里的每棵树都长得一样，走来走去根本不知道自己是前进了还是后退了，离他们想要的河岸还有多远。不过时不时就原地打转这件事，他们是清楚的。因为从在森林里迷路开始，细心的组员 2 就每隔一段时间，在走过的树上做记号，至今他们已经不下五次遇见有标记的树了。

背上狙击枪，三人继续赶路，又盲目地走了十几分钟，竟然让他们发现了隐隐约约藏在草丛里的小路，还一下就两条，一条往左前方，一条往右前方。

组员 2 左看右看，纠结得要命："到底选哪边……"

"随便选吧，"组员 1 说，"反正走哪边我感觉都差不多。"

"嘁。"白路斜嘲讽地哼一声，"随便选的人，最后也会随随便便死掉。"轻蔑地瞥一眼俩组员，"你都不对自己慎重，还指望命运对你慎重？"

组员 2 有点儿被震到："组长，你突然好有哲理。"

组员 1 也终于明白为什么"组长虐我千百遍，我待组长如初恋"了，就是因为每当他要对白路斜彻底失望时，对方就会闪现出只有高手才拥有的惊艳气质。

"那组长你选哪条路？"组员 2 说，"我们无条件跟你走！"

白路斜歪头看着两条路，沉吟片刻，忽然弯腰拾起脚边一片落叶，一扬手，落叶被扔到空中。轻飘飘的叶子没有被扔得太高，很快就悄无声息落回地面。半黄叶片上，脉络清晰，一直延伸到叶柄，叶柄指向偏左。

白路斜毫不犹豫踏上左前方的路："这边。"

组员 2："……"这不就是封建迷信吗，还是最简单的那种!

组员 1："……"把自己的命交到这样的组长手里，才是他们最大的不慎重。

森林边缘，河流右岸。

范佩阳、下山虎、探花、大四喜一路跟着"幸运抉择"走，不承想没找到唐凛，却走到了森林边缘，已经可以透过树隐约看见河岸了，河水奔腾的声音更是清晰入耳。

看见河，那就是有方向了，对于无数在森林中苦苦寻找出路的闯关者来说，这几乎是他们最期待的曙光。

但对范佩阳来说不是。

早打定主意跟着他去找唐凛的下山虎和探花也没这个心理准备。

三人一起看大四喜。相比范佩阳的面无表情，下山虎和探花的挤眉弄眼简直能听见打字声——

探花："不是说了找唐凛吗，你该不会一直用'幸运抉择'选的都是河岸，然后欺骗范总吧？"

下山虎："大四喜，没想到你个眉清目秀的也这么心机！"

大四喜的茫然不比他们三个少，还要被冤枉，直接就出声了："我没骗人，我用'幸运抉择'的时候，心里真的一直都在想唐凛！"

范佩阳评估了一下，觉得大四喜不像在说谎。如果对方的文具树真的可靠，难道说唐凛也在河岸附近?

正心绪起伏，后方忽然传来脚步声。

范佩阳最先捕捉到，迅速回头，眼里的期待几乎藏不住。下山虎、探花、大四喜晚了一秒，才跟着回头。

脚步声越来越清楚，人影也由远及近，是一个陌生男人，穿着体面讲究的西装，头发梳得一丝不苟，身材挺拔，气质沉稳卓然。

“看见是我，好像让你很失望？”陌生男人在距离四人几步之遥处停下，不看其他三个，目光从头到尾只锁定范佩阳，问，“你在等人吗？”

这不是九十六个闯关者中的任何一个。

下山虎、探花、大四喜几乎同时戒备。

范佩阳从来不是一个有问必答的人，他直接忽略不速之客的问题，反问：“你是猎人？”

“Guest. 006。”男人微微颔首，“你可以叫我猎人，也可以叫我客人，但千万不要叫我 6 号，太粗鲁，我不喜欢。”

6 号？下山虎、探花、大四喜暗中交换个眼神。难道就是先前的弓箭猎人和 4 号猎人相互约定的不要碰他猎物的那个 6 号？

“你的要求我也不喜欢。”范佩阳将 Guest. 006 从头打量到脚，“还有你的西装，和衬衫不搭，衬衫和袖扣不搭，袖扣质感低劣，我建议你下次再做造型量力而行。”

围观仨伙伴：“……”他们强烈怀疑，范总正因为没迎来唐凛而迁怒于 Guest. 006。

Guest. 006 却笑了：“你很有意思，希望接下来也不要让我失望。”

下山虎、探花、大四喜被这莫名其妙的话弄得一愣，然后就见 Guest. 006 的视线扫过来，说：“只有他是我的猎物，你们三个可以走了。”

三人沉默，原地没动。

Guest. 006 静静看了他们一会儿，像是了解了：“哦，行。既然不想弃同伴于不顾，那我也只好和其他猎人说声对不起了。”

语毕，他重新看回自己的猎物，却忽然被范佩阳手臂上的伤口刺了眼。他的声音沉下来，带着被冒犯的不悦：“你受伤了，谁干的？”

范佩阳没答，但脑海中随着这个问题很自然地掠过先前藏在树上，偶遇弓箭猎人和被称为 4 号的猎人，差点儿暴露以致被弓箭射伤的记忆。

“原来是 3 号。”Guest. 006 摇头，慢条斯理道，“我说过不要碰我的猎物，显然他没放在心上。”

他说话不疾不徐，可听起来让人莫名不舒服，就像冰凉的蛇在你耳边缓缓地爬。更让众人毛骨悚然的是，范佩阳根本什么都没说，眼前这个自称 6 号的猎人就好像什么都知道了。

大四喜悄悄启动“幸运抉择”，想着的选项是：应战 or 逃跑？

文具树很快传回反馈：快逃。

“要相信你的文具树。”Guest. 006 带着调侃意味的声音传来。

大四喜猛地抬头，四目相对，不自觉脱口而出：“你怎么知道……”

Guest. 006 饶有兴味地看着他，根本没有回答的意思，就像在看一只有趣的蚂蚁，淡淡的兴味后，是居高临下的怜悯。

“你能看到我们的想法。”静默良久的范佩阳终于开口，如果说先前只是怀疑，现在则是笃定了。

“准确地说，是洞悉你们的瞬时心理。”Guest. 006 毫不介意公开自己的能力，“当然，也可以用那个烂俗的叫法——读心术。”

雾气在微风中流动，像给森林蒙上一层白霜，无声，冰凉。

大四喜终于确定，“幸运抉择”没骗他。

读心术不是要窥探你心底潜藏的秘密，那是得摩斯窥探恐惧干的事。这个能力真正可怕的地方是，他能完全捕捉你瞬时的心理活动——你的愤怒、你的恐惧、你的紧张，还有你的……战术。

“啪”，Guest. 006 轻而易举接住了侧面凌空飞来的小石子。

“你在检验我说的话是真是假吗？”丢掉石子，Guest. 006 朝范佩阳蹙眉，“你还真是很多疑。”

范佩阳不为所动：“每个守关人出场时，都喜欢先给自己造势一番，这种自我包装通常不大可靠，我需要确认里面含有多少水分。”

Guest. 006 不喜欢他高高在上的态度。不过也能理解，毕竟战斗还没开始，猎物们就算心里恐惧，总也还要强撑几分钟装装样……

慢着！他好像……不是装的？

Guest. 006 的眉头拧成了结。他的眼睛盯着范佩阳，耳朵则倾听着对方的心声——

“看来没撒谎，是真的可以读瞬时心理……”

“能力比衣品强太多，的确棘手……”

“声东击西，分散注意力？用剧烈疼痛让其大脑空白再不能读心？在心里放一些假念头迷惑视听？”

已经体验过他的读心术，却还在心里盘算着获胜的方法，毅力可嘉。Guest. 006 嗤笑一声。可惜，明知道他可以读心，却还在心里盘算这些，简直愚蠢，愚蠢到他可以原谅对方对自己衣品的攻击。

"你觉得哪种会有效？"对面忽然传来询问。

Guest.006 一愣，怔怔看了范佩阳几秒才反应过来："你故意在心里说给我听的？"

"你不是会读心吗？"范佩阳说，"我忽然发现，这是一种非常高效的沟通方式。"

Guest.006 从进入关卡到现在已经狩猎了五只猎物，还没有一只像范佩阳这样不知死活。

"你可以全部试一遍，"西装猎人的面色冷下来，"看看哪种死得更快些。"

"咻——"

一束胶水像丝线一样，划破空气飞速而来。Guest.006 轻巧闪身。胶水线扑了空，径直粘到他背后的树干上。

下山虎一脸懊恼——"明明在和范总说话，为什么还能注意到我的攻击。"

大四喜也抿紧了嘴唇——"用'我是你的幸运星'给下山虎的攻击加速也不行吗？"

Guest.006 同情地叹口气："就是这样，不管我说了多少遍，你们这些蝼蚁还是要做无谓的挣扎。"

话音刚落，他突然身形一闪，转瞬就到了下山虎面前。

下山虎毫无防备，大四喜和探花也没反应过来。范佩阳却在他抵达的同一时刻，操控钢针从口袋里窜出，直奔对方面门。

Guest.006 一手抬起遮面，一手握拳狠狠挥向下山虎的下巴。钢针刺入 Guest.006 的手背，下山虎则一声惨叫，被揍飞了两三米远，重重摔到灌木丛里。灌木丛缓解了一部分坠落冲力，可乱糟糟的灌木却在下山虎清秀的脸上擦出好几道红痕。下山虎摔了个七荤八素，浑身散架一样疼，脑袋更是被那一记要命重拳轰得嗡嗡的，木了好半天也没缓过来。

"这就是攻击我的下场。"Guest.006 懒得再看下山虎，转而看向探花，"你一直很安分，提出表扬。"接着是大四喜，"再暗中给别人的攻击力加成，你会比他更惨。"

最后他才转向范佩阳，将刚才遮面的那只手特意亮给对方看——钢针在手背深深刺入，但针太细了，现在这样扎着根本不见血，甚至如果不仔细看，都会忽略手背上有一根针。

Guest.006 耐心等范佩阳看清楚之后才拔掉钢针，然后轻轻一捏，钢针断裂落地。

"我很不理解你为什么会选这样的攻击武器，"Guest.006 摇头，"但我想，不击中一次，你总会不甘心。作为猎人，我有义务满足猎物最后的愿望。那么你现在看清楚自己的反抗有多可笑了吗？"

远处的下山虎勉强撑起半个身体，脑袋疼，身上也疼，疼得他心里一片灰暗——"打不赢的，这种'读心怪'要怎么赢，我们的一切行动在这个人面前根本就是明牌……"

探花从开始围观到现在，几乎把所有能努力的方向都想了一遍，但推演到最后，都是死胡同——"单纯身体对抗已经处于绝对下风，再加上读心术，胜算几乎没有……"

大四喜向来乐观，可在这样强大的猎人面前，他也动摇了——“怎么办，我们还能做什么……”

三人都清楚，自己的想法会被猎人洞悉。可“想”这件事，有时候是不受理智控制的。老话说“三思而后行”，因为念头往往在刹那间就会涌出很多，而当真正去做的时候，那已经是人们在脑内处理、分析、选择过的了。然而 6 号猎人在他们刚一闪念的时候，就已经捕捉到了。这种闪念是脑内的瞬时反应，他们根本无法控制，无法停止。

Guest. 006 听见了猎物们心里的杂念。

胆怯、恐惧、绝望……这些都是最甜美的声音。

可惜，这些都是别人的猎物。

Guest. 006 暂时屏蔽另外三个，几乎是罕见地带着期待专心倾听自己的猎物的心声。

范佩阳望着落在地面草叶上的断针，看起来颇受打击。

Guest. 006 勾起嘴角，耳内渐渐传来对方的心绪波动——

“防御力 SSS，速度 SS，攻击力 S，破防才是制胜关键……”

“怎么破防才能让钢针刺到眼球……”

“瞎眼应该不算重伤，关卡结束，肯定有恢复的地方……”

“直接弄死呢？不行，要猎人带着去山脚才通关……”

“如果弄不瞎眼睛，就耗体力，体力应该和读心术的灵敏度相关……”

“怎么耗体力？森林里绕圈跑？效率有点儿低……”

“他的西装真的很碍眼。”

Guest. 006：“……”

这次不是刻意说给他听了，单纯就是猎物客观的内心活动，他听得出来。所以……他怎么就攻击力只有 S 了？瞎一只眼怎么就不算重伤了？谁告诉你体力和读心术的灵敏度有关？他精心挑选的西装到底哪里不好？！

深呼吸，Guest. 006 先让情绪平复一下，然后才开口：“看来你是不见棺材不落泪了。”

范佩阳微微皱眉，意识到自己又被偷听了，而这几乎是防不住的。

被窃取心声这件事，算得上他闯关至今遇见的最棘手的问题之一了。对方可以预知所有攻击，并有充足的时间闪躲，这一点要怎么解决？

“无解。”Guest. 006 吐出这两个字，忽然侧身朝距离最近的探花就是一记飞踹。

探花因为非战斗型文具树的缘故，在关卡内无时无刻不处于求生欲爆棚的状态，在 Guest. 006 侧身的一瞬间就要跑，无奈还是慢了一步，眼看就要被对方狠狠踹到前胸。

一个人影忽然挡在他面前，替他接住了 Guest. 006 这一脚。

四目相对，范佩阳迎上 Guest. 006 的视线——既然是冲他来的，那就看有没有本事拿他的命了。

“我的四级文具树是‘幸运抉择’……”

“那你快看看，现在往哪边走可以和更多的人会合！”

“稍等……”

半空突然传来聒噪的交谈声。

范佩阳和 Guest. 006 皆是一愣，循声抬头，只见头顶赫然张开一面巨大投屏，正放着不久之前范佩阳、下山虎、大四喜、探花四人用大四喜的“幸运抉择”选路的事。

Guest. 006 先前屏蔽了另外三人的心声，此时才后知后觉，立刻重新开启。

这一次，范佩阳比他速度快了，因为他熟悉另外三人的文具树——这是探花的“记忆回放”。

只一秒，Guest. 006 就洞悉了这是探花在分散他的注意力。然而就是这一秒，足够远处的下山虎酝酿攻击了。

“啪嗒——”一条湿哒哒黏糊糊的胶水线像滋水枪一样，前端粘到了 Guest. 006 的后背。Guest. 006 用力抽腿，强硬挣脱范佩阳的钳制。不料下个瞬间，胶水线像一条灵活的蛇，把他的上半身和双臂一起牢牢缠住。

范佩阳见识过下山虎的“胶水侠”，当时可没有这种速度。除非……

“范总！”大四喜急促而大声地喊他。

是大四喜在用“我是你的幸运星”进行文具效果加成！

范佩阳没辜负三人合力帮他营造的良好局面。事实上，在大四喜还没出声时，他的匕首已经隔空悄悄绕到 Guest. 006 身后。

随着大四喜的喊声，匕首也急速刺向 Guest. 006 后背。

被胶水缠着的 Guest. 006 来不及挣脱双臂，但他也不用挣脱，一个弯腰，匕首就掠过他的后背，直直刺向范佩阳。

范佩阳眼疾手快接住匕首，几乎没任何停顿，风驰电掣就重新捅向 Guest. 006。

然而只这一接一捅的电光石火间，Guest. 006 已经挣脱胶水束缚，稳准狠地打偏范佩阳刺过来的手，一闪便到了大四喜和探花面前。这次他再没留情，一脚狠踹到大四喜心口，一手扼住探花咽喉。

大四喜飞得比下山虎还远，落地后一直滚到一棵树下，捂着心口疼得咳都咳不出声了，更别提再站起来。探花则直接被 Guest. 006 掐着脖子提起来，往旁边重重一甩，咣当撞到一棵大树上，头先撞上的，直接晕了。

清理完三个碍事的废物，Guest. 006 刚要重新看范佩阳，忽然觉得头顶光被挡住了，一抬头，就见一块双手环抱才能勉强抱起的岩石重重落下。

“咚”的一声闷响，巨石正砸在 Guest. 006 头上，听着都让人头皮发麻。更要命的是，它还同时爆炸了。

“砰——”

范佩阳顾不上看碎石纷飞中的 Guest. 006，他快步走到树下，将昏迷的探花扛到肩上，再过去捞起大四喜，一并送到更远的下山虎旁边：“看住他俩。”

下山虎茫然：“看住他俩什么？”

范佩阳：“别乱动。”

下山虎：“为什么？”

范佩阳：“他的目标是我，还没玩过瘾，不会下死手，但你们没有这个待遇，不想死就假装不存在。”

下山虎愕然：“什么意思？他还没死？”

范佩阳扯扯嘴角，不用看身后就可以断定：“他命硬着呢。”

下山虎一惊，如果 6 号猎人没死，甚至还能战斗……他奋力摇头：“不行，我们不能眼睁睁看你死！”

范佩阳：“你们帮我，你们死了，我愧疚，战斗力受影响。你们不帮我，我专心迎敌，战斗力上升。简单对比，我现在需要你们装死。”

下山虎：“……”

明明是不想他们涉险，为什么听起来就像在嫌他们碍手碍脚啊？范总你这么欠揍是要吃亏的啊！

“看来你还挺有自知之明，知道这么一块破石头搞不定我。”远处，Guest. 006 的头发被爆发出来的热量烫成了微卷，脸也被熏黑，鲜血从额角流下来，给这黑里添了一道血红。

不再和下山虎多言语，范佩阳转过身来，走回战场。

Guest. 006 舔了舔流下来的血，目光阴鸷：“当我不那么专注，而同时又有很多个心声的时候，读心术的确容易忽略掉某些信息，以至于让你这么拙劣的袭击得逞。但这种机会只有一次，你没把握住，真遗憾……”

“不，”他忽然又摇了摇头，嘲讽地勾起嘴角，“应该说，你们已经把握住了。”他再瞥一眼脚下的巨块，“移动这么大一块石头很费力吧？让我猜猜，这是不是你能移动进行攻击的最大重量，而且还要牺牲不少攻击速度？好不容易筹谋成一次，却没弄死我，是不是很懊恼，很愤恨，很绝望？”

“你话太多。”

来自对方的心声，完美衔接。

Guest. 006：“……”

他不是一个喜欢动气的人，因为一旦动气，他有时候自己都控制不住自己。但眼前这个猎物，一直在他的怒气极限边缘疯狂试探。

因为是自己的猎物，从开始到现在，他其实一直忍着，没真的和这家伙动手。那三个人挨的揍都比眼前这条虫子多。可虫子不领情。作为尊贵的客人，Guest. 006 决定给对方最后一次机会，来展现他的风度和宽容：“我改变主意了。”

范佩阳微微挑眉。

Guest. 006：“我现在不要你的命了，我只需要你战栗、绝望、瑟瑟发抖。你把这些展现给我，我就带你去山脚，怎么样？”

远处，听见这无耻条件的下山虎和大四喜不自觉地握紧拳头，连刚醒来的探花都皱了眉，这简直是对范佩阳的侮辱。

万万没料到，范佩阳认真反问：“就这样？”

Guest. 006 微笑：“是的，就这样，是不是很划算？”

范佩阳点头：“好的，那我希望你听清楚，不要再让我重复，我现在战栗、绝望、瑟瑟发抖。”

Guest. 006：“……”

下山虎、大四喜、探花：“……”

你这一脸领导给下属传达命令的表情谁信啊！

2

窸窸窣窣。

不远处传来刻意放轻的脚步声。那是几棵挨得极近的树，枝叶缠绕遮天蔽日，树下都是草木，将仅剩的空间也填满，触目所及就是一片幽深的绿，看不见内里。

脚步声越来越近。

细听，像是两个人。

来者显然不清楚这里还有一片战场，正持续努力而谨慎地向前赶路，摸索。

草木窸窣，低枝摇动，树叶沙沙。

两个人影自一片绿意中冒出了头。

范佩阳意外地愣了愣。

下山虎、大四喜、探花瞪大眼睛异口同声："唐队？！"

唐凛也蒙了，但更多的是喜，他要是知道这片恼人的树丛后是范佩阳，他绝对不会走这么慢。

但眼前的情形似乎不太妙。

他很快锁定 Guest. 006，第一眼就蹙了蹙眉——谁给他搭的正装，好丑。

霍栩掀起眼皮看天，没人理他，正好，他也懒得理人。

Guest. 006 和唐凛一样喜出望外，甚至连喜的原因，都一样是范佩阳——唐凛出现的这一刻，他清晰地听见了自己猎物心里的波动。

想让一个不知恐惧为何物的人恐惧，那就只有从他最在意的东西下手了。

"既然你给不了我想要的，我只好自己去拿了。"Guest. 006 转身面向唐凛，话却是和范佩阳说的，"如果我杀了他，你会有什么样的表情，我已经迫不及待了。"

范佩阳目光一沉，几乎是本能地就要往唐凛和 Guest. 006 的中间去，以挡住后者那令人生厌的目光。

可他脚下刚动，唐凛身边的霍栩先一步上前了，直接将唐凛挡在自己身后，对着 Guest. 006 没半分客气："你谁啊？"

范佩阳："……"

Guest. 006 看着充满戾气朝自己叫嚣的绷带青年，忽然乐了，直截了当地读出对方的心思："别想碰他？"

来了兴趣的猎人转头戏谑地瞥向范佩阳："巧了，他和你现在想的事情一样。"

范佩阳："……"

唐凛听前半句的时候还有些茫然，听到最后，心里紧了一下："你会读心？"

霍栩和范佩阳在想什么不重要，这个看起来明显不面善的家伙，如果真是这样的特殊能力，就棘手了。

Guest. 006 意外，目光转回唐凛："反应很快嘛，不愧是组长。"

唐凛嘴唇抿起，飞快扫视全场：大四喜、下山虎、探花看起来都伤得不轻，而范佩阳看起来暂时没大碍，应该是猎人的男人虽然头部受伤，但整个人的状态几乎看不出有任何不妥，即使隔了一段距离，仍能感觉到对方散发的危险。

所以，猎人的目标是谁？

——"既然你给不了我想要的，我只好自己去拿了。如果我杀了他，你会有什么样的表情，我已经迫不及待了。"

刚冒头的时候猎人说的话回响在耳边，唐凛一瞬了然。对方的目标是范佩阳，且要的不是范佩阳的命，而是别的什么东西。

杀了他才能从范佩阳那里得到的东西，能是什么？伤心、示弱，还是单纯的恐惧？

Guest. 006 没漏掉唐凛的任何心理活动，正因为没漏掉，才惊讶对方在短短几秒，几乎要把整个来龙去脉捋出来了。

“唐队，”那边的探花喘着粗气，艰难道，“我给你大概讲一下现在的……现在的情况……”

这破风箱般的嗓子虽然是自己造成的，但 Guest. 006 实在是听不下去了：“不用，他已经猜得八九不离十了，你就好好留着最后一口气吧。”

探花诧异：“啊，真的？你猜到他是 6 号猎人，他的猎物是范总，范总说他衣服没品位，他就要范总瑟瑟发抖跪地求饶，范总假装了他又不乐意，然后你就出现了？”

Guest. 006：“……”虽然每一个节点听起来都没什么问题，但猎物说他衣服没品位和他要猎物跪地求饶不是因果关系好吗？！

唐凛也没料到还有这么个细节，立刻隔空对范佩阳轻轻点头——你说得对。

范佩阳拍拍身上的尘土——其他不讲，大衣和西装，我是专业的。

霍栩看着他俩眉来眼去，总觉得哪里有些微妙。

一声狼的呜咽似有若无地随风而来。Guest. 006 瞳孔一缩，忽然侧身。背后袭来的狼影扑了个空，瞬间散成黑雾，消失无踪。

“他的读心术可以提前预知你的攻击意图，”范佩阳提醒唐凛，“小心。”

唐凛点头：“知道了。”他原本也是要测试这个，现在再没有任何侥幸了。

读心？霍栩最讨厌这种拐弯抹角的能力，当下召唤水浪。汹涌的水流一下就浸到了 Guest. 006 脚下。

猎人不仅没躲，反而眼里一亮：“操控水？这个能力倒是挺潇洒的……”

话音未落，水浪已从脚下掀起，足有三米高，重重打向 Guest. 006。只见猎人足下一点，轻巧地向后跃了一大截。水浪打在空地上，溅起水花，仅仅濡湿了 Guest. 006 的裤脚。

“可惜，华而不实。”Guest. 006 把后半句话说完。

霍栩一脸冷漠，可眼里有火在烧。他不喜欢逞口舌之快，让别人服气的最快方法只有一个——打。

比前一波大了近三倍的水浪在霍栩身后聚集，眨眼竟汇成一条巨龙，飞也似的直奔 Guest. 006。

水龙腾空的一霎，唐凛也再次启动“狼影独行”。黑色狼影同水龙并驾齐驱，冲向 Guest. 006。

西装猎人这次竟然没躲。

远处的大四喜和下山虎虽然答应了范总不插手，但那时候只有范总一人对抗猎人，现在是范总、唐总还有霍栩那个不好惹的家伙一起，他们再辅助一下，说不定直接就赢了！

念及此，大四喜直接用文具树给霍栩的水龙加成。水龙一下子粗壮了一倍，几乎将旁边的狼影吞没，就这样，像飓风般铺天盖地席卷 Guest. 006。

范佩阳从头到尾什么都没做，他只是看着 Guest. 006。猎人不躲不闪迎向水龙，这一不合常理的举动太令他在意，在意到他不敢分出一点儿心思去联合攻击。

“哗——”水龙落下，将 Guest. 006 整个吞没，巨大冲力甚至把地上的草和枯枝冲卷到半空。

下一秒，操控着水龙的霍栩突然疑惑，他的水里似乎感觉不到一个大活人的存在了。

“唐队，小心身后——”远处，使不上力只好全心观战的探花大喊。

众人抬头去看，Guest. 006 竟不知什么时候跳到了唐凛后方的树上，此时已跳下树梢。

唐凛转身，对方正好扑来，他清晰看见了 Guest. 006 的杀意。自己不是对方的猎物，但对方却是真想杀了自己。

这份杀意来得猛烈，想闪躲根本来不及，Guest. 006 已扑到面前。

唐凛一边召唤狼影，一边提前伸手想先抓住 Guest. 006 的手臂，化被动为主动。可就在他伸手的一瞬间，Guest. 006 也伸出了手，比他还快一步，反而抓住了他的胳膊，依靠身体的冲击力直接将他扑倒。

虽然被扑倒是注定的，但唐凛原本还可以用双手进行摔倒时的防护，或者其他防御反击，可正因为提前出手了，最后的结果更糟糕，他几乎是整个人直挺挺摔到地上的，一点儿缓冲防护都没有，后脑勺重重磕在地上，一霎空白。

但在这空白来临之前，确切地说，是被扑得失去平衡的短暂一瞬，他就意识到自己犯了错误。对方的能力是“读心”，自己的一切攻击都在对方的掌控之内。这种优势几乎是压倒性的。更可怕的是，作为劣势方，战斗的瞬时本能总让他在做出反应的那一刻忘了对方会读心。

“呜——”

被召唤的狼影还没扑到 Guest. 006 身上，就因为唐凛精神力的中断而散了。

Guest. 006 的脸上浮起淡淡笑意，手毫不留情地伸向唐凛的喉咙。和之前扼住探花脖颈的力道截然不同，他这一下分明是冲着弄断唐凛的脖子去的。

——“死吧。”

——“找死。”

两个语气不同、内容却相仿的心理活动，钻进 Guest. 006 的耳朵。他动作一顿，余光里捕捉到了一道寒光，于是果断放弃唐凛，敏捷缩手上半身后仰。一柄带着寒光的刀几乎是蹭着他的鼻尖而过，再近一寸，刀锋就要削掉他的鼻子。

是范佩阳。

Guest. 006 不用看，隔空操控物品攻击这样优秀的能力，自然是他的那只宝贵猎物，也就是“死吧”的发言者。

还没等他再去细想说出那句“找死”的是谁，正主就自动上门了。Guest. 006 一个侧滚从唐凛身上下来，同时也避过了扑来的人影。

霍栩偷袭扑空，也没时间计较，先伸手想拉唐凛。不料旁边伸出另外一只手，比他更快，更强势，不由分说就把唐凛一把拉起，直接拽到自己怀里。

“摔到头了？”范佩阳没时间嘘寒问暖，直接上手摸唐凛的后脑勺。

唐凛不用摸也知道肿了，因为范佩阳一碰那里就疼一下，而且头也晕得厉害。但他脸上没露半分，冷静得像毫发无伤：“没事，不用管我。”他飞快看了不远处刚从地上起身的 Guest. 006 一眼，对范佩阳说，“他很难对付，一打一绝对不行，要有足够多的心理活动才能干扰他的偷听和判断。”

就像无数个司机同时按喇叭，即使听力再好的人，也会有短暂错乱。

这个道理范佩阳懂，但他不能拿唐凛冒险：“他的目标只有你，你想给我们拖延出足够的战斗时间，就离他越远越好。”

“他的猎物到底是谁？”霍栩在旁边听迷糊了。

范佩阳：“我。”

霍栩皱眉：“那他为什么要杀唐凛？”

范佩阳：“他想我发自肺腑地求饶和害怕。”

霍栩：“你不能直接发自肺腑吗？”

范佩阳：“力有余而心不足。”

霍栩：“……”

Guest. 006 不喜欢人多。人一多，除非他主观屏蔽，否则愿意不愿意都要听那些乱糟糟的心声混合曲。然而先前的屏蔽造成了一些疏忽和小麻烦，所以现在他不太想重蹈覆辙。

不屏蔽，那就只能听着，还得分辨心声分别是谁的，以便能在对方做出行动时进行有效防御和反击。

——“有点儿羡慕唐队呢，范总要保护他，霍栩也要保护他，关岚你到底死哪儿去了？！”

这是远处受伤挂彩三人组里最没用的那个，好像叫探花？

——“怎么才能让那个变态碰到树？碰到就可以立刻拿‘如胶似漆’粘上了，就算粘不了太久，也可以短暂限制他的活动，帮范总他们……不行，不行，不可以想，快，快忘掉，会被听到……”

这是那个拥有黏糊糊文具树的家伙，明明长一张清秀脸，却文了个下山猛虎的花臂，还全程撸起袖子亮出来，也不知道什么习惯。

——“……”

那个拥有辅助别人文具树能力的被叫作大四喜的家伙，竟然真的可以做到彻底放空，什么都不想？ Guest. 006 特意看一眼大四喜，只见对方目光飘远，神情祥和，还真是一派宁静致远的神游气息。

然而 Guest. 006 还是打算斩草除根。这三个人虽然受伤，但并没有彻底丧失操控文具树的能力，等下他动唐凛，这边两个家伙肯定要阻拦，一打三倒无所谓，可这三个受伤的家伙如果还要用文具树掺和进来，就让人很厌烦了。

给远处三人定了结局，Guest. 006 才把目光放回近处三人身上。

唐凛已经把范佩阳的手从自己头上抓了下来。他当然知道范佩阳的担心，但作为一队之长，尤其旁边还站着刚刚才真心认可他的新队友，实在不是解释他和范佩阳复杂关系的好时候。而且像过于长时间的摸头和专注凝视这种致命组合，让范佩阳主动收手没可能，只好由他来叫停。

霍栩其实没想那么多，只是有些意外范佩阳还有这样一面。在集结区被真诚邀请实则紧迫盯人的那段时间，他和范佩阳近距离相处过不短的时间——如果恨不得往死里揍对方也算相处的话。那时候他已经可以确认，范佩阳的性格没比自己好到哪里去，说不定比自己还要恶劣，这样的人几乎不可能和谁友好相处。但现在，范佩阳竟然对唐凛展现了一些友好的……甚至称得上是温柔的东西。唐凛真有这么强的组长魅力？

Guest. 006：“……”

他从一开始就很介意霍栩，对方的能力也好，反应力、战斗力也好，都比一般的猎物强很多，所以这个人的心理活动也是他重点关注的。但听了这么半天，除了范佩阳就是唐凛，自己这个正威胁着他们生命的猎人完全没在这一猎物的心里占哪怕一点儿位置。

Guest. 006 深吸一口气，又慢慢呼出。

一个内心永远毫无波动的范佩阳已经让他很不舒坦了，这又来一个，嗯，很好。

目光移到范佩阳身上，Guest. 006 把对方放在最后倾听。这种特别待遇在他看来，是给自己猎物的殊荣。

现在的范佩阳会想什么呢？紧张了吧？一定已经开始绞尽脑汁想着怎么保护那个叫作唐凛的脆弱家伙。Guest. 006 叹息着摇头。可惜，再怎么绞尽脑汁也……咦？

——“他怎么会和霍栩一起出现？偶遇，还是从河里出来的时候就在一起了？霍栩浑身湿透，绷带上还有没冲掉的泥，沼泽的泥吗？他们从沼泽过来的？霍栩对他的态度有很大转变，为什么？付出和奉献才能换来亲密和信任，他到底对霍栩做了什么……”

Guest.006的冷笑僵在脸上。自己的猎物脑子里到底在想些什么鬼东西？这么多问题，想知道就直接开口，你在心里做问题集锦有什么用！不对，他这么一个强大的危险的不可战胜的猎人立在这里，为什么对方的脑内连个“为什么他那么强”都舍不得给？

——“算了，专注战场……”

猎物总算有了点儿正经思考。Guest.006欣慰地舒了口气。

——“先把碍眼的6号解决，再追究这些……”

Guest.006：“……”把这些虫子都碾死吧！

狂风骤起，吹得树叶沙沙作响。Guest.006脚下突然启动，直奔远处受伤三人组而去。

在他启动的第一时间，唐凛、霍栩、范佩阳就反应过来了。可他的速度实在太快，狼影尚在半空凝聚，水浪也还没追上，他已经到了受伤三人组面前，一记重拳过去，直奔第一个目标——大四喜心口。

旁边的下山虎和探花眼疾手快去拦，他却早就洞悉了二人行动，左手抓下山虎的胳膊，右手抓探花的胳膊，双手用力一扯。“咔咔！”伴随着整齐划一的两声清脆响声，下山虎和探花同时被扯到手臂脱臼。探花倒吸一口冷气，下山虎直接疼得喊出声，冷汗瞬间从二人额头渗出。

大四喜奋力抱住Guest.006的腰，大喊：“你们快跑！”

——“会死在这里吗？”

Guest.006听见了大四喜心里的害怕，哪怕对方抱他抱得坚决。

狼影已落地，正铆足了劲从侧面朝他凶狠扑来。

“你们不会，唐凛会。”Guest.006低头对大四喜轻声说。

在这最后一刻，他还是决定卖另外几位宾客面子。这么多猎物如果都死在自己手里，他这个最先说“不要碰别人猎物”的人，脸面上总归不好看。

一个抬膝狠狠顶向大四喜腹部，动作快到几乎看不清。大四喜被这一下顶得胃部痉挛，翻江倒海，喉咙里涌起腥味。

但也因为他坚持要对付大四喜，没办法闪躲，狼影得以狠狠咬上他的手腕，几乎是下了死力气，尖锐牙齿刺破Guest.006的皮肤，深深没入他的皮肉。Guest.006疼得皱了下眉，手上动作却没停，竟带着狼影抡起胳膊，又一拳捶上了大四喜的脑袋。

狼影从始至终都没松口，却只能被动地跟着他的胳膊甩起，自身的重量和咬合给对方带去的疼痛根本阻止不了对方的攻击。大四喜甚至没看清拳头怎么来的，就觉得脑袋嗡的一下，瞬间失去意识，软软倒地。

解决完大四喜，他又抡着胳膊将不松口的狼影用力往地上一掼。狼影咻地散成黑雾。

Guest. 006 反手就抓住了探花握着刀刺过来的手。

同一时间，巨大水浪从背后而来，将 Guest. 006 席卷。

Guest. 006 在铺天盖地的水浪里踉跄几下，却没松手，在站稳的第一时间就扯着探花那条完好的胳膊，将人用力甩出去。

探花那小身板根本不禁摔，更何况之前已经晕过一次，这回再次重重落到不远处的地上，就听一声不知道是骨折还是骨头错位的咔嚓声，人落地后抽搐两下，再也无法动弹，气若游丝。

Guest. 006 这是想逐个击破，根本不打算给他们联手对战的机会！

唐凛的心脏像被攥紧了一样难受。眼看 Guest. 006 把目光放到仅剩的下山虎身上，他不顾一切地大喊："霍栩，冰刺！范佩阳，破坏狂——"

既然他们想什么 Guest. 006 都知道，那就都明着来吧。

霍栩没有听人指令的习惯，可唐凛声音刚落，他竟然就莫名其妙开始向 Guest. 006 脚边的水里凝聚冰冻意志。那些先前攻击 Guest. 006 未果的水浪，在新的指令下迅速结了一层薄冰，薄冰下仅剩的一点点水同步往一起凝聚，最后竟突破薄冰，生长成好几个粗壮的冰刺，就像春笋冒头一般。

与此同时，在风中剧烈摇摆的树梢突然发出"咔咔"的断裂声。

钳制住下山虎，还没来得及行动的 Guest. 006 回头，只见冰刺拔地而起，凌厉袭来。他左闪右躲，竟悉数敏捷避过。

霍栩有一丝惊讶。他给冰柱的指令是朝随机方向攻击，就是说每一根冰柱的攻击路线，Guest. 006 都不可能通过读心术提前知晓。这样的情况下，他还能全部躲开，可见反应速度和动作的敏捷远在之前会消除重力的家伙之上。如果在沼泽里，狩猎他的是眼前这个西装猎人，他和唐凛未必能脱身。

趁 Guest. 006 闪躲冰柱的间隙，下山虎一把挣脱，甩出一道胶水线，粘在不远处的树上，打着秋千就要跑。身体刚飞起，还没荡出多远，Guest. 006 就两步追上去，一脚踹向他后腰，直接帮他助力。下山虎"唔"一声闷哼，剧烈的疼痛让精神力一霎涣散，文具树中断，他在那一脚的力道里又失控地飞了一段距离，才"咣"的一声摔到地上。

飞得太高，摔得就狠，他连抽搐都没抽搐，直接和大四喜一样晕死过去。

Guest. 006 满意地收腿。

"咻——"一大截尖锐树枝自后方飞来。

Guest. 006 从容地往左一闪。树枝擦着他脸颊而过，没戳中，但是爆了，“砰——”像是算准了时间，正好在飞过他脸颊的那一刻炸开，熏黑了他半只耳朵。

Guest. 006 捂住发热的耳朵，恨得咬牙。他对自家猎物的“隔空移动＋爆炸”有小小的阴影，虽然他不愿意承认。

缓缓向后转身，他本打算死死盯住范佩阳，让他知道自己现在很生气，后果将十分不美妙，可在看见后方情形的一刹那，却愣住了——十数个被折断的长而尖锐的树枝密集悬浮在半空，像一支弩箭小队，随时准备飞射而来，每一个都是一个箭形小炸弹。

但让 Guest. 006 吃惊的不是范佩阳能隔空把它们折断，也不是能让它们爆裂，而是这样的东西，范佩阳竟然可以同时操控十几个。这才只是 4/10，如果到后面，范佩阳的能力继续增强，可以移动更大更重的东西用来战斗，比如掀起一面墙，到时候迎接他的就不是这些树枝，而是密密麻麻的砖块雨，还每一块都能爆炸……

Guest. 006 不喜欢爆粗口，但这种能力，给这些虫子简直是暴殄天物！

唐凛也意外，他明明记得范佩阳在集结区训练“中级破坏狂”时，一次最多只能操控四个物品。

唐凛的心声意外地和 Guest. 006 的疑问契合，他觉得才第四关，绝对不可能同时操控十几个这么强，于是脱口而出：“你不是只能操控四个？”

“原本是四个，”范佩阳也说不清其中原理，可操控瓶颈忽然突破的时间节点却记得清楚，“但从你把主意打到他身上开始，你就应该做好有去无回的准备。”

Guest. 006 嗤之以鼻：“别说大话了，你们三个再超常发挥也打不过我，还不够明显吗？”

“明显。”范佩阳竟然承认了。

Guest. 006 蒙了。

范佩阳：“但目标总要设得高一点儿，才有追求的意义。”

唐凛莞尔，他就知道。

霍栩翻个白眼，没人能在他面前装相，如果有，那就是他给唐凛面子。

“我早就说过你不见棺材不落泪，”Guest. 006 自省地摇头，“但我光顾着讲一堆废话，这个棺材实在打得有点儿慢。”

西装猎人脱掉了西装，又脱掉了衬衫，露出肌肉分明的上半身，每一条纹理都积蓄着力量。他静静看着三人，再不说那些蔑视的话，也不再流露鄙视或傲慢。可这样的他，却带来了和之前完全不同的压迫力——最可怕的不是他的强大和危险，而是他才刚刚认真。

“咻——”他脚下一动，速度比之前几乎增加了一倍，旋风一般到了三人面前，直冲中间的唐凛而去。

霍栩过来挡。他碰都没碰，脚下更是没停，行云流水地绕过霍栩，眨眼就到了唐凛背后。

唐凛全神贯注防着正面，因为 Guest. 006 表现出的状态，就是要用强大的战斗力正面征服猎物。他根本没料到，对方会突然绕到后面。

可就算料到了也没用。Guest. 006 没认真的时候，他们三个已经被对方全面压制，现在 Guest. 006 的战斗力几乎翻倍，他们根本没有任何胜算。

唐凛不是一个悲观的人，但他也不会过度妄想。Guest. 006 的能力足以轻易杀掉他们每个人，这就是事实。如果没有读心术，或许他们还能与之一战，但面对"读心 + 超强身体素质"，再多的方案、计谋也没有翻盘的可能。

他会死在这里。

唐凛在向后转身的那一刻已经有了觉悟。他能做的，除了转身直面死亡到来，就只剩下怎么让范佩阳和霍栩逃走。

Guest. 006 的拳头过来了，快得视线都来不及聚焦，唯一清晰的只有凛冽的拳风。

在被击中的一瞬间，抱住他——唐凛的思绪在和对方的拳头争分夺秒。他想，只要能抱住 Guest. 006，争取时间，范佩阳和霍栩就有机会逃走。于是，他张开双臂用力一抱！

"扑——"

拳头突破身体的声音。

这一下，Guest. 006 用尽了全力，足以打穿任何一个猎物的身体。

可唐凛没疼。他抱住的人也不是 Guest. 006。那个被他抱住的身体，有着他最熟悉的气息……

在致命重拳来临的最后一刻，范佩阳挡在了他的身前！

拳头从范佩阳的腹部洞穿。唐凛低头，就能看见 Guest. 006 染血的手。

世界安静了。唐凛的脑子一片空白，只剩那些刺眼的血。

Guest. 006 一脸错愕，但紧接而来的就是愤怒。他要杀的是唐凛，他要看到范佩阳心里害怕、恐惧、绝望、发抖。如果他想一拳就解决猎物，早在刚打照面的时候就做了，还用浪费这么长时间？范佩阳这个愚蠢的猎物，把狩猎的乐趣都毁了。甚至在濒临死亡的这一刻，对方的心里也没有哪怕一丝他想要的东西，翻来覆去就只有一句——"唐凛，不能死。"

Guest. 006 简直要气炸了，他手臂蓄力，猛地从范佩阳腹部抽出。血一下子飞溅出来，然后就开始汩汩地从伤口往外流。

Guest. 006 烦躁地抬手，想擦一下脸上迸溅的血点，面前肚子上已经被开了一个洞的男人忽然扑上来把他用力抱住，胳膊顺势勒住他的脖颈，撑着最后一口气对旁边的绷带小子道："带唐凛……走……"

霍栩被彻底震住了，不是为眼前血淋淋的画面，而是为在这种情况下还能牵制敌人，给他和唐凛创造活路的范佩阳。

这就是个疯子，疯到不可想象。

可这个疯子清清楚楚和他说，“带唐凛走”。

霍栩这辈子都没有如此坚定地想完成一个嘱托。

“走！”他一把抓住唐凛的胳膊，想拉人走，可拉了一下，竟然没拉动，他着急地大喊，“唐凛！”

这是范佩阳用命换来的机会，他要还让唐凛折在这儿，范佩阳做鬼都不能放过他。

唐凛被这一声喊回了魂。回魂的一霎，他就懂了。这是范佩阳早就做好的打算。和Guest. 006说了那么多听起来很解气的话、一如既往的欠揍态度，这些同平时没任何差别的表现不是用来对付Guest. 006的，是用来麻痹他的。

“打不赢”这个自己在最后时刻才不得不承认、不得不接受的事实，范佩阳肯定一早就清楚了。那人就是这样，务实得近乎没情趣。

可也因为这样，他总是清醒得比所有人快，筹谋得比所有人早。可能在Guest. 006视自己为目标的时候，不，可能更早，在自己和霍栩刚从灌木丛冒头的时候，范佩阳就做好了“一旦Guest. 006视唐凛为目标，就全力护住唐凛”的决定，哪怕要为此付出生命。

范佩阳没说过多在意他，在得摩斯翻出的那些记忆里没有，在唐凛缺失后的记忆里更没有。可原来，范佩阳一直可以为他赌上性命。

唐凛心脏紧缩，呼吸困难，想喊，喉咙却堵住一样喊不出来，想狂奔上前，脚下却使不出力气。

既然这样，那就不要死啊！我们之间的事情还没有结果，我的记忆还没有找回来，你凭什么现在就死？你怎么可以现在就死？你留一堆乱七八糟的烂摊子，让我怎么收拾？！

“范佩阳——”唐凛终于找回声音，声嘶力竭地喊。

耀眼的金色光芒从他手臂的猫头鹰图案里爆发，炸成漫天金色光点，倾泻而下，犹如一条条金缕丝，让幽郁的迷雾森林美若幻境。

霍栩不自觉地松开抓着唐凛的手，愣愣地看着范佩阳的后背——那个被猎人洞穿的伤口，正在不可思议地快速愈合！

3

身体的变化，没有人比范佩阳感受得更真切：令人窒息的剧痛在减轻，身体的力量在回流，连因为失血过多已经恍惚的大脑都逐渐开始清醒。

发生了什么，他不知道。他只知道背后的唐凛喊了他的名字，然后漫天金光映亮了森林，他的生命力就回来了。

唐凛!

范佩阳一把推开 Guest. 006，完全不在乎这是他几乎付出生命代价才暂时牵制住的猎人，飞快反身查看唐凛的情况。

Guest. 006 猝不及防。虽然他想挣脱易如反掌，但自己还没动呢，对方倒先像丢垃圾一样把他推开了，这脑回路实在太难理解了，就不怕他一旦获得自由，重新大杀四方?

好吧，自己的猎物应该从来没考虑过这些问题。因为范佩阳转过身后，所有的注意力就都放在了唐凛身上，后背就那么毫无防备地给了自己这个猎人。

这样的无视简直是对他的侮辱。但 Guest. 006 暂时还不急着教训对方。因为他也想知道发生了什么。没有人吃了自己用尽全力的一拳还能活命的，更别说伤口那样飞快地愈合。也不可能是唐凛用了一次性治愈文具，因为没有任何一次性文具能造成这样的耀眼光芒，它们至多是淡淡的浅金色，且只针对被救治者，而不可能漫天流光。

就在范佩阳彻底转回身的时候，伤口已经全部愈合了。可他连低头看一眼都不曾，视线紧紧锁定唐凛，从上检查到下，再从下检查到上，第一时间确认对方身上有没有新添伤痕。

没有。

但这不足以让他安心。因为唐凛手臂上的猫头鹰图案还在隐隐泛光，就像被描金了一般。

唐凛眼睁睁看着范佩阳转过身，眼睁睁看着他流血的腹部生长愈合，大脑却跟不上画面的传输。他还沉浸在范佩阳会死的绝望里，还被失去这个人的巨大悲伤包裹得透不过气，突然情势就来了一百八十度急转。他不敢相信，甚至开始怀疑这是一场梦，先前烟花一样的金色光芒就是现实和梦境的分界点。

手臂突然被范佩阳捞起，温热有力的触感让唐凛一霎清醒。他想把胳膊往外抽，想告诉范佩阳他没事，现在先不用管他身上到底发生了什么，盯住猎人才是最重要的。自信满满的猎人不会做趁机逃跑这种事，但趁机偷袭可一点儿没有负担。

然而他还什么都没做，什么都没说，范佩阳就像有预知能力似的说：“别动。”

唐凛一秒放弃，乖巧得自己都怀疑。

霍栩不知道他们在搞什么鬼，只好暂时顶上，瞄着 Guest. 006，以防他搞小动作。

手臂上的猫头鹰图案被范佩阳点开了。唐凛不明所以，低头去看。其实范佩阳也没头绪，只觉得图案光芒诡异，凭直觉在找答案。

随着范佩阳的点击，唐凛的文具树界面展开。两个人一齐愣住——唐凛那棵从进入后十关就从未解锁过永久性文具的文具树，那棵本应比小狼还名正言顺的第一棵文具树，解锁了！而且是一次性解锁到四级文具树，和小狼所在的第二棵文具树并驾齐驱！

一级文具树：镇痛止疼。

二级文具树：治标不治本。

三级文具树：快速愈合。

四级文具树：大病初愈。

纯粹的治愈系。

唐凛曾经以为自己的第一棵文具树永远都不会解锁了。因为提尔说过，文具树是根据闯关者在前十三关过程中用到的所有文具数据汇总生成。可他根本没闯过前十三关，文具数据一片空白，再汇总也是零乘以零，实在想不出能凭空生出永久性文具的道理。

可是现在，他才意识到不对。他去过前十三关。许愿屋就是前面关卡的最后一个站点。在那里，他被动接受了治愈系幻具。如果鸮能把他在前面关卡的所有文具数据公示出来，应该就只有一行——‹幻›完好如初。所以在 2/10 水世界的训练室入口进行潜力测试时，他测出的也是这四个字。

一切都连上了。

可眼下，唐凛不关心这些，甚至无暇去想自己刚刚爆发生效的究竟是哪一级文具树。他只想用另外一只手去摸范佩阳的腹部，去感受一下那里是不是真的愈合了。他想问范佩阳还疼吗，是真的彻底好了吗，还是只表面看着没事了，其实仍有内伤……

想做的想问的有好多，然而唐凛惊恐地发现自己动不了，也说不出话了。身体僵硬得像生了锈，嗓子堵得像灌了铅，先前的大爆发似乎掏空了他的所有，也耗尽了他的一切。难怪刚刚明明想抽出胳膊，想让范佩阳盯着 6 号猎人，却既没来得及动，也没来得及说，就让范佩阳抢了先。

这样不行。他好不容易才解锁了文具树，他还要帮范佩阳去和猎人周旋，他不能……

身体忽然落入一个温暖怀抱，唐凛瞪大眼睛。然后，他听见范佩阳说："剩下的交给我。"

不能动不能言的慌张忽然就散了，散成林间的雾，散成缥缈的风。唐凛从未像这一刻这般安心。

范佩阳转身回到 Guest. 006 面前。

但能这么快进入战斗状态的也只有范总，Guest. 006 和霍栩都还在一秒前的拥抱里。

Guest. 006 是整个人被冲击得瞠目结舌。不是狩猎者游戏吗？不是随时可能死亡的关卡吗？猎物们被谜之力量愈合了伤口，现在不就应该立刻反扑，将战斗进行到底吗？突然拥抱是要干什么，力量传输吗？！

霍栩则是一脸茫然。他没 Guest. 006 想的那么多，只觉得范佩阳这一抱实在又自然又熟练，怎么看都不像第一回。

“准备好了吗？”范佩阳好心地等着 Guest. 006 回神。

Guest. 006 乐了：“你这架势是要和我单挑？不会吧，一个伤口愈合就让你把之前的惨痛都忘了？”嘲讽地瞥唐凛一眼，他提醒范佩阳，“看起来，你的组长短时间内好像都不能再用治愈能力了——如果刚才的治愈真是他的能力的话。”

范佩阳平静地看他：“能说这么多废话，我就当你准备好了。”

远处的大四喜、下山虎和探花几乎同时从昏迷中苏醒。三人醒来的第一反应都是“身体好像没那么疼了”，紧接着就听见了范佩阳和 Guest. 006 说的最后一句。

六道目光唰地汇聚到战场，一眼就看明白了范佩阳和 Guest. 006 的对峙局面。

怎么就苏醒了，怎么就骨折内伤都没了，这些以后再琢磨吧，三人几乎同时启动自己的文具树，想助范佩阳一臂之力——探花的“记忆回放”虽说没杀伤力，但也可以分散敌人的注意力。

可他们这边刚开始凝聚精神力，那边范佩阳已经眼底一暗，掠过极度危险的光。周围十几棵树的树梢突然开始不安晃动，很快，咔咔咔，一根又一根比先前更粗、更长、更尖锐的树梢被折断。它们自哪里断，就在哪里悬浮，四面八方，蓄势待发。

“这不还是老套路吗？”Guest. 006 觉得可笑，“看来你是真的黔驴技穷了。”

范佩阳没说话，只淡淡抬头望。悬在半空的断枝像接收到了指令，突然间全部爆炸。“砰”的一声十数合一的巨响，震耳欲聋。

枝叶纷飞，弥漫的硝烟瞬间吞没所有人，视野一下子陷入混沌，仿佛火药版的“狼影幢幢”。

Guest. 006 一跃跳向斜后方，凭感觉先拉开和范佩阳的距离，再敏捷上树，想用高处突破视野封锁。不料到了树上，不只有硝烟，还多了浓雾，视野更糟。他有些懊恼，可心里并未慌乱。因为这种小伎俩实在造不成多大麻烦。

范佩阳无非是想干扰他的视野，再进行偷袭。可惜他的猎物总是记不住一件事——他是可以读心的。即便看不见范佩阳在哪里，只要听一听范佩阳的心理活动，一切就都摆在他面前了。对方会从哪边攻击，会采取什么样的形式，这些都唾手可得。

嘲讽地扯扯嘴角，Guest. 006 收敛思绪，侧耳倾听，很快就在一片嘈杂心声里提取出了范佩阳的心声。

——“唐凛。”

Guest. 006 微怔，唐凛……是个什么战术？

他不甘心地再去听。

——“唐凛。”

——“唐凛。”

——“唐凛……”

Guest. 006 挑眉。用一遍遍的复读来掩盖更深更细微的心理活动，呵，有点儿意思。他简直有些舍不得搞死范佩阳了。

但搞死不搞死是后话，作为猎人，他至少得把猎物身上那个令人讨厌的好胜心磨干挫净，让他不只输得惨，还要惨得心服口服。

闭上眼，Guest. 006 第一次全神贯注集中精神力。他的能力是读心，可他从来没说过，他只会“听”。霍地睁开眼，Guest. 006 看到的不再是浓雾和硝烟，而是范佩阳的内心投影。猎物一切的心理活动，表面的、深处的、亮开的、隐藏的，都将无所遁形。

投影渐渐清晰，Guest. 006 志在必得的笑却渐渐凝固。

范佩阳的心灵投影，就是一堵唐凛的相片墙。近照、远照、半身照、全身照、证件照、大头照、素颜照、美颜照、写真照……一张挨着一张，一层叠着一层，密密麻麻一整墙。

Guest. 006：“……”范佩阳你是变态吗？！

“咻——”

细微的划破空气声传来，Guest. 006 顿时警觉，听声辨位抬手去抓，竟真的抓住一根飞驰而来的钢针。

可等他拿过来低头细看，脚下突然又蹿上来第二根尖锐短树枝，速度比钢针更快，抓的就是他分神看手中钢针的这一刻。

Guest. 006 冷笑，弱者最蠢的就是真以为自己能赢。他飞速抬手，更快，更凌厉，啪地一把抓住树枝，又稳又准。

不料树枝在被抓住的那一刻，爆了。

就像猎物们总忘了他能读心一样，他也总忽略范佩阳的隔空移物是可以爆炸的。飞溅的树枝残片有一个直直崩进了他的右眼。眼球是 Guest. 006 暴露在外的最柔软、防御力最低的部位，而爆炸给残片带来的速度不亚于子弹。Guest. 006“啊”的一声惨叫，本能地去捂右眼，手碰到了一些黏稠的东西，是他自己的血。

剧痛不会因为捂眼就消失。Guest. 006 从没这样疼过，身体瞬间失去平衡，从树上掉下来，直直摔落在地。

范佩阳早在树下等待多时，如猛虎般扑过去，一刀狠狠捅过去，然后刀锋“砰”的一声爆炸。Guest. 006 的惨叫变了调。

如果说在十分钟之前，有人告诉下山虎、大四喜他们，Guest. 006 能喊得像被踩了脖子的鸡，他们绝对不信。但现在，事实胜于雄辩。

硝烟散尽，Guest. 006 被范佩阳压在地上，手臂被狠狠拧向背后，一只眼睛血流不止，腹部血肉模糊。

这样的伤势不是不能战斗，凭借 Guest. 006 超强的身体素质，只要他咬紧牙关，别说挣脱范佩阳，就是再绝地反击，重新获胜，都不是没可能。但在场六个闯关者都看得清楚，Guest. 006 没那心气儿了。

咬紧牙关，需要有值得坚守的目标和为之拼死到底的信念。Guest. 006 两样都没有。在信念这件事上，他贫瘠得可怜。

隔空移来 Guest. 006 的衬衫，撕成一条条，范佩阳将 Guest. 006 的双手和双脚捆了个结实。但这还不算完，对于危机意识强烈的范总来说，双保险才行。

"下山虎，"他大声对那边喊，"粘他——"

这场战役从头等到尾，下山虎终于等来了高光时刻，只见原本已经捆得够紧的布条与 Guest. 006 手脚接触的缝隙里溢出些许亮晶晶的胶，就像胶水用多了，勒紧布条就挤出了多余的似的。

"搞定。"下山虎骄傲汇报，"范总，你放心，他就是扒层皮，也撕不掉我的'如胶似漆'！"

范佩阳满意了。

Guest. 006 趴在地上动弹不得，强迫自己适应疼痛，可是不行，腹部还好说，眼睛那儿几乎是钻心的疼。他是花钱来玩的，不是花钱来遭罪的，一个游戏而已，这帮虫子竟然敢这样对待他！

可是愤恨消除不了疼痛。他突然用尽全力，一声咆哮："啊——"

难听的吼声拖得有些长，像在拼命释放某种力量。

按着他的范佩阳没动，冷静观望，只见嵌入 Guest. 006 眼球的树枝残片像被一些内部力道从里往外冲击推挤，咻地飞出。范佩阳敏捷偏头，躲开反射回来的残片，然后就看见 Guest. 006 的眼球开始一点点止血。虽然速度极缓慢，根本不能同唐凛刚刚的治愈力比，但也的确是在自我愈合。

范佩阳没耐心等他，直接将人拎起来，拖回到唐凛身边，顺带说明："他有自愈能力。"

霍栩、下山虎、大四喜、探花也聚拢过来。

"那怎么办？"下山虎担心地问，"万一他等下痊愈了……"

难道还要再来一场攻坚战？

霍栩冷哼："六个人看管一个俘虏，要是还能让他跑了，干脆也就别闯关了。"

下山虎被这么一怼，也觉得自己好像有点儿㞞，声音立刻低了："我就那么一问……"

“我欣赏你的态度。”范佩阳正面赞扬了霍栩，然后把 Guest. 006 往他身上一丢，“交给你了。”

霍栩本能伸手，稳稳当当接住俘虏，然后才后知后觉地缓缓冒出个疑问：“这家伙是你的猎人吧？”

范总压根儿没听见自家伙伴的提问，扔完 Guest. 006，就转身揽住唐凛的肩膀，问：“缓过来了吗？”

唐凛慢慢呼出一口气，试探性地动了动手臂和腿，随后轻点了下头：“嗯。”

身体还是有点儿虚，也使不出太多力气，短时间内是肯定用不了文具树了，不过如果不战斗，正常说话、活动、走路应该问题不大。

范佩阳仔细看了看他的脸，见的确恢复了一点儿血色，这才放心下来，说：“我们先带他去山脚附近，留几个人看管，再去找其他猎人。”

唐凛本来想让范佩阳先通关，毕竟 Guest. 006 是他的猎人，带去山脚，直接通关，以免夜长梦多。可看范佩阳这样，显然是要自己这边也搞定了，才愿意一起通关。

是全力说服范佩阳改变主意，还是随他去？唐凛都不用考虑，直接选后者——说服范佩阳改主意这种史上最消耗精神力的活动，他现在实在没体力支撑。而且一旦范佩阳带着猎人到了终点，通了关，鸮很可能就会赋予猎人新的自由，那样反而是放虎归山，也让其他隶属这个猎人的闯关者陷入新的危险，还不如先在山脚看住了，再去凑更多的闯关者。

唐凛：“行，先去山脚，然后找到南歌、竹子，聚集尽可能多的闯关者，再把猎人一锅端。”

“一锅端……”范佩阳品了一下这个词，“我喜欢这个战术。”

唐凛莞尔。

不知道是错觉还是刚刚范佩阳做的一切，让他再面对这个人时，心里多了一些别样的东西，总之他感觉自己和范佩阳的沟通似乎比从前更默契更顺畅了。从前两人经常说不到十句就会发生分歧，他心情平和的时候会忍，心情暴躁的时候就吵，十次看范佩阳，九次都觉得对方的固执简直欠揍。可现在，他就这样目不转睛地看范佩阳半天了，看见的都是靠谱、强大、头脑清晰、行动果断，还帅——揍人的时候是帅气值的顶峰。

这样的范佩阳……让以前的自己……好像也不是一件太难理解的事……停！唐凛及时把思绪拉回来，心扑通扑通地跳。

一定是雾干的。朦胧的雾给范总笼上了一层柔光滤镜，一定是。

唐凛理直气壮地把锅甩给大自然。

但没人知道 VIP 组长正在混乱思绪里疯狂甩锅，因为这会儿所有的目光都被 Guest. 006 吸引过去了。他的眼球弥合了最后一点儿创口，终于痊愈，接下来应该是腹部，于是每一道警惕的目光都紧盯着他的腰腹——Guest. 006的愈合速度直接关系到众人的防御节奏。

没承想Guest. 006先开了口："不用怕成那样，我的能力不是治愈，只是身体有点儿自愈能力，让眼睛恢复已经是极限了。"

不过这就已经够了。眼睛的脆弱导致来自它的疼痛最令人难忍，如今眼睛不疼了，肚子上的伤对Guest. 006来说就是小意思。他们身上，越是抗击打能力强的地方，痛感越钝。

六人有些讶异，猎人会直接说出"让眼睛恢复已经是极限了"这种泄露底牌的话?

探花怀疑道："你该不会故意骗我们吧？"

Guest. 006似笑非笑，模棱两可："随你怎么想。"

既然一个大意被这帮虫子反咬了，那就咬了，没必要再拼个你死我活，更不值得他钩心斗角，犯不上。但不费心费力不代表他会让这些虫子舒坦，敢这么对他，就在这片森林里等死吧。

"你们的计划听起来不错，但——"他毫不掩饰地嗤之以鼻，"雾这么浓，森林这么大，你们找得到路吗？"

"我们不需要找。"范佩阳走到他面前，居高临下地说，"通关条件是让猎人带闯关者去山脚，很明显，你们知道路。"

Guest. 006的双臂被捆在身后，由霍栩紧紧拽着，又被布条捆、胶水粘，难受至极。他越难受，心情越差，看着害自己陷入这样难堪境地的范佩阳更是气不打一处来，想让对方痛苦还来不及呢，怎么可能配合："我是知道，但是我不带路，你能把我怎么样？杀我吗？"

范佩阳沉着脸看他，没说话。

Guest. 006更开心了："你不敢的，没有我，你还怎么交卷？"

似乎是难得拿到范佩阳的七寸，对着沉默的猎物，Guest. 006脸上的笑意越来越浓。

下山虎、大四喜和探花互相交换个眼神，都是焦灼。如果Guest. 006拒不配合，的确麻烦，就像他说的，他们又不能真杀了他……

"霍栩。"范佩阳忽然开口，目光越过Guest. 006，落到自家伙伴身上，"松手。"

霍栩不明所以，但本来Guest. 006就是被硬塞过来的，他还不愿意抓着这家伙呢。松开钳制，他礼尚往来，把Guest. 006往范佩阳怀里一推。

范佩阳抬手，但不是接，而是猛地挥出一拳，重重打在Guest. 006的右脸上。Guest. 006毫无防备，直接被打偏了头，半边脸都麻了。范佩阳根本不给他喘息机会，接连又是几记重拳，拳拳到脸。

一切发生得太快太突然，等Guest. 006想到要躲，整个脑袋都已经木了，眼前全是金色小虫在飞。他凭最后一丝本能曲起被捆住的双腿，想奋力往后跳跃躲避，可双脚刚离地，就被范佩阳一把又按下来，下一秒，捆在背后的双手让人一擒，冰凉的刀锋抵上了脖子。不，不单单是抵上，Guest. 006 感觉到了疼……刀锋根本已经割破了他的脖子！

“带路。”

耳边贴过来猎物……不，魔鬼的声音。Guest. 006 浑身剧烈一颤，不是吓的，是疼的，刀锋还在继续往里。

这是个疯子。什么通关不通关，这疯子是真的敢杀他。

“我带！我带——”Guest. 006 喊破了音。如果时光倒流，他一定要剁掉自己递申请来这里的手！

另外五人虽然没听见范佩阳贴在 Guest. 006 耳边说了什么，但那几记重拳和染上猎人血的刀锋，他们可看得清楚。

下山虎、大四喜、探花都一脸震惊。双方角力，就看谁更能豁得出去，这道理大家都懂，可真要去做，就是另外一回事了。与其说范总强大，不如说被惹怒的范总太可怕。是的，怒。隔这么远，他们都能感受到范佩阳身上的怒意和杀气。他们相信 Guest. 006 的感觉肯定更真切更强烈，否则不可能改变主意。

不过他们想，Guest. 006 肯定不知道，激发了范总百分之二百战斗力和杀气的，恰恰是他自己。选谁当目标不好，非选唐凛，明明对他们三个都是打伤为止，对着唐凛却露出了真正杀意。所以啊，从对唐凛下杀手那一刻起，Guest. 006 的命运就注定了。毕竟做坏事，有天收，伤唐凛，那不用等天下来收了，范总直接送你上去。

4

有了 Guest. 006 的配合，一行人便开始在森林里赶路。

猎人手脚被捆，无法行走，只能被霍栩拖着走。一开始 Guest. 006 还试图抗议：“我的脚都要被磨没了！”

霍栩的反应是低头瞥一眼：“哦，那你就蹦，我还省力。”

“……”拒绝当蚂蚱的 Guest. 006 平静接受了被拖行的命运。

也不知道是不是 Guest. 006 的路径会自动避开其他人，总之六人走了半天，既没遇见猎人，也没遇见闯关者。大四喜、探花、下山虎的神经渐渐松弛下来，这才开始琢磨自己身上不药而愈的伤。

“唐队，在我们昏迷的时候到底发生什么了？”

如果是不熟的闯关者问，唐凛多半会拿治愈系一次性文具打发，但 VIP 和大四喜、下山虎是在 2/10 水世界就认识了，和探花更是 1/10 地下城就打了照面，刚刚大家又一起迎敌，不拘泥组织的话，其实也算伙伴了，故而他直接亮出胳膊，点开了文具树。

三人起初不懂这是什么意思，等看清文具树界面，纷纷瞪大眼睛。

他们是知道唐凛有两棵文具树的——探花是 1/10 地铁里听提尔说的，下山虎是 2/10 神殿里听得摩斯说的，大四喜是后来道听途说的——但他们一致获得的信息，都是唐凛的第一棵文具树形同虚设，因为始终没解锁。可是现在不仅解锁了，还解锁的是治愈系永久性文具。这不就是一个人形大天使吗？！

“唐总——”三双眼睛齐刷刷看向唐凛，忽闪忽闪全是羡慕和……极其羡慕。

唐凛：“……”

群众的目光过于炽热。

“所以你刚才用的是哪个？”探花迫不及待地问，“就是同时把我们都治好的那个，‘大病初愈’吗？”

唐凛回忆了一下当时的情形，谨慎道：“不能确定。”

那个时候，更像是积蓄多时的力量集中爆发，如果再让他来一次，未必还能有相同效果。而且与四个解锁的永久性文具树里等级最高的“大病初愈”相同的一次性文具，范佩阳曾在他身上用过，他记得很清楚，绝对没有那样的光芒。况且单从字面上看，“大病初愈”更接近“伤好了，但元气仍需时间恢复”的状态，可不管是范佩阳腹部伤口痊愈，还是另外三个伙伴苏醒，都是直接就恢复精气神了。这是最奇怪的地方。如果四级文具树就能达到群体性彻底痊愈的效果，那五级、六级还能有什么治愈空间？怎么想也说不通……

这边仨伙伴好奇唐凛的治愈文具树，那边的霍栩却更好奇范佩阳的“获胜术”。他直截了当地问范佩阳：“你怎么做到的？”

问题太言简意赅，又缺头少尾，范佩阳实在无法领会：“什么？”

“就算你用硝烟混淆了他的视野，他还是可以用读心术判断你的攻击方向和意图，”霍栩说，“但你最后仍然偷袭成功了，怎么做到的？”

“哦。”范佩阳总算明白对方在问什么了，大方分享战斗经验，“专注。”

霍栩挑眉，眼里写满了“你在逗我吗”：“越专注，心里念头越清晰，越容易被读取。”

范佩阳还没说完：“专注 A，但你要做的是 B。”

这么抽象的答案，霍栩竟然听懂了：“用另外一种更强烈的心理活动去掩盖攻击意图？”

范佩阳赞许：“聪明。”

话是这样讲，但霍栩不觉得这有可操作性，心理活动又不是盖房子，还能建密室：“只要你有意图，不管多少个，不管一心几用，都在读取范围内吧？”像是为了求证，他还特意看向被拖成死狗的 Guest.006，问最有发言权的人：“不是吗？”

Guest.006 实在不想回忆那段经历，有气无力地敷衍：“理论上是……”

“如果攻击意图不是心理活动呢？”范佩阳忽然问。

霍栩皱眉看回他：“什么意思？”

范佩阳毫无预警地向霍栩伸手，速度快得很不礼貌。霍栩条件反射地抬手想打掉，不料范佩阳中途刹车，迅速收手。霍栩打了个空。

范佩阳问：“你刚才心里想着防御了吗？”

没有。那么短的时间哪儿来得及想，完全是防御本能……

霍栩眼光一闪，懂了。把战斗意图变成本能，就不再有心理活动了。

但范佩阳在硝烟里的偷袭，并不是他刚才防御那一下的瞬时反应，这样的行动再不想，也必定要在心里留痕迹，除非能在心里想另外一件可以占据你全部心神的事，一个能让你倾尽所有去专注的念头、事，或者人。

“你当时在想什么？”罕见地，霍栩好奇了。

Guest.006 仰望苍天。要不是忌惮范佩阳再发疯，他真想跳出来抢答。

在想什么？这可不在范总的分享范围之内。不过之前霍栩一心护着唐凛的举动，让范佩阳有点儿在意。这事儿要换郑落竹和南歌，什么问题都没有，放霍栩身上，前后态度转变之大，就不由得让人多想了。念及此，范总决定借此机会向新队友申明他和唐凛的……

“算了。”等了几秒没等来范佩阳回应的霍栩默认对方不想说，直接拖着 Guest.006 去了另一边找组长开启新话题，“唐凛……”

范佩阳：“……”还能再没耐心一点儿吗？！

唐凛刚和探花他们讨论完自己的新文具树，就看霍栩带着一脸求知欲过来了，立刻主动询问：“怎么了？”

和刚才求教范佩阳一样，霍栩依旧开门见山，直奔重点：“他为什么拥抱你？”

问题太突然，唐凛措手不及。

下山虎、大四喜、探花集体沉默。这就是同处一队的尴尬，每来一个新人都得科普啊。

霍栩想了一路，隐约有了猜测，所以现在与其说是询问，不如说是求证：“因为你治了他的伤，他要表达感谢？这是 VIP 特有的规矩？”

下山虎、大四喜、探花：“……”这种让人着急的问题分析能力，就不要带着一脸自信了好吗？！

唐凛哭笑不得。招募霍栩的时候，他就意识到这是个直线条的家伙，没想到不光直接，还……这么单纯。面对这样的新伙伴，他实在不知道该怎么开口科普自己和范佩阳的那些曲折纠葛，而且就算讲，此时此地也不合适。6 号猎人在旁边心怀鬼胎，下山虎、大四喜、探花又是知情者，不管是当着俘虏的面介绍自己都还没全想起来的“过去”，还是当着知情者的面再复述一遍“失败的友情之旅”，感觉都像是被公开处刑，还是自己向自己动手那种。

唐凛想扶额，可还没等扶，就看见霍栩的视线一直在自己的身上徘徊，像是在烦恼，又像在犹豫，似乎在进行某种抉择……唐凛蓦地反应过来，他可不止救了范佩阳，还在沼泽地救了霍栩。

眼看新伙伴的神情慢慢变得坚定，唐凛连忙开口，音量都不自觉比平时高：“不是！”

霍栩一愣：“不是？”

“不是感谢，就是表达一下……对，信任和关心。”唐凛语速飞快，“但这个表达方式是错误的，VIP 绝对没有这样的规矩，下次内部例会我会统一说，队友之间拍拍肩膀或者摸摸头就行。”

生怕霍栩不信，唐凛又抬手揉了揉他的头发：“像这样。”

倒不是真要一直瞒着新伙伴，主要是先应付过去眼前，等关起门来都是自己人，那就什么都好说了。

下山虎、大四喜、探花：“……”当组长不易啊。

范佩阳：“……”搪塞就搪塞，为什么要摸那小子头？

霍栩也没应声，半信半疑地看着唐凛，总觉得这个解释有点儿生硬，和范佩阳那个极其自然的拥抱相比，后者显得更天经地义。但最后霍栩还是勉强接受了这个解释，因为实在也想不出其他了。

其实是有点儿失望的，他还真以为抱一下就能把人情还了，干净利落，多好。

不过他还是存有疑问，所以在继续赶路之后，仍不时往唐凛那边看。也不知是第几次又去看的时候，他忽然觉得有人在直视自己，而且很不客气。霍栩凭直觉敏锐转头，和范佩阳的视线撞个正着，那目光带着压迫感，以及显而易见的不快。这让霍栩本能抵触，口气不善：“你看我干什么？”

范佩阳以问代答：“你看他干什么？”

霍栩茫然两秒，才意识到“他”指的是唐凛，莫名其妙道：“他是 VIP 组长，我看他有问题吗？”

范佩阳：“你是 VIP 组员，我看你有问题吗？”

霍栩皱眉：“我不喜欢被看。”

范佩阳点头：“很好，他也不喜欢。”

霍栩："……"总觉得自己被某种阴险的话术绕进去了。

下山虎、大四喜、探花："……"明明是你不喜欢。

唐凛："……"自己就这么被代表了。

Guest.006："……"呵，死变态。

用了一个半小时，六人终于走出森林，回到河岸，又沿河岸走了半个多小时，终于看见山脚。不料山脚下已经有了八九个人，距离太远，暂时还看不清脸。

唐凛努力从模模糊糊的身形去判断，好像没有VIP的伙伴。事实上，连是闯关者还是猎人，他都没有十足把握分辨。

防御的本能下，六人刻意放缓了前进速度。

就在这时，大家的手臂上同时响起提示音。

"叮——"

小抄纸："恭喜目前仍然存活的猎物，你已进入狩猎者游戏第二阶段。规则不变，但为了奖励你坚韧的生命力，从现在开始，将公布狩猎你的猎人编号——Guest.×××。"

六人伸手臂一对照——

唐凛：Guest.003。

范佩阳：Guest.006。

霍栩：Guest.002。

下山虎：Guest.002。

探花：Guest.004。

大四喜：Guest.003。

"2，3，4，6，"探花说，"还是没有超过6号。"

霍栩一头雾水："什么意思？"

探花这才反应过来，他们和唐凛、霍栩会合的时候，已经和Guest.006开打了，根本没机会讲多余的，连忙解释道："之前还没和你们会合的时候，我们藏在树上正好看见两个猎人追杀猎物，其中一个用弓箭，编号不明，另外一个不用碰到你就能用掌风伤人，被叫作'4号'。范总当时就推测，最坏的结果是有九十多个猎人，最乐观的结果则是只有六个猎人。"

唐凛疑惑："为什么是六个？"

范佩阳："因为他们在交谈中，还提到了1号和6号。"

下山虎见缝插针补充"原文"："他们说，谁的猎物都可以碰，就6号的猎物不能碰。"

霍栩："为什么？"

大四喜、下山虎、探花三人回忆当时的情形，一致觉得最靠谱的可能是："这些猎人里，6 号应该最厉害。"

霍栩低头看拖了一路的 Guest. 006。

Guest. 006 抬起头，带着挑衅迎过去，满眼写着："怎么着，不信？"

虽然被炸的肚子还在疼，但如果这帮人得寸进尺，继续羞辱他，Guest. 006 不介意强迫自己燃起一些斗志，再战几百回合。虽然他讨厌麻烦，更抵触所谓"永不言败"之类恶心的鸡汤，但这些都要建立在猎物们见好就收的基础上。

然而预期中的"羞辱"没来。霍栩不带任何感情地看了 Guest. 006 一会儿，又不带任何感情地把目光收回去了，从始至终，好像 Guest. 006 就是个研究标本。

Guest. 006 波澜起伏的心潮落了空。他绝不相信是自己自作多情，就算霍栩脸上没表示，嘴上没说话，但胜利者在面对失败者时，对自己的得意和对对方的羞辱都是人性本能，面上忍住了，心里也绝对忍不住。不单是霍栩，这周围所有人都一样！

Guest. 006 垂下眼睛，释放能力，专心倾听，第一个进入耳内的就是霍栩的心声。

——"如果唐凛没爆发文具树，范佩阳就死了，如果范佩阳死了，就再没机会破他的读心术，如果破不了读心术，六打一也是废，如果一场战斗需要这么多如果才能赢……嗯，说他是猎人里最厉害的，应该不是假话。"

Guest. 006 莫名羞愧。要不要这么客观公正！

——"原来他在猎人里也这么厉害，难怪这么难打。"

——"三下五除二把最厉害的抓住了，范总简直是魔鬼中的魔鬼。"

——"……"

前两个心声，Guest. 006 懒得去分谁是谁，但最后一个他知道——大四喜，专业放空一百年。

——"他真是猎人里实力最强的？"

这是唐凛的声音。

Guest. 006 眼露嘲讽。看吧，就说会有人在心里怀疑、诋毁、羞辱……

——"如果真是最强，那后面的猎人应该就更好抓了……"

唐凛的心声还在继续。

Guest. 006 无语，还真想着"反狩猎"呢？

——"或者，更有效率一点儿，想办法策反 Guest. 006，让他帮我们去钓鱼狩猎，把另外几个猎人一网打尽？"

Guest. 006："……"你想得太多了！

5

这边收到“小抄纸”的时候，山脚下几个人也同时抬了手臂。

这一个动作，基本就能确定大家是友军。

等唐凛他们简单讨论完猎人数量的问题，山脚下的九个人已经走近了，在近到可以看清彼此模样的时候，队友们先认起亲来。

“下山虎！”

“小江！”

“和尚？全麦？”

“探花？”

两个奔跑到一起的步步高升齐齐看向隔壁三个淡然走到一起的甜甜圈，对这种一点儿都不亲热的组织氛围进行鄙视，哼。

除了江户川、和尚、全麦，山脚过来的六人分别是何律、铁血营组员、孔明灯的老虎，以及三个分属不同小组织的闯关者。他们六个没认亲环节，注意力全在 Guest. 006 身上，诧异地问：“你们抓到了猎人？”

唐凛听他们这么问，就知道他们并不是完成了任务过来通关的，很可能是在大家分散后又找到路回了这里，想保存体力，守株待兔等猎人主动上门。

“他是 Guest. 006，”唐凛直接和八人分享信息，“你们收到‘小抄纸’了吧，谁的猎人是 6 号？”

众人面面相觑，最后只有何律一人举手：“我是。”

“你这幸福也来得太容易了吧。”和尚羡慕地摸摸自己的光头，再看看何律一头浓密乌黑的短发，难道发量会影响幸运值？

全麦把胳膊搭自家伙伴肩膀上：“别羡慕人家了，就他那身正能量，天天攒人品攒到爆，这是应得的。”

和尚想想，觉得队友解释得很有道理。自己想喝酒喝酒，想吃肉吃肉，想负能量谁就负能量谁，和一板一眼的何律一比，简直是花花世界快乐人生，付出的代价就是一点点幸运，值啊。

“你们也都是 6 号？”何律看他们六人拖着一个猎人来，试探性地问。

唐凛摇头，指一下范佩阳：“只有他的猎人是 6 号。我们也不是过来通关的，是想先把 6 号放在山脚附近看管好，再去抓其他猎人，最后把猎人和闯关者都聚到一起，再去终点。”

探花帮着补充："我们担心如果先把猎人带到终点，在鸮判定相应闯关者通关后，会强制让猎人恢复自由，重新投入狩猎。"

何律明白了："所以你们想聚集尽可能多的闯关者，去集体围捕尽可能多的猎人，最后一次性通关？"

"对，"唐凛说，"所以如果你想现在就带着6号去通关，恐怕我们没法答应。"

何律困惑皱眉，像是不懂唐凛怎么会这样想："猎人是你们抓的，我本来就没有坐享其成的道理。相反，你们已经帮我完成了'寻找猎人'这一最艰难的步骤，不管是作为感谢还是从全局出发，配合你的集体围捕计划我都责无旁贷。"

唐凛："……"他又忘了，何组长是不一样的，他忏悔。

"集体围捕安全系数和成功率都高，正好我们现在人也够多。"另外三个不同小组织的闯关者说话了，其中一个问唐凛，"但你要怎么去找这些猎人呢？我们连他们有几个、在哪里都不知道。"

"在哪里的确是个问题，如果你们没和其他猎人打过照面，也没获得他们身上的东西，那我们只能地毯式搜索。"唐凛说，"而且我要先找到我的队友。当然，如果找的过程中能遇上猎人，一举两得更好。"

三人有点儿失望，但还是继续追问："那有几个猎人呢？"

总不能两个问题都是茫无头绪，那还怎么玩？

"这个简单，"唐凛说，"我们六个的猎人都没跑出1号到6号，你们的呢？"

九人互相看看，他们并没有共享"小抄纸"的信息。倒也不全是彼此戒备，只是觉得没必要。

"我是Guest. 006，三道杠是Guest. 002。"何律先行一步公布了自己和组员的。

三道杠？因为这有趣的外号，唐凛特意看了何律旁边的铁血营组员一眼，是个很硬朗的男人，身材挺拔，眼神凶狠，看起来不大好惹，右边眉毛上有三道伤痕，从眉上一直到眼皮，再往下一点儿就要伤到眼睛了。这些伤痕应该就是外号的由来了，只是人不太可能抓出这种伤痕，唐凛也想不出什么武器能一下创造出三道平行伤，怎么想都只有猫爪狗爪狼爪一类能造成这么……酷帅的效果。

"我是4号，这家伙是2号。"看何律这么坦荡，和尚直接把自己和全麦都卖了。

江户川："我是Guest. 005。"

老虎："Guest. 001。"

"3号。"

"1号。"

"4号。"

另外三人也报上了狩猎者编号。

探花不意外地点头："果然都在1到6。"

"你们认为只有六个猎人？"江户川听懂了他的意思，但还是觉得并非百分百，"就算我们都是6以内，但除了我们之外，散落在各处的还有七八十个闯关者，说不定我们就是恰好撞上了小概率，猎人编号都集中在一起，而他们的猎人还有其他编号。"

"这个更简单，"唐凛狡黠一笑，"我们为什么要在这里伤脑筋，"他轻松地看向仍被霍栩紧紧拎在手里的Guest. 006，"直接问他不就行了？"

三个小组织的人嗤之以鼻："你问他就说了？他又不是NPC。"

唐凛耸了下肩膀，可温柔，可无辜："那就问得凶一点儿。"

Guest. 006："……"

"你早说啊，"全麦开始咔咔掰手腕，跃跃欲试地上下打量Guest. 006，"我最爱干这个。"

"刑讯逼供太残忍了，"和尚一脸不赞同地拦下全麦，转头喊三个小组织中的一个，"那个谁，你的文具树不是让人浑身痒痒吗，你来，这个符合人道主义。"

Guest. 006："……"并没有！

"这些都是最后的办法，我觉得可以先沟通。"何律走到Guest. 006面前，认真地看进对方的眼睛，"请问，一共有几个猎人？"

就这么直接地问？Guest. 006不用想也知道这里有阴谋，几乎是本能地开始读心。

——"请问，一共有几个猎人？"

Guest. 006："……"要不要这么表里如一！

见猎人迟迟不语，何律叹口气，语重心长："你已经是俘虏了，给答案不会让你的境况更糟，但不给，你就将受到各种惨无人道的逼问，最后大概率还是要给答案。当然，如果你和其他猎人是队友，你的坚持会换来他们的营救，或者你对他们的感情远远比你即将遭受的痛苦更重要，或者你本身有很坚定的信仰和……"

"都、没、有。"Guest. 006咬牙切齿打断，"猎人一共六个，算我。"

何律喜出望外："谢谢。"

Guest. 006："闭嘴！"

十五人最终做了分工，何律、三道杠、下山虎、探花、和尚、老虎、三个组织中的两个，一共八人留守，剩余唐凛七人出发寻找VIP散落的伙伴，并沿途争取聚集更多的闯关者，一旦遇到猎人立刻围捕。

分工明确后，和尚第一时间给Guest. 006罩了个"刀枪不入琉璃屋"，算是下山虎"如胶似漆"捆绑术之外的双保险。何律则暗中设了"墨守成规II"，是琉璃屋外的第三重保险。

唐凛放心地将 Guest. 006 交付，甚至都没看他们是怎么加固防御的——让他放心的不仅仅是八人守一人，更是因为这八人里有何律。其他人可能会在面临情况变化时有改变，有动摇，或者干脆就随心情，但何律不会。何律答应了看住 Guest. 006，就一定会执行到底。

拿出南歌的发圈、郑落竹的皮质手绳和丛越的巧克力豆，唐凛试图开启“狼影追踪Ⅱ”，然而酝酿了半晌，已经被透支的精神力根本无法启动文具树。他一连努力了几次，鼻尖都渗出了汗珠。最后一次被范佩阳直接打断：“别试了，你在这里休息，我带他们去找。”

霍栩、全麦、小组织成员同时皱眉。唐凛带队他们没意见，毕竟是 VIP 的组长，也是半数留守半数围捕方案的制定者，但他们可没同意如果唐凛不能带队就顺位到范佩阳。范佩阳这种随时随地都把自己当成领导者的态度已经让人很不爽了，关键他还不是刻意的，就是发自肺腑天经地义地这么觉得，于是就更欠揍。

大四喜和江户川看出了旁边三人的不爽，不约而同地无声叹息。以为唐凛带队，范总就乖乖和你平起平坐了吗？太年轻！太幼稚！范总只有在面对唐凛的时候才自动代入“组员”身份，其余时候就是拿看员工的眼神看众生啊！

“怎么了？”布置完 Guest. 006 的“牢笼”，何律发现这边好像卡在了什么环节，便过来关心地询问。

唐凛无奈苦笑：“刚才抓 6 号的时候体力透支了，现在操控不来文具树。”

何律一看地上摆开的三个小物件，就知道唐凛想用“狼影追踪”去找伙伴，他沉吟片刻，回头叫：“三道杠。”

被召唤的男人立刻跑步过来，在何律面前笔直站定：“组长。”

何律开门见山：“我想借你的‘‹幻›元气满满’给唐凛用，以后有机会再还给你，没机会就用其他东西还你。”

如果是自家组长用，三道杠绝对二话不说，但给一个不相干的人……

“我能拒绝吗？”三道杠的语气毫不客气，皱起的眉头让眉上的三道伤微微扭曲，透着抗拒。

“你的东西，当然可以。”何律有些遗憾，但也仅此而已。毕竟治愈系幻具极其难得，关卡内流通的本来就少，就算有，也都贵得离谱，自家伙伴好不容易得到一个，从地下城一路到这里都没舍得用，现在让他拿出来给其他组织的人，确实强人所难。

唐凛在何律向三道杠开口的时候就既诧异又感动，如今何律被拒，陷入尴尬，他更是过意不去，连忙开口：“不……”

他想说不用了，他可以再休息一段时间看看，如果仍缓不过来，大不了不追踪了，改变战术，可才说了一个字，就感觉到一阵温暖的力量充盈进身体，体力和精神力都回来了。

他带着一丝错愕，不确定地去看三道杠。

后者不耐烦道："别看我，要谢就谢我们组长。"

唐凛莞尔。什么将带什么兵，何律那样的人，带出的组员就算没圣光，也都是坦坦荡荡的。

"谢谢这种话光说没用，"唐凛点开手臂上的图标，举起来将文具树亮给何律和三道杠看，真心道，"从现在开始，只要我在关卡里，能操控文具树，你们铁血营的伤员我负责了。"

何律和三道杠走近去看文具树界面。全麦和江户川也好奇地凑热闹。

"你的第一棵文具树觉醒了，还是治愈系？！"全麦眼睛都看直了。他引以为豪的反弹伤害型文具树和治愈系一比，就是筋肉怪和圣天使的区别好吗！

"镇痛止疼、治标不治本、快速愈合、大病初愈……"江户川一个个念文具树的名字，待到"大病初愈"，彻底没法冷静了。这几乎就可以治疗一切伤势了，虽然是"初愈"，可能不会让被治愈者立刻精气神满满，但你都"愈"了，还好意思要更多，你咋不上天？！

"你们铁血营这是捞着个关卡内终生有效的治疗 Buff（增益效果）啊！"江户川眼睛像铜铃似的瞪着何律和三道杠，尤其是三道杠，眼神仿佛在说："你还好意思对人家唐凛粗声粗气？"

何律和三道杠怎么也没想到唐凛会有治愈系文具树。何律还好点儿，至少知道唐凛有两棵文具树。三道杠则彻底震惊了，那感觉就像街边随手救个路人，结果路人是绝代宗师，要给你武林秘籍。

"我认识的所有闯关者里，还没有一个是治愈系文具树。"何律缓过神来，仍觉得不可思议。

"可能因为我在前十三关只接触过'‹幻›完好如初'。"唐凛也只能想出这一个原因。

完好如初。

范佩阳的眼睛，因为这四个字，闪了一下。

不是因为旧事重提。他已经过了为唐凛失忆而情绪低落的阶段。现在的他，正在接受现状的基础上往前走，而且越走越感觉到这像是一条崭新的路。他在重新认识一个更多面、更鲜活的唐凛，未来不论能否找回记忆，他都不可能放开这个人。

心绪波动，是因为这四个字让他想到了一种可能：2/10 水世界训练室里，唐凛潜力的关键词就是"完好如初"，这是不是代表唐凛的治愈系文具树最终也会解锁出这一技能？如果真解锁出来了，再用一遍到唐凛身上，是不是就能负负得正，找回记忆？

等一下。万一没找回从前的记忆，又把关卡里的记忆忘了呢？毕竟自己在关卡里的表现和态度，好像也不是十全十美，水世界酒店的时候留言欺骗、擅自外出、大吵一架，得摩斯神殿的时候记忆回溯，全是黑历史……

范总眼里的光渐渐坚定。

不行。说不行就不行。就算唐凛最后解锁了“完好如初”，也绝对要禁止他使用。

唐凛瞥范佩阳一眼，总觉得范总在琢磨什么微妙的事情，这种微妙感具体解释就是“不知道的时候会忐忑，知道了之后更糟心”，所以他决定不问保平安。

注意力重新回到地上摆开的三样小物件上，唐凛屏息凝神，启动“狼影追踪Ⅱ”。这次再没阻碍，半空中迅速出现一团黑雾，落到地上聚成狼影，开始低头嗅三样物件。

霍栩忽地在自家组长果断的执行举动里生出一丝疑惑：“你之前不是说，我们是猎物，猎物就要有猎物的自觉，比如等猎人主动找上门。”

现在都要出去边找队友边围捕了，这转变也太大了点儿。

“此一时彼一时，”唐凛看进自家队友眼底，语气真挚，“记住，世界上只有一件事永远不变，那就是变化。”

霍栩：“……”总觉得有点儿道理，可细一想，又云里雾里。

江户川在心里感慨一叹，不会用哲学原理忽悠组员的骗子不是好组长。

霍栩越沉思越蒙圈，决定放弃，余光再次瞄见唐凛摆开的发圈、手绳、巧克力豆，又后知后觉生出个疑问：“你之前找到我，是用什么东西进行的追踪？”

聚精会神看小狼左嗅嗅右嗅嗅的 VIP 组长，用假装没听见来逃避揪了自家伙伴一根头发的事。

霍栩还想追问，小狼突然转身，毫不犹豫向森林里跑去。

唐凛连忙将小物件收好，起身操控狼影的速度，对六个伙伴道：“走。”

第　二　章

FAN SHOU LIE | 反狩猎

1

二十分钟后，森林某处。

南歌倚在一棵树下休息，她走路走得腿都酸了，对这片迷雾森林彻底绝望。

她也想过用“余音绕梁”和队友们沟通，但一来就算沟通上了，她也无法报自己的方位，二来自家组长那边有属于他们的小物件，如果唐凛没遭遇危机，一定会用“狼影追踪”来找她，现在还没来，那就是有事了，她不想影响唐凛。

那种如影随形的被偷窥感倒是消失了。不管是她神经过敏还是确有暗中窥探者，它的消失都让南歌松了口气。

她仰头望天。可哪儿有天？茂密的枝叶将头顶遮得密不透风，偶尔有一丝缝隙，透下来的也不是斑驳光线，而是袅袅雾气。雾不散，就没办法爬到树上看山辨方向，辨不明方向，就别想走出这片森林，简直是令人窒息的死循环。

南歌刚想叹气，忽地感觉到迎面有冷风。她本能地扑到旁边，就地滚进灌木丛。就在她躲开的一瞬间，一支箭凌空而来，“咚”的一声射到树干上，箭头深深嵌入。只要反应再慢一秒，被射中的就会是她的头。

南歌从灌木丛里起身，直直看向羽箭射来的方向——对方瞄的就是她，她的动作自然也在对方眼里，再躲藏没有任何意义。

“你没跑，倒是很让我们意外。”不远处的树后面走出两个男人，一个背着箭筒拿着弓，一个赤手空拳，身材魁梧。

南歌没料到对方有两个人，更意外的是，他们就在离她这么近的地方，她竟然一点儿没察觉。

“我是 Guest. 003。”长发男人将弓也背到身后，优雅礼貌地向她颔首，不像狩猎，倒像想邀请女士跳舞。

Guest. 004 对他的矫揉造作已经免疫了，全然无视，同样对猎物报上自己的编号：“我是 4 号猎人。”

猎物们进入第二阶段，猎人们也一样。在这一阶段，他们的规则同样不变，唯一多出的环节，就是需要向猎物表明自己的编号。

南歌没有抬手再查看“小抄纸”，那短短一条信息，她已经倒背如流了。

小抄纸：“恭喜目前仍然存活的猎物，你已进入狩猎者游戏第二阶段。规则不变，但为了奖励你坚韧的生命力，从现在开始，将公布狩猎你的猎人编号——Guest. 005。”

两个都不是她的猎人。

“很遗憾，”Guest. 003 轻轻叹息，“你不是我们的猎物，这意味着就算你打动了我们，我们愿意带你去山脚，你也无法通关。”

“所以你就不用白费力气了。”Guest. 004 简单粗暴，“当然，你也不要乖乖站在这里让我们杀。从上一个猎物到现在，我们已经在这该死的森林里转了四十多分钟，好不容易逮住一个你，作为报答，你最好拿出你全部的本事，尽量挣扎。你越反抗，我们才越有成就感。”

为了增加难度，鸮让猎人们看得见去山脚的路，却看不见每一个猎物所在的位置。Guest. 004 最初觉得这很好，充满未知和探索，现在只想骂人。

南歌一边酝酿文具树，一边保持冷静和对方交涉：“我不是你们的猎物。”

Guest. 003 微笑：“给我们的规定可没说只能杀自己的猎物。”

Guest. 004 摊手：“要怪就怪 6 号没选你吧，你要是他的，我们就不动了。”

南歌定定地看了两个猎人几秒，确认这两个家伙是打定主意要拿她开刀了。虽然不清楚两个猎人的实力，但这么长时间积累下来的战斗本能让南歌感觉到了危险。二打一，估计不乐观。跑，更是主动往枪口撞，Guest. 003 正愁没移动靶子射箭呢。

“‘尽量挣扎’是吧？”南歌忽然重复了一遍 Guest. 004 的变态要求。

两个猎人微怔。

南歌客客气气地说：“那我开始了。”

话音落下，“曼德拉的尖叫 II”启动，“啊——”

凄厉的叫声震动了树梢枝叶，惊跑了休憩飞鸟，吓走了林间小兽，强势覆盖了以尖叫女王为圆心的近三分之一迷雾森林。

尖叫范围东部，跟着狼影一路寻来的唐凛几人同时停住。

唐凛：“是南歌！”

霍栩：“也只有她能叫这么恐怖了。”

全麦：“对吧对吧，我就说跟女巫降临似的，莱昂那小子非说她人美声甜！”

霍栩、范佩阳、大四喜、江户川：“……”

人是真美，但声甜……不亏心吗？！

尖叫范围西边，完全不知道自己被队友出卖了的莱昂，以及同行的丛越、周云徽、华子、清一色、对对碰、佛纹、骷髅新娘、其他组织成员等十三个人，也被刺耳尖叫吓一激灵。

他们十三人原本分属好几队人马，是在森林里迷路着迷路着就彼此遇见了。在遇见之前，除了莱昂、丛越他们这一队，另外几队人马都是从猎人手中死里逃生的，每一队都死了人，也目睹了猎人的强大，现在基本处于惊弓之鸟状态。

还没等他们在尖叫声里缓过来，莱昂和丛越已经离队开始往尖叫的方向走……不，是跑。关键是两人在队伍里也不是站一起的，根本没商量，就是不约而同，那叫一个默契。

“你俩去哪儿？”队伍里立刻有人喊，再不喊两个家伙都跑没影了。

“我去找南歌，她就在附近，可能是遇见猎人了！”丛越头也不回地狂奔，也不管后面那些人知不知道南歌是谁。

莱昂更是连解释都没工夫，三两步就超过丛越，成了领跑。

丛越不甘心，再次加速，自己的队友，哪儿能让其他组织的男子领先救援！

清一色挠头：“是我的错觉吗，怎么感觉越喊他俩跑得越快？”

骷髅新娘问：“我们现在怎么办？”

周云徽、佛纹异口同声：“追啊！”

和 VIP 一路闯关过来的，怎么可能听见南歌出事了还冷眼旁观。

继莱昂、丛越之后，骷髅新娘、周云徽、华子、佛纹，以及拉着自家一脸蒙的对对碰的清一色，也跑了。

十三人跑了八个，就剩五个，顿时孤单凄凉。五人互相看一眼，还犹豫什么，追吧。虽然那边有猎人，但十三个打一个，总比五个随时可能被暗狙强啊。

尖叫范围边缘，再偏南一点儿，关岚、郑落竹、五五分、郝斯文、十三幺、两个别组成员共七人，也是在森林里一点点会合出来的队伍，正在给一棵新的树做标记，以辨别走过和没走过的路。

正在树干上做记号的郑落竹手上一顿，抬头看着某个方向微微发怔。

关岚："怎么了？"

郑落竹："我好像听见了南歌的尖叫。"

关岚歪头，仔细听，其他人闻言也一起侧耳，但并没有什么特别的声响。

"你是不是听错了？"十三幺抓抓自己留着杀马特发型的头，"心里总惦记，就容易有幻觉。"

"不行，"郑落竹果断收回刻树的匕首，说，"我得过去看看。"

可能有九成九是幻觉，但就那零点一的"不是"，他也不能拿南歌的命去赌。

"哪边？"关岚忽然问。

郑落竹一时没反应过来："什么？"

关岚白他一眼："我问你，尖叫声从哪边传过来的？"

郑落竹抬头，锁定刚才第一感觉的方向："那边。"

关岚在树干上刻下最后一笔，完成一个大环套小环的甜甜圈简笔画，收刀："一起去。"

而曼德拉的尖叫中心，Guest. 003 和 Guest. 004 正被刺耳的女高音震得呆若木鸡。

这音波带来的杀伤力对于他们来说不算什么，顶多就是轻度的耳膜疼痛和头脑发涨，不会对战斗力造成实质性影响。但问题是他俩谁都没料到，对面的猎物会忽然喊得这么悲惨凄厉。他俩才和猎物寒暄了几句，根本没动手，这喊得像他俩把她怎么样了似的，碰瓷也得讲道理啊！

"曼德拉的尖叫 II"在经过这一阵子的训练后，单次持续尖叫的极限时间已经能达到近四十秒。但南歌没尽全力拼极限，在喊到二十秒左右时就收了声。因为这波攻击再持续下去，也没有多大意义了。

能让每一个闯关者都头晕耳鸣难受得几乎无法集中精神力去操控文具树的"曼德拉的尖叫"，却只是让两个猎人蹙起了眉，而这一点点表情的变化，还有很大部分来自她尖叫的突然，而非她尖叫的杀伤力。

没有任何胜算。

南歌抿紧嘴唇。别说两个猎人，就是只有一个，她都逃不掉。

但是逃不掉也要逃。她好不容易能重新站起来，还有了那么多伙伴，她绝对不要死在这里，拼尽最后一口气也要逃。

"怎么不叫了？"Guest. 003 歪头按了按耳朵，"我还没听够呢。"

你就装吧。Guest. 004 在心里鄙视一句，懒得拆穿，目光仍锁定在南歌身上："这就是你的能力了？尖叫？"

无视对方的轻蔑，南歌一本正经地科普：“音波可以造成震动，当震动频率超过物体本身的负荷，物体就会损毁。”

“那是理论上，”Guest. 003负手而立，长发优雅，“但就我刚刚实际听到的，你现在……顶多能震碎个玻璃杯？”

“我可没那么多时间听你们这种枯燥的谈话，”Guest. 004张开手掌，握了几下拳，盯着猎物的眼里，杀机已按捺不住，“既然你攻击完了，那现在就换……”

“你能听见我说话吗？”

一个轻柔的女声，在3号、4号两个猎人耳内同时响起。二人一怔，条件反射去看南歌。

南歌茫然地眨眨眼睛，比纯白还纯白，比无辜还无辜。

“你能听见我说话吗？”

那声音又来了，这次比前一次又低了些，温柔中透着一点儿沙哑，可以确定根本不是眼前这个只会尖叫的女人的声音，况且女人从头到尾嘴巴根本没动。

“傻瓜，我在你后面。”

两个猎人同时回头，然后发现，咦，隔壁的动作怎么和自己这么整齐划一？

“你也听见了？”Guest. 003问。

Guest. 004愕然：“你也？”

“沙沙沙……”草木被持续擦过的声音骤然响起。

两人对视一眼，忽然回过味来，调转视线重新再去看猎物。

谁还在那儿乖乖等你。南歌早钻进灌木丛跑出了很远，连背影都快要消失了。

“我就说是她！”Guest. 003懊恼咬牙，拔腿就追。

Guest. 004加速跟上，还不忘和对方掰扯：“你什么时候说过了？！”

南歌头也不回往前狂奔。“余音绕梁Ⅱ”其实已经可以不开口说话，直接在心里传音了，而得益于唐凛严格的训练要求，她在进关卡的前夕，又参悟了让“余音绕梁”的声音产生变化的操控。这种变音其实就是在原有声音的基础上进行各种伪装，就像给同样一个盒子换上各种不同的包装纸。

事实证明，艺多不压身，关键时刻能救命。

但南歌很清楚，她还远没跑出危险区域，身后追击的脚步不仅没远去，甚至还好像越来越近。她不敢回头，因为回头也浪费时间，她只能拼尽全力去跑，心脏几乎要跳出胸腔。

疾风迅驰，树影飞掠。

Guest. 003和Guest. 004虽然起步晚，速度却比猎物快了一倍还不止，几乎眨眼间就把猎物提前起跑拉开的距离缩短了一大半。Guest. 004再接再厉，一个大跨步，竟甩开了

Guest. 003，就要追上南歌了。

和猎物的距离仅剩几步之遥，Guest. 004 脸上露出森冷狞笑，粗壮手臂像砍瓜切菜一样朝前面逃跑的背影大力一挥！几步的距离，虽然近，却不是一臂就能触到的，Guest. 004 的手臂自然挥了空。可手臂带起的风却像利刃，唰地划破南歌的后背。

“唔——”南歌只觉得后背一凉，接着就是火烧一样的疼，她咬紧牙关忍住了叫声，脚下却一踉跄，整个人扑倒在草丛里。

Guest. 004 乘胜追击，又往草丛里甩了一个手风利刃。

南歌根本来不及回头去看什么情况，只是倒地的一瞬间就感到了追击而来的冷冽的风，完全是凭本能往旁边一滚。

“唰——”看不见的风刃扫过，被削断的杂草纷飞。

南歌迅速起身，这才看清，追过来的是 Guest. 004，而他的手里什么都没有。

一个能用掌风造成杀伤的猎人，近战。南歌在心里飞快分析着。另外一个是射箭杀人，远程。难怪他俩会搭档。

“4 号，你跑那么快干吗？”不远处，Guest. 003 的身影渐渐清晰，“就她那点儿速度，你还怕追丢了？”

一向要求自己姿态优雅的 3 号猎人，早在看见 4 号把人追到之后，就由跑改走了，省力的同时，还能在最后这段路上调整呼吸，让自己看起来更从容。

“永远不要轻敌，不然你会吃大亏。”话是和 Guest. 003 说的，可 Guest. 004 的视线再没从南歌身上移开半分。让猎物跑一次是大意，跑两次，就要自我反省了。

南歌浑身绷紧，一点点往后退。

攻击力、防御力、速度，每一项指标，猎人都是碾压性的。

“难怪在山脚的时候，你们要把我们分开。”南歌之前只是怀疑，现在确定了，“猎人的数量一定不多，所以你们才不敢直接和我们打团战。”

“你还不算笨。”Guest. 003 在距离六七米处停下来，取下背着的弓，又取了一支箭，“4 号，躲开。”

Guest. 004 不干了，追到猎物的是他，现在离猎物最近的也是他，凭什么猎物要到手了，叫他让：“你别添乱，她是我的。”

Guest. 003 纠正：“她是我们俩的。”

“之前是，”Guest. 004 说，“但现在是我先追到的。”

Guest. 003 搭弓，瞄准，声音冷下来：“躲开。这次归我，下次让你。”

距离上一只猎物已经过去太久了，他手都凉了，鬼知道这无边森林里，撞见下一只猎物要等到什么时候，他才没那么傻。

南歌:“……”这辈子第一次被两个男人抢，结果是为了抢着杀她，人生真是太失败了。

“要我说，你们也别争了，”另外一个方向忽然传来声音，“最好都滚。”

两个猎人一起循声望去。说话的是一个穿绿白相间运动服的青年，但给他助阵的一字排开，算上他，足足十三人。而站在绿白相间运动服旁边的一米九多的冷漠男人，正举枪一样举起手指，瞄着 Guest. 004 的头。

南歌意外地瞪大眼睛：“周组长？莱昂？越胖胖！”

从越：“……”虽然给自己排到了第三，但语气和前面两个不同，他还是欣慰的。

“不是，我们就不能有姓名吗？”清一色、佛纹、骷髅新娘、华子同时抗议。

对对碰很有陌生人的自觉,主动开口:“虽然之前咱们一起沿着河岸赶了几个小时的路，但也没机会和你说上话，我叫对对碰，莲花的，你真好看。”

南歌其实完全没在听后面的话了，在反应过来真的是十几个闯关者从天而降后，她就知道自己死不了了，劫后余生的庆幸和感激让她心潮起伏，根本控制不住。

“站在那儿别动。”莱昂忽然说。

南歌对上他的视线，眨了眨眼，不太确定地反问：“我？”

“你不动，我的狙击就绝对伤不到你。”

话音未落，“高级狙击者Ⅱ”已然开火，三连击，全送给 Guest. 004。

Guest. 004 猛地向后一跃，躲开空气子弹，可刚一落地就觉得后背一沉，回头，就见一个大男人章鱼似的扒在他后背上。

“我叫骷髅新娘，”男人一胳膊勒住他的脖颈，愉快宣布，“你也可以叫我‘背后灵’。”

骷髅新娘的文具速度是快，对于被选中的目标来说，这波攻击出其不意。但对于不远处围观的 Guest. 003 来说，一切就尽收眼底了。所以在骷髅新娘覆上 Guest. 004 后背的下一刻，他原本就瞄着的箭已经离弦而出。

“咻——咻……”

咦？ Guest. 003 诧异地看着自己的箭越来越慢，越来越慢。

人群中的从越不动声色操控着“慢慢来”，深藏功与名。

为什么不直接用“静止键”让羽箭完全停下？那是因为——

“咣当！”斜扑过来的人，用铁板挡住了已经减速一大半的羽箭。

“竹子？”从越也被突然出现的队友惊到了，再往远一看，更是张大了嘴，“关岚组长？五五分？郝斯文……”

可不止这些，还有一个莲花的十三幺、两个其他组织闯关者，一共七人。

十三加七，二十人。这下连 Guest.003 都有点儿没底了。不久前他还心心念念赶紧让他遇见猎物，现在可好，人家组团来了。

“咳，”他放下弓，一边往后退，一边呼唤同伴，“4 号……”

Guest.004 被骷髅新娘勒着，被莱昂瞄准着，被郑落竹铁板呼着，还不知道什么时候中了佛纹的“禅心”，现在整个人就像一朵飘在天上的云。但他又飘不走，因为脚下已经陷入清一色的“流沙河”。

Guest.003 和这位纯属萍水相逢临时搭档，可没什么深厚交情，果断背弓转身，不承想转过身来，又一个晴天霹雳——背后来了第三队人马，又是七个。

“南歌，没事吧？”唐凛的目光第一时间先找自家伙伴。

“放心！”南歌毫不犹豫回应。

“她受伤了，后背。”语调毫无起伏的莱昂就像一个没有感情的谎言粉碎机。

南歌：“……”

情势瞬间逆转，两个猎人反倒像落到捕兽夹里的可怜小白兔。

“组长？范总？小霍——”从越激动地大喊出声，这下 VIP 全了啊！

霍栩：“……”不会叫可以不叫。

二十七比二。

双拳难敌四手，恶虎架不住群狼。

雾似乎淡了。有风吹过，拂动了 Guest.003 的长发，也吹起了他对“胡乱狙击分散猎物法”发明人 Guest.001 的愧疚和思念。

“你们赢了。”Guest.003 投降似的举起弓，沮丧的目光扫过众闯关者组成的严密包围圈。

算上南歌，这里一共二十八人。人一多，嘴就杂，立刻有闯关者出声：“你还挺识相。”

“玩个游戏而已，难道还真要我豁出命去？”Guest.003 自嘲地扯扯嘴角，脚下却忽然一蹬，整个人竟在众目睽睽之下一跃跳到了树上。

语言和行动的巨大反差，让很多专心听他说话的闯关者猝不及防。

可总有警觉的。范佩阳的隔空飞石和莱昂的狙击几乎在他跳起的同时就射了过去。然而 Guest.003 的速度太快了，哪怕只是跳跃，也像瞬移一样，咻地就上了树梢。飞石和空气子弹悉数击空。

Guest.003 在落到树上的一刹那就融入了茂密枝叶里，这让后面反应过来想用文具树攻击的闯关者根本无法锁定目标。大家只能听见 Guest.003 在树冠间穿行的沙沙声，然后就是从这一棵树跳落到下一棵树的脚步声。

莱昂转身就给了被文具树重重围困的 Guest. 004 小腿一枪。Guest. 004 根本没防备，身体的基础防御也在放弃斗志那一刻降到了较低水平，直接被这一枪打穿小腿，疼得“啊”的一声惨叫，本就持续不了多久的“禅心”在剧痛里提前失效。

Guest. 004 再顾不得“尊贵”的姿态，破口大骂：“3 号跑了，你狙我干什么？！”

莱昂面无表情：“防止你也跑了。”

众闯关者不约而同瞥向南歌受伤的后背。这是教科书版的公报私仇啊。

“带上他，一起追！”唐凛当机立断，“这里太容易迷路，不管能不能追到 3 号，我们自己不要分开。”

众人不再耽搁，由对对碰的“一路顺风”加速，大部队朝 Guest. 003 逃跑的方向急速追击。

Guest. 004 则被敲晕了，由身强力壮的几个闯关者换着扛。他们不怕 Guest. 004 被突然颠醒然后逃跑，因为可怜的猎人身上还套着关岚用“恶魔之手”赐予的低烧不退和郝斯文的“捆仙索”，以及小腿上的一枪。

大约六七分钟之后，二十八人追到了一片树少灌木多的地带。这里视野开阔不少，抬头就能看清为数不多的几个树冠，却再捕捉不到 Guest. 003 穿行的声音，更别说身影。

“得，还是追丢了……”周云徽气喘吁吁，有些郁闷地踢飞脚下杂草。

“唐队，你不是有‘狼影追踪’吗？”江户川燃起希望，“咱们可以追踪他啊。”

“要有目标身上的东西或者物品才能锁定追踪。”这个郑落竹就能帮自家组长解释，“我们现在上哪儿去找属于那家伙的东西？”

“箭！”随莱昂第一拨赶到救援现场的某小组织闯关者灵光一闪，“他之前射南歌那一箭不还钉在树上吗？”

丛越翻个白眼：“我们都快跑出几里地了，这鬼打墙的地方，你还能原路找回去？”

有自家伙伴当发言人，唐凛落得清闲，他径直走到南歌身边，查看她后背的伤。

南歌有点儿不好意思，一个劲儿转身，不让他看：“小伤，没事儿。”

“你再转，我就晕了。”唐凛哭笑不得，也不和队友卖关子了，“你组长我的第一棵文具树解锁了。”

南歌愣了下，而后立刻惊喜道：“真的？是什么，快让我看看！”

唐凛好整以暇：“你先让我看。”

南歌服了。时光仿佛倒流回幼儿园，一个叫作唐凛的小朋友拿着小火车说：“你想玩我的小火车，就先把你的洋娃娃给我。”无奈叹口气，她转身，背对唐凛。

交换得逞，唐凛原本还在小得意，可看见南歌后背的伤之后，再笑不出来了——一道长而深的斜向划伤从左肩胛骨一直到腰右侧，没有深到见骨，如果非要严格归类，也还算皮外伤，可伤口周围被割开的衣服，已经让血浸出一大块一大块刺目的红。

不忍心再看，唐凛敛下眸子，屏息凝神。薄雾一样淡金色的光洒下，轻柔笼住南歌。

南歌愕然。她清楚感觉到背后灼烧一样的疼痛在慢慢冷却，伤口开始发痒，就像新肉在生长。

“组长？”她不可思议地回头。

唐凛抬起头，调皮一笑：“你以后也可以叫我队医。”

震惊的不只南歌。除了和唐凛一起追踪过来的六个人，其他闯关者都不可置信地重新去看那淡金色的光。他们原本以为是唐凛给自家伙伴用了一次性治愈文具，现在听这话音，是唐凛的文具树？！

“你的文具树不是狼影吗？”有人无论如何也想不通，“怎么又成治愈了？”

不用唐凛开口，热心伙伴就帮着科普了：“你怎么消息这么滞后，整个集结区都知道，他有两个文具树，一个狼影系，一个一直没解锁。”

唐凛：“……”原来自己还是个名人。

“真是治愈系吗？”二十来双眼睛齐齐看他，等一个终极答案。

唐凛点头：“真是。”

所有伙伴：“……”

有钱，有颜，现在连治愈文具树都有了……柠檬树上柠檬果，柠檬树下这还让他们怎么活！

莱昂是唯一一个没太大反应的。从头到尾，他的眼睛都盯在南歌的伤口上，就像一个监工者，一直监督到“大病初愈”完成任务，才不着痕迹地收回目光。

他收回了目光，甜甜圈们可没有。

全麦：“完了，我觉得莱昂要栽。”

五五分：“你都看出来了，那是真完了。”

关岚：“南歌看不上他。”

全麦：“为什么？莱昂除了话少点儿，人冷点儿，性格孤僻点儿，下手凶残点儿，没大毛病啊。”

五五分：“……你绝对是高级黑。”

关岚：“不是这些问题，是身高。”

全麦、五五分：“啊？”

关岚：“身高超过一米九的男人，谁会要？”

全麦：“……”

五五分：“组长，你不能拿你的喜好往人家漂亮小姐姐身上套。”

全麦：“我其实早就想问了，呃，你就说实话吧，到底被哪个一米九的男人伤害过？”

关岚：“……”

全麦：“你拿出两块蛋糕做什么？”

关岚：“A. 地狱红丝绒；B. 黄泉黑森林。你俩一人选一个，乖。”

全麦：“……”

五五分：“我又没打听你的八卦！”

十分钟之后，南歌伤势痊愈，虽然精气神还没完全恢复，但刚才带伤都能咬牙坚持，现在更是战斗无碍。

唐凛把大家聚到一起，拉开裤腿上众多口袋中的一个，小心翼翼拿出一撮毛，放到地上。

众闯关者低头看半天，像是头发，但因为上面全是淤泥，都打绺了，又不是太确定：“啥玩意儿？”

“Guest. 002 的头发，”唐凛解释，“沼泽地里拉扯的时候留下的。”

众人恍然。沼泽地，那就难怪了……不对，等等，什么叫“留下的”，分明是你战斗中趁人不备薅的吧！

霍栩也没料到，唐凛救他出沼泽的同时，还顺手揪了 Guest. 002 的头发。下一秒，他也不知道怎么回事，无意识地就摸了摸自己的头。

“山脚下消除重力让我们飘浮的就是 Guest. 002。”唐凛没详细讲霍栩和 Guest. 002 的遭遇战，只抓紧时间说重点，“追丢了 3 号没关系，我们现在去找 2 号。”

“没问题，”众人集体赞成，“抓到一个算一个！”

“想继续追 3 号也行。”范佩阳忽然开口。

唐凛疑惑地转头，见他一脸笃定，立刻明白了：“你有 3 号的东西？”

范佩阳没答，直接把东西从口袋里拿出来，放到了地上 2 号的头发旁边，是一枚从羽箭上撬下的箭头，被擦得很亮，泛着寒冷的金属光泽。

“你还真沉得住气，”有人开始吐槽，“刚才追 3 号的时候你怎么不拿出来啊？”

这话 VIP 的人就不爱听了，郑落竹和丛越抢着要开口，维护范总，结果有人比他们还快。

“你能不能动动脑子，”骷髅新娘义愤填膺，“刚才我们追那么紧，正是争分夺秒的时候，哪儿有工夫说这些？”

“那最后不还是追丢了吗！”

江户川：“最后是最后，当时又不知道。反正换我，我也肯定先追，追不上再说追不上的话。”

“我说，你们步步高升什么情况，VIP 后援会啊？”

佛纹：“兄弟，不要暴躁，要不要来个‘禅心 SPA’？”

“……”

“别浪费时间了，”关岚走过来，“到底是 1 号、2 号还是 3 号，选一个先追着。”

众人莫名其妙看他：“哪儿来的 1 号？”

吧嗒，两颗犬齿被丢到地上，和头发、箭头组成“猎人物品展示小组”。

众闯关者看看三样物品，再看看范佩阳、唐凛、关岚，心情一言难尽。你们是乌鸦吗，去哪儿都要顺点儿东西回巢里做纪念！

雾散得更开了，抬头，高处的树叶已隐约可见淡淡的光。那是阳光在努力照向这片森林。

黑雾化成狼影，认真地嗅着它要追踪的目标。

唐凛环顾所有伙伴，勾起嘴角：“反狩猎，开始。”

2

试炼区，顾问室，厨房。

索贝克已经在烤箱前守了快两个小时，中间除了给烤鸡刷了几次蜂蜜，剩下的就是倚靠着餐台耐心地等。无所事事中，人就爱犯困，这会儿他眼睛都睁不开了，一下下点着头，要不是烤箱运转的声音绷着他最后一根弦，估计早睡过去了。

终于，烤箱发出欢快提示：“主人，你的烤鸡好了哟！”

索贝克陡然精神起来了，就像先前啄木鸟点头似的不是他一样，立刻戴上隔热手套，打开烤箱，端出一个超大的烤盘，上面整整齐齐摆了七只烤鸡，表皮被烤得酥脆金黄，油脂和蜂蜜融合冒出诱人的香气。

端着比自己身体还宽出许多的大烤盘，索贝克那叫一个有成就感，几乎是迫不及待就回了工作区——倒不是着急炫耀厨艺，实在是两小时前，那帮家伙就嚷着“好无聊啊”“索贝克你那里还有没有好吃的？”诸如此类，弄得他一下子使命感爆棚。

其实也不怪大家无聊到想吃东西，4/10 的闯关局面完全是一边倒。从闯关者们被猎人偷袭驱散，大部分进入森林开启“迷路之旅”后，剧情就进入了“猎人寻找目标，击杀，再寻找新目标，再击杀”的无限循环。连索贝克这样守关经验匮乏的都看得出来，这一次的闯关什么时候结束，完全取决于猎人们的运气——运气好，在森林里碰见闯关者的频率高，自然关卡结束得也快。

不过再慢也慢不到哪里去。根据 4/10 的规则，一旦天黑，关卡就会自动进入第三阶段，到时无论是猎人还是闯关者，都会收到新的地图。新地图上，所有人的位置都会被标记出来，猎人或者闯关者只要移动，标记就会跟着动。也就是说，这张新地图基本就是追踪图了，届时闯关者们藏得再好也是徒劳。

当然，对于那些想和猎人正面对决的闯关者来说，地图也可以帮助他们更精准地找到自己的猎人。但是在见识了猎人们强悍的战斗力之后，还会有这样的闯关者吗？索贝克对此表示怀疑。

思绪间，他已端着烤盘回到工作区。本以为不用他出声，烤鸡的香气就会立刻吸引大家的注意，不料工作区根本没人回头。他这才发现，工作区安静得有些异样。那些在他离开这里去厨房时还喊着无聊，抑或有一搭没一搭讨论着关卡进展、八卦着猎人能力的同事们，现在全都专注地盯着投屏，没人再说话聊天。投屏里传出的关卡内声音成了空气中唯一的声源，这反而衬得工作区更寂静。

这样的静，让索贝克莫名感觉到一丝严肃和压抑。他没敢打破，轻轻将烤盘放到角落的桌案上，一举一动几乎无声。

然而还是有靠后坐着的人发现了他，调皮地吹了口哨："下午茶来了！"

轻快口哨打破了工作区凝固的氛围，空气终于又流动起来。众守关人纷纷回头，有些被香气勾出口水的干脆直接起身。

"我先尝一口——"

"我要鸡腿，都别和我抢！"

"十四条腿呢，撑死你。"

"哎？刚才谁喊的下午茶？有用烤鸡当下午茶的吗？"

"现在正好下午，不然叫什么，加餐？"

"那不行，没美感。"

"……"

索贝克带着笑意穿过瓜分烤鸡的同事们，来到投屏前。有一些同事没动，还坐在那儿。索贝克随他们一起望向投屏。

最中央的画面里，二十几个闯关者正在和 Guest. 002 战斗。

2 号猎人的能力是重力消除，索贝克记得最初在山脚下，就是他和 1 号猎人联手将九十几个闯关者一举分散的。现在他故技重演，又将这二十几个闯关者同时悬浮在半空。

然而他自己也没好到哪里去，衣服被火燎得焦黑，脸上糊着疑似奶油蛋糕的可疑物质，脚下的路被持续颠簸，不得已只能让自己也悬浮，可是悬浮也浮得不稳，因为一直有不寻常的风在吹。这样的困境里，他还要被一个黑色的狼影撕咬，被一个白骨架子纠缠，时不时天降巨浪，远处还有看不见的子弹狙击和看得见的各种物体嗖嗖乱飞。

都不用换到 2 号猎人的身份去思考，单是作为旁观者看着，索贝克都替他感到窒息。这是什么魔鬼战斗阵？！

实在按捺不住好奇，索贝克在一排稳坐不动的同事里挑了个最爱说话聊天的——2/10 守关人得摩斯——走到对方旁边，低声搭话：“怎么回事？”

“索贝克啊，”看清来人，得摩斯叹息地拍拍他的肩膀，苍白俊美的脸上全是遗憾，“你错过了最精彩的部分。”

“猎人被反击了？”看投屏里的战斗，索贝克也猜出一二。

不料得摩斯立刻摇头，金发乱甩：“可不是反击，是彻底的逆转。”

索贝克一直盯着投屏，这会儿才发现，那二十几个闯关者中，有一个身上还挂着 Guest. 004 呢，虽然重力消除，但那人完全没撒手的意思。他惊讶地问：“4 号被抓了？”

“何止 4 号，”离得不远的 3/10 守关人潘恩转过头来，一头醒目红发，扯着嘴角，“6 号早被擒了，1 号牙都没了，看着吧，2 号也就是这一两分钟的事儿。”

索贝克听得发愣。他才离开两个小时，关卡里就换了天地了？

“这几个蠢货，就应该把分散计划贯彻到底。”1/10 守关人，常年 Cos（扮装，角色扮演）中世纪宫廷剑客的维达，双脚搭在前面一张空椅子的靠背上，夸张的帽子盖住他半张脸，“换我，才不会给这帮虫子集合的机会。”

“换你？恐怕还不如 2 号撑得久。”得摩斯无情嘲笑。

这个索贝克信。因为猎人表现出的战斗力其实是高于他们这些守关人的，甚至个别猎人是高出一大截，这其中有身体素质和特殊能力的差异，更有战斗驱动力的差异。他们守关、战斗是为了筛选，这些猎人纯粹是为了屠杀，不同的驱动力会直接影响特殊能力造成的杀伤。

“就算是虫子，只要像现在这样团结，也会有巨大的力量。”一直安静的 1/10 守关人提尔意味深长地开口，像自言自语，又像动容感慨。

索贝克怔了怔。他在试炼区后勤部门工作了这么久，几乎接触过这里的每一个人，不仅是守关人，还有许多其他岗位的同事，却还是第一次听见有人说虫子也会有巨大的力量。虫子怎么会有力量呢？索贝克不懂。就算聚得再多，也无非是碾死一只还是踩死一群的区别。

“嘁，你可别逗了，”正好有人拿着切好的烤鸡回来，是 5/10 的，闻言嗤之以鼻，“他们的力量还不都是系统给的，要没有文具树，他们连虫子都不如。”

“话不能这么说……”坐在提尔旁边，同样是 1/10 守关人的希芙开口。她不知什么时候把刚过肩膀的半长头发扎起来了，从索贝克的角度，可以一眼望到她白皙纤细的颈部。

“其实我有时候会想，这些能活到现在的闯关者也挺厉害的。”女人幽幽道，“他们平白无故来了这里，莫名其妙就要开始战斗，无法放弃，无法摆脱，只能强迫自己在最短时间内接受一切超越他们想象的关卡世界和设定，硬着头皮往前走。可是即便做到了，前路也是九死一生……”投屏的微光映着她的侧脸，却映不出她的情绪。

索贝克听见希芙问：“如果我们是这些虫子，能做的比他们更好吗？”

没人回答。工作区的空气又微妙地安静了，连那边分着烤鸡的人们都不再嘈杂。

良久，才有个 7/10 的守关人半认真半调侃地说：“喂喂，你这个思想可有点儿危险。”

他故意把嗓门放得很大，终于将凝滞的气氛打破。大家又活跃起来，自然也换了话题，仿佛之前的短暂寂静只是一个不必在意的小插曲。

索贝克看着不再开口的希芙，再看看安静的提尔、一脸不爽的潘恩、难得地若有所思的得摩斯……忽然明白了先前他端着烤鸡回到工作区时那一片寂静的空气。那是震动，是弱者，或者说他们以为的弱者，用超出他们想象的毅力和战斗力带来的震动。只是提尔和希芙说了出来，更多的人还不愿意承认。

其实索贝克也不太想承认，所以他加入了转移话题的行列，希望能为气氛轻松化添砖加瓦：“那个，他们到底是怎么集合这么多人的？”

问题才刚抛出去，他就被得摩斯抓着衣领揪到面前。眼对眼，鼻对鼻，2/10 守关人那双微微泛蓝的眸子里全是凝重：“索贝克，你记住了，以后如果还要我们回去守关，不管何时，不管何地，别动女人，尤其是会尖叫的女人。”

索贝克：“……”虽然没太懂这个道理，但莫名觉得好深刻。

3

迷雾森林里，Guest. 002 还在最后挣扎。他虽然被众多文具树缠身，但他的重力消除同样限制了闯关者们的行动。大家困住了他，却无法隔空抓住他，而范佩阳、莱昂远程攻击的石子、空气子弹同样遭到了重力消除，根本无法近他的身。至于扒在他后背的“白骨战士”，早被他打散架了。

于是现在的局面，就是 Guest. 002 在这边的半空飘浮，众闯关者在隔了七八米远的另一边半空飘浮，Guest. 002 跑不掉，而大家也无法突破无重力状态凭空靠近猎人。

“我劝你们还是换个方式，对我客气一点儿。”僵持到现在，Guest. 002 已经从最初的狼狈渐渐变得从容，他阴阳怪气地笑，“如果你们跪下来求我，说不定我心一软，就带你们去终点了。”

唐凛：“你应该早点儿提议的。”

Guest.002：“是啊，现在我已经生气了，你们再下跪也没用。”

“不，”唐凛摇头，“我的意思是，你早点儿提议，可能就不至于像现在这么凄惨。”

Guest.002 还没来得及理解这句话，就听见唐凛大声问：“对对碰，休息好了吗？”

飘浮在大部队后方的莲花组员胸有成竹：“没问题了，现在别说二十八个，八十二个我也吹得起！”

吹？Guest.002 一怔，忽然想起之前在山脚下，他用重力消除偷袭，让九十几个闯关者都悬空时，好像就是来了阵邪风，把闯关者们从狙击范围里吹走……

“呼——”

不用猎人再苦思冥想，“一路顺风”来了。猛烈的风一举席卷了二十八个闯关者，直接将他们送到了 Guest.002 面前。

胜负再没悬念。被二十多个文具树狂轰滥炸一番的 Guest.002 最终走上了 Guest.004 的老路——被捶晕。然后，郝斯文用“捆仙索”把两个猎人绑到一起；关岚再拿“恶魔之手Ⅱ”挨个慰问一遍，加点头疼脑热的 Buff；莱昂一视同仁，给 2 号腿上也来了一枪。

上完三重保险，两个猎人由最健硕的几个闯关者拖着，清一色、佛纹、江户川在旁边随行，万一等下赶路途中猎人苏醒，并奇迹般挣脱桎梏，他们可以第一时间启动“荆棘丛生”+“禅心”+“此路是我开”，让猎人们脚下没根，心里没劲，前方没路。

二十八个围捕一个，算以多欺少吗？当然算。但闯关者们不觉得这有任何问题。他们只恨大家集合得太晚，若能再早点儿，兴许有些伙伴就不用死。

“现在就差 1 号、3 号和 5 号了，”郑落竹问唐凛，“我们是继续找，还是先回去？”

他这一问，所有人目光都集中到 VIP 组长身上——唐凛的“狼影追踪”是大部队移动的依据，自然，唐凛的意向至关重要。

“回。”唐凛没半点儿犹豫。

大部分人也是这个意见。带着两个猎人再去抓第三个，变数太多，万一真混战起来，他们很容易顾此失彼。

“但是回去的路……”大家看向昏迷中的两个猎人，都失去意识了，还怎么带路？

唐凛早有准备，从口袋里摸出一把迷你多功能军刀：“出发之前，我问何律要了这个。”

众人恍然。干吗非要猎人带路，直接追踪山脚看管着 Guest.006 的何律也一样嘛。

唐凛召唤出小狼，把军刀递到它鼻子底下闻。

狼影先前一直在追踪猎人，需要时间忘记原本的味道，再记住新味道，故而嗅了许久。

众闯关者在旁边等，等着等着，就有人开始想些有的没的：“唐队，你只拿了何律的东西吗？”

唐凛不明所以，回头问：“嗯，怎么？”

“万一，我是说万一啊，何律要是不在山脚了呢，或者干脆进了森林，我们追着他不就走冤枉路了？”

有人发言，就有人附和：“对啊，人毕竟不是山，永远在那儿不动。”

唐凛摇头：“别人可能会动，但何律答应了我守在山脚，就绝对不会擅离职守。”

或许是唐凛太笃定，那人反倒有点儿不好意思了，咕哝的声音越来越小：“我也不是说他就一定擅离职守啦，就说万一嘛……”

“万一的话，”范佩阳低沉出声，“我这里还有除和尚外剩下六个人的头发。”

唐凛愕然：“你什么时候揪……咳，问他们要的？”

“这个不重要，”范佩阳说，“如果他们都跑了，我这里还有 6 号的。”

众闯关者：“……”你的危机意识太过剩了！

终于，狼影抬起头，短暂酝酿后，毫不犹豫朝某个方向跑去。

众闯关者精神一振，立刻跟上。

唐凛自然跑在最前面，可刚跑出几步，余光里突然捕捉到一抹淡淡的紫。他转头去望，下一秒，整个人停住。

“怎么不跑了？”后面的霍栩问，而后没等唐凛答，他就随着自家组长的目光望去同一方向。

约两百米的远处，一团被紫光包裹的尸体正缓缓升空。

众闯关者也陆续停下，他们都看见了。

有尸体，意味着那里有猎人。如果不是一对一，那就意味着很可能……还要继续死人。死的是谁？离太远看不清，可能是不相干的人，也可能就是自己的队友。

“嗷呜——”狼影突然呜咽着返回，在唐凛面前蹲坐下来，哼哼唧唧很不甘心。

唐凛抬手摸了摸它的头，说了声“乖”，小狼就化成黑雾散了。

他这厢刚切断“狼影追踪”，靠近紫光方向的周云徽就已经招呼大家动起来了：“这边！”

大部队一瞬间就转了方向。从头到尾根本没有谁去讨论要不要救人，每个人都在同一时间做出了相同选择，仿佛天经地义就该这样。

唐凛带着自家五个队友快步追上跑在前面的周云徽，回头对剩下的人道：“我们几个先过去，你们看住猎人，慢一点儿跟过来没关系。”

众人明白，救人要紧，但已经俘虏的猎人也不能放松。以猎人的能力，稍微松一点儿都可能被对方钻空子。

就这样，VIP 几人和周云徽先跑没了影。剩下的人带着 2 号、4 号往紫光方向步行。

远远的，唐凛就看见两个人在张弓对峙，旁边地上好像还有几个人受伤了，但被树木遮掩，看不真切。

他们的脚步声也引起了战场中心的注意，张弓对峙的两个人同时望过来。

双方相隔大约十几米，跑在最前面的周云徽愣了。搭弓射箭的猎人他当然认得，正是不久前才从他们手中跑掉的 Guest. 003，但……两个 Guest. 003？

其中一个 Guest. 003 见到闯关者队伍，整张脸都亮了，立刻大喊："你们愣什么呢，过来帮忙啊！"

进了 3/10 集结区，各组织情报一互通，其实每个人的文具树就很难再成为秘密了。周云徽第一时间就在脑内检索出了匹配信息——还乡团、祁桦、"画皮"。

周云徽和这人没打过什么交道，单凭道听途说，对这人印象也谈不上好，但现在面对的是猎人，他们立场一致。

"你们怎么样？"周云徽问。他目测祁桦没什么外伤，所以问的主要是地上那几个。

几个人显然很不好，因为已经说不出话了，只喘息着冲他艰难摇头。

Guest. 003 本来已经被祁桦搞得很烦了，他没想到有闯关者不仅能模拟外形，还能模拟他的身体素质和能力，短短几分钟的交手，简直就像在和一个低配版的自己打，上风是占了，但没绝对优势，竟然无法速战速决。现在又引来了七个人，啧。打是不能再打了，不过抽身而退还是可以很从容的。

Guest. 003 暗中打量 VIP 几人和周云徽，都是先前打过照面的，没什么令人惊艳的文具树，突围出去，不难。

想到此，Guest. 003 脸上浮起一抹不屑："你们先前的人马呢？可惜了，你们不该分开的，就凭你们几个，根本拦不住……"

"哒哒哒——"凌乱的急速行进的脚步声由远及近。

Guest. 003 吞了下口水，不再嘚瑟。

不远处，已经可见大部队模糊的身影。

周云徽耸肩："借你吉言，我们没分。"

郑落竹单手搭上他肩膀，向猎人补刀："不光没分，还越来越紧密团结。"

说话间，走在大部队前面的四个甜甜圈已经先过来了。祁桦的"画皮III"正好在这时失效。甜甜圈们都不用费心分辨，就知道是怎么回事了。

真正的Guest. 003仍搭着弓，弓弦拉得满满的，尖锐箭头直指祁桦。

“喂，都老熟人了，你就别摆造型了。”全麦朝他摩拳擦掌，“你现在有两个选择，A. 束手就擒；B. 被迫束手就擒。”

五五分：“他学你说话。”

关岚：“……我听见了。”

全麦终于知道为什么关岚总爱给人选项了，这会生出一种掌控全局的感觉，爽啊。

大部队陆续赶到，整整二十八人，算上祁桦和地上三个受伤的，三十二人。

Guest. 003没数人是二十个还是三十个，这不重要。重要的是，Guest. 002和Guest. 004也在。如果能把昏迷中的二人唤醒，他们三个联手，那就是另一个局面了。

Guest. 003飞快地在脑内盘算，忽然觉得头顶有亮光。他下意识地抬头，就见十几个火球像陨石一样往下呼呼地砸。

这是周云徽的四级文具树“繁星流火”。

Guest. 003啪地松开弓弦，闪到旁边一跃上树。然而还是有几个火球把他砸到了，可也只是燎焦了发尾，没造成真正伤害。

落在树上的Guest. 003飞快做了决定。唤醒2号和4号？呵，别多此一举了，先脱身才是紧要的。反正他已经杀了不少闯关者，够本了，接下来就是等，等该通关的通关，剩下零星几个人时他再出来，处理干净，关卡结束。

回家之后舒舒服服洗个澡吧。Guest. 003一边畅想着，一边集中全身力量，咻地跳到旁边一棵更高的树上，速度之快，就像一道瞬移的光影。落到树梢后，他猛然回身，张弓就射。羽箭离弦，一支变两支，两支变四支，待到众闯关者面前，已经分散成了十几支箭雨。

郑落竹和另外几个防御系伙伴同时启动文具树。羽箭“当当当”地射在铁板以及各种看得见看不见的防护上。

Guest. 003本来也没打算杀人，箭雨其实就是火力压制，方便脱身罢了。

“再见。”他用嘴型隔空和虫子们道别，身形一闪，“咻”地又上了更远更高……

哎？上跃途中，Guest. 003忽然觉得脖子一紧，后背一沉。他艰难回头，只见骷髅新娘手脚并用，笑容娇羞：“嗨。”

Guest. 003：“……”他恨“背后灵”！

“呼——”

狂风肆虐，是对对碰的“一路顺风”。

原就因为沉重负担而上跃速度减缓的猎人，直接被风吹得开始往下坠。Guest. 003一把抓住骷髅新娘的胳膊，用力捏紧。骷髅新娘剧痛，如果不是狂风呼啸，他发誓绝对会听见自己骨头碎了的声音。但他还是没松手。

终于，灭顶的巨浪来了。Guest. 003 直接被拍回了老地方。

对对碰第一次这么近距离看霍栩的文具树，又羡慕又惊艳：“你浪起来也太帅了！”

霍栩蹙眉，一是不太懂得怎么应对夸奖，二是这个夸奖……好像哪里怪怪的？

落地就好说了，以多欺少的闯关者们，是不会再给 Guest. 003 起身机会的——“狼影独行”，咬；“中极破坏狂”，炸；“繁星流火”，烧；“恶魔之手”，病；“流沙河”，陷……

佛纹再三确认 2 号和 4 号仍旧昏迷，这才把“禅心”转到 3 号身上去。Guest. 003 原本在重重文具树的水深火热里，感到无比愤怒和屈辱，“禅心”一来，躺平任辱。

见 Guest. 003 基本被控制住了，唐凛立刻切断“狼影独行”，改用“快速愈合”，依次将瘫在地上的三个伤员救治了。

“快速愈合”是仅次于“大病初愈”的三级文具树，可以让伤口基本愈合，但后续还需要身体自己恢复，才能好得彻底。这个没有“大病初愈”那么耗体力，但连续治疗三个人，唐凛还是气喘吁吁，额头出了一层汗。

他现在越发确认，之前文具树解锁时的“群体治疗”，是文具树突然解锁带来的爆发性力量，因为现在无论他和哪一级文具树建立联系，都得不到“群体治疗”的反馈，一次只能锁定一个目标。

“这是你的文具树？”被治疗的伤员本来以为唐凛用的是一次性文具，可一次性文具不会这样消耗体力。

这件事已经不是秘密了，唐凛大方承认：“嗯。”

三人既震惊又羡慕，旁边的祁桦心里更是泛了酸。治愈系啊，在关卡里还没见过谁是治愈系呢。这是一块多少闯关者梦寐以求的免死金牌。

大部队里的很多人，其实也是这个想法。连一向特立独行的甜甜圈，都有五五分一样的忍不住发声：“一个‘狼影’，活体 GPS；一个‘治愈’，移动生命站。我都想跟着 VIP 了……”

关岚热情洋溢：“欢迎跳槽。”

五五分微微歪头，还想得挺认真，末了叹息：“不行，他们队的人性格太奇怪了，说好听点儿是各有特色，其实就是一群神经病，我进去了，一定会因为自己太正常，而感觉和他们格格不入。”

全麦听得直点头。

莱昂瞄准着 Guest. 003 呢，没工夫搭理这边的灵魂谈话。

关岚则拍拍五五分的肩膀，很欣慰：“你能看得这样透彻，很好。”

旁边偷听到一耳朵的五六个闯关者：“……”你们甜甜圈对自己是不是有什么误解？

四十分钟后，一行人带着三个猎人，满载而归。

何律、三道杠、探花、下山虎、和尚等八人真的一点儿没动，就稳稳当当等在原地。不过他们旁边又多了两个人——浑身是血的崔战和一个其他组织的成员。

两人一站一坐，站着的那位还好，至于崔组长，靠坐着一块大石头，那不是受伤挂彩，而是根本成一个血葫芦了，衣服全烂了，浑身上下没一块好肉。就这，见大部队回来了，他还龇着两排白牙朝他们乐呢：“抓了三个？漂亮。”

周云徽差点儿没认出来这是崔战，连嘲讽都有点儿不利索了：“你……你从地狱爬回来的？”

“别废话了，”明明是互怼，可崔战声音虚弱得厉害，“我的猎人是 4 号，在你们手上这三个里吗？”

周云徽服了，命都要没了还惦记闯关呢：“在，在——”他没好气地拖长尾音，想把后面的 Guest. 004 薅过来给崔战看，刚转头，就看到了旁边和 Guest. 006 绑在一起的瘦小男人。男人也成血葫芦了，从头到脚那身伤，和崔战像复制粘贴似的。

崔战不用转头也知道周云徽在看谁，直接道：“1 号……牙都没了，还挺难对付。”

周云徽：“你抓的？”

崔战没力气了，想翻白眼，最后也只是眨了下眼：“你说呢？”

周云徽现在知道崔战那身伤是怎么来的了，但对 Guest. 001 的伤势来源一头雾水，崔战的文具树是速度系，可没有攻击系：“他咬你……该不会你也咬他了吧？”

“废话，”崔战说这两个字用力了些，牵动了伤口，靠着石头仰面喘息，“我能让他占便宜吗？”

周云徽：“那你现在牙怎么这么白？”

身后三十几个安静听着的伙伴差点儿扶墙。你关注的会不会太细节了？！

崔战：“漱口了，怕中毒。”

三十几个伙伴：“……”你还答得挺顺溜。

想知道的都知道了，周云徽没问题了，下意识地回头看唐凛。

其实他不看，唐凛也要帮的。淡金色光芒像一泓温暖泉水，将崔战包围。

十几秒后，血葫芦还是血葫芦，从外面看不出什么改变。周云徽不太确定地问：“怎么样？”

崔战试着活动手臂，刚动两下，就鲤鱼打挺跳了起来，拍拍胳膊，拍拍胸口，拍拍腿，“啪啪”的，末了一脸兴奋：“真好了！”

“你消停点儿吧，”周云徽无语，“再把伤口拍裂了。”

唐凛也意外。因为崔战伤重，他用了“大病初愈”，的确是可以将伤口都治愈，但一下子就这么有精气神，绝对是崔组长自己天赋异禀。

“你用的什么治愈文具？”崔战问唐凛，也不说“谢谢”之类的客气话，直截了当道，“以后得着或者买着了，我还你。”

“省省吧，”周云徽看傻子似的斜他一眼，“人家那是文具树。”

崔战看看已经走到自家组员旁边替组员疗伤的唐凛，再重新看回周云徽，用口型问：“另一棵解锁了？”

周云徽叹口气：“不用替他保密，全世界都知道了。”

崔战：“……”

六个猎人，五个落网。

九十六个闯关者，聚集此地的有四十二人，死亡数量不详。

何律带着留守的七个人将五个猎人拢到一起，原本的几重防具上又被归队者增加了更多的铜墙铁壁。四十二个看管五个不是问题，问题是——

“现在就剩5号了。”何律看向唐凛。

唐凛明白他的意思，却只能无奈摇头：“没有任何线索，”他把目光放到被困守的五个猎人身上，“恐怕还得问他们。”

1号已经奄奄一息了，估计对外界已经屏蔽了。2号、3号、4号都是被打晕了扛回来的，仍在昏迷。

何律再次看向曾提供过情报信息的Guest.006，双眼真诚。

Guest.006：“……我这回真不知道。”

何律没言语，似乎在判断他话里的真假。

Guest.006完全不想体验各种销魂的“严刑逼供”，直接一脚狠踹旁边离得最近的Guest.002。2号猎人一个激灵，疼醒了，世界还没看清就怒喝：“谁？”

“我。”Guest.006冷冷地问，“5号呢？”

“我哪儿知道，”Guest.002莫名其妙，顺口就答，“有没有那么个人都存疑。”

这种带着起床气的回答怎么听都无比真实。

众人面面相觑。

Guest.006不兜圈子，言简意赅：“从头到尾，我们就没见过5号，别说他在哪儿，就是他在不在这里，都不好说。”

周云徽亮出自己的“小抄纸”，把上面明明白白的“你的猎人编号——Guest.005”给他看："没 5 号，我找谁通关？"

不单是周云徽，南歌、五五分、江户川、十三幺等好几个人，都是 Guest. 005 的猎物。

祁桦的猎人是 Guest. 001，所以在听见崔战说那个瘦小的男人是 1 号时，简直心花怒放。这会儿见大家都在研究 5 号，又根本没有头绪，心里就有点儿着急了。太阳已经开始往下落，就要到傍晚了。现在是狩猎者游戏的第二阶段，会不会还有第三阶段、第四阶段？还会有什么新的危险？祁桦不想赌，也没必要为了别人去赌。

左思右想后，他开口，语气自然，就像是突然灵光一现："我想，5 号这么神秘，会不会是身上有特殊的设定？"

众人看过来："特殊设定？"

"对，"祁桦说，"就像……要满足什么条件，才能触发 5 号出场这样。"

"什么条件？"

"那就不知道了，"祁桦说，"我们现在手上除了这五个猎人，也没有其他线索。"

"哎？"有人顺着他的话往下想，"会不会是要先把五个猎人都带去终点交差了，才能引出最后一个？"

祁桦立刻接口，就像被人点醒了似的："很有可能。"

有些人似乎被说动了，有些人则还在犹豫，毕竟如果把五个猎人交差了，没引出最后一个，他们通关的无法再回到关卡内，那剩下以 5 号猎人为目标的伙伴就只能自己努力了。

唐凛和范佩阳都静静看着祁桦，一个神情冷然，目光凛冽，一个轻蔑不屑，就像在看拙劣的把戏。

丛越没自家组长和范总那么沉得住气，直接开喷："你想过关就直说，别拿什么没影的设定给自己铺路。"他太了解祁桦了，了解他的冷漠残忍，了解他的自私自利。

祁桦已经自我催眠地快把丛越这个叛徒给忘了。谁让 VIP 不好惹，没必要为一个小喽啰给自己找不痛快。不料对方直接杀出来了。祁桦被怼得脸上无光，想辩解，谁料刚一张嘴，那边又继续喷起来。

"你说得轻巧，还拿五个交差可能就触发了，那要是没触发呢？剩下的人怎么办？"

祁桦哑口无言。众目睽睽之下，他当然不可能说那些引众怒的话。

"我就是突发奇想，"祁桦咽下愤恨，努力挤出一张笑脸，"确实欠考虑了……"

南歌心里温暖。她知道，越胖胖不单是怼祁桦，更是为了自己，自己还没完成任务，越胖胖怕她这个伙伴落单。还有一直揽着越胖胖肩膀给他助威的竹子、嘲讽地看着祁桦演戏的范总、明显生气了的唐凛，以及根本无视祁桦全程四下环顾寻找可疑之处的霍栩，所有 VIP 的伙伴都没动摇过陪她到底的念头。

咦？突来的似曾相识的微妙感，打断了南歌的思绪。她本能地看周围，又是那道暗中窥视的目光！如果说之前在森林里还不能确定，现在则没有任何怀疑了，因为如芒在背的感觉太强烈。那个原本已经消失，让她以为是自己多心的暗中窥探者，跟到这里来了，而且离她很近。

郑落竹站在唐凛旁边，正摸着下巴装模作样地和大家一起思考 Guest. 005 会在哪里，就听见耳内传来了南歌的“余音绕梁”。

“竹子……”

郑落竹条件反射地就想转头看人，可耳内声音更快。

“别动。我说，你听，但是别让其他人看出来……”

郑落竹一顿，虽不解，但果断配合，维持着摸下巴沉思的姿态，定住了。

“我感觉一直有人在周围窥视着我们，我看不见他，但我能感觉到他的视线……我怀疑是 Guest. 005，如果真是这样，他的能力应该就是隐藏、隐身一类的……”

南歌也曾怀疑过，这人会不会像祁桦那样会变身，也就是说并没有“隐身”，而是变成闯关者的模样混在他们之中，才没被发现。可是不对。那道视线太直接了，不是偷瞄，根本就是肆无忌惮大咧咧地直视，否则也不会三番两次被南歌发现。然而南歌刚才不着痕迹打量一圈，没有哪个闯关者是直勾勾看着她的。所以她在心里认定了七八分——那人就是藏在暗处。

“他想不被发现，就必然要一直持续地使用能力，你用‘彩虹眼’试试，看能不能发现不属于闯关者的气流。”

一个会隐身的猎人？郑落竹现在不用装沉思了，他是真在沉思，手指在下巴上摸来摸去，那叫一个专注。难怪连其他猎人都没见过 Guest. 005，要真像南歌推测的，一切就说得通了。

旁边的众人还在讨论，因为迟迟讨论不出什么结果，部分意见相左的闯关者们火气渐渐上来了。

“我们不是不想找 5 号，但现在根本没人知道 5 号在哪儿，难道我们要放着已经到手的这些猎人不管，再去森林里、沙漠里、沼泽里大海捞针？”

“你的猎人不是 5 号，你当然站着说话不腰疼……”

祁桦先前的提议虽然被丛越喷了，可也给一部分想交差的人心里种了种子，随着时间推移，种子开始发芽。

郑落竹忽然放下手，开始劝架：“哎哎，别吵了，这么难搞的猎人我们都齐心协力抓住了，现在内讧傻不傻……”他看似上去劝架，劝完这个劝那个，实则靠着不停歇地走位，小眼神全场瞟。

南歌不动声色看着他飙演技，嘴唇抿得紧紧的，怕一放松，自己先笑场。

郑落竹很快劝完架，转身返回，归队的同一时间，朝南歌极细微地摇了头，没有。

他环顾一圈，四十二个闯关者里大约有十几个人周身显现着气流，也就是说正在使用文具树。而这些人无一例外都是防御系或者类防御系，他们的文具树全套在被俘虏的五个猎人身上呢。说白了，南歌想找的是没人认领的气流，可郑落竹捕捉到的每一股气流都有归属。

南歌神情没什么变化，可心里很失落。难道真是自己多心了？但她明明感觉到了。那不是什么虚无缥缈的第六感，那是她在地下城多年积累的经验，是她躺在那间破败的小屋里无数个日日夜夜，每分每秒都在提防的视线。她记得墙壁上的每一道裂缝，也记住了裂缝外一双双窥探的眼。这绝对不是错觉！

南歌微微垂下眼，暗自集中注意力再去捕捉，再去锁定……几秒钟后，她缓缓抬起头，望着不远处的山脚。

郑落竹听见的却是："竹子，我的右后方，你再仔细看一次。"

"渴死了，"郑落竹忽然搭上霍栩的肩膀，"给弄点儿水喝呗。"

这一搭肩太突然，也太自然，关键还特亲热，霍栩竟没反应过来，茫然地看郑落竹，严重怀疑对方认错人。可仔细一看，对方视线压根儿没在自己身上，不知道在偷看什么呢。

搭在肩膀上的手臂蓦地一沉。霍栩皱眉看着脸色突然变得严峻的郑落竹，心说这到底犯了什么病？

郑落竹哪儿还有心思理霍栩。居然真让南歌猜中了，就在她的右后方，一缕半透明的白灰色气流又淡又细，丝线一样，别说不仔细看，就算仔细看了，都不容易发现。可一旦抓住一根线头，剩下的就简单了。气流都是从身体向外发散的，随着气流方向，他很快就锁定了"隐形人"的位置。

霍栩刚想发作，搭肩的伙伴忽然走开了，从他这里径直转向佛纹、江户川、骷髅新娘、下山虎，一边朝四人走去，一边语调八卦地问："我一直好奇，你们步步高升是专门挑有文身的吸纳，还是吸纳完了再安排专人文身啊？"

四个步步高升的组员面面相觑，问题倒是不难回答，但现在好像不是闲聊这些的时候吧？

"组长……范总……霍栩……越胖胖……"

南歌看见郑落竹变了脸色，就知道结果了，趁郑落竹往步步高升那边走，飞快将信息传给了 VIP 的所有伙伴。

最后一个刚传完，郑落竹也到了步步高升几人旁边。

佛纹刚要开口回答这个不合时宜的文身问题，却发现郑落竹脚下根本没停。他越过了他们。佛纹一怔，下山虎、江户川、骷髅新娘也茫然，却见同他们擦肩而过的郑落竹突然冲出去一个饿虎扑食。

“我让你再藏——”

他这一嗓子，让正在各说各话的嘈杂大部队一霎静音，全转头望过来。只听“砰”的一声，郑落竹像是扑到了什么东西，身体相撞，发出闷响。可问题是郑落竹周围什么都没有啊！

“嗷呜——”狼影从天而降，正落在扑倒在地的郑落竹身边，张嘴就往郑落竹怀里咬。

郑落竹双手环着，怀里竟是一片虚空，可郑落竹那浑身使劲的架势，又摆明是狠狠箍着什么东西。

“咻——”

“哗啦——”

凌空又飞来一把匕首，袭来一排浪。

郑落竹像被什么力量带着，不受控制地在地上滚了一圈，匕首和浪头袭空。

终于有脑袋转得快的闯关者反应过来了：“隐身！有隐身者！”

众人一惊，立刻进入战斗状态。可还没等他们出手，就听见一个慵懒的声音，还带着一点儿沧桑的沙哑，说：“别紧张，游戏结束了……”

随着话音，郑落竹怀里的一片虚空显了形，先是一个轮廓，然后慢慢清晰，是一个穿着艳色条纹针织衫的……大叔，下巴上还有没剃干净的胡楂，眼睛像没睡醒似的，脸上一派与世无争的轻松惬意。

“你要把我勒死，可就没 Guest. 005 带人通关了。”条纹大叔拍拍紧勒着自己脖颈的郑落竹的手臂。

郑落竹不敢放松。

众闯关者围过来，唐凛观察片刻，说：“竹子，把人松开吧。”

郑落竹犹豫：“万一他跑了呢？”

唐凛：“他要真想跑，就不会现身，隐藏着和你打，脱身更容易。”

Guest. 005 轻佻地吹一声口哨：“总算遇见个聪明的。”

的确是这个道理。郑落竹想着，手臂渐渐放松。

Guest. 005 往下一蹭，便像泥鳅一样从他手臂中滑出，下一秒利落起身，整个过程身手极快。

郑落竹心里一沉，忽然意识到 Guest. 005 根本没认真和他打，更像是被他扑住，就认了。

"我和他们不一样，"Guest. 005 朝那五个被俘虏的猎人方向撇撇嘴，满是嫌弃，"我这人最讨厌暴力，我只喜欢那种在暗处偷偷围观的感觉。我来这里也不是真的搞什么狩猎，就是玩一场大型捉迷藏……"他说着说着，情不自禁仰望天空，心绪和语调一起波澜起伏，"啊，那种你们一无所知而我无所不在的感觉，真是让人心荡神驰……"

众闯关者："……"

变态，总结完毕。

"现在被你们发现了，游戏结束。"Guest. 005 失落地叹口气，结束仰望天空，看回众人，"我这就带你们去终点通关。"

"这么容易？"有人质疑出声。

很多闯关者脸上也有同样的怀疑和防备。

Guest. 005"嘁"了一声："我要真想杀你们，早在你们被分散的时候就下手了，还会特意等到你们集合，自己给自己增加难度？"

果然。唐凛心中一块石头落地。从最开始 Guest. 005 现身，他就想过这个问题，现在听对方亲口说出来，只是印证了而已。

"在森林里一直跟着我的是你吗？"南歌忽然问。

郑落竹一愣："什么森林里？"南歌刚才隔空传音的时候，只说周围有偷窥视线，可没提森林的事。

Guest. 005 却一听就懂了，有些不好意思地摸摸鼻子，承认："嗯，是啦……"

"你在森林里一直跟着她？"莱昂毫无预警出声，语调乍听还和平日一样没起伏，但周围离得近的几个其他组织成员莫名就觉得后脖子凉飕飕的。

"不跟她还跟着你们啊？"对上莱昂，Guest. 005 就一改羞涩，坦然放飞了，"你们这些粗糙的家伙有什么可看的。"

众闯关者："……"

所以屁的捉迷藏，这不就是跟踪漂亮小姐姐的潜在犯罪分子吗？！

莱昂眼底暗下来，垂着的手刚动一下，就被五五分和全麦合力握住。

"大局为重，大局为重。"两个甜甜圈用只有他们彼此能听见的声音，苦口婆心地劝。

莱昂疑惑挑眉，仿佛在问："你们以为我要动手？"

两人也挑眉："不是吗？"

莱昂轻轻摇头："不至于。"

别人听来只有三个字，但在了解自家伙伴的五五分和全麦这里，一向冷漠少言的莱昂这三个字是可以翻译出来长句的——Guest. 005 没有进一步举动，没做更过分的事，还不至于让我动手。

五五分和全麦互看一眼，心里不约而同浮出同一个问题：如果 Guest. 005 真的脑袋一热，对南歌出手了呢？

二人齐齐看向一无所知的条纹大叔。恭喜你，捡回一条命。

4

众人带着 Guest. 005 回到“俘虏区”。虽然其表现良好，但身份是原罪，还是要进入“刀枪不入琉璃屋”和其他五个猎人会合。

Guest. 005 倒很配合，让走路走路，让进屋进屋。

“六个猎人终于全了，”有人长舒口气，催促道，“我们抓紧时间去山脚吧！”

“不行，”立刻有人反驳，“我还有队友没回来。如果我们带猎人交差了，猎人重获自由，甚至可能伤势都会痊愈，那剩下的人怎么办？他们可没条件再像我们这样弄人海战术了。”

“别怪我说话不好听，你确定他还能回来？”

这话一出，空气凝固了。怎么可能确定呢？事实上，大家都心知肚明，那些还没会合的队友，很可能已经成为那众多升空的紫色光团中的一个。

可总是有人不愿意信。

“你什么意思？”

“没意思，就觉得你们这样婆婆妈妈，那就别闯关了，等完这个等那个，哪辈子才是个头？”

“都少说两句……”

“别和稀泥了！之前说没 5 号，不能交，行，现在 5 号也找到了，还不让去山脚……”

有人争得脸红脖子粗，有人或清闲或无奈地围观。甜甜圈就属于清闲派，事不关己，吃瓜看戏，早交晚交他们都无所谓。

唐凛则属于无奈派。他也想学甜甜圈不操心，反正 VIP 人都全了，不存在还有队友生死未卜的情况。但他可能天生就是操心命，见不得事情卡在一个地方不往前推进。现在六个猎人全擒获，对于他们来说算是超预期的大好局面，但越是局面好的时候越要绷住，尤其不能内乱，否则稍不留神，一点儿小差池都可能让情势反转，甚至全局崩盘。

争吵的战火已经开始扩散蔓延，不断有闯关者加入、站队，竟已隐隐分出了“等待派”和“通关派”两大阵营。

其实聚在这里的队伍，就没几个是组员齐全的，但很多人亲眼看见了自家队友被猎杀，也就没了念想，可那些早早和队友分散、没亲眼见到队友是死是活的，心里总还抱着一线希望。

范佩阳对此没什么看法，只觉得聒噪，正考虑着如果双方再继续提高音量，他是掉头就走还是暴力镇场，就听见唐凛说："范佩阳，他们好吵。"

两秒钟后，一截树枝"咔嚓"从树上折断，优雅飞到众人头顶上空，爆炸。

争吵戛然而止，世界安静了。

四十几个闯关者茫然抬头，望着落下的焦黑残骸，陷入"刚刚到底发生了什么"的茫然。

范总跟着一起望天，云淡风轻，深藏功与名。

来之不易的安静里，唐凛迅速开口："我们抓到了全部猎人，已经完成了最艰难的部分，如果现在自乱阵脚，前面一切的努力都可能付诸东流。"

众闯关者看过来，所有目光一下子都聚到唐凛身上。

"你说这些没用，"先前被人骂和稀泥的中间派叹口气，看起来吸取了教训，认清了现实，"现在就两个选项，要么去山脚，要么原地等。"

言外之意，你再怎么当老好人，也不解决现实问题。

唐凛明白他的意思，但没回应，而是继续说："与其在这里争执，不如先弄清一件事——还没归队的人里，有多少是活着的。"

这个道理谁都明白，活着才有希望，才值得等，可是——

"你说得轻巧，这上哪儿能弄清楚？"

唐凛看向"俘虏区"，说："找他们。"

琉璃屋里唯一清醒的 5 号和 6 号："……"

唐凛径直走到琉璃屋前，不寒暄，无客套，声音冰冷，直奔重点："你们既然要狩猎，总要知道自己的猎物还剩几个吧？"否则猎物都被别人杀了，自己还傻乎乎地满世界寻找，不符合游戏逻辑。

Guest. 006 一脸冷漠，爱搭不理。

Guest. 005 撩开条纹针织衫下摆，伸手进去挠挠发痒的肚皮，一边挠一边点头："知道呀。"

Guest. 006 霍地转头瞪他，你猎人的尊严呢？！

Guest. 005 没这玩意儿："我们不光能看到自己的猎物剩几个，还能看到别人的猎物剩几个。"

唐凛："剩的是谁看得见吗？"

Guest. 005："当然。"

唐凛："那你现在看看？"

Guest. 005："小事一桩。"

Guest. 006 深呼吸，再深呼吸，他就不信 5 号真要帮这些虫子。读心术启动，目标锁定那件丑爆了的条纹针织衫，一串快乐的音符钻进 Guest. 006 的耳朵。

——"啦啦啦，啦啦啦，下次找谁捉迷藏……"

Guest. 005 在心里哼着歌。

Guest. 006 看天空，看大河，看远山。他来这里，就是个错误。

太阳落在山头，傍晚来临，雾散得差不多了。众闯关者不知不觉聚到琉璃屋周围，都在等着 Guest. 005 的猎物清点结果。

很快，胡楂大叔抬起头，向唐凛报数："四十五个。"

唐凛心里一沉，等待结果的众人也怔在那里，压抑随着沉默蔓延。

他们聚在这里的就有四十二人，未归队还活着的，只剩三个人。

唐凛："都是谁？"

这是一个残忍的问题，会让很多人心里最后的一丝希望破灭，但唐凛必须问。严酷的关卡不允许他们做更多的幻想，只能硬着头皮面对现实，往前走。

Guest. 005 又不知道那些人姓甚名谁，直接将三人照片投屏到半空："自己看。"

四十二个人一齐抬头。照片很清晰，都是近脸特写。猎人不知道他们叫什么，众闯关者却清楚——白路斜、许叮咚、蒋城，都是白组的人。

没人说话，坚持要原地等的闯关者不少直接红了眼。这情绪无关白路斜他们三个，只是他们的出现，意味着很多人永远都不可能再出现了——幸存者身份确定的同时，死亡者身份便也确定了。

坚持要去山脚的那一派没太多悲痛，他们要么和队友感情并不深，只在这关才开始搭档，要么早就在目睹队友被猎杀时悲伤过了。他们现在只觉得局面有点儿尴尬。因为大家吵了这么久，结果争吵双方没一个白组的人。

漫长的沉默过后，有人问："现在怎么办？还去找他们吗？"

"怎么找？都不知道他们在哪儿。"

"谁有他们仨的东西，让唐凛追踪呗，能找到一个算一个。"

"白组带队那小子眼睛都快长到头顶了，你觉得他能和谁走得近？"

何律望着投屏上的照片，想着如果当初孤岛求生的时候，他能从白路斜那里要一样东西，随便什么都行，现在就能派上用场了。不过他很快又推翻了这一想法。因为假设根本不成立。他那时候又不知道 4/10 是狩猎者游戏，就算知道，也不可能立刻想到问周围人要东西，以便让唐凛日后追踪。摇摇头，何律觉得自己这个突发奇想实在没道理。

唐凛耳朵听着大家说话，眼睛却是看着 Guest. 005。因为那人嘴角挂着笑，完全是一脸看热闹的神情，在欣赏众闯关者你一言我一语。

唐凛敲了两下琉璃屋，发出清脆声响，叩门一样。

Guest. 005 看过来，挑起半边眉毛："嗯？"

"你手里还有信息。"唐凛用的是肯定句，说话时冷静地盯着 5 号，没放过他任何一个细微表情。

Guest. 005 倒是大方承认，咧嘴一笑："又被你发现了。"

克制如唐凛都想揍人了："你非要挤牙膏吗，问一段，说一点？"

Guest. 005 说："你问一，我就把二三四五都说了，那多没趣啊，游戏不是这么玩儿的。"

唐凛眼里泛起寒意："这不是游戏，我们死了一半的人。"

Guest. 005 收敛笑意，静静看他，难得正经："提醒你一件事。我们和你们不一样，永远不要在我们这里找'感同身受'。"

唐凛眼底寒光一闪："你们是谁？"

Guest. 005 又恢复了嬉皮笑脸："你没必要知道，我也说不了，想说也说不了，懂吗？"

唐凛："像我们那样，一旦想透露不该透露的信息就会头疼欲裂？"

Guest. 005 歪头："如果你再问不该问的，那就连该问的都得不到答案了。"

唐凛看着他的眼睛，强迫自己冷静下来："他们三个在哪儿？我知道你知道。"

"我是知道，但我现在不知道。"

"要什么时候才能知道？"

"天黑，狩猎进入第三阶段，到时候无论是你们还是我们，都会收到新地图。新的地图上会显示所有人的位置坐标，不管是猎人还是猎物。"

太阳已经落下四分之三，只剩一点儿露在山头外，晚霞很美。众闯关者没再讨论，也没再辩驳争吵，而是难得默契地安静下来，望着天际，等待夜色降临。

或许只需要半小时，或许时间更短，他们不必付出太多，仅仅只需要稍做等待，再按着坐标找过去，就能多带回三条人命，划算。

然而白组三个伙伴根本没用大家找。开始等待不过五分钟，太阳似乎都还没来得及继续往下落，白路斜就带着两个组员走出森林，回了山脚。

迎接他们的，是四十二个闯关者组成的豪华阵营。

看起来乖乖牌的许叮咚第一个被吓着了："什……什么情况？"

众闯关者也惊讶："你们怎么自己出来了？"

许叮咚："雾散了，我们上树看山辨方向，就走出来了。"

众闯关者："之前呢？"

许叮咚："一直在迷路啊。"

众闯关者："没遇见猎人？"

许叮咚："一个都没遇见。"

众闯关者："……"

被上帝亲吻过会怎么样，请参考白组三人组——完美地和所有猎人擦肩而过，一出来，通关了。

"就等你们三个了。"和尚靠在自己的琉璃屋上，有点儿喘，持续启动文具树带来的体力消耗已经显现。

"你们把猎人都抓到了？"蒋城看见琉璃屋里的六个猎人，顿时震惊，不单是震惊他们的战斗力，更震惊他们的奉献精神，"抓完了不通关，在这里等我们？！"

"感谢、感动、感激涕零就不用了，"一直持续祭出"捆仙索"的郝斯文比和尚还惨，现在浑身都湿透了，"赶紧一起去终点吧。"

许叮咚和蒋城激动得不知该说什么，幸福来得太突然。

唯独白路斜，在盯了琉璃屋片刻后突然问："一共只有六个猎人？"

琉璃屋里的 5 号大叔耸耸肩膀，代表猎人组表达肯定。琉璃屋外的四十二个闯关者齐刷刷点头，代表猎物组确认。

白路斜轻声叹息，抬起头，失落地望着天边的云霞。他以为走出森林就可以战斗，现在，快乐被剥夺了。

没人理解白组长心中的苦闷，不，应该说，压根儿没人想理解。当夕阳的最后一点儿亮光消失，众人将六个猎人押解到了 4/10 的终点。

山脚下，一条石阶蜿蜒向上，很陡峭，一直向着山顶延伸，看不见尽头。

"叮——"

通关提示音，灵魂解脱一样清脆。

声音刚落，六个猎人咻地一齐消失，"捆仙索"再无可捆，无声落地，只有仍残留在地面上的脚印证明他们曾经存在过。

许叮咚捡的那把枪也跟着消失，眨眼间，手里就空空如也。不过和通关的喜悦相比，这点儿损失也就不算什么了。

小抄纸："狩猎者游戏完成，恭喜 4/10 通关！现在请登上石阶，开启 5/10，通往山巅的路。"

众人看完“小抄纸”，倒吸一口冷气的有，头嗡的一下就大了的有，身心俱疲的有，崩溃的也有……连一秒钟都没休息，就要开始 5/10 了？在这样天色完全暗下来的危险黑夜登山？虽然 2/10 通关后也是立刻坐潜艇，直奔 3/10 的孤岛求生，但至少潜艇上有食物有水，大家还得到了片刻喘息。如今连这点儿短暂休息的机会都不给了？

关闭“小抄纸”，唐凛抬头仰望陡峭石阶。

石阶很粗糙，每一级都凹凸不平，这一阶与下一阶的间距也不一，就像是随便找来一些条石，闭着眼睛铺了上去，未经打磨，没有修整，最终成了这条七扭八歪的石阶，在杂草丛生中，执拗地延伸到高耸的山峰深处。

这样的台阶走起来才累。但在关卡世界里，累是最微不足道的事，如果仅仅是体力上的消耗就能带来通关，那简直要烧香拜佛了。

5/10 里到底还藏着什么？唐凛望着夜色下的山脊，眉眼冷冽。

“谁爱走谁走，反正我是不干了！”有人一屁股坐到地上，“我就在这儿睡一觉等天亮！”

有人带头，同样的情绪就开始传染。

“我也觉得天亮再走比较安全……”

“是啊，现在走，累也累死了……”

“而且‘小抄纸’只说 5/10 是通往山巅的路，又没说必须马上走……”

步步高升的江户川属于难得清醒派：“你们就别自欺欺人了，瞪大眼睛看清楚，提示上说的是‘现在请登上石阶，开启 5/10’。‘现在’，懂不懂？”

仿佛为了印证江户川的话，新的提示音清脆而至。

“叮——”

小抄纸：“请在 10 分钟内登上石阶，开启 5/10，通往山巅的路。友情提示：逾期滞留者，会被集中处理哦。”

众人悚然一惊，抬头，面面相觑。

离石阶最近的崔战直接迈出一条腿踩上了第一级台阶，然后就这样跨着一条腿左右看看，前后瞄瞄，感受一下似乎也没什么风险，这才把另外一条腿迈上来。待他完全站上第一级台阶，手臂响起提示音。

台阶下的众人立刻围过去看。

小抄纸：“你已进入 5/10，通往山巅的路。努力前行吧！路的尽头，山的顶峰，就是关卡终点。”

“就这么简单？”崔战回头仰望，山体被夜色完全笼罩，别说山巅，就连稍远一点儿的山腰都看不清。但不全是夜色惹的祸。崔战记得傍晚雾散时，他就在山脚附近望过这座山。

那时候夕阳西下，视野很好，他快把脖子仰折了，也没看见山顶到底在哪儿，什么样——这座山太高了。

“叮——叮——”

陆续有人跟随崔组长的脚步，上了石阶。

倒计时在一点点流逝，大家根本没有其他选择。

在倒计时还剩四分钟时，全员踏上石阶，进入 5/10。

宽度有限的台阶站不了太多人，为了给后上来的伙伴腾地方，先上来的只能继续往上级石阶走，直到最后一个人上来，前面的人才停下，最终四十五人填满了一到十几级台阶，大家你挤着我我挤着你，生生把这十几级台阶堵成了黄金周的长城。

夜风吹过，微微凉意让人清醒。既来之，则安之。没人再说抱怨一类的废话了，但也没人轻举妄动，大家全都望着上方蜿蜒空荡的石阶，思量着下一步对策。老老实实爬台阶登山？那是下下策，毕竟大家都是有文具树的人。

“咳，”莲花的对对碰清了清嗓子，话里话外透着哀怨，“我都等半天了，就不能来个人 Cue（指给提示，暗示）我，我再闪亮登场吗？”

从越就在他上一级台阶，回手往下拍拍他的肩膀：“兄弟，主要是我们心里没底，你的‘一路顺风’稳定性太差。”

从山脚把人一路吹到山巅当然好，但万一吹偏了，吹斜了，吹到一半停了，他们噼里啪啦掉到黑暗山谷，叫天天不应叫地地不灵，找谁哭去？

对对碰撇撇嘴：“一次性吹四十几个人是容易飘，那我一个一个吹不就行了？”

“先吹你自己呗，”孔明灯的老虎插话，“给我们树个正面典型。”

对对碰无语：“我上山了，还怎么送你们？”

“你怎么一根筋，”清一色拍自家伙伴的脑袋，“非得直接吹到山顶啊，就不能‘试吹’？先吹个十几二十级台阶给他们看看。”

“有道理。”对对碰深以为然，立刻开始大幅度活动筋骨热身，“都让开点儿，我要起飞了。”

台阶上人挤人，站他旁边的十三幺差点儿被扒拉得从台阶上掉下去，幸亏最后一刻被大四喜扶了一把。为了大局，十三幺忍。

终于，对对碰架势摆得差不多了，开始屏息凝神。石阶上静下来，只剩脚下的草尖随着夜风轻轻动。

十秒、二十秒、一分钟……

站在最下面石阶上的白路斜实在没什么耐心，隔空嘲讽：“碰碰车，你睡着了吗？”

四十几张脸一言难尽地齐刷刷看过来：“他叫对对碰。”

“哦。”白路斜应了，然而依旧是一脸无所谓。

对对碰睁开眼，对上众人或期待或疑惑的目光，有些茫然地摇头：“我用不了文具树了。”

众人愣住，随后无数猜测出炉。

“太累了？”

“刚才文具树用太多了？”

“你集中不了注意力？”

对对碰没法回答。他是累，但他觉得还没到耗尽的程度，可这个东西又没法量化，他也拿不出有力的证据。

“算了，”十三幺自告奋勇，“还是试试我的‘旅行锤’。”

“NO!”所有闯关者整齐划一，强势拒绝。

旅行锤效果：通过锤子与目标的接触，将目标捶飞，攻防皆宜。特色：目标落点不定，远近随机，生死看命。

“我其实不想出手，但一个有才华的人，想低调太难了。”江户川拍拍身上的尘土，昂首挺胸，“交给我吧，我会用‘此路是我开’将石阶变扶梯，让它自动送我们到山顶。”

众闯关者：“……”我就静静看你装相。

江户川倒也不废话，直接启动“此路是我开”。

十秒、二十秒、一分钟……

空气之宁静，俨然是先前对对碰的原景重现。

“呼——”江户川放弃似的重重喘口气，朝众人无奈摇头，“不行，这里好像就不能使用文具树。”

如果说一个对对碰是偶然，再加个江户川，问题就严重了。众闯关者放弃乱猜，直接启动自己的文具树去亲自验证。

“咻——”

“啪！”

“哗啦——”

“砰！”

各种文具树纷飞，少数还自带光影效果。

“啊——”

“……‘曼德拉的尖叫’就不用试了！”

一阵混乱过后，众闯关者气喘吁吁。对对碰和江户川茫然对视，敢情别人的文具树都能用，就他俩不行？

夜幕之下的石阶重新归于平静。

众人前方被夜色吞没的石阶阴影里，突然传来平缓声音："文具树可以用，但不可以用来登山。通往山巅的路没有捷径，只能靠你们的双脚一个台阶一个台阶往上走，不要妄想用文具树投机取巧。"

众人猛地抬头，紧紧盯住那七八米外的幽暗处，再次酝酿文具树——登山不行，战斗可是很顺手。

"别紧张，我不是来和你们作对的。"一个身材高挑的男人走出阴影，优雅地下了两级台阶，停留在月色之中。他的眼睛很亮，睫毛很长，伫立在夜空下，让人移不开眼。

不等众闯关者出声问，男人就主动表明了身份："我是 5/10 的领路人。我的任务是发放你们应得的 4/10 通关奖励，以及进一步讲解 5/10 的关卡规则……"

"领路人？"郑落竹不自觉重复了一句。

男人立刻抬手，示意他噤声："下面请各位接收 4/10 的通关奖励。"

话音落下，男人看向半空，眉头微锁，似在意念操控。很快，一个投屏显现，里面是众人的照片列表，每张照片后面都有相应的奖励经验值。

四十五个闯关者一列排开，无所谓先后，因为一长列排下去，每个人后面的奖励都是两千经验值。闯关到现在，众人还没遇见过这种情况。

"全是两千？"

"不是说总经验值是按人数算，但最终怎么分配是系统按每个人在关卡内的表现评定的吗？"

"这也太奇怪……"

"叮——"

四十五合一的提示音，打断了大家的嘀咕。

新的文具树解锁了。

这次解锁的五级文具树是所有文具树里最后一个可以看见具体解锁要求的——[？/2000/4 关]，即 4/10 通关，经验值满两千。在此之后的六级、七级等等，解锁条件只有"[？/？/？]"这样的一片问号。是延续"通关 + 经验值"，还是有其他新的解锁条件？没人知道。当然，也可能上面关卡里有人解锁了，但碍于某些原因无法将经验分享。

唐凛的两棵文具树，只有"狼影"解锁了新的五级文具树"狼影成双"，治愈系文具树仍然停留在四级。

唐凛对此倒是有心理准备。两个文具树解锁都需要两千经验值，必定是解了这个就要轮空那个，没有解一送一的道理。至于默认解锁“狼影”，他想，可能是延续了解锁文具树的惯性，毕竟“狼影”一路都是用经验值解锁的，而治愈系不是。

“看来大家都已经解锁了新文具树，”领路人灿烂一笑，眼眉弯成好看的弧度，“那么下面开始发放第二项奖励。”

“第二项？”

“等等，你还没解释为什么大家都是两千经验值呢！”

领路人：“第二项奖励抵达，请查收。”

“叮——”

又是新提示。

众闯关者简直手忙脚乱：“你能不能慢点儿走流程，赶着投胎吗？”

话是这样说，但他们还是只能再次低头，查看信息。

唐凛也和大家一样查看手臂，却同时一心二用，一半在新信息上，一半还在琢磨领路人。这人突然出现，自报家门，发放奖励，再发奖励……一个环节紧接着一个环节，节奏飞快。都说见缝插针，对方压根儿连一点儿缝都没给他们留，所有的疑惑都无视，所有的问题都跳过，不知道的还以为有人拿着枪在后面逼着他争分夺秒。他到底在急什么？

还没想明白，下一秒便被“文具盒”里多出的一次性文具拉去了注意力，他满脸诧异，怎么也没想到，领路人说的第二项奖励竟然是：〈特〉我是 VIP ×10！

当初刚进地下城的他们能在 1/10 的闯关口闪亮进场，全靠范佩阳用一百五十万买来的五个“〈特〉我是 VIP”。后来他们推测那个神秘兮兮的卖家应该是从上面关卡下来的，但特殊幻具的来源一直成谜，更别说对方一卖就是五个打包。当时他们百思不得其解，对方怎么攒下的这么多特殊文具，现在不用烦恼了，答案一目了然。

众闯关者中，被 VIP 在地下城闪瞎过眼的是少数，大部分对于“〈特〉我是 VIP”都没概念，一头雾水地等着领路人解释。唯有曾在水世界环形城用两个治疗幻具换了范佩阳一个“〈特〉我是 VIP”的甜甜圈组长关岚在认真思索他这笔买卖是赚了还是亏了。

唐凛环顾周围，发现很多闯关者都在等着领路人进一步解释，有点儿意外。既然是关卡奖励，那么上面已经通关的人完全可以把这个文具的信息共享给下面关卡的组织成员，为什么还会有这么多人不清楚？

他的疑惑才起，那位莫名赶时间的领路人就自动进入解惑环节，语速似乎比先前更快了：“这个文具的作用是可以让你们不必竞争，直接进入闯关口。我知道有些关卡的闯关口本来就是谁都可以进，不用竞争，但请注意，接下来的才是重点……这一文具的使用范围只有 1/10 到 6/10 这六个关卡，可以自由赠予、买卖，但不可以向不知情者透露文具来源，更不可以透露关卡信息，包括具体的奖励部分……不过我建议大家6/10通关后再回到下级关卡里进行买卖，因为这个文具本质上是6/10的专属文具，再说明白一点儿，6/10的闯关口必须‘凭票入内’，这个文具就是你们的票，进一次，用一张……”

“啊？”众人惊呆，“6/10闯关口可以进十……”

“是的，十次。”领路人飞快接口，语速飞快，“当你觉得自己通关无望时，可以通过寻找出路逃离关卡，当然，能否全身而退要看你自己的本事。不过第十次若还不能通关，抱歉，那就没有出路了。”

唐凛蹙眉，自领路人出现后第一次开口，冷冽的声音在嘈杂声中突出重围：“我们现在才进入5/10，你就开始讲6/10的规则？”不是不能提前讲，但提前太多就很奇怪。不，应该说，这个领路人从一出现，就让他觉得哪里都很怪。

“提前？”领路人竖起一根指头，微笑着左右摇，“不不不，已经是时候了，通往山巅的路上并没有什么艰难险阻，你们只要有毅力，有耐力，走到山顶只是时间问题，说不定天不亮就已经通关了……”

众闯关者实在不太信：“你确……”

领路人：“祝大家好运。”

微微欠身，高挑男人咻地消失，来得优雅，退得利落。

众闯关者：“……”

这人从头到尾根本就没在听他们说话吧？完全是在自己的谜之领域里单方面填鸭式灌输啊！

“叮——”

又一条新提示？

众人纷纷抬臂，待看清“小抄纸”的内容，集体陷入了微妙安静。他们现在知道为什么对方火急火燎了，因为再慢一秒，场面就会很尴尬。

小抄纸：“通往山巅的路可不是一帆风顺的，Guest.007正在前方等着你。打败他，战胜他，让他见识到你的信念吧！友情提示：通过考核，Guest.007会亲自为你发放经验值和神秘奖励哦。”

……

几小时之前，Guest.007坐在半山腰的石阶上，通过半空投屏全程围观了“狩猎者游戏之猎人地狱”。

几小时之后，Guest.007凭借自己的聪明机智逃过了被四十五个闯关者围殴的既定命运，并在真实身份揭晓之前，以“领路人”身份优雅退场。

“你做得真棒。”回到试炼区贵宾休息室的高挑男人望着镜中自己英俊的容颜，不吝赞美。

下次还要缴纳巨额费用来这里进行一场特别的娱乐活动吗？Guest.007在心里对自己进行灵魂拷问。

然后他听见灵魂说：“滚。”

同一时间，试炼区，顾问室。

前守关人们被这骚操作惊呆了。

“这违反规定吧！”潘恩拍案而起，“这样也配叫守关人？！”

“消消气，”卡戎人到中年，对这些已经看开了，“都说了人家是来玩的，还能真像我们一样勤勤恳恳工作？”

“那也不能说跑就跑吧，”维达同样愤慨，主要是心里不平衡，“不是说客人也得遵守系统规定吗？”

提尔冷静地说：“严格说他并没有违反规定。考核要求就是让守关人见识到闯关者的信念，本质上，这就是一个主观评定，只要他认为闯关者可以通关，十个也好，一百个也好，都可以。”

“不过话说回来，就算他严格守关了，一个打四十五个也悬吧？”索贝克弱弱地插话。

得摩斯把人拉过来，脸对脸，用讲恐怖故事的语气说：“不是悬，是会死得很惨。”

索贝克咽了下口水，忽然觉得同事们的气愤可能不全是源于Guest.007的不负责，还有对这位贵客机智逃过一劫的深沉怨念。

第　三　章

SHA LOU GU BAO | 沙漏古堡

1

静谧的月夜，四十五人拖着疲惫的身躯，沿着石阶一级级向上攀登。

他们已经爬到了半山腰，但他们自己并不清楚。视野一片幽暗，上方山体都藏在漆黑夜色里，他们只知道自己已经爬了几个小时，却无从得知离终点还有多远。他们也很想一鼓作气，速战速决，无奈双脚和石阶都不配合——前者沉重，后者坎坷。

4/10 战斗的后遗症全在这看不见尽头的攀登中体现出来了，累、困、饿。但越是这样，众闯关者越不敢停，怕一旦停下就再不想动了，所以哪怕速度慢点儿，他们也坚持移动，远远看着就像一群执着爬树的蜗牛。

为了提神，也为了分散注意力，大家时不时就和身边的人闲聊两句，这样就不会总想着腿好酸，肚子好饿，终点怎么还不到。

步步高升亦是如此。他们走在队伍的中部，江户川、佛纹、骷髅新娘一路从诗词歌赋聊到人生哲学，从隐私八卦聊到宇宙万物，连佛纹前任情敌的上升星座都聊到了，眼下实在话题枯竭，才发现下山虎一直安静得过分。

“想什么呢？”佛纹抬起沉重脚步又上了一级台阶，低声问他。

下山虎转头，一边机械性地爬台阶，一边茫然看了自家队友几秒，呐呐道：“我还是没搞明白，刚才到底发生了什么？领路人究竟是干吗的？”

佛纹、骷髅新娘：“……”

江户川叹口气，替自家伙伴的智商着急："还不明显吗，根本没什么领路人，他就是Guest. 007，5/10 的守关者，本来应该考核我们的，看我们人多势众，怕被围殴，直接神不知鬼不觉给了全体通过，然后八倍速发奖励、讲 6/10 规则、脚底抹油跑路一条龙。"

"这些我当然知道，"下山虎给了他一个"我又不是傻子"的白眼，"我想不通的是，他是守关人哎，他居然会害怕和我们打？"

这个疑问从 Guest. 007 飞也似的逃掉，就一直困扰下山虎到现在。他前面闯过四关了，遇见的守关人无一不是强大的极具压迫性的存在，这几乎已经成了他所认知的守关人的固定形象。哪怕曾在个别关卡里遇见过守关者被闯关者抗衡甚至打败，也没见哪个守关者直接跑掉，都是体面地站起来，继续完成后续职责。相比之下，仅仅因为怕被围殴就隐藏身份瞒天过海的 Guest. 007，不仅任性，还很㞞，气质上差太多了。

"估计是看见我们 4/10 的通关过程了吧。"骷髅新娘猜测，"他是 Guest. 007，从名字上看就和那六个家伙一脉相承，彼此信息肯定也能互通。"

佛纹觉得很有道理："看见同事都那么惨了，知难而退也是明智的选择。"

下山虎还是想不通："难道每次上山人一多，他就跑？那这个 5/10 不就形同虚设了吗？鸮为什么不多放几个猎人，就像 4/10 那样？"

江户川摇头，沉吟道："不会'每次'的，像这次这样的情况，绝对是特例。"

下山虎没反应过来："怎么说？"

江户川："你想，4/10 的规则是让猎人带你去终点，正常情况下，肯定是谁搞定猎人了，谁就先去终点，先通关，先登山，就算想等，也最多等自己队伍的人，那么守在 5/10 的 Guest. 007 就不会像今天这样一次性面对四十几号人，而是少量多次这样分批考核。"

"那战斗压力就小多了……"下山虎好像有点儿明白了。

"不光是这样，"江户川继续道，"如果我们今天不是恰好在森林里会合，如果猎人持续有意地执行分散策略，我们的结局恐怕就是被逐个猎杀，最终能不能有人通关都得打个问号。"

就算有，那也只能是死里逃生挣扎出来的。十个人？五个人？下山虎有些悲观地想，或许更少。

"不是恰好会合，"佛纹有些感慨地回头看一眼，VIP 走在队伍的最末端，像定海神针，"是幸亏有他们。"

南歌的"曼德拉的尖叫"，带来前所未有的大会合，唐凛的"狼影追踪"，则是完成这一转败为胜关键点的纽带。

下山虎随着他一起回头，喃喃自语："第一个抓到猎人却决定先放在山脚附近不交差的，也是他们……”

骷髅新娘：“要这么说，‘终极恐惧’的时候，如果没有南歌在船舱走廊叫那几嗓子，我们仨估计就在噩梦客舱里交待了。”

2/10 水世界的关卡，四伙伴中除了下山虎撞大运，拿了关岚不要的颈环，进入了神殿考核，剩下骷髅新娘、江户川、佛纹都去了“终极恐惧”，现在回忆起当时的情形，还是让人后怕得毛骨悚然。

“还有 3/10 呢，”江户川看向骷髅新娘，这位和自己同一座孤岛求生的难兄难弟，“要是没有 VIP，我俩估计就在火山岛上被烤成牛肉干了，对吧？”

骷髅新娘：“……”

佛纹、下山虎：“……”

江户川在伙伴的沉默中，也安静了。

一桩桩一件件的往事让步步高升们忽然清醒，他们作为组织里目前闯关效率最高、最被寄予厚望的小分队，成功的秘诀原来不是他们以为的团结、坚韧、友爱互助、文身精致，而是有大佬一直带着他们飞……

步步高升自我顿悟的时候，白路斜正在认真考虑要不要提速。

作为 4/10 的“躺赢分子”，他几乎没消耗什么体力，此刻轻轻松松就走在了大部队最前面，心情好的时候就学着旁边同是白组成员的许叮咚一级一级往上走，走烦了，心情不好了，就两级两级往上去，全然不管后面的许叮咚和蒋城追得苦哈哈。这种任性的节奏，让白组很快和大部队拉开距离，成为绝对的领头羊。但玩得再不亦乐乎，石阶也是石阶，弄不出更多花样，白路斜现在已经开始觉得枯燥了，望着前方空荡、幽长的石阶，琢磨着干脆一鼓作气冲到山顶，把后面那帮慢腾腾的家伙彻底甩开。

打定主意，他又重新愉快起来，下意识回头瞥一眼，想看看慢腾腾的大部队现在走到哪儿了，不料差点儿和正往上走的何律撞上。

何律也没想到他会突然停下，以为他有事，疑惑地问：“怎么了？”

不止何律，铁血营那个眉毛上带着三道伤痕的家伙也跟上来了，白路斜没记住他叫什么，也没必要记，他只是有点儿意外这两个人的速度。大部队还在下方十几米远的台阶处龟速往上挪，更衬得这两个家伙很突兀。

许叮咚比较直率，白路斜还在打量两个铁血营组员呢，他就直截了当地问了：“你们什么时候跟上来的？”

“刚上来，”何律诚实回答道，“现在还不能确定前面的路就一直安全，大家怕你们走太快，万一脱队就麻烦了，所以我和三道杠追过来想跟紧一点儿。”

白路斜观察着何律的呼吸，发现还算规律平稳，怀疑地挑眉："你不累？"

何律明白他指的是自己的体力，详细解释道："虽然看管猎人的时候一直使用'墨守成规'，但猎人一次禁令都没触发，所以消耗还好。"

那就是甩不掉了。白路斜蹙起眉头。别人他不清楚，但何律这家伙如果坚持要跟紧他，他就不会白费力气去甩了。孤岛求生那几天的遭遇，他不想再回忆。刚打定的主意被扼杀在了摇篮里，这让他很烦躁。

许叮咚和蒋城在看见白路斜皱眉的时候，就已经做好准备迎接自家组长的任性了，不管是突然加速跑，还是直接往铁血营身上套"孟婆汤""催眠术"，他们都有应急方案包括售后道歉。但万万没想到，白路斜什么都没说，更什么都没做，竟然就悻悻地继续爬台阶了，简直匪夷所思。

何律倒是很清楚白路斜对自己的恶劣印象，因为对方压根儿也没隐藏，所以他想白路斜现在应该已经在心里骂骂咧咧了。但他没觉得生气，反而有点儿想笑。

何律是那种坚决忠于自我内心的人，他认为对的事，他就会去做，任何人的任何意见，除非很有道理，否则都不太可能会让他动摇，白路斜这样一个和"有道理"无缘的人，更不可能对他造成影响。在他看来，白路斜集任性、幼稚、好胜、我行我素于一体，基本就是一个大龄儿童，而熊孩子的天职就是闯祸。有了这样的心理预设，他在面对白路斜的时候，心态一直比别人来得平稳。

不过，平稳不等于不设防。熊孩子想或不想做一件事，不会因为对或错，只会因为开心还是不开心。当这样淡薄到几乎为零的是非观放在一个拥有危险文具树的成年人身上，为了自己，更为了伙伴，何律永远不可能放松警惕。

心态平稳加时刻警惕，就是何律和白路斜开展有效接触的不二法则。

至于为什么非要和白路斜接触？孤岛求生的时候是"必须"，现在的话，诚实讲，是好奇。何律并不是一个好奇心强的人，很少会对什么生出探索欲望，但白路斜这个人，也不知是不是身上有谜团的缘故，偶尔想起，就会让他有些在意。

既然现在正好跟上来了，何律也就不浪费这次机会，快走一步直接追到和白路斜同一级台阶。虽然他只能站在最右端，和白路斜之间还隔了一个许叮咚，但这可不妨碍他开启话题："我一直想问，你为什么会失忆？"

白路斜脚下一顿，转过头来看他，脸上阴晴不定。

许叮咚则是脚下一滑，差点儿摔倒。他听出来了，何律是想和自家组长搭话，但你想和一个人聊天，还是聊这种一看就很隐私的问题，至少得寒暄、铺垫、预热吧，开口就把问题砸过来，还加个"我一直想问"的前缀，生怕别人不知道你蓄谋已久，他一个旁听的都想扶额。

见白路斜不说话，何律才意识到自己莽撞了，立刻道："抱歉，如果你不想回答，当我没问。"

白路斜本来是不想回答的，但何律一退缩，他偏偏就想唱反调了。

许叮咚猝不及防地被白路斜拎着后衣领丢到下一级台阶去了。

没了障碍物，白路斜直接看向何律，勾起嘴角，愉快嘲讽："这是我听过的最蠢的问题，我如果知道自己怎么失忆的，那还叫失忆吗？"

何律困惑道："可是你知道自己叫白路斜，知道自己是白组的人，这些信息又是怎么来的？"

白路斜耸耸肩："当然是白组的人告诉我的。"

何律问："他们也不知道发生过什么吗？"

白路斜打量他片刻，乐着哼出声："你在怀疑什么？怀疑白组的人骗我？"

何律认真道："如果你失忆醒来后第一眼看见的就是白组的人，或者你根本就身在白组，那么前面发生的事情，他们说不知情，可信度不高；但如果你是在失忆之后，外面游荡了一段时间才被白组找到，然后他们告诉你你的身份和组织归属，并且表示对你身上发生的意外毫不知情，这个可信，毕竟你不是那种做什么都会和组织打招呼的人。"

白路斜："……"

"是第二种。"下一级台阶上的许叮咚悄悄递话。

白路斜想喂他喝"孟婆汤"。

何律微怔，第二种的话，那就的确是问不出什么结果了。白路斜自己不知道，白组也不知道他在外面惹了什么事，就算有心想查，都无从下手。

"问完了？"白路斜语气不咸不淡，"问完了就换我问。"说着，他忽然凑到何律面前，似笑非笑，"喂，失忆的是我，你怎么好像比我还着急？"

"我没有着急，"何律坦然否认，白路斜的调侃对他几乎不起任何作用，从始至终，他对白路斜都实话实说，"我只是不明白，你为什么不着急？"

在何律看来，记忆是支撑一个人信念和行为的重要依据，如果记忆空白，就像房屋没了承重墙，人心里会空，会慌，会没底，然后就是迫切地想去找回记忆，找回自己。但是这些，他在白路斜身上都没看到。虽然他一再告诉自己，这是白路斜的事，轮不到他来置喙，但事实就是他站在这里，一股脑儿都问了。

说话间，后方的大部队已经跟了上来。走在前面的和三道杠、许叮咚之间，只剩三四级台阶。

白路斜往下瞥一眼，看回何律，用只有两个人听得见的声音说："为什么要着急？我如果不想失忆，谁都别想逼我就范；我如果想，那还找回来干什么？"

何律有片刻的错愕。是啊，以白路斜的性格和战斗力，他不愿意做的事，很难有人可以强迫他。所以呢？失忆是白路斜默许的？或者干脆就是他自己做的？何律思绪有点儿乱，唯一清楚的是，这个问题可能永远都没答案了，因为当事人自己已经全忘了，并且对于遗忘满不在乎。

白路斜凤眼带笑，说完直接连上了好几级台阶，将何律和这番聊天彻底甩到了身后。

月光摇曳，石阶幽长，背影独行。

VIP 六人属于大部队的尾巴，唐凛和范佩阳又是 VIP 的尾巴，走在最后的最后，和自家四个伙伴隔了几级台阶，和最前面更是隔着重重人墙，只隐约看见很远的上方，白路斜和何律原地停了一会儿，之后白路斜就继续敏捷前行，何律、三道杠、许叮咚、蒋城则又开始配合着跟上……一切好像没什么异样。

唐凛是真担心 Guest. 007 说谎，说前面再无障碍，结果蹦出个超级战斗狂的守关者，那就头疼了。所以没异样就是最好的情况。

收回目光，他继续和范佩阳进行先前的讨论："对，就是这里最奇怪，以前都叫守关人，但从 4/10 开始，变成客人了。"这个问题他已经想了很久，起初以为只是 4/10 的特殊设定，没想到 5/10 的守关人也是"Guest"这样的称呼。正好长路漫漫，他必须拿出来和范佩阳好好研究研究了。

范佩阳也有同感："称呼变了只是表面，态度和责任心的改变才是内核，而且不是变好，是变糟，塌方式下滑。"

唐凛无奈，又好气又好笑："我在和你聊守关人，但你总让我觉得正在进行公司内部绩效考核评定。"

"他们不总说守关就是工作吗，"范佩阳有理有据，"既然是工作，就按照工作的逻辑来。"

"好，工作逻辑。"合伙多年的默契不是盖的，唐凛立刻进入"范总模式"，正色道，"如果一个公司的一线员工集体出现工作热情大幅下滑，工作纪律乱七八糟，那就说明……"

"这个公司的内部发生了巨变。"范佩阳接口。

唐凛问："你觉得会和吴笙、徐望他们关闭前十三关有关吗？"

"有很大可能。"范佩阳觉得就是，但落到话里还是有所保留。

唐凛想了又想，说："如果真是这样，恐怕变化就不会是单一的，而是连锁反应。"

范佩阳："你不用现在急着去猜，费心费力。关卡还在进行，既然已经变了，后面的迹象只会越来越明显，线索也会更多，那时候可能不用分析，局面就已经明朗了。”

唐凛莞尔。低成本，高回报，果然是范佩阳一贯的风格。他以前也曾想过学习对方这一优点，后来发现不行，自己没范佩阳那么沉得住气。他总是还没等到最好的时机，就开始不顾一切地努力，虽然工作成果也不差，但同样的收益，他永远要比范佩阳辛苦。

思绪飘回公司岁月，又刚和范佩阳拿公司那一套讨论完关卡的巨变，唐凛突然有了一丝担心：“不知道等我们离开这里，公司会不会也有了变化。”

“所有运营都在按部就班地走，即便依靠惯性，也能维持一段时间，变化应该不大。”范佩阳托管交接做得很全面，对此有八分的信心，“不过，商场上没有绝对的安全，风险什么时候都有，如果我们回去的时候公司真的不行了，那就破产、清算，再重来。”

唐凛不加思索地摇头：“我可不想再和你磨合一次。”

范佩阳停下，侧过脸看他，似乎在认真分辨他说的是真话还是玩笑，结论……不是太让人开心。

“跟我一起工作很累吗？”这么多年，范佩阳还从没想过这个问题，更别说询问，这是第一次。

看着对方一脸认真，唐凛忽然有点儿后悔。如果真破产了，他翻翻旧账问责一下还行，这事业都成功了，再讲这些已经过去的事，多余，且伤人。他不想伤范佩阳。

“问你呢。”迟迟没等来回复，范佩阳有些不耐烦地催。

这样的范总让唐凛一瞬间就回到了过去的坎坷岁月。范佩阳怕伤？唐凛敲掉自己单方面给对方立的脆弱人设。范总这样自信心爆棚的，就怕敲打得不够！

“不是累，是要累垮了。”唐凛不再留情，细数合伙人罪孽史，“加班加到胃溃疡，熬夜熬到低血糖，永远给了指令就要成果，因为觉得浪费时间，影响效率，所以从来不考虑工作之外的因素，比如别人的情绪、别人的想法、别人的感受……”

“别人是谁？”再不打断，范佩阳怕自己被控诉淹没。

“我，”唐凛毫不犹豫把自己这个合伙人兼财务总监放到第一位，“以及所有怕你怕得要命的员工。”

不说别的，至少在工作上，范佩阳一直觉得自己做得还不错，今天才发现，原来不是。原来曾经被唐凛旁敲侧击的那些“对下属体谅一点儿”的规劝，只是冰山一角。说不失落是假的，但奇异的是，他又觉得这样滔滔不绝吐槽的唐凛有点儿……可爱。

“既然这么委屈，”范佩阳好整以暇地看唐凛，“当初为什么要跟我合伙？”

唐凛愣了愣，被问住了。他还真没想过，那时候要创业，好像很自然就觉得范佩阳合适。邀请是他发的，他记得；范佩阳一口答应，他也记得。当时一些认识的朋友还很意外。

唐凛后来才知道，范佩阳推了很多好的工作机会，也推了不少人的创业邀请，理由都是他要自己单干。所以为什么一口答应了自己呢？唐凛一直疑惑，却一直没问过。还是说……后来问过，只是也跟着“完好如初”一起忘了？唐凛抿紧嘴唇，他现在对自己的记忆实在没什么信心。

“嗯？”范佩阳这回多了一点儿耐心，没等来回答，只用一个单音节催了催。

唐凛只得实话实说：“我没想过。”

“我也没想过，”范佩阳说，“但我刚才临时想了一下。”

唐凛抬头，有点儿迷惑：“想出来了？”

范佩阳点头：“你邀请我的时候，就知道我是一个什么样的人，但你还是选择跟我合伙。”

唐凛：“所以？”

范佩阳：“你那时候就欣赏我了。”

唐凛有口难辩：“……”这是知道他失忆，往死里欺负人啊。

范佩阳看着明明气得要命却又无可奈何的唐凛，就知道自己成功把人绕进去了，心情瞬间放晴，还有点儿小得意。尽管他自己也清楚这很幼稚，但是控制不住，因为这样的唐凛确实久违了。

如果说被他拖进这个关卡世界时，唐凛还有点儿拘谨，顾忌着那段被遗忘的记忆，顾忌着他的感受，甚至有意无意会避免去谈两个人的关系，那现在的唐凛则彻底“解放”了。这个改变的时间点也很明确，就是得摩斯神殿考核的时候窥探了几段过往记忆，然后唐凛单方面提了散伙——就是单方面，反正范佩阳不承认，不承认就不生效。

但很明显，唐凛对他的态度从那时候就开始变了，变得坦诚自然，变得无所顾忌，想什么说什么，还大部分都是批评和吐槽，就好像……好像一下子回到了两人刚认识的时候。这让范佩阳怀念，又让范佩阳头疼。

直到刚刚看到被自己用逻辑绕到气鼓鼓又无言以对的唐凛，才有了一点儿他们过去相处时的影子。其实，很多琐事范佩阳都记不得了，现在再回忆起来，只剩下一些有唐凛所在的片段，不同的季节，不同的场景，不同的事由，却是同样的包容和无可奈何。

一个个画面叠加成了过往岁月，范佩阳忽然发现，自己好像总是占便宜的一方。他的生活和工作，理所当然地遵循着自己的喜好和节奏，他从没想过要去配合任何人，更别说为了什么人改变自己。因为在他看来，自己的一切选择和做法都是最优的，不可能再找出第二个成本更低、收益更高的方案。

可他忽略了一件事，唐凛不是范佩阳。如果他们两个一样，所思所想所言所行都高度趋同，那在认识之初，他压根儿不会跟唐凛成为朋友。单是设想一下和另外一个自己共事，设想一下另外一个自己指关节叩着桌面说“如果再让我看见这样愚蠢的方案，你明天就不用来了”，范佩阳都想把方案抽对方脸上。

遥远的天边出现鱼肚白，不知不觉，微凉的夜就要过去了。

范佩阳不着痕迹地去看身边的人，看他的侧脸，看他的眼眉，看他冷然中透着的鲜活和热烈。这是一个有着自己的态度和主张的人，这是一个会说“VIP 组长我来当，你的生命我负责”的人。过去那么长时间，他竟然会觉得这样的唐凛配合自己的喜好和节奏是天经地义的。怎么可能？这个人只是愿意退让，愿意包容，愿意给他占便宜，因为拿他当最重要的人。

范佩阳的眼睛黯淡下来，心里那点儿幼稚的得意可笑地散了。现在讨再多的嘴上便宜有什么用呢，安慰罢了。唐凛把这些都忘了，就算被他的流氓逻辑绕得再深，套得再牢，忘了就是忘了。

神殿考核的时候，他对着窥探内心的得摩斯说自己心底从来没有过害怕，那一书架的书不过是被他排列好的、待解决的问题。他骗了得摩斯。其实他是害怕的，怕唐凛永远想不起来，怕唐凛从他身边溜走……在他终于想好好和这个人相处之后。

唐凛自顾自登着台阶，没察觉范佩阳在看他。他的心情不错。虽然因为失忆被范佩阳趁火打劫，但他和范佩阳现在已经可以这样坦然地聊过去了，甚至拿来调侃和斗嘴，这在唐凛看来，就是两人关系携手向前迈进了一大步。他们不仅是朋友，还是要互相交付性命的伙伴，前头还不知道有多少凶险在等着，他们不能总在从前的事里困扰着、别扭着。

后颈突然被人握住，手掌的温热透过强势的力道，穿透皮肤，烫得唐凛心里一颤。他有些艰难地转头，疑惑的目光锁定罪魁祸首。

范佩阳的目光安静而灼热。

唐凛生病的时候，他想，只要唐凛身体健康，他可以付出一切。现在唐凛健康了，他又想要对方像从前一样对他。范佩阳见过很多贪得无厌者，对这样的人，他往往不屑一顾。因为他从不放纵自己的欲望。他一直认为，连自己的欲望都无法克制的人，注定是失败者。可他现在才知道自己的自大、天真和武断。多余的不必要的欲望才克制得住，那些生命中不可或缺的，哪怕仅仅少了一样，本能地都会去拼命地渴求和索取，没什么能控制得住。何况范佩阳也不想控制。

后颈被握得越来越紧，唐凛几乎是被强拽过去的，然后他听见对方说：“我都要。”

范佩阳的声音很轻，像呢喃，却带着绝对的压迫感。唐凛眨了下眼睛，到嘴边的“要什么”被他生生咽了回去。没有理由，只是多年相处下来的对范佩阳的了解和进入关卡后积累的求生本能都在向他拉警报——别追问，问就是自己挖坑，尸骨无存。

一直走在前面的霍栩偏巧在这时回过头来，也没什么特别原因，就是突然发现后面好像没什么声音了，回头看看两个落在队尾的人是不是跟丢了，不是关心，纯属闲着无聊。结果回头发现，两人已经落到下面十几米开外了，难怪脚步声没了。但下一秒，他的目光就盯在了范佩阳的手上。

离得太远，唐凛就算想解释也无从开口，只能眼睁睁看着自家伙伴脸上的迷惑越来越浓。

好在霍栩不是郑落竹和丛越那种外向的性格，属于有点儿孤傲的自我消化型，所以在定定地看了半天后，带着满腹的困惑又把头转了回去。

唐凛没好气地瞥范佩阳，后者终于领会了一次，百般不愿地收回了手。唐凛松了口气，直接进入正经话题："等到了下一关，如果可以休息，或者有合适的机会，我想把我们的事告诉霍栩。"

先前在集结区没讲，是因为那时的确不知道霍栩会在队伍里待多久，彼此都没真正交心；后来进了 4/10，他们在狩猎者游戏里险象环生、焦头烂额，哪里还有时间坐下来详细科普，只能先对付过去再说。

"我们的事？"范佩阳语调轻轻上扬。

"……"唐凛怕了他了，忽然发现这人也有幼稚的一面。

"有必要吗？"范佩阳不信唐凛没看出来，"他现在虽然跟着我们一起闯关，但心不在VIP，目前来看，也没有长期驻留的意愿。"

"信任需要时间，所有人都是。"唐凛不会对任何人都无条件付出和信任，但霍栩已经加入了 VIP，只要对方一天还是 VIP 的人，就和南歌、竹子、越胖胖这些伙伴待遇一样。况且……唐凛抬起头，轻声一叹："就算我不说，也会有别人给他说的。"

范佩阳随着他视线望去，那是走在前方的长长的大部队，甜甜圈、孔明灯、铁血营、十社、还乡团、莲花、步步高升、白组……全是他失败友情史的知情者。

"还有得摩斯，"唐凛补刀，"以他偷偷溜到 1/10 玩'斯芬克斯之谜'的恶劣性格和在神殿考核中表现出的八卦与活跃，我觉得他很难忍住不把我们的事当成茶余饭后和其他守关人的聊天消遣。"一歪头，他一本正经道，"让我数数，提尔、希芙、维达，这是他提过的名字，还有后面关卡的潘恩、卡戎……"

"说吧，"范佩阳的同意来得迅速而果断，"一有机会就说。"

与其让全世界的人添油加醋地讲他的黑历史，还不如让唐凛来，多少还能补点儿昔日情分的滤镜柔光。

"不过，"范总一本正经道，"也不用说得太详细。"

唐凛转过脸，笑意偷偷爬上眼角眉梢。从范佩阳的第一句"有必要吗"，他就看透了，范佩阳在意的根本不是告不告诉霍栩，而是一旦告诉，就等于又多了一个人知道他之前有多失败。估计范佩阳的脑中已经浮现出听完一切的霍栩对他投来的一言难尽的目光了。

“放心，”唐凛努力绷住脸，真诚保证，“我只说个大概。”

范佩阳定定地看了他几秒，冷漠提醒：“你的眼睛快笑没了。”

2

“亲娘啊，终于到了！”

队伍最前方炸开一声号叫，是白组的蒋城，叫得情真意切，苦尽甘来。

腿已经快走到没知觉的众人闻言唰地抬头，就像被打蔫的茄子突然又支棱了。

几十米外，石阶尽头，山顶若隐若现。

蒋城三步并作两步，一马当先往上冲。众闯关者也再没有双腿灌铅这种事，紧紧跟上，一个赛一个地快。转眼，四十五人就到了山顶，提示音也随着登顶顺序接二连三响起。

“叮——”

小抄纸：“恭喜5/10通关！友情提示：从现在开始，通关将不再发放经验值奖励，今后如何解锁新一级文具树，要靠你们自己努力探索了哦。”

“不给经验值了？”立刻有人叫起来，“那到了休息区怎么办？衣食住行还怎么购买？”

郝斯文想了想：“现金？”

崔战翻白眼：“我上哪儿给它找现金去！”

周云徽：“也可能就不要钱了呗。”

崔战：“你想得美。”

江户川：“也说不定。你们看啊，一路过来，地下城是条件最差的，对吧，后面水世界酒店、去孤岛的潜艇、3/10集结区，这些地方条件都不差，也就是说，鸮对于能够通关的人，待遇一直还可以。”

全麦：“废话，不让我们好好休息，怎么陪那些守关的神经病玩下一场？”

清一色：“所以，两千经验值是4/10的奖励，‘<特>我是VIP’是5/10的奖励？”

骷髅新娘：“肯定啊，那个7号不是把6/10的规则都告诉我们了。”

大四喜：“他也没全说，只说了特殊文具用在进入闯关口，但6/10到底是什么，他一点儿都没讲。”

“应该是那个了。”何律眼望斜前方，朗声道。

众人看过去。不远处，一座造型奇特的城堡伫立在悬崖峭壁之上，它的上半部和下半部都是圆润的水滴形，对称搭在一起，就像一个巨大的沙漏。可古堡虽然近在眼前，但建造的位置和众人所在的山顶之间被完全割裂，彼此相隔十几米，中间是万丈悬崖。

白路斜越过何律，径直走到山顶边缘，低头就是深渊，抬头便是古堡。他的到来让崖边的小石子纷纷滚落，掉进下面不见底的黑暗中。

许叮咚心里一紧，忙提醒道："组长，你小心点儿……"

话音还没落，古堡那边突然传来吱呀声响，像是年久生锈的铰链在动。众人循声抬头。微微泛白的天际下，一座吊桥从古堡的正门处缓缓放下。

桥板的阴影几乎笼罩住白路斜。他后退几步，看着桥板慢慢放下，正好搭在他刚刚所站的位置。

"叮——"新提示随之而来。

小抄纸："欢迎来到 6/10 沙漏古堡。古堡分为上下两部分，下方是休息区，上方是关卡区。通过吊桥将进入休息区，祝你好运。"

吊桥长而狭窄，搭在深渊之上，看起来有些单薄的桥身随着凌晨的冷风晃动，铰链发出轻微的摩擦声，尽头就是古堡正门。

众闯关者面面相觑，他们前面经历过太多大坑了，几乎没有喘息的机会，突然就说可以进入休息区了，实在很难让人彻底放心。尤其这一老旧吊桥看起来安全性极低，通往的古堡更是阴森诡谲，即便这是必然要去的 6/10，他们至少可以提前做一些安全准备……

"吱呀——"

很好，离吊桥最近的白路斜直接上桥了。一脚迈上去之后，人家白组长头也不回，悠然自得地往前走，时不时还往下看，饶有兴味地欣赏万丈深渊。

仍在原地的周云徽无语，和旁边的崔战感慨："我算是看见比你更虎的了。"

崔战不同意："你什么眼神，我和那家伙有本质的区别。"

周云徽斜他一眼："都是不要命，有什么区别？"

崔战双手插袋，姿态潇洒："我是一腔热血，他是任性作死。"

周云徽："……"嗯，真的一点儿都不双重标准呢。

有了白路斜蹚路，大家不再犹疑，一个接一个跟着，走上吊桥。狭窄的吊桥仅能容一人通过，四十几个闯关者排成一长列，陆续填满了整座桥。直到前面的白路斜跳下桥板，来到古堡正门，悬崖那边排在队伍最后一个的范佩阳才上桥。好在有惊无险，四十五人悉数通过吊桥。

铰链重新运转，吊桥慢慢收起。与此同时，古堡大门缓缓打开，映入众人眼帘的是一条幽暗走廊，走廊两边的墙壁上燃着烛火，但亮光太微弱，勉强照出地上的深红色地毯。

走廊尽头笼罩在黑色阴影里，看不清。

众闯关者鱼贯而入，古堡大门在他们身后重新关上。

众人沿着走廊前行了约两三分钟，视野终于变得开阔——走廊尽头是一间宴会厅。

各式各样的沙漏布满了宴会厅的各个角落，有像落地灯一样大而美的放在墙边，有像摆件一样小而精致的放满了壁炉上的搁板，还有像时钟一样大小的挂在墙上，壁挂的烛台只能在沙漏之间寻找空隙。所有沙漏都在流动，细沙从中间空隙处一点点落下，无声无息地在下方聚成小沙堆。

宴会厅中央是铺着精美桌旗的长条桌案，上面摆满了美食佳酿，有些像是刚出炉的，还冒着热气，浓郁的鲜香勾得人食指大动。

唯一美中不足的是壁炉是冷的，漆黑一片，根本没燃。仅依靠黯淡烛火照明的宴会厅和先前的走廊一样显得阴森森的，尤其是各种沙漏，更让这里显得诡异。

桌案两侧整齐地摆着空椅子，像是邀请客人们入座。

“二十三……”探花突然开口，声音很低，但在一片静谧的宴会厅里依然清晰。

“什么二十三？”和尚不解地问。

“座位数。”回答他的是关岚，他望着桌案左右两排的空椅子，说，“左边二十三个，右边二十二个，正好四十五。”

四十五，他们现在的人数。

“这有什么奇怪，”崔战就近拉出把椅子，大大咧咧地落座，“鸮能让这么大一个关卡世界维持运转，背后还有不知多少闯关者人工协助，想要提前获取我们的人数太容易了。”

唐凛离崔战不远，冷静开口：“我想关组长他们真正在意的不是椅子多少，而是这里只有我们的位置，那在我们之前闯到这一关的人呢？”

一语惊醒梦中人，众闯关者终于知道为什么进了所谓的休息区后，他们仍觉得不安了，不是光线黯淡，不是古堡阴森，而是藏在这些之下的违和感——这里太静了，太空了。

休息区，顾名思义，所有上一关的通关者都可以在此休息。他们通关的顺序或许有早晚，但只要不进入下一关，这里就会成为他们的长期驻留地，比如 2/10 的水世界酒店、3/10 集结区，哪怕是 1/10 的地下城都人来人往，热热闹闹。

“会不会是……在我们之前来的人都通关了？”从越乐观猜测。

郑落竹眯着眼睛看他，学范总学得有模有样：“越胖胖。”

从越缩缩脖子：“我就是抛砖引玉嘛……”

“全通关是没可能的，”白路斜伸手从餐盘里捏起一片火腿放到嘴里，咂吧咂吧，味道不错，“全死了还差不多。”

有人黑了脸："你不会说话就闭嘴！"

白路斜闲闲看过去，神态慵懒。

那个刚怼完他的闯关者突然浑身一僵，下一秒就开始往墙上撞。幸亏旁边人眼疾手快，一把将他拦住。

许叮咚则是吓了一跳，连忙抓住白路斜的胳膊："组长——"声音怎么听怎么无奈、心塞、苦口婆心。

白路斜垂下眼，盯住抓着自己胳膊的手。

那边拼命想咣咣撞大墙的闯关者终于消停了，腿一软，坐到了地上，还没反应过来自己身上到底发生了什么。

众闯关者也惊出一身冷汗。吓人的不光是白路斜的精神操控文具树，他这种想动手就动手，根本不管你是谁的极度任性才更恐怖吧！

许叮咚在白路斜盯住他的下一秒，就飞快缩回了手。饶是如此，白路斜仍不满地蹙起了眉："我说过什么？"

许叮咚耷拉着脑袋，乖乖重复刚组队时就被白路斜告诫过的话："我不喜欢身体接触。"

"只能看，不能摸。"同样铭记在心的蒋城补完后一半。

众闯关者："……"组长给组员立规矩或者禁令司空见惯，但"只能看不能摸"这么非人类的要求还是第一次听到。你是易碎品吗？！

整个宴会厅，只有何律陷入沉思。他努力回想孤岛求生时自己有没有碰过白路斜，实在有些难以确定。那么多天，从说服白路斜入伙到一次次阻止对方的任性，再到大家一起找可以食用的植物，怎么想都不可能完全没有肢体接触。但要说有，印象里白路斜也没为此发过飙……

无视众闯关者的一言难尽，白路斜耸耸肩，对两个组员淡淡道："再有一次，就地散伙。"

解散组织队伍这种大事，在他这里好像完全不在意。

许叮咚和蒋城偷偷交换个眼神，默契地异口同声道："明白！"

白路斜根本不想当这个组长，这是他俩组队时就清楚的事。但白路斜有实力啊，虽然任性了点儿，可在关卡里，有命活下去才是最重要的，他俩跟定白路斜了，绝对不能让对方找到一丝一毫辞职的机会。

白路斜还期待着被反抗再顺理成章地撂挑子不干呢，对上两张乖巧得不行的脸，心内郁闷，坐下来拿过手边的杯子喝了一大口。灯光太暗，他根本没注意杯子里是什么，一口下去，五官都皱到了一起——是红酒。

白路斜讨厌一切酒类，所有酒他喝起来都像苦瓜汁。

糟糕的心情又蒙上一层阴霾，白路斜丢掉高脚杯，四下环顾，准备找刚才那个敢和他呛声的家伙继续出气。吃过一次亏的闯关者悄悄躲在人群里，假装讨论，实则藏身。好在讨论中的众闯关者也没注意他。

“不管是都通关了还是……总之可以确定了，这个休息区不允许长期逗留。”

“话别说得那么绝对，没准他们就住在古堡里，只是不能来这个宴会厅。”

“如果大家都在休息区，有什么理由把不同批次的人分开呢？”

“喂，你们这些大组织的，上面的人没告诉你们 6/10 到底什么情况吗？”

“和关卡相关的内容不让说，你不知道？”

“休息区的情况也不行？”

“我不知道，反正上面给下来的情报，就是整个 6/10 都在不可说的范围内。”

“不会从休息区开始，就算关卡了吧……”

讨论正进行得如火如荼，长条桌案的尽头，半空中突然弹出一个投屏，在幽暗的宴会厅里，亮起一抹微微的冷光。

“好久不见，有没有想我呀，我可是十分想念你们哟。”一只猫头鹰从投屏边扑棱到投屏中央，还是熟悉的大眼睛，熟悉的圆滚滚。

众闯关者一下子安静了，不约而同去看投屏。他们不想念它，如果可能，他们根本不想再看见它。和平铺直叙的“小抄纸”不同，每次这只猫头鹰出现，都让他们更直观地感觉到关卡的恶意。

“你们怎么都不吃东西？”小猫头鹰像是看得见餐桌一样，左右歪头道，“别紧张，坐下来好好吃一顿嘛，吃完了，才有力气陪我玩游戏哟。”

众闯关者：“……”

郑落竹：“别了，你想玩什么，直接说吧。”都刀架脖子了，还吃什么。

从越扯扯他：“那个，要不，先吃点儿？”

郑落竹气结：“你个没骨气的！”

从越委屈：“我饿啊……”

他这一声委屈心酸，把本来没什么感觉的，都喊得肚子咕咕叫了。

能闯到这里，众人也早练就了强大的心理素质，既然让吃，那就排排坐，吃或喝。

早在十分钟之前就坐下闷头大快朵颐的崔战都吃饱了，这会儿叼着啃干净的鸡腿骨，侧过身抬头和小猫头鹰你看我我看你，相面似的对望一会儿，还问人家：“小鸟儿，你是不是胖了？”

小猫头鹰正滚来滚去呢，闻言一顿，停在投屏左边不动了，跟卡碟了似的。

桌对面的周云徽就没见过这么无聊的人，受不了道：“崔战，是不是吃饱了撑的？”

崔战摸着吃饱喝足的肚皮看过来，难得地特真诚道：“是啊。”

周云徽：“……”他就多余问。

四十五人就这样在小猫头鹰的注视下吃饱喝足。餐桌上的声音越来越小，投向屏幕的视线则越来越多。

终于，小猫头鹰张开翅膀，从投屏左下角扑啦啦飞到投屏右上角，飞行轨迹在投屏上划出一道斜对角线，对角线将投屏像幕布一样缓缓拉开，露出一行字：“你们可以在这里休息（ ）天？”

众闯关者盯着投屏，尤其盯着那个空白的括号，好半天没人说话。

他们不说，小猫头鹰也不说，就瞪着眼睛乖巧不动。直到步步高升的江户川打破沉默：“你这是……让我们填空？”

仿佛一直在等待互动的小猫头鹰终于活跃起来：“猜错了哟，这是游戏奖励！”

江户川：“奖励？”

小猫头鹰：“接下来你们要和我玩一个小游戏。我来讲故事，但故事的每个关键点都由你们来选择下一步的走向，直到最终故事完成。你们完成的故事越精彩，获得的休息天数就越多哟。”

众闯关者：“……”都到休息区了，还要玩游戏才能得到休息时间？

“最多能获得几天？”唐凛问。

小猫头鹰歪头：“不知道哟，要根据你们的故事而定。”

唐凛：“休息时间结束，我们会怎么样？”

小猫头鹰：“自动进入古堡上层关卡区。”

唐凛没问题了。他相信其他人也都明白了，为什么古堡里只有他们这一批新来的。因为之前来的，在规定休息时间结束那一刻，都被强制送入了闯关口，无论他们意愿如何，无论他们能否通关。

“好啦，提问时间结束，”小猫头鹰原地上下蹦蹦跳跳，“现在开始游戏。”

话音刚落，长条桌案下的地面突然打开，桌案连同上面的食物、杯盘一齐沉下，没入不见底的黑暗。两秒钟后，又一张新的长条桌从地下升起，再没有桌旗和杯盘，光洁的桌面上摆了四十五个按钮器，每个按钮器对应一个闯关者，按钮器上都是“红（A）黄（B）蓝（C）绿（D）”四个按钮。

小猫头鹰消失，投屏上开始浮现文字：“你走进一座古堡，在你面前的是长长走廊，昏暗无光，什么都看不清楚，你手边有火柴、打火机、烛台，你会……A. 划亮一根火柴；

B. 点燃打火机；C. 点燃烛台；D. 黑暗中前行。”

“请在你面前的按钮器上选择，”小猫头鹰的话外音突然出现，欢脱而戏谑，“故事会按照最多人选的那一项继续往下发展，记得一定要努力让故事精彩哟。”

众人你看我，我看你。没了话外音，宴会厅静悄悄的，只有烛火燃烧的细微声响。火光太暗，哪怕离得很近，都很难看清彼此的脸。

咚咚，有人在用指关节敲桌，是莲花的十三幺：“诸位，我不知道你们怎么想，但我们现在就在古堡里，然后这个故事也发生在古堡，有没有这么巧的事？”

对对碰拿胳膊肘轻轻碰他。

十三幺皱眉：“你碰我干什么，我怀疑得没道理？”

清一色尴尬地捂住半边脸，小声道：“你以为就你看出来了？”

十三幺一愣，抬头伸脖子环顾全桌。他其实看不清众人神情，但从迟迟没一个人按下选择按钮里，读懂了那份慎重。敢情大家心里都明镜似的。这哪儿是选择故事走向，这很可能是选择他们未来会面对的大坑啊！

“烛台吧。”实在受不了煎熬的甜甜圈和尚一拍桌子，“烛台最亮，看得最清楚，来什么妖魔鬼怪都不惧！”

“不行，”同是甜甜圈的五五分第一个否决，“傻子都知道烛台最亮，一看就是陷阱。”

和尚：“……”

一小部分手指已经悬到C按钮上方的伙伴：“……”

小猫头鹰的话外音又来了，催促道：“你们的选择时间只剩一分钟，时间一到，未选择者会被系统随机分配选项哟。”

“不管了，”和尚简单粗暴，“我就选C。”

五五分：“稳妥点儿，我选打火机。”

探花：“太稳妥的话，故事不好看，休息时间会少吧？”

全麦：“想多休息，故事就得精彩，故事精彩了，就容易没命，人生太艰难了……”

“我想选火柴，”南歌和自家伙伴商量，“一旦亮起发现不对，更容易立刻吹灭……”

一分钟转瞬而过，很多小分队其实没讨论出什么结果，大家只能凭自己的第六感去选。

“叮！”

随着最后一个人选定，投屏上突然变成A、B、C、D四行列表，每一个选项后面都有选择它的闯关者照片，可以清晰看见谁选了什么。在这第一次的选择里，十五人选A，十三人选B，七人选C，十人选D。

选A、B、C的三十五个伙伴实在忍不住好奇：“选‘D. 在黑暗中前行’的，给你们十秒，能不能阐述一下具体心路历程……”如果这真是未来他们即将遭遇的故事，到底多想不开非要在黑暗中摸索啊！

投屏没给大家展开辩论的时间，选择 A 的人最多，故事立刻翻开新的篇章——

“你划亮了一根火柴，火光中出现一只小猫头鹰，它说可以满足你一个愿望，你会要……A. 一把带麻醉效果的匕首；B. 一把有六发子弹的左轮手枪；C. 一张古堡地图；D. 一个甜筒冰激凌。”

众闯关者：“……”这是不是得给《卖火柴的小女孩》和《阿拉丁神灯》版权费？

“这还需要选吗？”甜甜圈组长关岚抬头看五五分，“你的‘兵器库’，匕首要多少有多少，麻醉效果我来加。”再看莱昂，“你自带狙击，还不限制子弹。”最后环视和尚、全麦、探花，笑容灿烂，“肯定选甜筒冰激凌啊，对不对？”

甜甜圈五伙伴：“……”

C 选项“古堡地图”在甜筒面前，不配拥有姓名。

“叮——”

四十五人选择结束，投屏即刻亮出选项分布——没有人选 A，没有人选 B，三十九人选 C，六人选 D。

三十九双眯起的眼睛默默看向甜甜圈整组。

全麦、探花、和尚、五五分低下了羞愧的头。为了哄组长开心以免日后被打击报复，他们违背了自己的良心，他们忏悔。莱昂倒没这么多内心戏，反正故事走向依靠大多数选择，他们陪关岚任性一下也无妨。

唐凛看着投屏上落定的选项，基本已经可以预见故事未来的走向了。

任性的伙伴或许有，但不会影响大局，这样少数服从多数的投票就像打分制的体育比赛一样，去掉最高分和最低分，留下中间的才有效。放在现在这个游戏里，就是去掉最危险的选项，去掉最无意义的选项，大部分选择都会集中在最合理也最稳妥的那个选项上。

刚才的这个选择，就是众伙伴目前最典型的选择思维体现。匕首也好，左轮手枪也好，都只是攻击的辅助手段，但是大家可以用文具树攻击或者防身，武器就显得没那么重要了，冰激凌更是怎么看怎么像闹着玩儿，所以绝大多数人选择了最有用，或者说自认为最有用的古堡地图。如果再遇见狩猎者游戏中那样的疯子，至少可以依靠对古堡的熟悉应战或者逃跑——唐凛相信选 C 的伙伴基本都这样想。

随着选项确定，故事继续往前推进。

“你拿到了古堡地图，走廊上的壁烛忽地燃起，灯火通明，照亮了你的视野……”

看见“灯火通明”四个字，众人眼睛都亮了。

“我就知道不选燃烧烛台迟早也会亮，否则全程黑漆漆的，什么故事也没法推进啊！”

“幸亏选了火柴，白得一个愿望！”

“那也说不准，万一选打火机能出来俩猫头鹰，满足两个愿望呢？”

“嘘。都过去了，没必要再扯，赶紧看后面。”

“你来到走廊尽头，那里挂着一张巨幅油画，浓墨重彩，色调阴郁，那是……A. 一个男人的肖像画；B. 一个女人的肖像画；C. 一个孩童的肖像画；D. 一个家族的群像画。”

故事进行到这里，终于第一次出现了人物。

众人安静下来，空气里突然多了一丝紧张和凝重。

“这该不会就是我们要面对的守关人吧……”周云徽单手撑头，望着选项眉头皱起。

“那就选女人或者小孩儿，”同是孔明灯的老虎心直口快，“好对付。”

周云徽以及其余众闯关者唰地看他，集体怒视。

老虎瞬间意识到自己太无耻了，艰难地干笑：“呃，欺负女人和孩子不太好哈……”

众闯关者叹口气。周云徽则拍拍他的肩膀：“你能认识到这一点是对的，但在进行道德层面思考之前,你能不能告诉我,谁给了你‘关卡内的女人比较好对付’这一危险错觉？”

老虎怔住，片刻后若有所思，目光不自觉就落到了南歌身上。下一秒，他猛地看回自家组长，抓着周云徽的胳膊斩钉截铁道：“女人不行，绝对不行！”

南歌：“……”自己好像成为反面典型了。

“等等，”老虎忽然回过神来，“如果不考虑道德，那小孩儿有什么问题？”

周云徽：“万一是鬼娃呢？”

对对碰：“死婴。”

郝斯文：“恶童。”

佛纹：“孤儿怨。”

老虎看着四十几张充满危机意识的脸：“……”故事不可怕，这些烘托气氛的家伙才恐怖吧!

“叮——”选项出炉，果然大部分人还是选择了最常规的“一个男人”，女人和孩童都只有个别人选，全家福更是一票都没有，毕竟谁也不想面对一个家族的守关者。

故事继续前行。众闯关者的神经渐渐绷紧，很在意自己的选择会带来怎样的发展。

“那是一幅男人的肖像画，画的右手边就是这个男人的房间。你走进去，发现……A. 男人在睡梦中；B. 男人靠在床头读书；C. 男人在洗澡；D. 男人上吊了。”

众闯关者：“……”上吊了是什么魔鬼展开？！

从越挠头，和自家伙伴商量：“如果这个男人真是守关者，还是睡梦中最好对付吧？”

郑落竹："洗澡也行。"

旁边铁血营的三道杠搭话："上吊才一劳永逸吧，死了就不用打了。"

霍栩："如果没死透呢，吊在半空中挣扎，或者身体死了，灵魂还在房间里游荡……"

"啪！"三道杠果断按下C。

事实证明，比较稳妥的A（睡觉）和C（洗澡），也是大多数人的选择。不过最终C比A多了两票。

洗澡会有水声，还会有浴室将彼此隔开，一来不会立刻被男人发现，留给自己更多时间，二来水声可以成为自己这边动静的掩护。而A选项在选C的伙伴看来，总有种一点儿轻微的脚步声都能让对方惊醒的不安定感。选择进行到现在，虽然没人讲，但"安全"似乎已经成了大家默认的选择标准。

唐凛是为数不多选了D的。其实也没有说得上来的依据，他就是觉得故事进行到这里，可能该有一个非常规的走向了，或许神展开会带来惊喜也说不定。但还是他最初预计的那样，大多数的选择总会让剧情趋向中庸和稳妥。

"浴室传来水声，男人在洗澡，你悄悄在他的房间里查看，接着……A. 发现床下有密道；B. 发现桌案上有日记本；C. 偷看男人洗澡；D. 偷走男人的衣服。"

骷髅新娘一声叹息："这是非得把我们往变态的路上逼啊。"

众闯关者深以为然。偷看男人洗澡，还偷走男人的衣服，你当这是七仙女和董永呢！

"叮——"

选择结束，投屏亮出选项分布——十八人选A，二十一人选B，两人选C（江户川、五五分），四人选D（唐凛、范佩阳、关岚、白路斜）。

选A、B的三十九个伙伴："……"

实名制选择就这点好，再浓眉大眼，也无所遁形。

佛纹、骷髅新娘、下山虎："小江，没想到你是这种人……"

江户川："……我就是想触发一下不一样的剧情！"

唐凛选D的心态和江户川一样，但他没想到一向危机意识超强的范佩阳竟然也选了D。

郑落竹和丛越在上一轮唐凛选"上吊"的时候就意识到组长想弄点儿不一样的了，所以这次对方继续不走寻常路可以理解，但秉承着"总有刁民要害朕"的范总也开始放飞了？

"范总，"两个伙伴真诚关心，"你要是被绑架了就眨眨眼。"

斜对面的南歌把两个好事的脑袋推回去："专心点儿！"

这么明摆着的事情还用问？显然范总在陪票啊。估计他从上一轮就看出唐凛想要不一样的故事了，所以从这一轮就开始随着唐凛选。就算全世界都不支持你的选择，我陪你——

刨根问底的结局一定是被这样暴击，她才不要！

大多数人都选择了密道或者日记本，自然是想借由这两个选项解开一些秘密。故事进行到现在，他们还是在凭直觉猜，这种云里雾里的感觉让人发慌。

日记本比密道多了三人支持，投屏上的故事继续展开——

“你发现了桌案上的日记本，趁男人还在洗澡，你将日记翻开，第一页用凌乱笔迹狠狠划出一行血红的字：偷看者，死。”

空气一瞬凝固。

“浴室的水声停了，男人穿好衣服走出来，边走边从衣服口袋里取出眼镜戴上，然后看清了正偷翻日记的你……”

上一轮选A和B的三十九人悔得肠子都青了。应该偷衣服的，偷衣服等于偷眼镜啊！

“日记瞬间飞回到男人手中。男人合上日记，看向你的目光极冷，极危险，他会……A. 愤怒攻击；B. 要和你玩一个惩罚游戏；C. 要一个人留下来当作赔偿；D. 要你从窗户跳出古堡。”

空气越来越安静，也越来越压抑。明明只是故事，却好像他们真的已经身临其境，直面未知的危险。

“不是，前面说没说男人的房间在古堡几楼？”

“好像没有。”

“要一个人当赔偿是什么玩意儿？抵命？”

“我看成了要一个人‘陪床’。”

“……”

“叮——”

四十五人都给出了自己的选择，十五人选A，十三人选B，没有人选C，十七人选D。

唐凛挑眉，他选的B，但他以为简单明了的A会成为大多数。

没人选C是可以预见的。虽然故事中一直用的单人称“你”，但“要一个人留下来当作赔偿”这种略显微妙的表述，怎么解读都感觉像是故事知道这里的主人公其实是“多个人”，也就是他们。于是这个选项，就很容易解读成“留下一个人，其他人就可以脱身”。虽然这未必是正确的，但只要有这种可能，这一项就不会有人选。一来，大家一起努力才到了这里，大部分人都不可能用另外一条人命去换自己脱身；二来，都是明票，就算个别人心里想选，知道自己肯定是少数，也就没必要冒头拉仇恨了。

然而故事毕竟发生在古堡里，破局的关键也应该在古堡里，“跳出古堡”这种选项，怎么看都离“主线”有点儿远吧？想来想去，恐怕只有一个原因，就是大家被上一轮的日记刺激到了——选了最合理的日记，结果遭遇“偷看者，死”这种诅咒，估计闯关者们都开始调整选择战术了。况且就算男人的房间在古堡高层，毕竟还有对对碰的“一路顺风”，平稳落地应该没太大问题。

唐凛这边刚捋清楚大部队的选择思路，投屏上的故事就已翻开了新的一页——

“你从窗口跳下古堡，落地之后才发现，男人不知何时已经到了下面，你正落在他的面前。男人对你进行了惨无人道的攻击……”

众人无语，又被坑了，还不如直接选 A，还能省一个“跳楼”环节。

“故事在这里有了两个不同的走向……”

新浮现的字迹，让众人呼吸一紧。游戏玩到现在，第一次出现这样的表述。

投屏完全不受闯关者情绪干扰，还在机械性地铺陈故事——

“第一种走向，你在男人的攻击中死亡，故事结束。第二种走向，你在男人的攻击中侥幸存活，故事继续……”

果然……会死人。众闯关者潜意识里早有准备，这会儿反倒平静了。

“作为幸存者的奖励，也作为偷看日记的惩罚，男人要和你玩一个游戏……”

所以还要玩游戏，那刚才在房间里直接选游戏好不好！

“游戏的名字叫找不到出口就死。规则很简单，就是回到古堡中，在被男人杀掉之前找到指定的出口。你会……A. 接受游戏；B. 拒绝游戏。”

选项减少到了两个。

“叮！”

这次众人行动迅速，几乎没悬念，压倒性的“A”。鬼知道拒绝之后，男人会不会来场毁灭性暴走。

“你接受了游戏，现在需要立刻回到古堡之中，你会……A. 顺着墙壁外的梯子攀登回去；B. 由男人送你们回去。”

“叮！”

众人迅速给出了自己的选择，三十八人选 A，七人选 B。大部分小伙伴还是喜欢自力更生。

“你沿着梯子爬回古堡窗口，发现窗内有人，在那里迎接你的是……A. 杀人魔；B. 杀人魔的鬼魂。”

众闯关者：“……”这有区别吗，总归就是要玩死他们吧！

“叮！”

众人再次给出了自己的选择，三十九人选 A，六人选 B。

“杀人魔对你展开了惨无人道的攻击。男人也顺着梯子爬进窗口，和杀人魔联手，对你继续展开惨无人道的攻击……”

他们快不认识“惨无人道”这四个字了！

“找不到出口就会死，留给你的时间不多了，祝你游戏愉快。”

随着最后一句话，投屏上毫无预警浮现“THE END”。众闯关者猝不及防，面面相觑。

“就这么结束了？”

“好像是……”

“连结局都没有，分明是坑了吧……”

“这到底是什么烂故事啊！”

投屏忽然一暗，随后又亮起，小猫头鹰再度出现，圆圆的身体滚过来、滚过去：“各位辛苦啦！不过很遗憾，你们的故事不够精彩，只能给你们三天休息时间，要好好珍惜哟。”

试炼区，顾问室。

全程围观故事抉择的前守关人们纷纷靠向座椅后背。

7/10：“他们还挺机灵，一开始就猜到了这是后面他们要面对的。”

6/10：“猜到有什么用，我这关的重点从来都不在故事，无论他们怎么选择，结局都一样，无非死得早点儿还是晚点儿，舒服点儿还是惨点儿。”

卡戎：“还是别小看他们吧，刚过去的狩猎者游戏忘了？还有 7 号，玩都不玩直接跑了。”

维达：“那是他们不行。我听说客人进入哪个关卡不全看他们申请，还要看他们的能力评定，厉害的大部分都给安排在后面关卡了。”

“确定有厉害的？”围观过 4/10 和 5/10 之后，潘恩实在很难再对那些客人们保持一个高端的战斗力想象。

“是真是假，我们自己看看不就知道了。”维达抬眼，直接隔空操控，将投屏调到正在进行中的 8/10。

画面刚清晰，就传出闯关者濒死的惨叫。然而画面中那位已经占据绝对上风的客人并没有立刻把已经失去抵抗能力的闯关者杀掉，而是像猫逗耗子一样，又折磨了对方半天，才送其上路。

维达看得津津有味，当然主要是欣赏客人的能力和身手，末了客观点评：“这个家伙看起来还不错，果然厉害的都在后面。”

潘恩同意维达对投屏中客人的评价，但对于刚刚结束的这场杀戮却下意识皱眉，倒也说不上同情闯关者什么的，就是也开始有点儿觉得这种虐杀没必要，这和试炼区当初建立的初衷大相径庭。不过他也理解上面怎么想的。这些年，试炼区越来越边缘化，作用越来越小，前阵子培育区又被彻底破坏，被关闭成为这里唯一的命运。上面想在关闭前开发出这里最后的一点儿价值也不是不能理解。

算了，潘恩扯扯嘴角，自己一个小喽啰，想东想西不过是自寻烦恼罢了。果断清空脑袋，红发青年伸手从旁边桌子上拿来个小蛋糕塞到嘴里，嚼得腮帮子鼓鼓的。

投屏已被重新调回沙漏古堡。

对于这关，当然是 6/10 最有发言权："我不知道上面安排哪个客人在 6/10，"他说着看向维达，"但我可以保证，就算安排的是个蠢货，也能把那些虫子清理得一干二净。"

索贝克作为刚上任没多久就下岗的守关者，对于其他关卡的内容了解不多，但听见 6/10 这么笃定，还是觉得他说这话有点儿夸大，低声弱弱地提醒："他们可有四十五人呢，四十五打一，应该有点儿胜算吧？"

"不是打一，是打二。"希芙纠正。

"一个洗澡眼镜男，一个窗口杀人魔。"得摩斯补充详情。

索贝克："那也有点儿吃力吧，狩猎者游戏的时候，他们二十几个打一个，文具树一个一个往上套，天罗地网的，客人再强不也是束手就擒？"

6/10 看过来，神秘一笑："我这关可不一样。"

索贝克一愣："怎么不一样？"关卡内容再不一样，本质不还是闯关者和参与的客人 PK（Player Killing，比赛，挑战）？

得摩斯看不下去他的呆萌了："其实这关……"

"得摩斯。"6/10 打断他，"难得有个不知情的，剧透就没意思了。"说完他又看向索贝克，玩味一笑，"等三天之后，关卡一开，你就明白了。"

索贝克实在理解不了对方的恶趣味，但环顾一圈，发现顾问室里大部分同事都是一脸看好戏的神情，瞬间懂了——恶趣味就是守关部分的集体精神风貌。

卡戎更是将这种风貌贯彻到底："来来，我开个盘口，赌赌这次 6/10 能有几人通关……"

银发大叔在开盘口这件事上绝对是专业的，几分钟就把各项赔率都定好了。众多守关人纷纷下注，大部分集中在个位数通关，有少数对闯关者极有信心的才买了两位数，少数极没信心的，比如 6/10，干脆就买了全军覆没。

得摩斯有点儿选择困难，在几个和十几个之间纠结，半天依然没敲定买哪个，正忠忖着干脆两边都买点儿，这样还能分摊风险，余光不经意看到坐在他旁边的提尔，对方正安静地看着投屏。这种安静将提尔和周围的热闹氛围割裂开来，明明近在咫尺，得摩斯却觉得他离自己很远。

"喂，"得摩斯伸出手在提尔眼前晃来晃去，故意揶揄，"别装深沉。"

提尔偏过头，朝他笑了下，问："买了多少人通关？"

得摩斯差点儿没反应过来，怔了下才说："还没选好，我第一感觉也就个位数，但后来想想，他们这群家伙，尤其是跟 VIP 一起从我水世界过去的那一拨儿，都还算有点儿本事。还有那个霍栩……"虽然提到这人他就来气，可讨厌归讨厌，实力归实力，"就算其他人都不行，他也应该没问题。"

提尔点头，难得地站在得摩斯这边："1/10 的时候，他就让我印象深刻。"

得摩斯问："那你准备买几个人通关？"

提尔收起笑意，摇头："我不喜欢赌。"

得摩斯凑近，看着他的眼睛，声音压得极低："是不喜欢赌，还是不喜欢我们拿那帮虫子的命下注？"

提尔迎着对方的直视，没说话。

顾问室一阵静默。

无声对视片刻，得摩斯叹口气："你太把他们当回事了，没必要，真的。"

"嗯，你不当回事。"提尔淡淡点头，气定神闲，"原来不当回事，就是看见两只已经散伙的虫子有复合苗头，就拍桌子跳脚。"

得摩斯语塞，绞尽脑汁想半天，才找到一个合理解释："这不一样，我是……我是哀其不幸怒其不争，白费我一片苦心记忆窥探！"

提尔乐了："你的考核不是一向只看恐惧吗，什么时候连记忆都看了？"

得摩斯转开眼，心虚得声音都没底气了："顺便，就……"

提尔没再欺负同事，而是换了话题："得摩斯，你还记得我们刚入职的时候，做过一份心理测试问卷吗？"

"记得啊，"得摩斯茫然看他，"怎么忽然提这个？"

提尔问："你还记得那上面的问题吗？"

得摩斯说："这么多年了，谁还记得，我只记得上面好多问题，做到最后做得我头昏脑涨。"

"我记得，"提尔说，"那套试卷分了四部分，其中一部分，全是和虫子有关的问题。"

"你这么一说，我有点儿想起来了。"得摩斯微微抬头，努力回忆，"好像是关于我们对虫子的态度和看法……"有个笼统的印象已经很不错了，他见好就收，不再往前追溯，"问这些很正常嘛，毕竟从试炼区成立伊始，就有一些奇怪的家伙嚷嚷什么太残忍、不人道、万物平等，总要防止这些家伙混入守关者队伍……"

说到这里，得摩斯忽然想到什么似的，盯紧提尔，目带担忧："你该不会想告诉我，你现在理解那帮家伙了吧？”

提尔歪头，不置可否。

得摩斯也懒得猜了，英俊的淡蓝眼眸泛起微微冷意：“提尔，你别脑袋发昏。你忘了这里最初为什么建立？世界本来就是优胜劣汰，这些虫子在这里发挥的价值就是他们存在的意义。还是说，非要我们死光了绝种了，你那廉价的同情心才能得到满足？”

提尔淡淡看着得摩斯，依旧平静，甚至比被得摩斯冷言嘲讽之前还要更平心静气。

这样的平静带着某种强大的力量。得摩斯说不清那是什么，只知道当被提尔这样看着的时候，不管自己处于何种激烈的情绪中，都能奇异地平静下来。

终于，提尔开口，说：“我没那么天真，不管什么时候，我都会把自己的生存放在首位，哪怕这个生存要以更弱小者为代价。这就是我当年义无反顾加入这里的原因。”

得摩斯迷茫了：“那你现在这个莫名其妙的态度是在干吗？”

提尔：“因为这个理由不存在了。”

得摩斯怔住。

“我们现在有更好更高效的方式，这里也早就成了鸡肋，现在更是彻底转型，成了娱乐区，”提尔不解地问，“那我们还留在这里做什么？就为了帮那些精神空虚的贵客进行虐杀游戏？”

得摩斯答不上来。在今天被提尔问之前，他从来没想过这个问题。多年工作的惯性，似乎让他的认知也僵化了，好像系统当年是天经地义的就应该一直是，永远是。他顺着改变随波逐流，却忘了去思考，当试炼区变成娱乐区，当关卡变成游戏场，颠覆的不仅仅是他们这些守关人的岗位，而是整个试炼区的本质意义。

3

6/10 沙漏古堡，下半部休息区。

在完成故事游戏收到三天休息提示后，小猫头鹰就连同投屏一起消失。接着众闯关者就收到了新提示：“请进入你的房间休息。”

“你的房间”这四个字太有灵性了，茫然的众人离开宴会厅，在古堡幽暗狭长的走廊里转悠半天，才遇上第一个可以居住的房间，也才终于明白提示的意思——房门旁边的墙壁上，复古的手摇门铃下方，张贴着房间所有者的照片。

四十五个伙伴就这样在迷宫般的古堡里展开了漫长摸索，从一楼绕到二楼，二楼绕到三楼，三楼再到四楼。

整个古堡下半层休息区似乎只有一到四层，再往上，就找不到路了。然而即便是一到四层，众闯关者也并没有走全，大多数时间都是在楼层的中部绕，顺着墙壁烛台的微弱火光在走，很多隐匿在黑暗中的楼梯、岔路他们并未涉足，一些没有照片且暴力破门也打不开的房间他们就先放弃。

终于，正午时分前，所有人住进了自己的房间。

可惜这不是一个明媚的正午，天阴得厉害，灰色的厚厚云层将太阳完全遮住了。古堡的窗口本就小，房间里又是深色调的陈旧装潢，让置身其中的人有了夜晚的错觉。

夜晚就夜晚吧。唐凛在摇曳的烛火里，躺到了不算柔软的床榻上。他累极了，累得一根手指都不想动。

刚躺下，就有人敲门，“叩叩——”

明明门口有手摇铃，但来者显然不喜欢这种刻意仪式感的东西。

唐凛立刻打起精神，翻身下床，先前的疲惫仿佛不曾出现过。他知道是谁，因为人就是他找来的。

门打开，没等唐凛说请进，霍栩就直接进来了：“南歌说你找我。”

霍栩是 VIP 里第一个找到房间的，就在古堡一层，唐凛和南歌则是 VIP 里最后找到的，都在四层。唐凛实在没力气再回一层了，只好托南歌用“余音绕梁”找自家伙伴上四楼报到。

古堡房间其实就是一个简单的卧室，一张床、一张摆在床尾供人换鞋时坐的凳子，还有一个摆在床头左边装饰性大于实用性的五斗橱，上面放着烛台、花瓶等物件，这就是房内的全部家具了。

“坐。”唐凛把唯一的床尾凳拉过来，自己则坐在床边。

“有话就说。”这种颇为正式的谈话氛围让霍栩有点儿别扭，人还没坐稳当就开始催了。

可唐凛还在酝酿开场白。他和范佩阳那些过往信息量有点儿大，实在需要一个能让新伙伴淡定倾听的平稳自然的开头。

霍栩看着欲言又止的唐凛，想不出他们之间有什么事是需要唐凛这样郑重，这样左思右想的。

——“和我们 VIP 组队就对了，我们不会强行和你培养感情，就是大家搭个伴，一旦进入 4/10，只要关卡规则允许，你可以随时离开……”

加入 VIP 时唐凛说过的话，忽然在霍栩脑中闪过。

其实 5/10 通往山巅的路上就没有组队要求了，他完全可以退出 VIP，但从山底爬到山顶，走了那么多级台阶，为了缓解疲惫转移注意力，他想了很多有的没的，竟一次都没起过退出的念头。所以，现在是 VIP 不想等了，特意找他过来……劝退？

“我想跟你说一下我和范佩阳的事。”对面传来唐凛的声音。

霍栩怔怔抬头，所有纷乱心绪浓缩成一个字：“啊？”

“我和范佩阳，”唐凛以为对方没听清，又强调一遍，“我们两个的事。”

霍栩茫然，还有点儿莫名其妙：“你俩的事和我说什么？”

唐凛：“……”完全没有八卦细胞的伙伴发出了正直的询问，他竟无言以对。

虽然遭了冷遇，唐凛还是依靠单方面的热情，将他和范佩阳的事情给新队友做了简要科普，其中一些矛盾比较突出的关键性事件采纳了当事人范总的意见，进行了缩略和淡化。尽管如此，从霍栩的表情上看，柔光滤镜的效果似乎并不太明显。

不知是不是信息量太大，整个过程中，霍栩基本没说话。幸好，唐凛也不想要什么互动，硬着头皮一口气讲完，露出如释重负的微笑：“基本情况就是这样。”

霍栩沉默地坐在那儿，又自行消化了半天，明面上的信息把他的脑袋搅得一团乱。他只得先简单粗暴地摒弃一切发散性思考，什么合理不合理、奇怪不奇怪都先放一边，全力专注信息本身，才勉强捋出一条连贯的时间线：“你和他一起开公司，成为朋友，然后你想散伙的时候发现得了绝症。他被选中卷进这里，为了救你，在许愿屋时把你也拉进来，在你身上用‘‹幻›完好如初’。你病好了，可是失忆了，2/10 得摩斯帮你窥探到了一些记忆，你才正式和他提了散伙……”

唐凛：“……”

“你有两棵文具树也是这个原因？”霍栩终于捋出一件自己感兴趣的事，“因为你不是被系统选中，而是被他用非常规手段拉进来的？”

话题猝不及防就过渡到文具树上了，唐凛愣了几秒，才赶忙把思绪从和范佩阳的纠葛里拖出来，接着霍栩的疑问谨慎点头：“我觉得应该是。因为除了这个，我和其他闯关者之间再没有什么区别。”

“进入这里的方式不同，就可以有两棵文具树吗？”显然霍栩对于这种笼统的解释仍存疑。

唐凛思索片刻，进一步道：“我刚才和你说了，我的第二棵文具树，其实是被驯服的夜游怪进入了我的手臂猫头鹰图案之中。从那之后，我就开始怀疑，不管是鸮对于我们的操控，还是我们拥有的文具树，可能本质上都是基于某种能量。这种能量将我们从现实带到这里，赋予我们文具树这样匪夷所思的能力……”

“发光物质。”霍栩淡淡说出四个字。

唐凛一顿，这才想起，范佩阳说过霍栩曾经短暂加入过探索者。发光物质正是回到现实的探索者在所有能抽取到的闯关者血液样本中检测出的一种不明物质。

“对，就是这个。”唐凛说，“探索者也怀疑这是一种能量标记，就是这股能量，将我们随意地在现实和关卡世界之间传送，阻止我们在现实中透露鸮的信息，甚至还能影响、篡改现实中我们周围人的记忆。”

“这些我都知道，”霍栩脸上并没有出现多特别的表情，“但这和你有两棵文具树有什么关系？”

唐凛讶异于他关注点的精准、明确。

对于八卦事件消化艰难的新伙伴，对于关卡世界却很清楚自己已经知道什么、还想知道什么，思路几乎不会被交谈对象带偏。这样的反差，以及他曾加入探索者的过往，都指向一件事——他在意这个世界的真相，很在意。

不是每个闯关者都这样的。很多人只想努力闯过关卡，成功回家，更多的人甚至连关卡都不想闯了，只想在这个诡异的世界里安稳地活下去。但唐凛想知道这个世界到底是什么，所以他很高兴霍栩也这样。

VIP组长朝自家伙伴亮出手臂上的猫头鹰图案，坦诚分享了自己的推断：“如果这个真的是能量标记，那所有人在被选中的那一刻，就已经被打上标记了，类似出厂设置。但我不一样，我是中途进来的，就像是半路才被塞进流水线，早过了出厂设置的环节，所以只能单独再给我补一个标记……这个标记和你们的标记很像，但因为打的时间和打的方式都不同，就像单独开了小灶，因此我怀疑它们之间还是有细微差别的，说不定是因为补得急，产生了Bug（故障，程序错误）……”

“所以，”唐凛收回胳膊，总结，“夜游怪进不了别人的身体，却能化成能量进入我的猫头鹰标识里，成为第二棵文具树。”

霍栩静默良久，颇为认可地点头：“可以说得通。”

唐凛莫名欣慰。想从新队友这里获得一句认可，不易啊。

“好了。”霍栩抬起头，眼里再没先前的思索和凝重，神情一派轻松。

唐凛以为他要走，差点儿就要从床边起身了，就听霍栩说：“范佩阳对你那么不好，你当初干吗要和他做朋友？”

唐凛：“……”

“哦对，问你也没用，”霍栩一副“我懂”的模样，“你失忆了。”

唐凛头疼，语重心长地教自家伙伴：“聊天换话题的时候，要给对方一个铺垫缓冲，才能营造良好的互动氛围，尤其是你这种在A、B话题间反复横跳的。”

霍栩一脸无辜：“郑落竹说你很聪明，脑子转得特别快。”

行吧，跳跃就跳跃吧，他跟得上，不然就辜负竹子的吹捧了。

唐凛脸上的笑意慢慢淡了，认真看着霍栩，说：“不是他对我不好，是我们没找到一个正确的相处方式。”

霍栩对此番说辞很怀疑：“不是都积累成‘创伤’了吗，所以才会被‘完好如初’全抹掉。”

唐凛也曾这样想过，但随着和范佩阳在关卡内的相处时间越来越久，他渐渐意识到不是这样。得摩斯给他翻出的那几段记忆，都是令人难过的。但唐凛相信，一定还有开心的。范佩阳在关卡内可以为了他连命都不要，这样义无反顾的付出，唐凛不信两人之间没有快乐的时刻。

“人与人相处，有好的时候，也有不好的时候，”唐凛静静开口，“好的不好的缠在一起，分不开，”他朝霍栩笑，一半玩笑一半认真，“所以‘完好如初’就和你一个脾气，简单直接，全抹掉。”

霍栩好像有点儿懂了，不过懂不懂的其实也无所谓，他更在意的是：“这些是你和范佩阳的事，为什么非要和我说？”

“因为你是 VIP 的人。”唐凛说，“我不希望有一天，我的伙伴还要从别人那里听到自己家的八卦。”

霍栩沉默下来，定定地看着他。

唐凛调皮一笑，出其不意地问：“为什么胳膊上一直缠着绷带？”

霍栩瞬间防备：“别以为你和我说了一堆乱七八糟的，我就会也和你说。”

唐凛莞尔：“行，你现在不想说，我就不问。”紧接着他话锋一转，“但你迟早会想和我们说的。”

霍栩：“……绝对不会。”

新伙伴果断起身，转身往门口走，单方面给这场谈心画上句号。

唐凛带着笑意目送。该聊的都聊了，他对今天的成果很满意，至于走进新伙伴内心，来日方长。

霍栩一出门，就发现墙边多了个人。他来找唐凛的时候还没有，对方显然是后来的，不知在这里站了多久。

见他出来，范佩阳迅速伸手，很自然地将尚未来得及关闭的门板撑住，从头到尾神情未变，连眉毛都没动一下。

对方不说话，霍栩也没兴趣上赶着搭茬。只是刚刚和唐凛聊完，他现在看见范佩阳，难免就要放飞脑补。这种家伙也会真心把谁当朋友吗？霍栩实在想象不出，和朋友相处的范佩阳会是什么样。勾肩搭背？撒娇卖萌？他打了个寒战，生生把自己吓着了。

范佩阳看着霍栩远去的背影，想着应该是自己给对方造成了压迫感和威慑力。范总对此很满意。

房间内，唐凛终于放松下来，再次扑倒在床榻上。这回他真是连一根头发丝都不想动了，狩猎者游戏加通往山巅的路对于身体的消耗简直是地狱级，他觉得自己现在可以一觉睡上两天两夜。

“啪嗒”，门板关闭的声音。

唐凛以为是霍栩在外面带上的，没在意。但很快，他就听见了走进房间的脚步声。唐凛吓一跳，迅速坐起来回头，睡意尽消。待看清是范佩阳，他绷起的弦才松弛下来。

窗外的阴云散了些许，一点儿阳光从云层透下来，钻进窗口，在房间地上打出一小块光亮。范佩阳走进来之后，正好就站在那块温暖明亮里。房内的烛火勾勒出他深刻的轮廓，这一点儿阳光又给他的冷峻打上了些许温柔。

唐凛看着这样赏心悦目的范佩阳，心里只有一个念头：想好好睡个觉太难了。

“都和他说了？”范佩阳走出光影，来到床前，拉开霍栩刚坐过的床尾凳。

唐凛以为他也要坐，不承想范佩阳直接将椅子拉到一边，坐在了床边。

因为范佩阳的到来，床榻轻轻颤动。坐在床的正中央的唐凛于这细微的体感中生出一种错觉，好像自己成了一艘小船，随着清波微微地晃。这样温柔的恍惚感很舒服，但也很短暂。四目相对，唐凛就回过了神：“说了。绝症的事，你许愿让我进来的事，关于两棵文具树的推测，都讲了。”

“就这些？”范佩阳探寻的目光充满怀疑，显然不是很放心。

当然不止这些，但唐凛相信，范佩阳一定也知道不止这些。心里知道，还非要让他亲口说，面对这么执着的范佩阳，唐凛也是没辙了。

“还有过去的事、失忆的事、得摩斯的神殿考核，以及所有你不想让他知道但如果不讲就会影响逻辑连贯性的事。”唐凛一口气说完，问，“你现在踏实了？”

“嗯。”范佩阳还真点了头。

唐凛哭笑不得，但也如释重负。他和范佩阳的过往那页已经翻过去了，他不希望每次提起都要掰扯谁对谁错，快乐还是痛苦。他更希望就像现在这样，可以轻松地谈起，也可以自然地收住。

人一放松，困倦便乘虚而入，卷土重来。唐凛没忍住，打了个大大的哈欠，眼里染上些水汽。

范佩阳忽然想起从前的许多个清晨时分，刚睡醒的唐凛也有这样一双带着水汽的眼睛，看起来很乖，还有点儿迷糊。但直到现在他才忽然意识到，那些他所认为的美好记忆，清晰的只有自己的心情，当时的唐凛在想什么，是高兴还是难过，全然空白——他不知道，也没想过。

唐凛打完哈欠，就发现范佩阳在看着自己，看得认真而出神。他蓦地有些紧张，后知后觉地发现这个房间太小了，范佩阳单是这样坐着，就让整个空间充满了压迫感。都是多出一个人，霍栩在的时候却没有这样的感觉。

然而范佩阳并没有什么其他举动，只是在安静地看了他好一会儿后，问："累了？"

唐凛愣愣地眨下眼，对于自己自作多情的紧张稍微有点儿尴尬。不过还好，他想，范佩阳不是个细心的人，所以尴尬也是关起门来在自己心底，不用担心被范总调侃。整个人彻底放松下来，唐凛耷拉下肩膀，胳膊肘撑在腿上，歪着头单手托腮，疲惫地呼出一口气："累得要命——"拖长的尾音里全是真情实感，"我觉得等下一觉睡过去，我能直接睡到三天后关卡开启。"

范佩阳还没见过这么直白地叫苦叫累的唐凛，顿时觉得新鲜："第一次听见你这样抱怨。"

"好像不是吧，"唐凛语气微妙，友情提醒，"之前爬台阶的时候，我似乎刚控诉完和我的合伙人一起工作有多累。"

范佩阳微微挑眉："加班加到胃溃疡，熬夜熬到低血糖？"

唐凛乐了："还行，记得挺清楚，说明往心里去了。"

"那我更正，"范佩阳倒是改得快，"不是第一次听见你抱怨，是在来到这里之前，在我们还一起工作的时候，从来没听见过你抱怨。"

唐凛笑意顿收。

范佩阳："既然忍得那么辛苦，为什么当时不和我说？"

唐凛沉默。

范佩阳不给他任何装傻搪塞的机会："我是在和你谈工作，你不要说你忘了。"

"……有没有人说过你这种穷追猛打的性格真的很难相处。"唐凛没好气地瞥他一眼。

"以前没有，现在有了。"范佩阳说，"我所有的负面评价都来自你。"

明明是客观陈述，对方的语调也没什么起伏，可唐凛总觉得自己听出了一丝委屈。

"行吧，"唐凛放弃抵抗，低声而迅速地咕哝一句，"我怕你失望。"

范佩阳被这没头没脑的话弄得一头雾水："什么？"

深吸一口气，唐凛看向范佩阳，第一次坦陈自己的内心："工作的事情我都记得，没忘。当时在公司里，我的确很累很辛苦，才能跟上你的想法和你要求的效率，但这些我不想让你知道。那么多朋友找你合伙，你却选了我，我不希望有一天你后悔自己的选择。"

范佩阳怔在那儿。他从来不知道唐凛是这样想的。

唐凛凭着一时冲动和盘托出，之后就移开眼。这些年他明明已经修炼得足够冷静，足够镇定了，可说起当初那些幼稚得有些发傻的心情，难免还是有点儿羞赧。不过这些都过去了，后面几年，他和范佩阳在工作上越发默契，他不用再紧追慢赶，就可以同范佩阳配合得游刃有余。唐凛将之归功于自己的学习和成长，当然，也很感谢范总没在非人类工作强度的道路上越滑越远……

头发忽然被人揉乱了。唐凛中断思绪，愣愣地看着范佩阳的大手在他的头顶上肆虐。

唐凛摸过下属的头，摸过伙伴的头，摸过后辈的头，却是第一次被别人摸头。明明范佩阳的动作和温柔无缘，揉得他头发乱七八糟，可掌心传递下来的暖意让唐凛微醺，像是再度回到了飘摇的小船上，又像踩在棉花一样的云朵上。

“别成为我。”他听见范佩阳说，“我当初答应跟你合伙，不是因为你和我理念多一致，工作习惯多合拍，相反，就因为你和我不一样，就因为你是唐凛。”

“……你没和我说过这些。”唐凛心里泛起说不清道不明的情绪，但说完，忽然又有点儿不确定，“还是你说过，但我忘了？”

“我没说过。”范佩阳给出明确答案，但必须拉唐凛下水，“你也没说过一直以我为榜样。”

唐凛：“……我现在也没说过。”

范佩阳又摸了摸唐凛的头发：“反正别学我，你做自己就好。”

唐凛乐了：“你这是终于认识到真正的自己了？”

带着笑意的尾音散去，唐凛才发现对面的范佩阳很安静，既没有面子挂不住的困窘，也没有被取笑的不快，就坐在床边看着他，神情淡然，但眼里有一些更深的东西。

唐凛飞快道：“你可千万别说你要改。”

范佩阳脸上掠过讶异，因为唐凛猜中了。但他不明白：“既然你也觉得我性格不好，为什么不让改？”

“因为改了就不是你了。你还记得得摩斯窥探到的那几段记忆吗？如果你逼自己改变，就会成为那时候的我，然后像我一样，越来越不快乐……没有人值得你这样。”唐凛认真地看着范佩阳说。

范佩阳坚定地摇头：“不是改变，是学习。我没有要改变自己，我只是想学习怎么和人相处。”

唐凛：“……”

范佩阳：“但我不保证能全学会。”

唐凛心中刚起的一点儿异样瞬间全灭：“你还真是永远都给自己留条后路。”

“那你教我，”范佩阳目不转睛地望着他，“你教我，我保证都学会。”

唐凛叹口气："你忘了，我也很失败啊。"

范佩阳沉默了。

两个友情路上的学渣坐在床上互相看着，默默无语，心情复杂。

4

三天后的午夜，四十五个闯关者集中到宴会厅，等待闯关口的开启——"小抄纸"并没有明确哪里是闯关口，他们只好在这唯一熟悉的公共区域里等。

事实上这三天大家基本都在休息，没进行太多训练，一是为了恢复体力，二是古堡房间里没有像水世界酒店或者 3/10 集结区那样配备训练室。

一些比较自律、自我训练严格的闯关者对此颇有微词，但又无法改变这里的设定，只能因地制宜，在古堡里选些偏僻处，当成暂时的训练场。

霍栩当然属于这一拨儿，且是这群人中最勤勉的一个，不仅全天候自我训练，还满古堡地开拓场地，能进的房间进，不能进的房间破门也要进，后来被鸮严厉警告了三回才作罢。

郑落竹和丛越打趣他要拆古堡。唐凛却觉得他在探索，只是比疯狂的探索者稍微冷静一些，至少是在古堡允许的范围内，而且在警告逼近极限时立刻停手。

可惜那些被破开门的房间里，也没什么特别的东西。

三天的休息期间，郑落竹还来找过唐凛一次。不用开口，唐凛也明白自家伙伴的意思，因为从 3/10 集结区到狩猎者游戏，再到通往山巅的路，同样的事情已经重复过三次了。

狼影在古堡内对施方泽的作业本进行了追踪。还是一样，狼影追踪到了目标，但跑到四楼，就再也上不去了。四楼以上是关卡区，这和 3/10 集结区追踪的时候，狼影跑到闯关口就被拦住如出一辙。也就是说，如果关卡区确定没有人的话，施方泽就不在 6/10，而是在更往后的关卡。

唐凛想安慰自家伙伴，结果郑落竹自己振作起来了，还不是强撑，是真的摩拳擦掌，眼睛发亮："只剩四关了，范围越来越小，我有预感，快找到了。"

唐凛看着他的拳头，不太确定地问："你这是想揍人吗？"

"必须的，"郑落竹毫不含糊，"敢让我找这么久，揍一顿都便宜他了！"

唐凛："……"

但愿施同学扛得住这样"热烈喜悦"的重逢瞬间。

"咕咕——"

久违的猫头鹰叫声，从古堡外的遥远处传来。

宴会厅外突然响起机械联动的声音。众人循声走出宴会厅，只见狭窄的走廊、幽暗的楼梯全都不见了，他们住过的房间也不见了，放眼望去一片开阔，天花板足有十几米高，就像一到四层的古堡下半部区域除了宴会厅外，全打通成了一个空间。

就在大家惊讶之际，高耸的天花板中央忽然打开，一个巨大的沙漏缓缓放下来。沙漏的下方落到地面，中间最细处正好卡在天花板，而沙漏的上半部分全然隐没在天花板之外，古堡上半部，看起来就像半个巨大沙漏耸立在视野中央。细沙不断往下落，已经将沙漏底部铺了薄薄一层。

众闯关者面面相觑，正一头雾水，手臂便响起了提示音。

“叮——”

小抄纸：“请进入闯关口‘沙漏电梯’，抵达古堡上层关卡区。友情提示：一旦沙漏停止，电梯将自动停运，未进入关卡者即视为闯关失败。赶快抓紧时间进入关卡哟！”

“沙漏电梯？”莲花的清一色走到巨大的沙漏前，绕着透明的沙漏壁走了一圈，完全没找到任何电梯特征，“没楼层，没按钮，连门都没有，这玩意儿确定是电梯？”

其实都不用走那么近，大部分闯关者现在所站的位置都看得清楚，那就是个一比一放大了的巨型沙漏，透明玻璃罩和不断下落的细沙是它全部的构造元素。

“欸？”正在沙漏外壁上摸索的清一色突然发现只要手掌和沙漏壁接触，接触面那里就会透出来紫光。他抬起手，紫光便消失，再碰上去，紫光又出现。反复几次后，他试探性地用力拍了下沙漏壁，不料拍上的瞬间，手竟然在紫光中奇异地穿过了透明壁。清一色猝不及防，身形一晃，半个身子穿过透明壁进了沙漏中，腰部以下还站在沙漏外的原地，看起来就像一个穿墙穿到一半的人。他吓了一跳，好半天没敢乱动。

步步高升的江户川有点儿看明白了，笑着调侃：“你不是找门吗？恭喜你，成功了。”

这时候清一色也反应过来了，这沙漏电梯应该属于“感应穿越式”。没工夫搭理江户川，他往前一迈，终于整个人进入了沙漏之中。源源不断的细沙从上面落下来，打得他满头满脸。清一色“呸呸”吐掉嘴里的沙子，迅速挪到沙漏一侧，避开正中位置。刚重新站定，就听见一声“叮”——

小抄纸：“欢迎来到‘沙漏电梯’。这里是6/10闯关口，每次进入都需要扣除‘‹特›我是VIP’，数量：1。本次扣除完毕，‘‹特›我是VIP’剩余数量：9。”

“赶紧进来吧，”清一色晃晃手臂上的“小抄纸”，招呼还在观望的众人，“确实是闯关口，不是陷阱，我都被扣一个‘‹特›我是VIP’了。”

有了第一个吃螃蟹的，众人算是彻底放心下来，不过“‹特›我是VIP”这个6/10的入场券单看没什么，可是一喊出来“我是VIP”，总感觉在向某组织投诚。众多一言难尽的目光默契地投向VIP六人——这组织名起得太缺德了。

VIP们倒是心情不错。唐凛带领自家伙伴，成为继清一色之后第二拨儿进入电梯的人。

之后是清一色的莲花战友，十三幺、对对碰、大四喜。

然后白组、十社、孔明灯、甜甜圈、铁血营等就陆续过来了。

“小抄纸”给出的进入闯关口时限是“沙漏停止之前”，但沙漏的上半部分藏在天花板里，谁也看不见究竟还剩多少沙子，只能看见堆积在下面的沙子越来越多，难免有种时间上的紧迫感。所以也就两三分钟，四十五个闯关者中的绝大多数都进了电梯。

沙漏的内部容量超乎大家想象。这么多人塞进来，竟然也没挤到呼吸困难，每个人还都能站得挺体面，不过肩膀擦肩膀、后背碰前胸总是难免的。

似曾相识的情景，勾起了众闯关者一些不太美好的记忆——

“我其实挺长时间没坐电梯了，回现实的时候都不坐。”步步高升的下山虎一边拂着头顶沙粒，一边低声道，“从经历地下城电梯事件之后，我就有阴影了。”

“就跟谁没有似的，我现在做梦还总梦见。”旁边的骷髅新娘认命地让沙子在自己头发里聚堆。

佛纹无语：“什么好东西啊，这也攀比。”

“你们‘电梯筛选’死了几个人啊？”有人发问，显然是想和自己的遭遇横向对比，看看谁家更惨。

有个别人和他搭话，但更多的闯关者和步步高升们一样陷入了沉默。“电梯筛选”是他们刚进入后十关最无知最懵懂的时候，这里给他们的最残酷的重击。有些人侥幸坚持住了，一路披荆斩棘，今天站在了这里。有些人却再也走不出那座电梯。这样的“欢迎仪式”太惨痛了，痛到他们没办法拿出来侃侃而谈。

渐渐地，搭话的人也感觉到了气氛不对，停住了话头。

沙漏之中陷入了彻底的安静。

由于闯关者几乎要把沙漏的空间塞满了，细沙再无法堆成小山，只能堆积在闯关者脚间的空隙。一不留神，堆积的沙层竟漫到众人膝盖。沙粒太细，沙层太软，有人试图将其踩实，站到上面，却最终失败。因为一脚落下，深深陷入，就像踩到雪里，没一会儿，脚底就又踩到了地面。

众闯关者正跟恼人的沙子较劲，郑落竹忽然发现沙漏外面还有四个人没进来，一时愣住，想也不想就喊道：“你们还等什么呢，过来啊！”

依然在沙漏电梯外的四人来自同一个中型组织。其实三个组员都想动，但组长没动，他们只能陪着等。

“再看看。”组长回应郑落竹。

郑落竹服了：“还看什么，等沙漏停止，你想进来都进不来了！”

组长反问，满眼警惕：“万一不停呢？”

郑落竹莫名其妙，想问“你什么意思”，一开口却接了一嘴沙子，忽然醍醐灌顶。他抬头看看依然在源源不断下落的细沙，再低头看看已经开始堆到大腿的沙层，心里忽然有点儿发毛。

感觉到不妙的不止他一个。

“这该不会真是个……活埋陷阱吧？”有人按捺不住，焦急出声，“活埋”两个字说得尤为艰难。

有人则已经半个胳膊穿过沙漏，重新回到沙漏外，还犹豫不定地咕哝：“现在撤还来得及，撤不撤？”

很多人被搅得心神不定。如果沙漏真的一直不停，被活埋是迟早的事，就怕等到那时再想跑，鸮不给他们机会了。而且这玩意儿说是电梯，可他们进来半天了，也没有带他们进 6/10 的迹象。

时间拖得越久，越让人心生疑虑。

从越也有点儿摇摆了，用询问的目光看着唐凛。

唐凛摇头，低声而坚定：“就在这里。”

南歌也同意：“‘小抄纸’都给提示了，‘‹特›我是 VIP’也扣了，没理由怀疑。”

“但是守 5/10 的那个 7 号猎人说谎了，骗我们他是什么领路人。”从越说，“既然守关人都开始撒谎了，‘小抄纸’恐怕也不可信了吧？”

“不一样。”唐凛沉静地说，“‘小抄纸’是运行流程，守关人是在流程之上的执行者，执行者可以有偏差，但流程不能有，一旦流程不再可信，那维系这里运行的一切基础都会崩盘，我们这些闯关者也不会再按照他们希望的既定轨迹走，这不是他们想看到的。”

从越愣愣地问：“他们是谁？”

“上面的人。”唐凛抬头，看着细沙不断落下，“或者说，隐藏在这个关卡世界后面的东西。”

第 四 章

CHU KOU 出 口

1

沙层已经漫到众人腰部。世界仿佛安静下来。

时间一分一秒过去，沙漏里外都在等，不同的想法，却是同样的煎熬。

沙层漫到众人胸口了。这时候就体现出身高优势了：按平均值，沙层高度在胸口，但对范佩阳、莱昂、唐凛、郑落竹、霍栩这种来说，其实还在胸口微微偏下，而对于丛越来说，那就快到脖子了，至于个子最矮的关岚……不好意思，关组长早早被和尚、全麦携手扛上了肩膀，现在一派悠然自得。

没人再劝外面剩下的四个。因为随着沙层升高，除了那位组长外，另外三个组员眼里原本的动摇也在慢慢消失。

终于，沙层没到了大部分人的脖颈位置，虽然离口鼻还有些距离，但沙土对胸腔的压迫已经让人感觉呼吸困难。可沙漏还没有停止的迹象。有人开始后悔了，但脖子以下都被沙土禁锢，想动也动不了。

他们处境越艰难，沙漏外的自由者们越庆幸，脸上已隐隐有了逃过一劫的神色。

就在这时，沙漏停住了。细沙漏完，不多不少，恰好停在大部分人的下颚处。众人纷纷往上看，可还没等他们看清缝隙深处，沙漏外忽然响起剧烈的爆炸声。众人惊愕转头，只见浓烈硝烟中，四团紫色光影缓缓升起。

这是唐凛第二次目睹非战斗死亡。

第一次是在1/10的地铁站里，那些没上来地铁的人，也是被这样“处理”的。

这样的死亡，比所有的死亡都来得让人恐惧。因为这和你的战斗力无关，也不是你拼命就能拼出活路的，它可能仅仅只是因为你的一次多疑、一次错误的选择，甚至一个犹豫的闪念，就这样残酷地降临了。它清晰地告诉那些还活着的人，闯关者在这个关卡世界里有多弱小，多无力。

紫光没入天花板，沙漏电梯忽然快速翻转，就像有一个看不见的大手将沙漏重新倒置一样，下面的部分转到了上面，隐没在天花板里的部分转到了下面。所有人随着沙漏一起翻转，登时腾空，大头朝下。原本埋在身下的沙土也随着重力往下来。这回是真彻底地将他们活埋了。空气一瞬间被夺走，众闯关者只觉得天旋地转，眼耳口鼻都被死死捂住一般。

“哗啦”，承载着众闯关者的半截沙漏忽然碎裂，细沙散落铺开来，四十一人骨碌碌滚了一地。

“呸呸呸——”

“呼哧——呼哧——”

吐沙声，大口喘息声，交织成一片混乱。

唐凛在沙漏开始翻转时就已经闭气，此刻还算清醒，迅速从地上起身，先看四周——一片黑暗。耳边都是伙伴们的声音，却谁也看不见谁。他又抬手想点开“小抄纸”，可连猫头鹰图案都摸不准。深呼吸，唐凛在脑内读取“小抄纸”，界面很快在脑海中浮现。

小抄纸：“你已进入6/10关卡区。”

就这样一句话？这等于根本没提示。

唐凛左右看，还是只能看见黑暗。不过关卡区在古堡上半部，也就是说，他们已经被沙漏电梯送到了四楼以上？

正想再往后看，肩膀忽然被人用力揽过去，唐凛撞进一个胸膛，然后听见头顶上范佩阳的声音：“先别乱动，等等再说。”

这种环境里也认得出来？唐凛瞪大眼睛，强烈怀疑范总配备了隐形红外探测仪。

“我宣布，6/10闯关口超越2/10水世界，荣登最丧心病狂的闯关口榜首。”黑暗里传来周云徽的吐槽，显然他也在脑内读取完了“小抄纸”。

十社的郝斯文问自家崔战组长：“现在怎么办，这黑得什么也看不清啊。”

还没等崔组长回应，周云徽就乐了：“别难为你们组长了，他一个跑腿的，还能跑出光？这时候你就得找我这样能带来火种的……”

孔明灯组长周火火，目前的五个文具树依次是“星星之火”“酒精灯”“火焰喷射枪”“繁星流火”“繁星流火Ⅱ”，绝对是整个闯关者队伍里最易燃易爆……不，仅仅是最易燃的。

最易爆的桂冠，请还给范总的“高级破坏狂”。

几秒钟后，黑暗还是黑暗。

崔战疑惑出声：“你的火种呢？”

周云徽擦了擦额头的汗，不信邪地又试了几次，一颗心渐渐沉到了谷底：“我用不了文具树了。”

这话实在太耳熟，众闯关者顿时心塞：“不会又来吧……”

5/10通往山巅的路上，他们就没办法用文具树爬山，最后只能徒步登台阶。怎么的，都6/10了，还来这套？但随着时间流逝，众人渐渐意识到，这和5/10时不一样。5/10只是不能把文具树用在爬山上，那些对爬山无任何帮助的文具树依然能启动。可是现在——

“我的也用不了。”

“我也是。”

“啊，一样……”

所有人都无法和自己的文具树建立联系了。

恐慌感开始在黑暗中滋生，蔓延。

他们是披荆斩棘、浴血奋战才到这里的，理应建立了足够强大的意志和勇气，但直到此刻，他们才不得不承认，那些意志和勇气，至少有一大半建立在文具树的基础上。文具树是他们的兵刃，是他们的铠甲，是他们能够走到这里的绝对支撑。没有文具树，他们就是再脆弱不过的普通人——普通人可以爬山，但普通人在前途未卜的黑暗古堡里凶多吉少。

“唰！”

干脆利落的一道摩擦声响起，黑暗中亮起一簇小小火苗。

众人立刻望过去，火苗映着的，是大四喜的脸。

“别问为什么我会有火柴，”大四喜一脸无辜，“我从地上爬起来，它就在我手里了。”

“嗨，亲爱的朋友，我可以满足你一个愿望。”

火苗上方忽然弹出一块投屏，自带冷色背光，这让投屏上的小猫头鹰很清晰，可这光却好像被封在投屏里，竟一点儿都没驱散周遭的黑暗。

黑暗、火柴、猫头鹰版阿拉丁神灯……众闯关者冷静下来，知道前些天的怀疑得到了印证——他们三天前刚进古堡时玩的那个糟糕故事的选项游戏正在变为现实。

故事的第一个选项，他们就已经身处黑暗的古堡走廊，并在打火机、烛台等物品里选择了火柴。故事要开场，鸮必然得随机选个闯关者把火柴塞过去，看来大四喜幸运中奖。不过许愿的话，当时他们要的什么来着？带麻醉的匕首、六发子弹的枪、甜筒冰激凌……

“原来你们想要古堡地图啊，没问题哟。”

投屏无声切换，小猫头鹰飞走，一张古堡各层的详细平面图徐徐展开。

众闯关者：“……”

果然不用他们配合，系统就能根据三天前的选项演完全套。

“叮——”随着地图全部展开，同样一份也送到了众闯关者的“小抄纸”里。走廊、起居室、仆人房、厨房，地图上甚至连直上直下的菜品传送道都有标注。

唐凛盯着那份详细到超乎想象的地图，思考着它到底会在关卡中起什么作用。大概率就是帮他们藏身和逃跑吧？

墙壁上的烛火呼啦亮起，狭长幽暗的走廊终于在众人眼前露出全貌。走廊尽头的墙壁上，是一张巨幅油画。

一切都在按着他们选择的剧本走，这种上帝视角多少弥补了众人失去文具树的不安。

“你们说，文具树会不会只是暂时不能用？”

“借你吉言。”

“但我觉得还是做好最坏打算吧……”

顺着走廊，四十一人浩浩荡荡来到油画前。画上是一个男人的肖像，浓重油彩勾勒出他瘦削冷峻的五官轮廓，即使鼻梁上架着眼镜，男人锐利的目光依然冲破画布，钩子一样盯得画前众人发毛。

众闯关者噤声，默默转头，看向右手边的房门——文具树什么时候回来，他们不知道，但他们清楚地记得，画像中的男人就在这扇门里，并且按照剧情，会在舒服地洗完一个澡后对他们进行惨无人道的攻击。

半小时前，贵宾室。

这是在试炼区顶层划分出的一块区域，全封闭空间，私密性良好，和下层的工作区彻底隔绝开来，连出入都是独立通道。所有递交了申请并签署完安全知情书的客人，都会被安排在这里等待，以便及时进入各个关卡。

为了给客人们较为安静的等待环境，贵宾室共有二十多间，每一间里等待的不超过十人，大部分都在六到八人左右。Guest. 013 所在的 2 号贵宾室此刻就是八人，按编号，从 Guest. 009 到 Guest. 016。

不知是自然还是人工的阳光在落地窗外很刺眼，好在窗前挡了一层遮阳的轻纱帘，让进入室内的光线变得斑驳、柔和。Guest. 013 摘下眼镜，捏了捏鼻梁。

根据试炼区方面的评估，他们这个房间里的人，“娱乐”范围最适宜在 1/10~6/10。这不是建议，而是他们必须遵守的评估结果，也就是说，不管等下通知他们哪一个或者哪几个可以进入关卡了，去向也只能是前六关中的一个。Guest. 013 对此不是太满意。他真正想去的是后四关，因为听说那才是最好玩的地方。可眼下试炼区的名额十分抢手，典型的卖方市场，他能申请到已属不易，再多的不满也只能忍下了。

不动声色地想完这些，他重新戴上眼镜，却发现一个剥好的橘子被递到了面前。Guest. 013 有些莫名其妙地转头，看递橘子的男人。那是和他坐在一张沙发上的 Guest. 014，两人中间虽然空出了一个人的距离，但在这偌大的贵宾室里也算离得近了。可是从进来到现在，彼此并没有交谈，突然给个橘子是什么意思？而且还是剥好的。

Guest. 013 又用余光看了看那橙黄饱满的橘子瓣和 Guest. 014 捏在上面的手指，一阵反胃。他有洁癖，这个橘子就算没被剥皮，让 Guest. 014 碰了，他都不乐意拿，更何况剥好了要他直接吃。

“别客气。”见他迟迟不动，Guest. 014 友善一笑，细长的眼睛随之眯起。他本来就有些女相，这一笑，更媚了。

Guest. 013 眉角跳动，忍耐濒临极限。他有洁癖，他讨厌不男不女，更不喜欢这种自来熟地套近乎，这位 14 号很有本事，每一步都准准地踩在他的雷区。但良好的修养让 Guest. 013 将这一切都掩藏在了镜片后，面上看起来就是客气地朝对方点了下头，接过橘子，还说了声“谢谢”。不过接是接了，吃是绝无可能的，忍着浑身难受拿在手里已经是他能给的最大礼貌。

不承想他这边刚接过来，那边 Guest. 014 就勾起嘴角，转头得意地朝坐在斜对面的 Guest. 016 扬了扬眉。

Guest. 016 耸耸肩，有些不甘：“你赢了。”

Guest. 014 吹了一声愉悦的口哨。

拿着橘子的 Guest. 013 在镜片后眯起了眼：“不解释一下？”

“等得实在无聊，拿你打个赌。”Guest. 014 大方地和他对视，眼里含笑，媚得几乎有些妖。

Guest. 013 无语：“赌我会不会接橘子？”

“赌你会不会立刻离开这张沙发。”Guest. 014 慵懒地向后靠，搭在沙发靠背上的手撑住微微歪着的头，颇为满意地看 Guest. 013，“你不仅没离开，还收了橘子，真的很给我面子。”

Guest. 013：“……”所以，不仅是拿他打赌，还是在看出他有洁癖后故意冒犯。

深吸一口气，Guest. 013 再度摘下眼镜，世界重新陷入模糊。这是他能想到的阻止自己攻击那两个家伙的最有效方法。他和这些人素不相识，又是在第三方地盘，他不想惹麻烦。当然，这是在他没有被继续冒犯的情况下，如果有人继续作死，他不介意让他们……

“尊贵的 Guest. 013，您的关卡已开启，请准备进入。”

贵宾室内忽然响起提示音，止住了 Guest. 013 攀升的怒气。

漫长的等待终于迎来结果，Guest. 013 顿时神清气爽，再不理会周围乱七八糟的家伙，敏捷起身，走到巨大的落地窗前。窗前的地面上画着一个猫头鹰图案，这是关卡传送点的标识。

他这边高兴了，没被点到的另外七人大部分都皱了眉。虽然没说过进入关卡会按照编号顺序来，但听说隔壁的七个人就是按序号进入的，到了他们这里，却忽然直接跳到了 Guest. 013，前面序号的几人都有些郁闷。

Guest. 014 更郁闷。满屋子他就看 Guest. 013 顺眼，正酝酿着一步步把对方惹急，两个人动真格地玩儿上一场，结果对方就被叫走了，那谁还能陪他打发这无聊等待的漫漫时光？ 9 号？ 10 号？ 11 号……15 号？ 16 号？狡黠的细长眼环顾全屋，Guest. 014 愣是没找出第二个有眼缘的，感觉每一个看着都不堪一击，完全激发不起他动手的兴趣。

Guest. 013 才不管身后。一身休闲绅士风的他站在传送点标识上，眼望窗外，畅想着接下来的快乐时光。

“祝您玩得愉快。”

随着温馨祝愿，Guest. 013 眼前一暗。片刻后，视野重新亮起，他已身处一间……浴室？ Guest. 013 茫然环顾，花洒、浴缸、洗漱架、置物架、浴袍等一应俱全，浴缸里更是连水都放好了。没一会儿，温热水汽就让他的镜片起了雾。

Guest. 013 愣在那儿，甚至忘了擦眼镜。他是来关卡娱乐的，不是来洗浴度假的，确定不是哪个环节的安排出现了问题？

“你已进入 6/10，沙漏古堡……”

提示音再度响起，这回是在耳内了，只有他自己听得见。

同贵宾室的提示音不同，此刻的提示音完全是公事公办的语气，甚至隐约带着些命令意味。Guest. 013 对此倒有准备，因为申请的时候就被提前告知过了。试炼区虽然转型为娱乐区，对外开放，但运行基础还是沿用的鸮系统，客人顶替守关人进入关卡，鸮系统却不会因此改变，所以他们现在听见的这些依然是从前鸮系统和守关人的交流模式。

没想到居然会来到 6/10，Guest. 013 有些头疼地叹了口气。他的申请最终被评估的范围是 1/10~6/10，其中前五关的关卡内容，都是签完安全知情书后就被告知了，从关卡的设定到关卡的流程，从该遵循的规则到可以自由发挥的最大限度，几乎面面俱到，详细得让他觉得过分谨慎。偏偏 6/10 是个神秘的例外。关于这一关卡的内容只有一句话：请按关卡内的提示进行。不幸的是，Guest. 013 最讨厌惊喜，他喜欢把所有的事情都尽可能彻底地掌握在自己手中，最好一个细节都不要脱轨。

“请严格按照提示完成你的任务。未完成或违反任务要求，你会被直接驱逐出关卡，剩下的任务将由其他守关人接手。接下来是第一个任务：洗澡。”

Guest. 013：“……”

很好，现在不只脱轨，连衣服都得脱了。

2

沙漏古堡，五楼某条走廊尽头。

四十双眼睛看着十三幺搭在门把上的手，用压得极低的声音催促：“你倒是开啊。”这人自告奋勇去开门，握住门把手却不动了，简直能把众人急死。

“先等等，”十三幺不是个心思缜密的，但碰到门把的瞬间突然就开了窍，“咱们再捋捋，进屋之后都有什么选项。”

离他比较近的何律一板一眼地说：“一个男人在洗澡，我们选择去看桌上的日记，然后……”

“不是，”十三幺打断他，说，“我的意思是，除了看日记，还有什么选项来着？”

何律被问住了，他隐约记得好像有偷男人衣服、偷看男人洗澡，另外一个就有点儿模糊了。涉及记忆，他的目光下意识就去找草莓甜甜圈的探花。

十三幺察觉他的意图，撇撇嘴：“问他也没用。你忘了？现在用不了文具树，他的‘过目不忘’‘记忆回放’都失灵了。”

探花龇牙：“但我还有大脑。”为了给自己的智商正名，他立刻清晰报出选项，“发现床下有密道，发现桌案上有日记本，偷看男人洗澡，偷走男人的衣服。四选一，我们选的看日记。”

“对，就是这个。”十三幺谨慎地看向众人，说，“我觉得不能因为我们选了一个，就非沿着这个走，如果条件允许，多管齐下，说不定有意外惊喜。”

众闯关者几乎没犹豫就点头了：“可以搞。”

于是四十人分四组，约定进屋后每组负责一个选项。

分工迅速确定，十三幺终于一点点打开房门。门扇刚开，洗澡的水声就隐约传了出来，果然在洗澡。

上帝视角再次被印证，众人稍稍踏实，一个接一个蹑手蹑脚进入房间。这是个比闯关者居住空间大得多的房间，虽然只是一个卧室，但十分宽敞，天花板也高，容纳他们四十一个人之后，只是显得人稍微多了些，但并不拥挤局促。

浴室里的水声还在继续。

众人敏捷地分为四路：铁血营带一路，去床下找密道；甜甜圈和步步高升带一路，去偷看男人洗澡；VIP 带一路，去偷男人的衣服；最后十社和孔明灯带一路，去翻日记。

不过十社和孔明灯暂时没动。因为那个皮革手札造型的日记本就放在桌面上，醒目得自带“道具光芒”，想看不见都难。而如果一切的发展严格按照剧情，那翻开日记，男人就出来了，所以他们得先等等，好给另外三队留时间。

但是很快他们就意识到了自己的天真。

何律从床底下出来，遗憾地摇了头——床下地面连个拼缝都没有，根本不存在密道。

偷偷将浴室门打开缝隙的甜甜圈和步步高升也回过头来，十脸失望——不管怎么往里看，都只有一团团扑脸的白色热气，根本什么都瞧不见。

唐凛带队在房间转了一圈，重点查看浴室门口，甚至还和甜甜圈、步步高升一起顺着开启的门缝往里探寻，连衣服的影儿都没找见。

一番没结果的折腾过后，答案再明确不过——关卡剧情只会按照他们选定的方向进行，那些被他们抛弃的选项，再没有可能成为现实。

同一时间，浴室内正在慢条斯理洗头发的 Guest. 013 耳内响起新任务提示：“立刻离开浴室。”

Guest. 013 在花洒的水流里僵住。这状态要怎么“立刻”？！

“立刻离开浴室。”同样的电子音又在耳内重复了第二遍。明明语调、内容都没有任何变化，可就是带给人极大的压力和紧迫感。

Guest. 013 想骂人，但最终也只是“啧”了一声，飞快冲掉头上的泡沫，顾不得擦，立刻伸手去拿衣服。但在半路他就改了主意，最终扯了件浴袍，往身上一披，腰上一系，比穿衣服快多了。

“立刻离开浴室。”提示又重复了第三遍。

Guest. 013 凭借最后一丝理智摸到了眼镜，快步奔向浴室门口。

浴室外，仍守在桌前的崔战指了指上面明晃晃的日记本，用唇语询问：“我翻开了？”

各组人马已重新聚拢，无声地围在桌案前。周云徽给了他一个“开始吧”的眼神。

崔战早等不及，立刻翻开那本深色的刻着精美花纹的皮革手札。

日记的第一页映入众人眼帘。那行凌乱的血红字迹比他们想象中更有冲击力——偷看者，死。

“咻”，日记腾空而起，风驰电掣地在空中划出一条笔直的线。

众人循着轨迹转头，只见一个戴着眼镜裹着浴袍的斯文男人站在浴室门口。日记啪地飞到他手中，男人一握，日记应声而合。

四十一人神经绷紧，在这无法使用文具树的时刻，哪怕他们人多势众，依然如临大敌。

Guest. 013 抬手握着日记，大脑一片空白。提示只说让他立刻离开浴室，但从来没说过，外面有一屋子人在等他。这个出浴欢迎仪式……过于热烈。

无声对峙良久，终于有人打破了寂静——

和尚："探花，故事里说他出来是穿的浴袍吗？"

探花："我想想……"

江户川："穿的自己的衣服吧，我记得还从口袋里取出了眼镜。"

佛纹："那剧情细节怎么变了？"

五五分："估计是演员自由发挥。"

Guest. 013："……"

四十个男人，一个女人。Guest. 013 不动声色地将自己的对手数量盘点清楚，越发怀疑所谓的娱乐是一场骗局。他是花了大价钱来的，结果收到的服务就是"一打四十一"。不，从最贴近实际的情况来描述，恐怕"四十一打一"更为合适。

隔壁休息室是七个人一起出动的，即便这样人多势众，仍是出去了就没回来。现在，Guest. 013 觉得自己可能要去某个收治伤患的地点同他们会合……

"要这些人跳出古堡……"

新的耳内提示将 Guest. 013 从无尽忧虑情绪中拉回。但接下来的内容，又把他推向了深深思索。

"无论用什么手段，威胁、逼迫、强迫、恐吓，随你。总之，要这些人跳出古堡。"

Guest. 013："……"他到底是拿了什么变态人设？！

几不可闻地叹息一声，Guest. 013 放下握着奇怪日记本的手，对着面前如临大敌的四十一个闯关者，冷冷道："从窗口跳出去，现在。"自己选的假日休闲活动，变态也得演完。

冰冷的话语在房间内回响片刻，顺着敞开的窗口散在夜的寒意里。

屋内静得骇人，不是只有众闯关者紧绷，Guest. 013 心里其实也没底。对方一屋子人，一人扔半个文具树，都能把他压得透不过气，凭什么就要乖乖听他的话，二话不说去跳楼？这剧情发展根本不合理。

"呵，你让我们跳，我们就要跳？"众闯关者里有人逞强，梗着脖子虚张声势，"我们这么多人，还怕你一个？"

Guest. 013 可没听出虚张声势，只觉得对面给出的反应再正常不过，换他也不可能在局面占这么大优势的情况下听对手指挥。

像是捕捉到他的心声，耳内突然传来一句话："用你的能力。"

从浴袍男一出来，唐凛就紧盯着对方的一举一动，连最细微的神情变化和反应都没放过。这是男人第二次侧头了，动作幅度小得几乎难以察觉，但确确实实是微微向一侧偏，就像人们在专注倾听时的下意识动作。

唐凛对此有些在意。是有人在和男人说话吗？而且男人刚从浴室出来时，看见他们这一屋子的人，眼里明显闪过惊讶，隔空夺回日记的姿势也略显僵硬，看起来就像事先对发生的一切并不知情。所以浴袍男并没有和他们一样的上帝剧本？

正飞快思索着这些，唐凛的耳边忽然安静了。不是没有人说话的那种普通安静，是整个世界被按了静音键，连最细微的背景杂音都被一瞬抽空。

不单是他，所有闯关者都在同一时间面露错愕之色，紧接着就是灭顶的窒息感。

唐凛的嘴唇微微开启，却无法再吸进一口空气，胸腔憋闷得要炸开。其他人也是一样，惊恐地大张着嘴，却不管怎么努力都是徒劳。陡然无声的死寂世界里，众闯关者看见了彼此因缺氧而扭曲的脸。

不远处的浴袍男又在说话了，可他们什么都听不见。

唐凛努力让自己放松，停止挣扎，就像在水中憋气那样，最大限度延长坚持的时间。渐渐地，他看清了浴袍男的口型，三个字：跳下去。

读懂浴袍男唇语的不止他一个，很快，离窗口最近的莲花四人——十三幺、清一色、对对碰、大四喜——就干净利落跳下去了。

现在已经不是跳不跳的问题，不跳就会缺氧而死，他们根本没得选择。况且三天前的故事里，剧情的走向也是跳出古堡，而非和男人硬碰硬。只是……这房间属于古堡上半部，最低五楼起跳啊！

剩在屋内的众人一齐涌向窗口，但不是跳，而是看看四朵莲花跳下去什么情况——世界依然无声，就算那四人摔惨了，他们也听不见。结果人家根本没摔地上，四个人都落在窗口下方的树上，一人抱着一个树杈，全须全尾，活蹦乱跳，看起来连窒息感都好像没有了，正抬头呼喊着什么，像是招呼他们也赶紧下去。众闯关者不再犹豫，一个接一个跳下。

那树长得位置极正，仿佛就为了迎接他们而生。

第五个人落下，六个，七个，八个，十个，十三个，十五个……眨眼工夫，树上就挂满了闯关者，跟挂满装饰彩球的圣诞树似的。

留在窗口的闯关者越来越少，但后面的还是拼命推着让前面的人再快些，因为窒息感已经把他们逼到极限，胸腔憋得像要炸开。

轮到 VIP 了，霍栩位置最顺当，第一个跳了出去。下坠的瞬间，风声在耳边呼啸，他终于回到了久违的有声世界。空气也随之重临，他猛吸一大口，死而复生一般。“唰啦”，身体落到繁茂的树冠中，正好临近主树干，他飞快伸手抱住，稳定身形，成为安全降落的第三十个。

然后，大树终于不堪重负……折了。

仍留在窗口的十一个人就那样眼睁睁看着大树轰然倾倒。关岚、探花、和尚、全麦、五五分猛地转头，怒视 VIP。

唐凛、范佩阳、南歌、丛越、郑落竹：“……”他们欠甜甜圈一棵救命树。

莱昂没加入追责队伍，直接跳出窗口，亲身验证了“三十人肉垫”的良好缓冲性。

Guest. 013 仍站在原地，隔着一段距离，目送闯关者鱼贯而逃。不是他不想追过去，是提示音一直在阻止他赶尽杀绝。但他的心情依然好极了。

被这样对待，四十一个闯关者里，愣是没一个还手的。窒息只会带来身体上的压迫，并不附带“封印文具树”的功能，所以不是他的问题，而是这些闯关者本身就无法使用文具树了。对付四十一个文具树各异的闯关者，他自认做不到，可是面对四十一个没有文具树的原始闯关者，那就有得玩了。先前对于关卡“娱乐度”的腹诽纯粹是自己误解，过于草率就下了定论，现在他已经迫不及待，开始畅想接下来的“度假时光”。不过——

Guest. 013 走到书桌旁，将日记放回原位，接着向后转，折返回浴室。在展开真正的娱乐活动前，他总要换回正装。穿着浴袍，他实在很难快乐地投入到……

“现在送你去楼下。”

Guest. 013 脚下一顿：“啊？”

眼前一暗，一亮，古堡楼下到了。Guest. 013 仍维持着一只脚迈入浴室的姿势，仍穿着浴袍，和已经从地上爬起来的众闯关者二度面对面。夜风吹动雪白浴袍，Guest. 013 在朦胧月色下，结结实实打了个喷嚏。

五五分看着他单薄的浴袍、光裸的小腿，不由自主地有点儿同情，像个演艺圈前辈一样语重心长：“下次别自由发挥了啊。”

Guest. 013：“……”还不能下杀手吗？他忍不住了。

新提示来得及时且惊喜——

“可以攻击了。攻击规则和限制：无。”

Guest. 013 看向众人，第一次缓缓勾起嘴角。

众闯关者心中再明白不过，按照剧情发展，接下来正是“男人对你进行了惨无人道的攻击”。

双方目光在半空中无声碰撞。

"还愣着干什么，先跑再说！"有人拔腿就撤，不在原地坐以待毙。

也有人反其道而行："怕什么，你们忘了我们做选择的时候，一直后悔没去偷他衣服，为什么？"

因为衣服里有眼镜，他要戴上眼镜才看得清。反过来说，如果能拿掉他的眼镜……部分不愿退缩的攻击型闯关者开始蠢蠢欲动。

有人向前，有人后撤。在大部分的逐渐分营中，窒息感随着浴袍男的微笑再度侵袭而来。同样伴随着的，还有天地间的骤然静音。

唐凛和范佩阳对视一眼，达成一致：撤。不是不能硬碰硬，但要知道为什么去拼。他们的目的是"通关"，不是"战斗"。守关者的能力应该和闯关者的文具树一样，都有攻击范围，所以只要离对方足够远，就有可能摆脱窒息攻击。

递给自家伙伴一个"撤退"眼神，唐凛和范佩阳带头往反方向跑。

郑落竹、丛越、南歌立刻跟上。

霍栩浑身上下都在叫嚣着冲过去，和那个看起来比范佩阳还欠揍的浴袍男一对一打一场。不就是窒息吗，喘不过气就不能打架了？他不信这个邪。但那五个家伙跑得太快了，转眼就只留给他模糊的背影。霍栩烦躁地瞥浴袍男一眼，最终转身，加速向着自家那五位落跑分子狂追。

VIP、草莓甜甜圈、孔明灯、铁血营……几乎叫得上名的组织都选择了撤退，再从长计议。只有七八个人头脑一热，屏住呼吸冲上去，企图抢夺浴袍男的眼镜。不承想浴袍男动作极快，闪躲间不光避开了冲击，还稳准狠地扼住了其中一个人的咽喉。只见他掐着那人脖颈往地上用力一按，那闯关者便瞪大眼睛，没了气。

其他人一瞬间血都凉了。他们差的不光是能力，还有身体素质。狩猎者游戏的胜利和5/10那个㞞得不行的7号猎人，给了他们"守关者也不过如此"的错觉，但他们忘了，胜利是在严谨战术上拼出来的，不是头脑一热、突发奇想就能撞上的，就算摘男人眼镜是一个靠谱的奇袭战术，也绝不该这样鲁莽执行。

选择撤退的三十来个闯关者一口气跑出了三四十米，才重新回到有空气、有声音的世界。他们在大口呼吸中回头张望——浴袍男刚杀掉第二个人，剩下的五六个闯关者及时抽身，四散而逃。

"他到底什么能力？"三番两次被夺去呼吸，丛越心有余悸，"群体窒息吗？"

下山虎："窒息还带静音的？"

"是'真空'。"唐凛远远看着浴袍男，神色渐渐变得严峻，"他能制造出真空区域。"

从越恍然大悟。真空环境里，声音无法传播，所以才有了静音效果。浴袍男夺走的既不是他们的呼吸，也不是他们的听力，而是他们周围的空气。

“他的能力应该和我的‘墨守成规’一样，”何律说，“在效果能达到的范围内，对所有人起效。”

孔明灯的华子蹲在地上，一脸绝望：“这关是不是玩儿我们呢？拼能力我们没有，拼身体素质我们更差，更别说近身搏斗的时候根本就没法喘气！”

“谁说非得打？”关岚往嘴里塞一颗棉花糖，嚼着道，“还记得故事的走向吗？”

远处，Guest. 013 目送第二具尸体被紫光送入天际。直到尸体彻底看不见，他才转过身来，用略带享受的目光欣赏剩余的三十几个人。是继续一个个下手，慢慢来，还是弄一波大的，来场痛快呢？两个选择都让人心动，他好久没这样放松过了，平日的一切规矩都可以践踏，一切面具都可以丢掉，随心所欲，肆无忌惮。

“住手，攻击时间到。接下来你要和他们玩个游戏。”

Guest. 013 刚有的一点儿美妙用户体验，又没了。这个关卡到底是谁写的烂剧情？！

静静深呼吸，再呼吸，Guest. 013 用自身的修养顽强地平复了想发飙的心情，这才向着远处躲避的大部队走去。

众人见他过来，身体本能地紧绷，哪怕知道按照故事剧情发展，接下来应该要进入那个奇怪的游戏，攻击想来可以暂停了，然而窒息的恐惧还是如影随形。

Guest. 013 隔着很远就感觉到了那种群体性的恐惧和戒备，一想到这是自己造成的效果，愉悦感便不受控制地涌上来，多少弥补了些许他对这一关奇葩规则的恼怒。

Guest. 013 喜欢别人怕他，越怕他越兴奋。且这种怕要来自他不动声色的压力，狂怒暴走什么的太难看了，不符合他的处世风格。他也讨厌肢体接触，除非像刚刚那样，人都发疯似的扑上来，他只能亲自动手，否则他都会尽量避免近战。那些脏兮兮的闯关者，他碰一下都浑身难受。而造一片真空领域，让人在里面慢慢窒息，安静而完美。

“公布游戏规则。”

耳内半命令式的机械语调传来第二遍催促。

Guest. 013 眉宇间闪过不爽，但一想到前一条提示里听到的，又觉得配合一下鸮系统的恶趣味也不是那么难以忍耐——上一条提示明确告诉他，待游戏开始，就可以再次进入自由时间，他想做什么就做什么，想怎么攻击就怎么攻击，再也不会被强行打断，一直到闯关者全部死亡或者通关。

折腾这么久，终于等到了他真正想要的，这让 Guest. 013 一开口，声音都温柔好听了：“别怕，第一阶段攻击到此结束。”他在众人面前六七米处站定，难得地起了点儿同情心，没再走近给猎物们施加心理压力，“接下来我要和你们玩一个游戏……”

众闯关者不希望被浴袍男看出自己是上帝视角，但到了嘴边的话实在很难忍，所以当浴袍男公布游戏名字的时候，他们也嘴唇微动，用默念的方式一字不差随上了浴袍男吐出的七个字——

“找不到出口就死。”

Guest. 013 以为自己说出游戏名，会收割一批惨白的脸，结果对面一个个神色坦然，口中念念有词，关键节奏和韵律还和他的话极其相符。如果把“找不到出口就死”看成一句死亡诅咒，他现在的感觉就是对面三十来个人一起默念着把这玩意儿反弹回来了。

Guest. 013 在寒风中紧了紧浴袍。

耳内传来第三遍催促，他暂时抛开这些有的没的的念头，开始执行讲解任务：“游戏的场地范围在古堡上半部，也就是五到八层。游戏开始后，我会对你们进行无差别攻击，不要再幻想我会中途停止或者手下留情。活命的唯一途径，就是在被我杀掉之前找到离开游戏场地范围的出口……我知道你们每人手上都有古堡地图，从地图上可以找到古堡的每一道门、每一扇窗、每一条路……不管什么通道，只要能通往游戏场地范围之外，都有可能成为出口。但这些里只有唯一的一个是真正的生门，也只有它，才能带你逃出生天。”

Guest. 013 抬起头，冷淡的目光透过镜片，望向古堡上方某个窗口：“现在，顺着那里放下来的梯子回到游戏场地吧。”

众人不用循着他的视线去看，也知道那窗口位于古堡七层，有一条软梯从窗里搭下来，一直垂到地面。因为在脱离真空领域的第一时间，他们就根据已知剧情，提前对古堡外壁隔空扫描了。可是看浴袍男那么认真，他们也不好不配合，故而齐齐转头，还装模作样寻找了一会儿，才锁定墙外软梯。这种对手置身其中而他们永远俯瞰“战场沙盘”的感觉，实在有点儿暗爽。

仗着离浴袍男比较远，从越小声感慨：“我真是爱死了提前剧透的上帝视角。”

郑落竹搭上他的肩膀，同他一起仰望窗口，低声叹息：“你可能忘了，上帝还说过，窗口里有杀人魔。”

从越：“……”

“怎么还站着不动？”Guest. 013 催促，“快爬吧。放心，我会攻击的。”

三十九个闯关者：“……”这还怎么放心！

前有杀人魔，后有浴袍男，众人进退维谷。剧情里他们是爬了，可当故事情节真正成为现实，谁会在明知窗口里躲着杀人魔的时候自投罗网？反正爬不爬浴袍男都会攻击，那他们为什么还要按照剧情轨迹走？从别的门进古堡，再回到五到八层，或者干脆爬其他窗户，总有……

“叮——”

静谧暗夜里响起突兀的提示音，打碎了闯关者们的幻想。

小抄纸:“请在十五分钟内沿软梯返回古堡上半部，进入游戏场地，否则视为通关失败，会被处理掉哦。”

倒计时在“小抄纸”内开始。

00:14:59……

00:14:58……

然而每个人的视线都固定在“处理”两个字上。沙漏电梯时发生的一幕再度刺痛了他们的神经。这痛里有怒，有悲，更多的却是无力和绝望。他们拗不过关卡规则，至少目前他们根本无法与之对抗。

众闯关者陆续放下手臂，再次抬头去看那软梯。关卡没给他们选择的机会，爬梯子回古堡是他们唯一的路。他们心里也知道，迟早都要硬着头皮上，因为杀人魔可能会弄死你，但如果时间到了还没进窗口，鸮是一定会弄死你的。可没人愿意打头阵，当杀人魔的第一个祭品。

00:14:00……

00:13:59……

一分钟过去了，还是没人动。

Guest.013本想等他们开始爬了再动手，可足足吹了六十秒夜风，也只收获了一群面面相觑、脚下生根的家伙。因为自己没攻击，所以对方爬梯子的动力不足？还是先前那声“叮”的提示里，又有什么新的游戏思路？

Guest.013看不见闯关者的“小抄纸”，又不想主动询问，破坏自己高冷的姿态，遂开始酝酿新一轮的真空领域，打算送这三十九人一程。可还没等他酝酿完，对面众闯关者里忽然有个修长身影走出大部队，到古堡旁边那棵先前被他们压断的树木残骸里拣了一根断掉的长树枝，直径比手腕略细，一米多长，当棍棒一样拿在手里正合适。

“我先来。”握紧树枝转向古堡，唐凛静静开口。

众闯关者在他挑拣树枝的时候，就明白了他的意图。相比大部分人都会随身携带的匕首、短刀这些贴身短武器，树枝或者说棍棒这样比窗口还宽的长武器，在当下的处境里更实用——进可搪开杀人魔，让自己和对方保持安全距离；退可横挡窗口，暂时阻碍杀人魔冲出，给自己争取逃生时间。

树枝当武器没什么可惊叹的，在场随便谁用脑子想想，都可以想到要用长武器。但真正走出来，说“我先来”的，只有唐凛。如果他是十社的崔战或者甜甜圈的和尚那种急脾气，头脑一热就冲动，倒好理解了。可他偏偏是大部队中最冷静的几个人之一。这样的人站出来，就只有一种可能：他想清楚了，并且做好了最坏的打算。

一步步走到软梯之下的唐凛，内心戏没身后众人那么多。他只知道时间耗不得，总要有人第一个出来试试。一个人爬了，就可以带动后面，否则谁都不动，很可能结果就是拖到最后几分钟大家才不得不上。然而三十九人爬七层古堡，几分钟恐怕连一半人都爬不完，谁会愿意成为后一半？那时候恐怖的就不是杀人魔，而是闯关者彼此间的求生欲了。

调整呼吸，唐凛单手抓住软梯，脚刚要跟着踩上，另外一只手里的树枝突然被人从后面夺了过去。唐凛一怔，还没等回头，就被人挤开。范佩阳理直气壮鸠占鹊巢，眨眼已经登上软梯。离地快一米了，他才拎着树枝低头看下方，象征性知会："武器征收。"

唐凛："……"抢他跑道，还抢他树枝！

这边VIP受自家组长启发，也跑去拣树枝。南歌眼疾手快，第一个找到合适的，不承想刚拿到手里，就被霍栩抢了去。然后他就像一阵风似的冲到软梯那里，三步并作两步就蹿了上去，速度不逊于范佩阳。

南歌愣在原地："……"好好一孩子，说学坏就学坏了。

没一会儿，VIP所有人都上了软梯，范佩阳、霍栩打头阵，郑落竹、丛越在中间，唐凛、南歌在最后——谁让他俩找了两次武器呢。

剩下的闯关者里，有振奋的，直接学着VIP去找武器、爬梯子了；也有希望VIP先蹚路的，就仍在原地观望。

范佩阳自开始攀登就没往下看，他知道身后是自家队友，至于VIP后面还跟着谁，他不感兴趣。现在的重点，是那个漆黑幽暗的窗口。

范佩阳眯了眯眼，虎口夹住树枝，用四指和半个手掌配合另外一只手，迅速向上攀爬。三层、四层、五层、六层……窗口就在头顶上方了！

范佩阳一只脚穿过软梯间的空隙，抵住古堡壁，将身体往外推，试图利用身体和窗口的角度，提前捕捉窗内情况，可才刚刚瞥见窗内一个模糊的黑影，世界忽然安静了。空气和声音被再次剥夺，真空领域重新降临。

是浴袍男开始发动攻击了！

范佩阳早有准备，立即闭气。事实上，浴袍男在他要爬到窗口了才开始攻击，已经比他预想的迟了。窒息感没有打乱他的节奏，相反，还带来了更旺盛的斗志。原本抵着古堡壁，一点点将身体往外推的脚猛然用力一蹬，范佩阳的身体瞬间远离软梯甩了出去，只手还紧紧抓在那儿。

身体甩离的一瞬间，他清晰看见了窗口内阴影中一张妖媚的脸。

那人也看见了他，有些惊讶地微微扬眉，显然没料到他会用这种方法提前窥探。但提前就提前了，窗口内的人似乎并不讨厌这样的意外。

四目相对，那人诡谲一笑，但身体没有做出任何攻击性动作。

窒息感一点点压迫胸肺，范佩阳没有迟疑，在身体随着摆动惯性回到软梯后，脚下往上一踩，整个人正式来到窗口高度。窗台就在他胸前，只要他上手一撑，人就可以进窗。

前提是窗里没人。

既然有人，范佩阳便不抱幻想，来到窗口高度的第一时间，手中的树枝便狠狠刺了进去。窗内人没躲，竟直接伸手，主动朝树枝抓了过去。眼看树枝就要被对方抓住，范佩阳眼疾手快一个变线，又将树枝迅速撤回。他本也没指望一击即中，这第一下更多的是探探底。

窗内人没料到这么气势汹汹的攻击说撤就撤了，手上扑了个空，但指尖还是擦到了树枝顶端。擦的时候范佩阳没在意，反正也没被对方抓住。可当树枝回到近处他才发现，顶端被窗内人手指擦到的地方，有一道浅浅划痕——从来只有树枝划手，还没见过手可以划开树枝。那痕迹细而直，边缘整齐，就像它蹭到的不是手指，而是刀锋。

范佩阳眼底一沉，毫无预警地再次将树枝朝窗内袭去，比前次更狠更快。窗内人没想到这人刚把“武器”保住，又自动送上门，一个闪念错过了最佳应对时机，便随意抬起手臂去挡。树枝结结实实打到对方手臂上，只听“咔”的一声，对方毫发无伤，树枝应声而断。断口不是被撞击力折断的那种参差不齐，而是整齐平整，就像用刀砍断。

同一时间，窒息感消失，嘈杂的世界又回来了。

不止范佩阳，所有爬在软梯上的闯关者都是一愣，好几个不由自主地低了头，去看下方不远处的浴袍男，满眼“你又想干吗”的防备。

Guest. 013 这回是真的被冤枉了，他没料到窗口里竟然有人。

范佩阳拿树枝刺进去再撤回来那一下，Guest. 013 就看见窗内人影了，虽然距离太远，看不清脸，但直觉告诉他，就是和自己一样来娱乐的同类人。

虽然大家都是花钱来娱乐，但 Guest. 013 对这些人并没有什么好感。以 2 号休息室的七个人为例，五个让他无感，一个让他不太喜欢，一个让他非常不喜欢，这样的样本比例，实在很难使他对整个群体形成乐观期待。还有，他也讨厌自己的地盘被人不声不响地潜入。也许是关卡设定，但对于不知情的 Guest. 013 来说，感觉就是被人横插了一杠。

这种局面下，他不可能再进行攻击，来配合窗内那位不速之客。反正有的是游戏时间，他不介意先静静欣赏对方表演。

空气和声音回来的一瞬间，范佩阳没急着动，而是一边呼吸，一边和窗内人用目光对峙。

大约过了五六秒，等得下面的霍栩都不耐烦了，刚想问范佩阳到底在干什么，后者已先一步低头，向他发警戒通报："窗里有人，能力很可能是'全身锋利'，目前判断，他可能不被允许探出窗口，但不排除万一。"

"全身锋利？"霍栩微微皱眉，"什么程度，削铁如泥？"

范佩阳："应该还不到，常规刀具而已。"

霍栩明白似的点点头："让路，我去踹开他。"

范佩阳客观陈述："然后，你的脚就没了。"

霍栩不以为然："除非运气太背，否则刀刃最多到骨，砍不断的。"

唐凛、郑落竹、丛越、南歌："……"

所有非 VIP 成员："……"

能不能不要用这么日常的语调聊这种丧心病狂的话题？！

3

范佩阳最终也没给霍栩让路。

拿脚踹刀锋这种丝毫不走脑子的蛮干流，在范总这里就属于"你可以不用继续在公司干了"的方案。他的拒绝不是担心霍栩，实在是无法说服自己给这么没有危机意识的愚蠢战术让路。

短暂思索后他丢掉手中已经断了的树枝，趁霍栩不备，伸手将对方的树枝抢了过来。

霍栩一时蒙了，甚至忘了恼怒，就听见范佩阳简洁迅速地说："把下面的都给我收上来。"

霍栩更无语了。自己被抢了东西，还要听劫匪发号施令？

"快。"范佩阳没那么多时间，沉声催促，眉宇间已见严厉气势。

霍栩不是被吓大的，范佩阳这种压迫感，别人可能怕，他可是完全无感，连眼睛都不眨……

"都拿来了，给！"底下的郑落竹用一人接一人传递上来最终聚成一捆的树枝，捅了霍栩的腰。

霍栩："……"

范佩阳那种"看谁都像手下"的欠揍气质，绝对是这个世界给惯出来的！

磨牙接过树枝，霍栩看也不看直接往上举，权当自己是一个没感情的传送机器。

范佩阳接过树枝，几根聚在一起，成了粗粗一捆。幸亏他的手够大，可以完全握住。他用力将其握紧，掂着重量，计算着抗劈砍程度，总算有了点儿把握。以刚刚窗内人表现出的锋利程度，这样的"木捆"，想一次性全砍断基本没可能。劈不断，那后面的就好说了。

范佩阳知道自己的所作所为，都让窗内的家伙尽收眼底。但无所谓，有些战术就是你明知道对方要做什么，也依然没有更好的防御。

心下一定，范佩阳以迅雷不及掩耳之势将木捆斜着送进窗口。木捆横起来比窗口宽，但斜着利用窗口对角线的距离，就能顺利送入。一进窗口，木捆就改变方向，依然是顶端刺向窗内人。数根树枝聚成的截面就像一个木桩，冲向窗内人胸口。

窗内人完全搞不懂，明知道一举一动都在自己眼里，还搞这么愚蠢的攻击干吗。他一个侧身，轻巧躲开攻击，下一刻抬手就劈。为了给不自量力的闯关者一个教训，窗内人这次可用了十成力。掌侧劈到木捆上，当下就有三根树枝被削掉了头，另外两根虽然扛住了，但巨大的劈砍力足以震得木捆另一端的人手心发麻，甚至虎口出血。

然而他怎么也没想到，就在他劈砍掉三根树枝的同一时间，木捆另一端的闯关者竟然松手了。巨大的劈力让木捆这头向下，那头一下子就翘起来了，和跷跷板原理一样，翻起的树枝噼里啪啦都砸在了窗内人脑门上。砸得倒不是多疼，但是打脸啊，窗内人有片刻的恍惚，实在无法接受这样的羞辱。

范总可没时间体谅他，当下翻身入窗，抬起窗边落地烛台，照着对方就砸了过去。只听“咣——哗啦——”，金属烛台狠狠砸中对方脑袋，发出了“金属被劈砍 + 脑袋被重击”的双重叠加声响，琉璃烛火罩则掉到地上，摔得稀烂。

烛台落地，撞到对方脑袋的地方，是一道被砍得凹陷的痕迹。

然而脑袋也没好到哪里去。鲜血从窗内人额头上流下来，他抬手沾了一点儿，拿到眼前，看得专注而投入，眼里先是迷惑，然后开始有些隐隐的兴奋。

范佩阳没再继续攻击。一来，再没烛台那么趁手可砸的凶器了；二来，身后窗口不断有人上来，屋内闯关者越聚越多，双方的实力已经发生倾斜，他没必要再进行挑衅，完全可以有更低风险更高效率的策略。

闯关者们陆续进入窗口，很快就将半个屋子填满。这个房间的布局陈设和浴袍男那个基本一致，要不是浴室没声音，面前又站着个头上流血的男人，他们几乎要以为是当初偷看浴袍男洗澡……哦不，日记的场景重现了。

最后一个进来的是白路斜。倒不是他动作慢，实在是他懒得和人挤，于是落到最后，慢悠悠才上来。进了房间，他第一眼当然是去看唯一陌生的流血男。男人长得还行，虽然血迹让气质打了折，但还是依稀可见细长眉眼、精致五官。

“杀人魔？”白路斜站在大部队的人墙最后，却第一个朝流血男挥了挥手。

流血的窗内人闻言抬头，找了一会儿才锁定他，眼里漾起笑意：“我的昵称吗？”他轻舔一下流到嘴角的血，品一品，点头，也不知道是夸昵称还是夸鲜血，“还不赖。”

古堡外，Guest. 013 遥望安静的窗口和夜风中飘荡的软梯，怀疑全世界都把自己忘了。

忘就忘吧。他拍了拍浴袍，掸掉那些其实根本看不见的灰尘，转身走向古堡正门。游戏已经开始，他总要先换回自己的衣服，才好体面入局。

“你的搭档已进入关卡，现在送你去与他会合。”

Guest. 013 脚下一顿：“啊？”

“咻——”

……又来？！

眼前一暗，一亮，古堡七层窗口房间到了。

众闯关者吓一跳，没想到浴袍男会突然出现，唰地散开，将窗口舞台留给新来者。

闯关者们这么一散，窗口处的视野突然开阔，Guest. 013 就这样和 Guest. 014 重逢了，一个穿着浴袍，一个头上流血。

Guest. 014 歪头朝他妖娆一笑：“好久不见。”

Guest. 013：“……从你给我那个布满细菌的橘子算起，到现在都没有超过一小时。”

Guest. 014 在这直白的嘲讽里更开心了：“打赌解个闷儿而已，你怎么这么小气？”

Guest. 013 瞥他一眼：“你先把头上的血处理一下吧。”

“这个啊，”Guest. 014 拿袖口随意一抹，“死不了人。”

他脸上本来只有一道血，这一抹，满脸都是了。

Guest. 013：“……”鸮系统到底是按什么属性分搭档的？双方的匹配度吗？如果是，他出去就把试炼区整个买下来，然后雇人砸了，一批人砸不完，再雇第二批。

不知道是不是鲜血有“明目”作用，擦完满脸，Guest. 014 才看清 Guest. 013 的装束。这位在休息室里仪表堂堂的先生现在浑身上下就一件浴袍、一副眼镜。Guest. 014 眯起狭长的眼，从下到上，再从上到下，打量 Guest. 013 半天，勾起嘴角：“新造型很别致。”

Guest. 013 不想再和他进行这种没营养的对话，否则很可能还没对闯关者下手，就先把搭档弄死了。他直奔重点：“你的任务是什么？”

Guest. 014 这回倒是没绕圈子：“杀人。”

Guest. 013：“然后呢？”

Guest. 014 奇怪地看他：“然后？没了啊。”

Guest. 013：“没了？”

Guest. 014：“不，还有。”

Guest. 013 舒了口气，他就知道。

Guest. 014：“提示的原话是‘想怎么杀就怎么杀，随你心情来’。”

Guest. 013："……"都是顾客，彼此间待遇的差距仿佛一个亲生，一个野生。他是漏买了什么 VIP 增值服务大礼包吗？！

客人们"亲热寒暄"，众闯关者可没这么惬意。他们拼命听着两人的对话，努力从每一个字里抠信息。

杀人魔的任务就是杀人，很明确。这点完全符合预期，众闯关者也不用再做任何幻想，保命就是了。相比之下，浴袍男就比较复杂。对方前面配合了那么多剧情，以至于大多数闯关者都默认浴袍男就算没有他们的上帝视角，也该是辅助他们走剧情的那一类守关人。但他问杀人魔的第一句话竟然是"你的任务是什么？"。一个守关人不清楚另外一个守关人的任务？这太奇怪了。

不，这种微妙的怪异感从 4/10 狩猎者游戏就开始了。前三关从来没有哪个守关人会不清楚自己的任务，他们洞悉所在关卡的设定和规则，就像一个员工熟悉自己的工作范围，每一个步骤他们都熟得不能再熟。可从 4/10 开始，守关人就变得奇奇怪怪，5/10 那位更是脚底抹油直接开溜，如今到了 6/10，连联合守关的另一边负责什么都不知道了。是守关人紧缺找了临时工来顶，还是关卡系统发生了某些他们并不清楚的变化?

诡谲的古堡、幽暗的房间、两个一言难尽却杀伤力爆棚的守关人……众人理不出头绪，眼前的局面也不允许他们分神想更多。

三天前的故事，到这里就结束了。他们记得很清楚，故事的最后一段是——

"杀人魔对你展开了惨无人道的攻击。男人也顺着梯子爬进窗口，和杀人魔联手，对你继续展开惨无人道的攻击。找不到出口就会死，留给你的时间不多了，祝你游戏愉快。"

故事结束，可关卡没有。从这里开始，才是真正的地狱。

"问完了？"傻等半天没等来 Guest. 013 的新问题，Guest. 014 转向闪到屋内左侧的那部分闯关者，话却是和 Guest. 013 说的，"那我就要开始了。"

他不关心 Guest. 013 的任务，他只想完成"杀人魔"的本分。这个角色扮演游戏，深得他心啊。

Guest. 014 收起笑意，一片血迹的脸上，神情渐渐变淡，似有若无的冷意染上他的眼眸。那个打头阵敢拿破树枝和他叫板的人，判断力倒是准。他的能力的确就是"锋利"，只要他想，可以从头到脚连一根头发丝都成为刀锋。这种能力的最高境界将是"锋利世界"，就是可以将看见的任意物品变成刀锋，最终打造出一个碰到哪里都会割伤的"锋利世界"。可惜，他觉得自己这辈子都很难达到。但是没关系。眼前这些弱小的家伙现在连唯一能战斗的文具树都使不出来了。虽然他不知道原因，可杀光这样的可怜虫实在不需要最高境界，简单的"全身锋利"就够了。

Guest. 014 倒也不贪多，游戏要慢慢玩，人要一个个杀。他的目光在左侧墙边的众闯关者身上依次扫过，最终落在南歌身上。

“竟然还有女人，”他语带惊讶，却又很快笑了，“那就你了。”

话音未落，他便突然启动，像一柄利剑冲向南歌。他不需要做什么特殊动作，仅仅冲过去就行了，他的身体就是他的刀。

可南歌也不会坐以待毙。身体不能和刀锋硬刚，那就躲。她几乎是在和 Guest. 014 对上目光的一刹那就开始酝酿防备，待 Guest. 014 说完话，身形一闪，她便猛地斜蹿出去，和攻击者走了个擦肩，但又没真的擦到，堪称完美错开。

墙边的其他人比她闪得慢了些，但因为 Guest. 014 的目标不是他们，所以慢也依旧避开了刀锋。

Guest. 014 没想到南歌这么警觉，自己速度如此快，竟还扑了空，立刻紧急刹住步伐，终于在撞上墙壁的最后一刻将将停住。与此同时，他听见背后传来“刺啦”一声，像是布帛撕裂的声音。他本能地回头，就见一块被扯下的窗帘幔帐迎头盖下来。

想用幔帐蒙住他，然后趁机跑掉？ Guest. 014 不屑地扯扯嘴角，抬手轻轻一划。幔帐被割成两半，从他身体两侧滑落下去。

但扔幔帐的那群家伙早跑到了门口，正在咔咔破坏门锁。

Guest. 014 倒不急着追，毕竟他有搭档，于是立刻朝窗口方向道：“拦住他们。”

窗口一片寂静。

那里应该站着 Guest. 013 的，但现在连个鬼影都没有。

Guest. 014 茫然地眨眨眼。一个大活人怎么就消失了？什么时候消失的？为什么消失了？一连串问号分散了他的注意力，等反应过来再想去门口，复古的木门已经被轰然破开——霍栩没踹成 Guest. 014，就把这一脚贡献给了房门。

三十九个闯关者狂奔而出，差点儿把门框挤散架，瞬间就消失在了幽暗狭长的走廊深处，如水滴入海，被这怪物一样的古堡轻易吞没。

游戏才开始，Guest. 014 不急。他现在就想知道，Guest. 013 跑哪儿去了？

“咻”，眼前忽然凭空出现一个人，正是 Guest. 013，但又不再是几分钟前的 Guest. 013 了——正装代替了浴袍，头发被重新打理，连眼镜都是新擦过的，干净得仿佛镜片不存在，当真是衣冠楚楚、风度翩翩。

四目相对，Guest. 013 抬头调出搭档间可共享的操控投屏，只见投屏上有数张古堡平面图，所有房间一目了然。

Guest. 013 毫不藏私地分享新发现：“我刚刚才知道，通过这个，我们可以在游戏区域内任意两个房间之间瞬移，虽然不能用于追踪闯关者的位置，但作为移动路径，还是很方便省力的。”

Guest. 014 不关心什么瞬移、省力，他就想知道："……我在快乐杀人的时候，你回去找自己的衣服？"

Guest. 013 心情松弛，难得认真而严谨地回答："描述得不完整。准确来说，你在快乐杀人的时候，我在快乐地回去找自己的衣服。"

Guest. 014："……"

客人们不急着游戏，闯关者们却是在争分夺秒。一冲出走廊，大部队就散成了若干小队，沿着自己认为最安全的路径消失在了古堡深处。

其实哪儿有什么“最安全”，不过就是凭各自直觉罢了。有些人觉得浴袍男和杀人魔都在七层，这里绝对不能再待，第一时间就奔向上下楼的楼梯；有些人觉得最危险的地方才最安全，偏就要藏在七楼。

当然也有一部分勇猛的伙伴，逃命什么的根本不在他们的第一反应里，出了杀人魔的房间，他们就已经进入了“游戏投入状态”，满心想的都是寻找生门。

十社、孔明灯、铁血营、白组、甜甜圈、VIP 都属于这一派，但又各不相同。

十社和孔明灯最“常规”，既然是生门，那找门就好了。故而远离杀人魔房间后，他们做的第一件事就是查地图。这一查，还真让他们找到了。根据地图显示，古堡共有两座吊桥，一座在一层，是从古堡正门上方放下的，一座在八层，是从古堡顶层瞭望塔附近放下去的，连接着古堡顶层的一个暗门。

周云徽和崔战不约而同带队跑到了楼上，沿着地图一番搜寻，顺利找到了那个暗门。门扇是铁质的，上面看不见任何挂锁或者插销，可就是严丝合缝、密不透风。

先一步抵达的周云徽二话不说一脚踹上去。“当——”金属门板发出巨大刺耳的声响。后面跑过来的崔战和郝斯文差点儿被震得耳鸣。

结果声音散去，暗门纹丝不动。

崔战一愣："这都没开？你行不行啊？"

周云徽正想拿肩膀再顶，闻言气结，索性侧身给崔组长让开一条路："你行你上。"

见自家组长让开了，强哥、老虎、华子三人立刻也有样学样分列两旁，给崔组长留出坦途。

崔战抬头看向暗门，气沉丹田，身体猛然启动，朝门板狠狠冲撞过去！

“当——”

暗门安然无恙。崔战贴着铁门，缓缓滑落。

周云徽、老虎、华子、强哥："……"

郝斯文："组长！"

古堡五层。

何律带着三道杠，一路奔到这里。他的想法简单明了——五层是古堡上半部区域的最低楼层，从这里一层层往上搜寻生门，路线条理清晰，不容易有遗漏。

但是生门究竟会在哪里？和孔明灯、十社不同，何律第一个想到的是"窗"。

浴袍男说过，不管什么通道，只要能离开，就有可能成为出口。古堡门的数量不多，窗却是每个房间都有。何律不确定生门一定就是某扇窗，但窗户是最直观也最容易进行逃生尝试的位置，他还是想先从这里着手试试。于是他和三道杠一刻不歇，到了五楼后，就开始一个个房间去闯。说来也怪，这些房间竟真的都没上锁，轻易便可进入。

古堡的窗户都是一个款式，何律之前跳过浴袍男的窗口、爬过杀人魔的窗口，都是这样的复古框玻璃窗，玻璃全是大块的，中间并没有框架分隔，怎么看都是一拳过去就能打碎的那种。可何律同三道杠一连尝试了几个房间，用拳头打，用身体撞，用屋内硬物砸……一切能试的方法都试了，竟都没能在那些薄薄的玻璃上留下哪怕一道划痕。

玻璃打不破，他们又改朝窗框下手。还是一样，任你推撞砸撬，窗框岿然不动。

收回撬窗框的匕首，何律气喘吁吁地摇头，大概明白这游戏的套路了："只有生门能打开。"

三道杠不愿意接受自己和组长连一扇窗户都破不开的残酷现实，但关卡就是明摆着给这些可能通到外面的地方加了"固若金汤"的Buff，逼得你只能去找生门。可鬼知道那玩意儿是什么！

"还继续吗？"三道杠问的是"换下一个房间继续破窗"的当前战术。

何律懂，但没立即回答。他不是一个一意孤行的人，通常发现判断有误都会及时自省、纠正。但眼下的问题是，他没办法确定究竟哪个方向才是正确的战术。生门一定不是窗户吗？才试了几间房，显然不能下这样的结论。但万一真的不是，他们这样浪费时间，无法完成游戏不说，还会增加被浴袍男和杀人魔找到的风险。

"先把这一层找完。"时间紧迫，何律没拖太久便下了决定，"如果整个五层的窗户都不行，再换别的目标。"

"别的目标？"三道杠皱眉，"除了窗就剩门，还有什么别的目标？"

何律刚要解释，被他们关好甚至上了锁的房间门突然被咣的一脚踢开了。二人均是一惊，立刻戒备地望向门口——浴袍男和杀人魔没来，白组三人到了。

踹门的蒋城也没料到里面有人，抬着腿愣在门口。

白路斜拨开他，大大方方进门。看见何律和三道杠，他也没什么反应，随意瞥一眼，便走到床边，双臂张开，舒舒服服扑进床榻。

何律沉静地看着他，对此没发表什么评论。

三道杠不行，不说两句实在憋得慌："你跑这屋睡觉来了？"

"不是不是，"最后一个进屋的是许叮咚，他连忙客客气气帮自家组长解释，"我们找密道。"

何律："密道？"

"对，"许叮咚点头，"之前做故事选择的时候，选项里不是出现过'密道'嘛，那个穿浴袍的家伙又说只要能离开这里，什么通道都行，我们就觉得……"

"觉得他指的是密道？"何律接口。

许叮咚："对。"

何律略微思索，发现这未尝不是一个科学思路："有这个可能。"

话音刚落，那边横扑到床上探头往床底下看的白路斜传来了目测结果："看着像没有，你俩再试试。"

许叮咚叹口气，一脸"我就知道"的认命，乖乖钻进床底。

蒋城慢一步，被三道杠拉住了："试什么？"

蒋城同样双目无光，生无可恋："试试撬开地砖看看能不能找到密道。"

三道杠："……"

他就不问截至目前对方已经被白路斜命令撬过几块地砖了。两个白组组员的灰头土脸、蓬头垢面，以及钻进床底动作之娴熟，已经给了他答案。

很快，床下就开始传出咔咔撬地砖的声响。

三道杠一言难尽地听着那劳动节拍，忽然无比庆幸自己跟了个脑回路正常的组长，顶多就是想到找找门、破破窗……哎？怎么一眼没看到，那边何律就踩上凳子，开始用手敲天花板了？

三道杠蒙了："组长？"

何律正色道："我找找这里有没有密道。"

三道杠："……"

古堡七层，某房间。

甜甜圈留在这一层倒不是觉得什么最危险的地方就是最安全的，主要是关组长懒得走太远，美其名曰"保存体力"。于是甜甜圈六人就在这一层游走开来。

和其他队一样，他们也有自己的生门目标——壁炉。

这创意是关岚想的，可行性是探花论证的。

关组长认为："离开这里，除了走门走窗，还可以走烟囱嘛，就像圣诞老人。"

探花论证："壁炉上方就是烟囱，爬出烟囱就离开了古堡，即离开游戏场地范围，没毛病。"

这么一唱一和，就开启了甜甜圈的"壁炉之路"。不料一连找了几个房间，不是没有壁炉，就是根本爬不上几米烟道便开始变窄，完全无法再继续。

如今这个房间的壁炉是唯一一个可以让人一直往上攀爬的。这发现实在喜人，但安全起见，还是先让一个人爬进去探路，其他人在外面等。结果就是现在，探路的和尚一顿攀爬猛如虎，光荣卡在了烟道深处。

关岚、探花、全麦、五五分围在漆黑冷却的壁炉前，探头进里面往上喊话。莱昂站在门口，隔着门板听走廊动静，望风。

关岚："和尚——尚——尚……"

一声呼唤进烟道，回音悠长。

和尚："没死——死——死……"

遥远处传来的声音同样悠长。

关岚："看得见出口吗——出口吗——吗……"

和尚："不行……"

关岚沉默。几个甜甜圈也察觉到了情况不对。

五五分："我们在七楼，爬几米就应该到楼顶，就算加上烟囱高度，能有多高，这么久了连点儿光都见不到？"

全麦："这还不明显吗，不是生门，就是死路呗。"

探花："可是这个烟道可以爬。"

全麦："死胡同还分长短呢。"

"你们研究出结果没……结果没……没……"烟道深处传来和尚不耐烦的催促，"我要撑不住了……住了……"烟道内壁根本就没有供人攀爬的落脚点，他完全是靠臂力和腿力在往上撑，无比辛苦。

关岚知道他的处境，当机立断："和尚，下来，这个不是——"

话刚喊出去，回音还没返回，门口的莱昂忽然说："他们过来了。"

五五分一愣："谁？"

莱昂："要你命的。"

众人面面相觑，这会儿也都听见了越来越近的脚步声和交谈声——脚步声听不出身份，交谈声却再明确不过。

壁炉里忽然传来激烈的摩擦声。围在壁炉前的四人立刻转回视线，就见从烟道里滑下的和尚“咣当”一声落进壁炉。攀爬烟道艰难，想回来就容易了，双手一松，人就像在嬉水乐园的封闭滑梯里，刺溜到底。

壁炉空间有限，和尚被挤得龇牙咧嘴，一边挣扎着往外爬，一边抱怨：“这绝对是体力活，下个房间别找我了，我现在可一点儿劲都没了，我得……”喋喋不休的抱怨在看见壁炉前的四张歉意脸庞时戛然而止，他吞了下口水，“你们这么看着我，是怎么个意思……”

关岚、五五分、全麦、探花：“再重新爬上去吧。”

几十秒后，Guest. 013 和 Guest. 014 进了门。

房间没上锁，一推就开。房内有人来过的痕迹，但眼下看起来人去房空。

Guest. 014 斜了 Guest. 013 一眼：“都和你说了，傻子才留在这一层。”

Guest. 013：“我也说过了，不必一起行动，你玩你的，我玩我的。”

Guest. 014：“他们没你有趣。要不，咱俩先玩儿一场？”

Guest. 013：“你打不过我。”

Guest. 014：“不试怎么知道？”

Guest. 013：“……”

“咚——”

“咣当——”

Guest. 014：“唔……”

Guest. 013：“别再试图挑衅，我的耐心有限。”

壁炉内烟道上方约两米处，六个从上到下排成一列的甜甜圈：“……”

他们不想光听声，他们还想看现场直播啊！

古堡六层，某偏僻楼梯拐角。

唐凛带着自家伙伴，没选择某个房间，而是沿着地图一路跑到了这里。这里与寻找的生门无关，只是位置足够偏僻，即便浴袍男和杀人魔想寻过来也得费一番时间。而唐凛现在要的就是时间，一个长到足够让他静下心来思考的空隙。

范佩阳见唐凛坐到楼梯上，安静地敛下眸子，就知道他又在琢磨什么了。范佩阳脑子里也总在想事情，但他思考的事和唐凛思考的事总是兵分两路。比如现在，他一直在想怎么才能破解甚至击败“真空领域”和“全身锋利”，但他可以断定，唐凛在琢磨的绝对不是这个。

郑落竹、丛越和南歌也已熟悉唐凛的习惯，没打扰。

唯独霍栩看不明白，直截了当地问：“我们在这里等什么？”

“不是等，”唐凛缓缓抬头，“是想。”

霍栩冷哼：“你是准备凭空把生门的位置想出来？”

唐凛：“我在想游戏规则。”

霍栩：“游戏规则就是我们要在被那两个家伙杀掉之前，找到生门。”

“不管什么通道，只要能通往游戏场地范围之外，都有可能成为出口。”唐凛忽然重复了一遍浴袍男说过的规则。

霍栩不懂他的意思，困惑地皱眉。

唐凛看向自家所有伙伴，说：“我刚刚就在想，这个‘游戏场地范围之外’是什么意思。”

从越搭茬：“就离开这里呗。走门，走窗，或者其他稀奇古怪的路，反正能通到古堡之外就行。”

“不对，”南歌沉吟，“游戏场地范围是古堡上半部，也就是五层到八层，那游戏场地范围之外，就应该是古堡下半部和古堡外。”

“就是这个。”唐凛说，“如果生门真的是在整个古堡上半部的门、窗、路等等中的随机一处，这范围也太大了，完全是大海捞针，能不能找到全凭运气。既然如此，为什么不直接设定成古堡上半部全封闭，就让我们和两个闯关者玩捉迷藏和大逃杀？”

郑落竹想了想：“可能为了增加变态的趣味性？”

唐凛摇头：“如果找到生门的希望真这么渺茫，很快所有人就会放弃游戏，专心对付两个守关者，那这个游戏设定就毫无意义了。”

郑落竹听到现在，终于有点儿明白自家组长的意思了：“所以这个游戏是有规律可循的？”

唐凛：“不算规律，但我想可以缩小范围。”

南歌明白了：“不离开古堡，只回下面四层。”

“对，”唐凛从楼梯上站起，“如果生门是通往古堡外，这个范围就像我刚刚说的，会大到让游戏毫无意义，但如果生门是通往古堡的一层到四层，那就不用考虑门、窗这些往外走的，也不用考虑壁炉、烟道这样往上走的，剩下的范围就小得多了。”

郑落竹：“找能下楼的楼梯？”

从越：“能打穿的地板？”

南歌：“通风管？”

霍栩：“你确定这里有那些东西？”

“或者……”唐凛点开“小抄纸”里的古堡地图，目光慢慢锁定某个点，“厨房里的传菜升降通道。”

七分钟后，VIP 六人来到古堡五层某条偏僻走廊的尽头，那里的墙壁上有一个方方正正的木制暗格，将挡板往上推开，里面就是由滑轨和铰链控制的传菜通道。

按照地图标识，厨房只在古堡下半区域有，古堡上半区域都是主人起居室，并不设置这些，厨房做好的食物都由这里传送到古堡上层。这样的传菜通道一共两条，都是从一层厨房开始，到古堡五层截止，只是方位不同，一个在五层南面，一个在五层北面。

唐凛直觉生门就在这两条通道之中，但是不是，只有验证了才知道。

“我先下去，”唐凛和身后伙伴说，“如果有问题，我给你们发信号，你们就不要动，如果……”

没那么多如果，范总直接弯腰进去了。

用来放菜的搁板哪儿承受得住一个大活人。范佩阳刚进去，传菜板就噌地下坠，瞬间没影。

郑落竹、丛越、南歌：“……”

霍栩看向自家组长：“下次再要试什么，你直接让他来，反正你也抢不过。”

唐凛：“……”

范佩阳下坠之后，传菜通道里再没声音。

唐凛不自觉抿紧了嘴唇。

轨道铰链忽然又动起来，转眼间，传菜板回到五层，但上面的范佩阳没了。

唐凛再没犹豫，直接钻了进去，紧接着就是自由落地一样的快速下坠，视野也迅速变暗，再然后身体一震，传菜板落地了。

还没等唐凛看清周围,就被一双外面伸进来的大手从传菜通道里扯了出去。双脚落地，视野清晰，是厨房。

“这是一楼？”唐凛环顾四周，有些不确定地问。

范佩阳看向窗外。

唐凛随着他的视线看去，透过厨房窗口可以看见不远处的悬崖。

“咚——”

“哎哟——”

“咚——”

众伙伴相继落下，爬出传菜通道。

唐凛却高兴不起来。他们真的离开了游戏场地，回到了古堡下半部，可是——

“没通关吗？”看了半天“小抄纸”也没看见新提示的伙伴们终于发现了问题所在。

“叮——”

迟来的提示音让人精神一振。

唐凛、范佩阳、郑落竹、南歌、丛越五人立刻抬臂查看，霍栩则是微微敛眸，用意念在脑内读取。可惜，并不是大家期待的通关提示，而是——

小抄纸：“请在15分钟内，乘坐沙漏电梯回到古堡上层关卡区。友情提示：每次进入关卡区，都将扣除‘<特>我是VIP’，数量：1；当持有的‘<特>我是VIP’数量为0时，将无法再次脱离关卡区。”

这边VIP们正认真看着“小抄纸”，那边传菜通道里突然又传出重物落地的闷响。六人齐齐转头，就见大四喜蒙头蒙脑地从里面爬出来。

大四喜根本没想到这里还有六个人，先是吓了一跳，但立刻转蒙为喜，脸上的高兴劲儿藏都藏不住：“这个传菜通道真是生门对不对？一定是的，不然你们也不会在这里！”

说完不等VIP们回应，他就迫不及待地转身跑回传菜口，往上喊：“都下来吧，就是这里——”

郑落竹、南歌、丛越：“……”

通过自家组长和范总的努力，VIP已经被打造成“鸮世界里最值得信任的品牌”，现在让他们和大四喜说“先等等，其实我们也有点儿蒙圈”，实在不好开口啊。

VIP们不好开口，莲花们可下饺子似的一个个落下来了。十三幺、清一色、对对碰，再加上先下来的大四喜，倒是阵容齐整。

当前情况不用VIP们开口解释，因为很快莲花四人也收到了十五分钟内返回关卡区的通知。看完提示内容，他们脸上的兴奋烟消云散，取而代之的是困惑和疑虑。

“难道这里不是生门？”大四喜自言自语地抬头，再次看向VIP六人，这才发现对面六张脸上并没有他所以为的通关的喜悦，反而是略带无奈的平静。

“我们从头到尾可什么都没说。”丛越赶忙替自家队伍甩锅。

清一色往窗外看了看：“但这里确实是一楼啊。”

“是一楼，也是生门。”反复看了几遍“小抄纸”，唐凛大概知道他们犯了什么错误了，“游戏的名字叫‘找不到出口就死’，换句话说，找到出口就不会死。但鸮从来没说过找到出口就能通关。我们现在找到出口，离开了关卡区，等于暂时脱险，符合游戏规则。”

“但是还要回去啊，”对对碰指着自己手臂上的提示，“脱险的时间只有十五分钟，这算哪门子的安全。”

“而且你也太抠字眼了吧，”十三幺烦躁地挠头，“那个浴袍装相犯的意思不就是赢了可以通关吗？不然我们吃饱了撑的，陪他玩游戏？”

“先别激动，”眼看对面四人越发焦灼，郑落竹连忙出声送安慰，“我知道你们好不容易才找到生门，换谁这种时候被告知还要继续回去玩游戏，都会……”

“找生门倒不难，”十三幺打断他，“我们是正好路过，大四喜发现墙上有个打开的暗格，就跳下来试试。”

郑落竹：“……”他现在不想安慰了，不仅不想安慰，还想一脚踢飞这些撞大运的无耻之徒！

可能是感觉伤害到了 VIP 们的心灵，十三幺开始主动分享他们一路的坎坷，比如先跑回五层浴袍男房间，发现那个他们跳楼的窗户已经关死了，打不开，又绕回七层杀人魔房间，万幸杀人魔和浴袍男已经离开，可窗户同样封死了，怎么暴力对待都无用……

正说着话，传菜通道里又下来一个人，“咚”的一声响彻人满为患的厨房。

十三幺停住话头，和大家一起往传菜口看。

从里面跳出来的关岚差点儿被十张熟悉的脸吓着：“你们怎么都在这儿？”他惊讶地扫视一圈，“聚众开会？”

众人：“……”

从来只听“聚众赌博”“聚众斗殴”，以至于当“聚众”和“开会”连起来，怎么听都怪怪的。

关岚之后，其余甜甜圈也落了下来。转眼间，厨房里的人数就直线上升到十六个，原本还有点儿阴森的古堡厨房立刻人气满满，热闹非凡。

相比莲花，甜甜圈的反应更迅速，接受力也更强，在看清新的“小抄纸”后，就明白怎么回事了。但明白归明白，没有确切说法总是不踏实。

“浴袍男到底有没有说过找到出口就通关？”全麦问探花。

探花被问住了，郁闷道：“现在又不能用文具树，我怎么帮你‘记忆回放’？”

和尚鄙视地斜眼看过来：“你就不能靠人肉记忆？ 1/10 之后你不是挑灯苦读了，说要在知识面上碾压唐凛？”

探花：“……”

私底下的吹牛就不能替他捂着吗？！再说——

探花：“知识面又不等于记忆力。”

从越听到这里才听明白，有点儿意外：“你记忆力不好啊？我还以为你有记忆方向的文具树，是因为你本来就聪明呢！”

天地良心，他真的没有任何别的意思，就是单纯地没想到。但听在探花耳朵里，就字字扎心。

“你们给我等着！”

一声大喝后，探花闭目凝神，苦思冥想，绞尽脑汁……

众伙伴：“……”

把好好一个斯文青年逼到这地步，莫名有点儿于心不忍。

“有了！”在记忆长河里扑腾半天的探花霍地睁开眼，一字一句开始复述浴袍男当时讲述的规则，连语气都有七分像，“游戏的场地范围在古堡上半部，也就是五到八层。游戏开始后，我会对你们进行无差别攻击，不要再幻想我会中途停止或者手下留情。活命的唯一途径，就是在被我杀掉之前找到离开游戏场地范围的出口……”

停顿片刻，探花看向众人，神情骄傲，但语气失落：“他的确没说找到出口就通关。”

众伙伴没想到他还真凭记忆回溯出来了，一时惊讶，都顾不上调侃他的违和感了。

不过就算探花不回忆，大部分伙伴也已经接受了找到生门不等于通关的残酷现实，探花的辅助确认只是无情地打掉他们的最后一丝侥幸。

虽然暂时安全了，可想不出有效的克敌方法，回到关卡区还是要继续逃窜挨打。

“欸，”清一色突发奇想，“你们说那两个守关的家伙知不知道生门的位置？”

大四喜：“应该不知道吧，要知道不就等在门口守株待兔了？”

“所以啊，”清一色双眼放光，“我们留人躲在这个厨房里设陷阱，再让几个人返回去，引他们过来。他们不知道生门通向这里，一进来就坠落，落地上就进陷阱，到时候还不揉圆捏扁都我们说了算？”

和尚看过来：“那你具体说说怎么设陷阱，以及如果陷阱失败，后续的应急措施？”

清一色：“……”

五五分耸肩：“还有，如果时间到了我们还没得手，被迫返回关卡区，到时候生门彻底暴露了，再被逼到绝境，你往哪里逃？”

清一色：“……”

“不必考虑这些，引他们进休息区这件事，从源头上恐怕就不行。”唐凛冷静地看向探花，问，“你还记得通往山巅的路时，Guest. 007 是怎么讲解‘<特>我是 VIP’用途的吗？”

探花当然记得，他现在完全处于大脑过度活跃的状态，回顾片刻，就想起了当时的情景：“他说……我建议人家 6/10 通关后再回到下级关卡里进行买卖，因为这个文具本质上是 6/10 的专属文具，再说明白一点儿，6/10 的闯关口必须‘凭票入内’，这个文具就是你们的票，进一次，用一张……然后我们就很惊讶，问他难道 6/10 闯关口可以进十次。他给了肯定答案，说当你觉得自己通关无望时，可以通过寻找出路逃离关卡，当然，能否全身而退要看你自己的本事……不过第十次若还不能通关，抱歉，那就没有出路了。”

探花的回顾也勾起了众伙伴的记忆。如果说之前还有十三幺那样的，怀疑游戏规则只是没有明说“生门=通关”，但话里话外根本就是那个意思嘛，那现在回顾完Guest. 007的话，他们再没幻想了。

通关无望，逃离关卡，消耗一张“<特>我是VIP”。这里的“逃离关卡”显然就是找到生门。于是这个推导式再简单不过——找到生门=逃离关卡=通关无望。换句话说，认输了，不想再闯关了，才要去找生门。他们倒好，还心心念念以为生门能通关，也不知道是太想当然了，还是被那个浴袍男刻意误导。

唐凛早就接受了“生门≠通关”的事实，让探花找这一段出来，是想确认另外一件事——引浴袍男和杀人魔到休息区来，让提前等在这里的闯关者们对其进行围剿，是否可行。

唐凛的态度很明确，刚刚就说了，恐怕不行。他不想给大家泼冷水，但生死攸关，任何一丝建立在“可能”上的乐观幻想都是危险的。想活命，想赢，他们制订战术策略的依据就必须是“确实”的，如果某些事情无法确实判断，那就要把“最坏的结果”当成“事实”，这样在此之上完成的一切思考、战术，才能不惧情势的改变和恶化。

“当你觉得自己通关无望时，可以通过寻找出路逃离关卡，当然，能否全身而退要看你自己的本事。”唐凛缓缓开口，“这是Guest. 007的原话，很显然，在他接收到的讯息里，6/10过程中，离开关卡=安全。同样的意思，浴袍男也表达过，他说生门可以带我们逃出生天。两个人都把‘脱离关卡’和‘安全’画上了等号……”

“如果那两个家伙可以被引到休息区，表示他们也可以追杀到休息区，那这个等式就不成立了。”大四喜一边接口，一边歪头看自家清一色，眼神里写满“听明白了吗”的询问，像个给差生耐心讲题的班干部。

清一色不明白也得明白啊，他可受不了大四喜的“深情凝望”。不过都解释这么详细了，想不明白也难。

通关，只能在关卡区里努力。这一点，厨房里的十六人基本达成共识。现在的问题只剩下——

“通关的条件到底是什么啊？”十三幺疲惫地蹲在地上，痛苦地哀号。

一直沉默的霍栩突然道：“把他们抓住问问不就知道了？”

“那个，”清一色伸手在他眼前晃晃，怀疑这位失忆了，“我刚才提过，被否了。”

霍栩：“你说的是引他们下来。”

清一色：“对啊，但刚才分析规则，他们不是下不来吗？”

霍栩：“既然下不来，就直接在上面抓他们。”

全麦：“你有办法了？”

霍栩："毒打，逼供，让他们说出通关条件。4/10 对那些猎人不都做过这些吗？"

全麦："……"

五五分、和尚、探花："他想问的是怎么抓！"

霍栩："哦，窒息浴袍的话，可以闭气冲上去抓，锋利人魔的话，可以把自己包裹严密厚实一些再冲上去抓。"

甜甜圈、莲花、VIP："……"

简而言之，冲上去，硬抓。

至于"窒息浴袍""锋利人魔"这种昵称上的槽点，他们已经顾不上了。

4

十五分钟的倒计时转瞬即逝。尤其是对于 VIP 来说，他们是最早回到下层的，留给他们讨论的时间更少，所以直到最后一分钟，如何拿下两个拥有高杀伤能力的守关人仍没有形成一个全面严谨的战术，只是有了一个大略的方向。

就这样，VIP 伙伴们先回到了沙漏电梯。

"叮——"

小抄纸："欢迎来到'沙漏电梯'。这里是 6/10 闯关口，每次进入都需要扣除'〈特〉我是 VIP'，数量：1。本次扣除完毕，'〈特〉我是 VIP'剩余数量：8。"

细沙落满沙漏下部，天旋地转，六人朝下，细沙讯速将他们的眼耳口鼻掩埋，呼吸和视野一同被夺走。

漫长难挨的十几秒后，从越摔出电梯，滚到走廊上。他一边拍脸上的沙子，一边飞快爬起来，对两边道："设计这电梯的绝对是……"

话说到一半，就停住了。他大张着嘴看周围，哪里有伙伴，这间幽暗的房间里，布局、陈设和他先前进过的那些房间大同小异，但是眼下只有他一个人和鬼火一样的微弱烛光。从越连忙上前两步，扒房间窗口，贴着玻璃往外看，从高度上估计自己肯定是回到古堡上半区域了，但不像是第一次乘坐沙漏电梯抵达的五层，更像是六层或者七层。

再次返回关卡，不仅队友会被分散，连楼层、地点都是随机的？从越胡乱琢磨着，忽然心里一凉。如果这里是七层，那不就是浴袍男和杀人魔游荡的楼层？不不，也不一定。从越立刻自我安慰。莲花们返回七层杀人魔房间时，杀人魔已经离开，说不定这会儿早搜寻到其他楼层了。现在的重点是要先和 VIP 的伙伴会合。

从越打定主意，立刻转身，想离开这个让人不太舒服的封闭空间，可脚下还没动，门口就传来声响，像是有人在用很轻的动作，试探性地开门。

从越浑身的汗毛一下子竖了起来，他慌忙抄起手边一张木椅，蹑手蹑脚来到门前，只要外面人一进就砸过去，然后就跑。他身上也有匕首，但万一来的是杀人魔呢，他捅过去，自己的手估计也要报废了。这种时候，还是大物件带来的安全感比较足。

门终于被缓缓打开一道窄缝。外面的人似乎也担心屋内有人。

从越一愣，这么小心翼翼，不太像那两个变态的风格啊。

下一秒，门缝又开大了些，外面的人似乎觉得里面没什么动静，稍微安了心，噌地贴着门边窜了进来。这一进，就和从越撞了个满怀。

两人同时黑了脸。

祁桦："你举个椅子是想砸我还是想吓我？"

从越："……"还不如来一个杀人魔呢。

祁桦将门小心合上，回过身来，发现从越还没放下椅子，嗤笑一声："我俩现在是同一阵营，有时间吓唬我，还不如赶紧找地方藏身。"

"谁跟你一个阵营。"从越话是这样讲，但手里的椅子终究是没砸下去。眼下的局面，他心里也明白，内斗对谁都没好处。不过也别指望他对着差点儿弄死自己的人摆出好脸色，他实在没那份胸怀。

从越原本以为祁桦是过来找生门的，结果竟然是准备躲起来，这让他对其满满的负面情绪上又多了一层不齿："你这是狩猎者游戏捡着甜头了，现在又打算躲起来躺赢？"

祁桦已经走到柜子那边，正打开柜门查看是否有可容身的空间，闻言也不回头，只慢条斯理道："狩猎者游戏我也是出了力的。"

从越翻白眼，看着对方的后脑勺，就想一脚飞踹："战术是我组长想的，计划是我组长定的，连最后的大部队都是我组长拿'狼影'一组组追踪会合的。对，你是出力了，怎么说也在大部队里凑了人头呢，多辛苦。"

祁桦手上停住，扶着柜门缓缓回过头来，脸色阴沉，眼里是久违的冷酷："我是不是给你脸了？你以为你是个什么东西？你就是一条狗。当初在我手下是，现在进了 VIP 还是。"他讥讽地扯扯嘴角，"在我手下的时候还乖一点儿，懂事一点儿，可惜现在缺少管教，就知道乱吠，连唯一的优点也没了。"

从越被羞辱得脸上一阵红一阵白，呼吸急促，胸膛剧烈起伏。祁桦或许在其他组织面前还装得像个人，可关起门来对自己人就是这样，极近打压，极尽侮辱，用残酷的身体、精神双重折磨，树立自己的绝对权威。自加入 VIP 后，从越几乎要忘了曾经那些噩梦一样的黑暗时刻，托祁桦的福，他又全都想起来了。

出乎意料的是，当那些记忆席卷而来，可能是有了以毒攻毒的效果，他反倒一点点冷静下来了："就算我是一条狗，我也不愿意待在你手下。有时间嘲讽我，还不如反思一下为什么连狗都嫌你。"

祁桦一怔，原本等着继续嘲讽呢，根本没料到对面会反击，还反击得这么……刁钻，一时被堵了个哑口无言。

从越小胜一局，开心了，对，他的开心就这么简单："我刚才想通了，你这样挺好，比戴着个客套的假面具好多了，你要真和我称兄道弟，我能把昨天吃的花雕焖鸡、荔枝虾、红烩牛肉、海鲜焗饭、松茸汤都吐出来。"

祁桦："……"他知道宴会厅这三天来准备的食物都很丰盛，且中西合璧，但也不用把自己的就餐菜式说这么细！

"而且我现在提醒你，"回顾美好菜式给了从越自信和力量，"咱俩现在都没有文具树，真打起来，还指不定谁赢……不，"他摇摇头，上下打量祁桦，气焰越发嚣张，"就你这瘦不拉几的，我劝你还是别气我，气急了，我一个泰山压顶过去，你绝对歇菜。"

祁桦沉默半晌，不知是刚才痛快那两句嘴让心气儿顺了，还是发现彼此的重量级略有差异，听进去了从越的提醒，总之片刻后，他露出个大度的笑容，朝从越伸出了手："我们现在有共同的敌人，自相残杀没好处，暂时休战，握手言和？"

从越对前组长的变脸绝技叹为观止："你这个不要脸的劲儿，我是真服气。"

祁桦眼里闪过阴鸷，但脸上仍挂着笑，仿佛不以为意。

从越真是一秒都不想和这个人再多待，上前就要开门。手刚搭上，后面就传来祁桦的声音："我劝你最好先听听动静，再决定要不要出去。万一那两个家伙正好来到这一层，你这么贸然出去就是送死。"

从越嗤之以鼻："你是怕我连累你也一起暴露吧？"

祁桦乐了，看傻子一样看他："你要真一冲出去就撞上那俩家伙，我倒好跑了。"

这话有几分道理，就像扔个兔子吸引狼的注意力，其他小动物反而可以趁机跑。但就是有道理，从越才更郁闷，因为这样就显得他比祁桦蠢，是可忍，孰不可忍。

心里一急，有些话不过脑子就出来了："就你会跑？我直接跑生门脱离游戏区域，他们想追都没辙！"

祁桦愣住，立刻急切地问："你们找到出口了？"

从越这才反应过来自己说了什么，后悔得想抽自己一巴掌。

祁桦在他的沉默里得到了答案，也得到了他的态度："你不想说，我还真没什么辙。"还乡团组长露出苦笑，"而且就我刚刚对你的态度，换我，我也不说。"

“别装相了，看着恶心。”从越闭着眼睛都能识破祁桦的虚伪。

然而他还是犹豫了。不是同情或者圣母心泛滥什么的，他就是想，如果立场互换，现在是祁桦知道出口，他不知道，祁桦会告诉他吗？

不会。哪怕彼此并不是竞争关系，哪怕多一个知道生门在哪儿，就有可能多救下一个闯关者的命，祁桦也不会讲。除非这一情报能换来什么，比如换来对方的联手或者其他回报。从越太了解祁桦了，这人从不做对自己没好处的事，哪怕只是举手之劳。

但如果现在在这里的不是他和祁桦，而是唐凛和另外一个闯关者呢？随便谁，有过冲突摩擦的都可以，唐凛会分享情报吗？

会。从越这一结论下得比祁桦的“不会”还要笃定。因为唐凛就是那种人，或者说，整个 VIP 都是那样的精气神。所以当初他挑衅 VIP，被范佩阳在训练场教训了个彻底，而当他被祁桦下黑手的时候，却还是 VIP 过来鼎力相助。

从越有点儿记不得自己加入 VIP 多少天了，但直到先前被祁桦羞辱，他才发现，对方带给他的阴影并没有彻底消散。

或许这辈子都无法完全摆脱了，但也没关系，他会一直努力，努力让自己不要成为祁桦那样的人，努力让自己离 VIP 近点儿，再近点儿。

“我们找到生门了，就是五楼南面的那条传菜通道。”从越言简意赅。

祁桦眼底掠过一丝错愕，显然也没想到自己浮夸的演技还真能博来同情。

“别高兴太早，”从越又道，“生门只能脱离游戏区域，回到古堡下层，但不是通关。”

祁桦立刻问：“那怎么才能通关？”

从越瞥他：“你要知道了，麻烦告诉我一声。”

祁桦观察他片刻，感觉不像编瞎话，欣喜之余又生狐疑：“我以为你巴不得我死。”

“别误会，我说这些不是想救你，”从越说，“我只是不想变得像你一样。”

门外走廊突然传来脚步声。从越身体一僵，祁桦也绷紧神经。

两人对视一眼，从越忽然猫腰刺溜钻进床底。房间内能藏身的地方还有柜子、窗帘后这些地点，但对于越胖胖来说，实在容量有限。

他以为祁桦会进柜子，没想到对方关上柜门，也过来和自己一起挤进了床底。从越瞪大眼睛，用力往柜子方向撇头——你就不能换个地儿？

祁桦指指自己，指指从越，再指指门，做了个跑的手势——我俩一起往外冲。

从越大概明白祁桦的意思了。两个人藏在一处，行动的时机就好统一了，到时候合力往外闯，怎么也比一个接一个的单打独斗存活率高。

房门之外，一身正装的 Guest. 013 正在优雅前行。

十分钟前，他终于摆脱了 Guest. 014，这让他愉悦的心情一直保持到现在。虽然“找不到出口就死”这个游戏的本质是简单的“杀杀杀”，但 Guest. 013 不喜欢追逐，在他看来，只有疯狗才会横冲直撞，见猎物就咬，他对这个游戏的定义更像是“捉迷藏”。闯关者慢慢躲，他慢慢找，游戏的趣味才能体现出来。

不过这些狡猾的闯关者们也实在会藏，从换好衣服到现在，才让他抓住一个。

和先前古堡外那两个被他徒手杀掉的闯关者一样，这个被他逮住并结果了的人，尸体也被一团紫光包裹着，托向高空。不同的是，外面两具尸体升到了天际，直至消失，古堡内的尸体则是没入了天花板，直至不见。但是 Guest. 013 总觉得它们的去处是一样的。

这多少勾起了他一些好奇。其实他好奇的不只是“闯关者尸体都去了哪里”，还有其他很多问题。因为这个所谓的试炼区，对他们这些客人开放的内容实在太少，在关卡内待的时间越长，Guest. 013 就越想知道那些不开放的部分。

又一个房间到了，Guest. 013 收敛思绪，从容打开房门——意料之中，一间空屋。但是不是真的空，他不用费劲地去翻箱倒柜、掘地三尺，有个更简单有效的方法。

Guest. 013 站在门口，微微垂眼，凝聚心神。

床下，从越和祁桦一样的紧张，手心都出了汗。他们听见门开了，却没听见有人进来，完全不知道外面是什么情况，这种忐忑的煎熬比直接冲进来杀他们还难挨。

空气静得骇人，从越在越来越重的心跳里一点点贴到地面，从床底缝隙往外看门口。不远处的门口，只有一双脚，不知是窒息浴袍还是锋利人魔。

没等他二选一，窒息感便无声降临。从越呼吸 阻，立刻闭气。来者身份也因此落实了。

从越能看见、能判断出来的，祁桦只会做得更快、更早。故而在窒息降临的一刹那，他便用眼神示意从越一起往外冲。

从越也明白他们别无选择，与其等到快被憋死了再冲，不如趁现在身体情况良好的时候博一把。

四目相对，两人用力一点头，而后一齐从床下冲出。真空领域内，一切都无声无息。但两人的速度完全没打折，冲出来一并跳起，合力往门口方向撞去。

Guest. 013 的脸上露出惊喜，没想到一下逮住两个。他立刻调整站姿，张开双臂，准备来个一网打尽。

眼看就要到门口了，从越越发铆足了劲，犹如一枚炮弹，猛地撞向 Guest. 013。可就在撞上 Guest. 013 的一刹那，他忽然发现旁边原本和他一起的祁桦不见了。他想回头，然而身体的惯性已经不允许，整个人就这样重重撞上了 Guest. 013。

从越看不清身后，Guest. 013 可看得清楚，冲向自己的本来是一胖一瘦两个人，在距自己三步之遥时，那个瘦的却忽然停下了。这样高速的跑动中想突然停住是很难的，可见对方早有酝酿。就那个胖的，还傻乎乎往自己身上撞呢，真以为靠身体就能撞开他？

Guest. 013 有些怜悯地看着被人卖掉的胖子，准备给对方一个痛快，就算他最后的温柔。

就这样，胖子撞进了他的怀里……这胖子绝对比看起来更重！ Guest. 013 皱眉，身体却顺势一侧，反而用手臂一把勒住丛越的脖颈，禁锢得他动弹不得。

Guest. 013 并不急着杀人，擒住胖子后，他便把目光重新投向屋内，准备去迎接瘦子。他原本计划一网打尽，那就要严格执行，瘦子那点儿小聪明耍耍胖子可以，在他面前可实在没……

Guest. 013 的思绪被突来的变故中断——屋里哪儿还有瘦子！他心下诧异，忽然觉得腿边异样，低头，就见瘦子正手脚并用，从他的腿和门框之间的空隙往外爬。

这完全不在 Guest. 013 的预设里，毫无心理准备的他，本能的反应不是一脚踹飞瘦子，而是把自己的腿往旁边猛地一撤，尽可能不要碰到瘦子那满身的尘土！

Guest. 013 知道自己在某方面有点儿偏执，但没办法，他改不掉。就像刚刚，他是早预料到胖子会冲过来，并做好了拦住人的心理建设，才顺利擒住胖子，如果胖子是出其不意地冲过来，他八成也要先躲，动手什么的得是后面的事了。所幸大多数时候，他都可以对事态的发展有个预判。

不过瘦子动作之快确实出乎他的预料，就在他撤腿的一瞬间，瘦子噌地窜了出去，逃之夭夭。Guest. 013 心中微愠，逮不住瘦子，只能把火都撒到胖子身上，因此手臂越发勒紧。

丛越奋力挣扎，却越挣扎越绝望。这绝望来自浴袍男不可撼动的力道，来自死亡逼近的恐惧，但更多的是来自自己的愚蠢。他没想到，人心能坏到这种地步。

他知道祁桦不是好人，可是在自己刚刚分享了生门情报的情况下，在有共同敌人的情况下，在合力就能创造出一线生机的情况下，祁桦竟然还是选择了牺牲他，来增加自己逃生的可能性。这种选择不是临时起意，是打从一开始就这样计划的。

丛越无话可说，脖颈已经被 Guest. 013 扼得彻底无法呼吸了。他忽然平静下来，甚至觉得死在这里，就是对他的愚蠢的最好惩罚。

第五章

ZHUO MI CANG | 捉迷藏

1

祁桦头也不回地狂奔，先是跑到走廊尽头，再飞快下楼梯，一口气跑到五层，直到确定彻底脱离危险区域了，才躲到五层某个隐蔽拐角，压抑着声音，大口大口呼吸。

被他骗了的丛越会怎么样？怎么想都会死掉吧？祁桦对这个结果很满意。一个背叛他还敢出言教训他的叛徒，这么痛快地死掉已经很便宜了。

不再去想那个蠢货，祁桦心情舒畅地点开“小抄纸”，查看古堡地图。很快，他就在地图上找到了那条南面的传菜通道——等浴袍男杀完丛越，难保不会追下来，反正“‹特›我是 VIP”可以进十次关卡，祁桦决定先脱离游戏区域休息一下，而传菜通道在一条很偏的走廊上，如果不是照着地图刻意寻找，凭自己走很难找到这里。

终于，祁桦抵达传菜通道，入口是一块深色木板，镶嵌在深色墙壁上，只凸出一点点，不仔细看很容易忽略。他舒出一口气，伸手抠住挡板下沿，往上用力一抬。“咔拉”，挡板应声而开。细长眼的男人蜷坐在里面，朝着他弯起嘴角。祁桦惊恐地瞪大眼睛，想叫，却叫不出声。因为杀人魔锋利如刀的手臂已经凌厉而出，贯穿了他的身体。

可能只过了一秒，又好像漫长得犹如过了一年，杀人魔噗地将手臂用力抽出，甩甩上面的血，嫣然一笑：“欢迎来到生门。”

这是祁桦临死前听到的最后一句话。随后他被紫光包裹，缓缓向上浮。浓烈的光晕模糊了狰狞伤口，也模糊了他那张死不瞑目的脸。

Guest. 014 从传菜口跳出来，一边活动因长时间蜷曲而发酸的身体，一边欣赏着“尸体的回收处理”。这一设计的创意倒是不错，有点儿死亡归于宁静、灵魂永恒长眠的味道。但 Guest. 014 不喜欢，要让他来做决策者，“尸体的回收处理”这一整个模块都可以在鸮系统里砍掉。谁规定了尸体非要处理？关卡内搞得干净得要命，不管什么时候看都像新建设施，无趣。本来就是互相厮杀的地方，尸横遍野多有气氛。在哪儿死掉就在哪儿陈尸，保持着死前最后一刻的真实模样，想想都精彩。

最后一丝紫光没入了天花板，走廊又恢复了先前的模样，寂静，幽暗，微弱的烛火在不知从哪个方向吹来的冷风中摇曳。

Guest. 014 回头看看传菜口，犹豫着守株待兔的游戏要不要再来第二遍。

发现生门其实是个意外。他本来是在这层追杀一个闯关者，那人战斗力渣得可怜——当然，现在这关卡里的每个闯关者，战斗力都是渣——但逃跑起来倒是又快又狡猾，在这一层里七拐八拐，有些走廊 Guest. 014 都是第一次来，要不是他速度够快，还真可能被对方甩掉，结果就是一直追到了这里。

当时有一小队闯关者正一个个往传菜口里钻。那个带着 Guest. 014 跑过来的家伙也没料到这里居然有出路，当下奔过去和那一小队闯关者一齐挤进了传菜口。Guest. 014 没慢多少，也就两三秒工夫便也到了传菜口前，然而传菜通道里已经空无一人。他不罢休，也学着那帮家伙钻了进去。可刚才还噼里啪啦往下送人的传菜板，在他身下纹丝不动。Guest. 014 不信邪，对传菜板进行了“压砸捶撬”等一系列惨无人道的敲打，传菜板始终稳如磐石。

手都捶酸了的 Guest. 014 不得不死心，认清了“客人无法入生门”的现实。不过他多机灵啊，立刻改变策略，从“追击”调整为“守株待兔”——生门可以让闯关者脱离游戏，却无法通关，想通关还要再进入关卡，万一回来还是这条通道，他就可以不费吹灰之力将他们一网打尽。退一步讲，就算这里是“单向道”，只能出不能进，那其他还没离开古堡上层的人想逃命，也得来找生门，他同样可以一网打尽。

怎么想局面都很美好，于是 Guest. 014 义无反顾地藏进了传菜口，还将挡板放下来，完美伪装。

一切都按着他的预想进行，除了……时间。从他进入传菜口到现在终于杀掉第一个人，中间足足等了近二十分钟。

他这样修长完美的身体蜷缩在狭小的传菜口里煎熬二十分钟，简直是噩梦。如果不是不甘心一无所获，他早就跳出来放弃了。但是现在终于有了成果，Guest. 014 发现这法子还是不错的，虽然等待漫长，可最后一击绝杀的滋味，尤其是被杀者那惊恐的脸，实在回味无穷……

“Guest.014 请注意，这是一个不祥的警告哟。游戏中，守关者禁止进入生门，你已违反一次，如果再犯，将直接失去守关资格，强制离开关卡。”

这下不用纠结了。Guest.014 郁闷地咕哝：“设计关卡系统的人绝对是个无趣的家伙。”

幸而他也不是个执着的人，既然不让，那就换别的玩法喽。活动完筋骨，腰背也没那么酸了，Guest.014 立刻头也不回地跑出这条偏僻走廊，心里的阴霾一扫而光，重新快乐放飞：“小十三，我回来找你啦……”

身处古堡七层的 Guest.013 没听见来自搭档的呼唤。他正在一间幔帐被扯下的房间里自我懊恼。

五分钟前，古堡七层。

唐凛从古堡下半部休息区重新回到关卡区时，不仅被关卡系统强行和自家伙伴分散，还落在了一条地图上不细看几乎发现不了的走廊上。那走廊又偏僻又狭窄，没一点儿烛火亮光，他艰难地摸着墙壁一点点向前走，才慢慢绕到了一条稍微宽敞些的走廊。不料刚进走廊，他就听见前方走廊尽头的拐角那边传来急促的脚步声，听起来就像有人在逃命。

唐凛怕是自家伙伴和他一样随机落在了这一层的某处，还没来得及藏身，就撞上了浴袍男或者杀人魔，忙快步向前。而那个脚步声也越来越近。眼看就要来到走廊尽头，终于有人从拐角跑了出来，冲进了他所在的走廊……

唐凛一怔。他猜错了，不是自家伙伴，是祁桦。

祁桦显然没料到这里还有人，愣了一下，紧接着改直线为斜线，从唐凛身边擦过，避免了相撞的尴尬。

一切只发生在短短数秒。祁桦甚至连速度都没减慢多少，擦肩而过后一溜烟就没了影。

唐凛和此人倒没什么可说的，偶然相遇就当不认识是个不错的处理方式，大家都顺心。不过祁桦这样逃命，意味着拐过去的那条走廊里存在着巨大危险，不是浴袍男就是杀人魔，或者干脆两个人在一起。但如果是追杀，为什么祁桦跑过来之后，那边就没声音了呢？

好奇害死猫，唐凛很清楚过去一探究竟极有可能送人头，但什么都不知道就转身逃跑，永远都不直面恐惧，那这盘游戏就别想赢了。他至少要知道在前方走廊里的是谁，发生了什么。

身体贴住拐角的墙壁，唐凛缓缓蹲下，谨慎地探出一点点头。

走廊里的景象渐渐清晰。唐凛呼吸一滞，只见不远处的一扇房门前，已经换回正装的浴袍男正掐住丛越的脖颈，将人生生提了起来。浴袍男没有再发动“真空领域”，因为从唐凛这里可以清楚捕捉到丛越不断挣扎的双脚偶尔踢到门框的声音。难怪只见祁桦逃命，不见背后有人追，原来是追杀者手里有猎物了。

从越的脸已发紫，唐凛根本没时间多想，如利剑般冲了出去。

Guest. 013 很享受亲手绞杀猎物的过程，每到这时，他总是比较投入。一投入，专注力就有了偏移，对周遭的戒备也就相应降低，以至于唐凛到了身侧他才察觉。但 Guest. 013 的身手还是快。他根本没松开从越，而是带着人向前一步直接进了房门，也躲过了唐凛手中的匕首。

可是出乎他的意料，一击落空的唐凛没有如他预想的那样因为惯性冲过门口，反而像是早知道他会躲过，在他进门的一刹那直接改用身体从后面狠狠撞向他的背。Guest. 013 猝不及防，被撞得向前猛地踉跄，手上的力道就小了。从越是个重量级选手，得这么一丝机会，立刻剧烈扭动身体，凭实力挣脱。

撞了 Guest. 013 这下，唐凛是用了全部力气的，撞翻了对方，自己也跌进了房间。好在他跌得不是太猛，比 Guest. 013 更快爬起来，一个箭步就冲到了从越身边："怎么样？还好吗？"

从越想说没事，但本能驱使着他大口大口吸气，根本说不出话，只能又摇头又点头地表示自己没事，自己可以。

唐凛眼见着他泛紫的嘴唇恢复一点儿血色，悬着的心终于放下，可又瞧见他眼里因为缺氧造成的些许充血，愤怒便从心底涌出，流到四肢百骸。

Guest. 013 直起身，脸色并不比唐凛好到哪里去。他一下下拍着自己身上被唐凛撞到的地方，仿佛那里蹭了什么脏东西，极力要拍掉。

唐凛尽力克制着心中的愤怒。因为现在还不行，他和从越根本不是浴袍男的对手。愤怒可以让他们无所畏惧，但冷静才能让他们获得最终胜利——眼下的当务之急不是战斗，是存活。

"别再费心思了，"Guest. 013 一眼看出唐凛冷然之下藏着的盘算和狡黠，他缓步来到门口前方，挡住两人离开房间的唯一出口，冷冷地对唐凛道，"从你决定撞我的那一刻起，你就该想到后果。我不会再让你们有机会走出这个房间。"

愤怒，杀意……唐凛明确地从对方身上感受到了这两种情绪。但浴袍男有什么可愤怒的？就因为自己撞了他，阻止他杀人？唐凛没时间想更多。他盯住浴袍男，对从越说："等下一有机会就跑，不用管我。"

从越听这意思，感觉自家组长好像有主意了。但他那有限的脑子实在想不出眼下怎么破局——近身和浴袍男打，别说二打一，就是十二打一，都悬，因为对方可以发动"真空"啊。再说就算真有机会，也要两个人跑，他哪儿能扔下自家组长不管？还没想出个所以然来，就看见对面的浴袍男微微眯眼，他心里一紧，果然，窒息感重临。

唐凛几乎在同一刻启动，但不是攻击浴袍男，而是回身抓住墙边垂下的深红色幔帐，用力一扯，竟将厚重的幔帐全部扯下。

唐凛并没有什么高深的战术，就是想着无论如何先逃掉再说。不能硬逃，那就智取，不能近身，那就给浴袍男制造障碍，琢磨来琢磨去，就把主意打到了幔帐上。扯下幔帐的一瞬间，趁对方反应不及尽可能多地撑开幔帐，从对方头顶罩下去，只要把人罩住，如果侥幸还能困到身下，他和丛越都可以脱身，如果困不住，罩这一下，让丛越跑掉也绰绰有余了。

以上就是唐凛就地取材的粗糙计划。

但他没想到，刚第一步就出了意外。那幔帐也不知道多久没人碰过了，落了厚厚一层灰，被唐凛这样用力一扯，霎时尘土飞扬。浴袍男在扑面而来的灰尘里先是一僵，然后迅速从口袋中拿出手帕捂住口鼻，眼里堆满强烈的嫌恶，右脚甚至往后撤了半步，后来像是想到什么，又停住了。

唐凛当然知道对方想到了什么——自己和丛越还在屋里，浴袍男哪儿拉得下面子先撤退。但对方分明浑身都散发着不想在这里再多待一秒的气息。

对方讨厌尘土飞扬！这一发现简直让唐凛惊喜。他立刻又把深红厚重的幔帐呼地抖了第二次，动作潇洒得像个斗牛士。

更多的尘土弥漫开来。浴袍男脸色微变，身体也再次僵硬。

唐凛这次可没再给他适应时间，拿着那幔帐就罩了过去。浴袍男果然一惊，条件反射地往旁边躲，就像罩过来的不是幔帐，而是魔鬼。

唐凛勾起嘴角，如果说他的战术只有四分，那对方的完美配合补上了剩下的九十六分。

浴袍男躲开的一瞬间，唐凛猛地将幔帐扔向对方，趁对方和幔帐激烈纠缠之际，带着丛越一口气冲出房间。等 Guest. 013 撕碎幔帐，冲出那间尘土飞扬的房间，哪里还有闯关者的身影。

Guest. 013 脸上冷得像结了冰，呼吸却沉重，心跳一下下砸着胸膛，有生以来第一次这样愤怒——对方或许只为逃命，但他受到了前所未有的侮辱！

他有洁癖，认识的人都知道，从来没有人敢越雷池一步，更别说故意挑衅。结果他居然在这样的休闲娱乐区里，被一个虫子用个破布帘迎面抖了一脸灰，还抖了两次！不过这样下三烂的招数，如果那些虫子以为可以反复用，那就太天真了。

Guest. 013 扶住门框，抬头看向房内，深邃的眼里映着满屋仍在飞舞的灰尘。再脏的东西，只要他有了心理准备，就足以用毅力克服。

门框上修长的手指用力捏紧，Guest. 013 深呼吸，再深呼吸。渐渐地，木制门框发出细微声响，直至“咔”一声，裂了。

唐凛全然不知自己伤了 Guest. 013 那颗高贵的心。他带着丛越一路奔到楼梯，从七层下六层，左绕右绕找了一间离楼梯极远的位置相对偏僻的房间躲了进去，终于获得片刻喘息。

房门一关，丛越就想抱着唐凛哭，但因为怕被范总消灭，只好略过抱，只剩哭："组长，我是孙猴儿，你就是观音，每次危急关头都是你来救我——"

唐凛尽可能忽略掉那沉重的比喻式赞美，直奔重点："我看见祁桦了，就从你那条走廊跑出来的。他是单纯路过见死不救，还是你差点儿被杀就是让他坑的？"

丛越咽了下口水，尴尬地笑："组长，你还真是了解我……"

唐凛一听就知道答案了，没好气道："我是了解祁桦。"

左右都被看见了，丛越就把自己怎么分享情报又怎么被祁桦坑的事简洁迅速地给唐凛大概讲了一遍。说完，他有点儿没脸看唐凛，低头怯怯地问："组长，我是不是非常蠢？"

唐凛认真点头："是。"

丛越："……"还真是干脆利落。

眼看着丛越的脑袋耷拉得越来越低，唐凛声音缓和下来，拍拍他的肩膀："分享情报本身没有错，但既然你是掌握情报的优势方，又知道祁桦是什么样的人，至少先让他付出一些成本，你再提供情报。"

丛越撇撇嘴，嫌弃地说："他能付出什么？要钱没钱，要貌没貌，要才华没才华，要人品没人品。"

唐凛乐了："他能做的多了。斟茶认错，喊你大哥，你觉得怎么最爽，就让他怎么做啊。你被他压迫了这么久，难道不想出口恶气？"

丛越真没想到这一层，此刻被唐凛一提醒，简直心痛得仿佛错过了一个亿！

"但……但那种情况下，哪儿有时间掰扯这些，"为了缓和心痛，丛越只能努力找理由，"恐怕一套认错流程还没走完，浴袍男就杀进来了。"

"那正好，"唐凛说，"拿着情报和他谈合作，逃生成功之后再给情报，你看他还敢不敢害你。"

丛越："……"

唐凛："越胖胖？"

丛越："组长，你们公司还缺人不？等出去以后我就跟着你干，跟到老学到老！"

唐凛："……"出去以后？这用词怎么感觉他俩像误入歧途的失足青年？

"等一下，"唐凛忽然想到什么，又确认了一次，"你说祁桦是从浴袍男的腿边爬走的？"

"嗯，"丛越非常肯定地点头，"我当时被勒住脖子了，很明显地感觉到祁桦爬过去的时候，那个变态很用力地把腿撤了回来。我还奇怪，他干吗不一脚把人踢飞，反而要故意放祁桦走。”

唐凛沉默下来。先前他为了救丛越把浴袍男撞进房间时，男人极力拍打衣服上灰尘的画面再度闪过脑海，还有后来的幔帐灰尘……好半晌，他抬起头，墙壁上的烛火在他眼眸里跳动："也许不是故意要放祁桦走，而是因为某些不可抗力，不得不这么做。"

2

同一时间，古堡八层。

这是古堡的最顶层，也是天花板最高的一层，天花板到地面的距离是其他楼层的1.5倍，使得空间感没那样压抑。但依旧烛火暗淡，阴森森的。南歌和郑落竹从古堡下层返回，都落在了这一层，且相距不远，没一会儿就遇见了。但自从两人会合，就再没在这一层见到第三个闯关者——明明应该有三十几人分布在这古堡上半部的四层，可他们一路走来，所到之处只有冷清寂静。这让他们生出一种错觉，仿佛这座古堡就是一个吃人的怪兽，将一个个闯关者无声吞没。

"他们会不会不在这一层？"郑落竹压低声音和南歌讨论。因为他和南歌返回后都落在这一层，理所当然地就从这一层开始寻找伙伴会合，但走了这么半天也没发现半个人影，他就有点儿没底了。

南歌也一样，她没想到六人返回之后竟然被分开，想了下，说："再找几个房间，还没人，我们就下楼。"

说话间，他们来到一扇华丽的房门前。这房门和古堡随处可见的绝大部分房间的房门完全不同，长宽高都是普通房门的数倍，门板一看就下了功夫，用料讲究，雕花繁复。

两人面面相觑，连忙看"小抄纸"中的地图，好半天才找到这个位置——古堡主人起居室。没想到他们竟一路摸索到了主人房，根据平面图看，门后的房间面积也是普通房间的数倍。

虽然已找到了生门，但这样独特的房间在古堡内并不多，南歌和郑落竹交换个眼神，意向达成一致——反正都到了，进去看看，既是寻找伙伴，也算探索环境。

郑落竹抬手，缓缓推动门板。门很厚重，但并未上锁，随着推力一点点开启。

就在这时，远处走廊突然传来一声轻佻呼唤："小十三，你到底跑哪里去了，赶紧出来呀……"

郑落竹和南歌同时脸色变了，是杀人魔！

并非他俩听力超群，实在是这声音语调都太有特点了，过耳难忘。

“小十三……”

自得其乐的呼唤和脚步声都越来越近。郑落竹和南歌再无其他选择，飞快顺着门扇开启的缝隙闪入起居室。

Guest. 014 拐进走廊，正看见那华丽到难以忽视的门板从里面一点点合上。他细长的眼弯下来，染上笑意。

捉迷藏并不是 Guest. 014 喜欢的游戏，他嫌找来找去费力，远不如手起刀落痛快。但就连他也不得不承认，捉迷藏里有一个瞬间还是非常迷人的，那就是躲藏者以为自己藏好了，殊不知已经被看透了一切。而他现在就处于这个美妙瞬间。

他大可以直接冲进去把里面的人杀个精光，但那样太没意思了，破门的声响会让里面的家伙意识到即将大难临头。他不希望对方有这样的意识。他希望自己能在毫不知情的闯关者面前凭空出现，就像一个从天而降的巨大惊喜。到那时，房间里的家伙会是什么表情？单是想想，Guest. 014 就抑制不住那种兴奋了。

放轻脚步，他几乎是无声地走进了临近那扇门的隔壁房间。进屋之后他没继续往里走，而是站在刚进门的地方，点开投屏上的古堡平面图，在两个房间之间选择“传送”。

眼前倏地一黑，身体随之变得轻盈。转瞬，光线重临。Guest. 014 无比期待地睁开眼，然后呆愣在原地——幻想中迎接他的那一张或几张惊恐的脸，还有刺耳却令人兴奋的恐惧尖叫，都没出现，只有一间空荡荡的起居室，面积倒是大的，从房间这头到房间那头足有二十多米宽。

华丽的大床摆在屋中央，四根床柱撑着蓝丝绒的床盖和帘幕，将床遮得严严实实。床边靠墙的位置是半人高的双门柜，柜子上面摆着精美瓷瓶。巨大的黄金吊灯从天花板上垂下来，双层灯架雕花繁复，极尽奢华，近百根蜡烛立在其上，可以想见，一旦全部亮起，该是怎样的富丽堂皇。可惜为了配合关卡氛围，吊灯上的蜡烛一根没燃，起居室内的照明完全靠墙壁上的几个小型烛台。

在这样幽暗的环境里，屋内存在感最强的装饰——墙壁上的古堡主人巨幅画像——就显出了某种恐怖的威严。但这视觉效果对 Guest. 014 不顶用，因为画像里的人是……Guest. 013。

“他们把你画丑了。”Guest. 014 站在画前欣赏半天，中肯评价。

赏完了画，Guest. 014 才不紧不慢地开始“正事”。环顾房内，能藏身的地方就那么几个，Guest. 014 没有选择困难症，径直去了离自己最近的窗前。厚厚的窗帘分挂两边，各自堆叠在窗口的两侧，乍看不像能藏人的样子，但每侧堆叠起来的窗帘都有一人多宽，且下方一直垂到地面，其实挺适合藏身的。

Guest. 014 迅速掀起了左边的窗帘："抓到你喽——"

窗帘后面没人，只有 Guest. 014 上扬的尾音，在空旷的起居室内久久不散。

"喊。" Guest. 014 哼一声，不气馁，继续对另一边窗帘如法炮制，"抓到你喽——"

还是没人。

然后就是柜子、床幔……

十几米外，Guest. 014 背对着的墙壁上，一扇不易被发现的门悄悄开启了一条极细的缝。

之所以说这门很难察觉，是因为门板上的花纹和墙壁上的花纹是一体的，一眼望过去，谁都会以为这是一面完整的墙，哪怕离近了，如果不仔细看花纹间的接缝，仍然很容易忽略过去。门内是这间主人房的浴室，也是南歌和郑落竹现在的藏身之所。两人发现这里不是靠眼力，主要是靠运气——他俩进屋的时候，浴室的门直接就是敞开着的。

现在，他们躲在门后，透过门缝看着 Guest. 014 拉窗帘、开柜子、看床下、扯床幔，每多排除一个地方，他们的心情就多一分紧张，甚至连 Guest. 014 那一句句滑稽的"抓到你喽"，听在他们耳中都心惊肉跳。

返回关卡前，唐凛就再三叮嘱过他们，遇见杀人魔或者浴袍男，不管敌我实力如何，哪怕战斗人数比能达到 10∶1，也别头脑一热就开打，务必先跑。

——"并不是说 10∶1 就一定赢不了，但我们现在还没敲定一个有针对性的可行战术，10∶1 打赢的概率最乐观估计，就当它有 50%，我也不希望你们冒另外 50% 的风险。"

自家组长的原话，南歌和郑落竹一字不差地记住了。但现在的问题是，他俩不想打，可 Guest. 014 非要找上门来。

南歌屏住呼吸，悄悄将门缝重新合上，好让墙壁从外面看起来恢复原状。

郑落竹心怦怦跳，用唇语问："他不会发现这里吧？"

南歌轻轻摇头——应该不会。

郑落竹想了想，他和南歌进来房间时，如果这扇门不是开着的，他俩也很难发现。杀人魔一看就是个随性派，心细程度估计还不如他俩呢，没道理会看出墙壁的破绽。

南歌话才"说"了一半，就见郑落竹自顾自思索起来，且神色慢慢安定，连忙碰了碰他，让他再"听"自己的后半句——虽然看不出来，但如果他想到这个房间应该和其他房间格局一样，都是起居室套着浴室，开始特意寻找，这里就绝对藏不住了。

南歌的话很长，用口型缓慢地"说"了两遍，郑落竹才全读懂。但读懂之后他直摇头，秒回——不可能，外面那家伙没这智商。

南歌看着满脸笃定的自家伙伴，也不知道该不该替杀人魔心酸。

很快，外面就没了动静，显然杀人魔把他认为能找的地方都找遍了。郑落竹和南歌没敢再开门，只贴着门板仔细听。

“怎么连个鬼影都没有……”杀人魔喃喃自语，隔着一段距离，隐约可辨。

两个 VIP 伙伴对视一眼，还没来得及放心，就又听见对方说：“奇怪，明明就有人在屋里关门……”

郑落竹和南歌呼吸一滞，心里抱着的所有侥幸悉数幻灭。也许 Guest. 014 眼神不好，发现不了暗门，也许 Guest. 014 智商有限，想不到每个房间都该有浴室，但如果 Guest. 014 早就亲眼看见了大门被人从里面关上，那他就是个傻子也知道屋里肯定还有藏身之地。只要认定这一点，哪怕他俩现在藏在密室里，都可能会被人掘地三尺，何况他俩只是藏在一扇单薄的肉眼可见的门后。

起居室内，Guest. 014 一边四下打量，一边皱眉苦思：“到底遗漏了什么地方呢？”

动了一会儿脑子，他就烦了，索性祭出捉迷藏的“大杀器”——

他放声一喝：“我看见你了！”

回应他的只有回音。

Guest. 014 不开心地撇撇嘴，终于决定放弃，并在“自己眼花”和“屋内人有飞天遁地术”之间果断选择后者，当作此次突袭失败的官方理由。

打定主意，Guest. 014 也不废话了，立刻转身，准备离开。就在这时，斜前方绘满花纹的墙壁上突然开启一道竖着的缝，再定睛去看，分明就是门缝！

浴室内的南歌和郑落竹听见那一声垂死挣扎般的“我看见你了”，正庆幸杀人魔果然智商不高，耐心更是有限，说不定他俩真能混过去，就见浴室那厚重的连拉开都费劲的门竟自己开了，冥冥之中仿佛有股力量在外面故意把门推开，力道之大，甚至将贴在门上的郑落竹和南歌一起推动了。

这不是无妄之灾，这根本是关卡要他俩死！

“差点儿就被你们逃掉了。”Guest. 014 脚步轻快地靠近开启的门，脸上的笑意越来越浓。

终于到了门前，Guest. 014 没耐心再透过门缝和里面的人玩耍，直接一把推开厚重门板：“抓到你喽！”

奢华的浴室映入眼帘，一样的幽暗，一样的空荡。

Guest. 014：“……”再这么欺骗他感情，他要投诉了！

偌大的浴室，死一般的寂静。

Guest. 014 头顶上方，一盏和起居室内同款的双层吊灯上，郑落竹和南歌抱着灯架，屏住呼吸，一动不敢动。灯架上的蜡烛因为他们的到来东倒西歪，好在吊灯本身就没点燃，他们只是坐倒了一片干蜡烛，并将蜡烛都压在了身下，以防滚落。

Guest. 014 还站在原地，看起来有些困惑，但并没有仰头的意思。也幸亏吊灯的位置很好，就在一进门的地方，和 Guest. 014 的站位垂直，且顶层房间的天花板高，使得这里几乎就是 Guest. 014 的视野死角。

时间一分一秒地流逝。Guest. 014 没再往前走，因为浴室的陈设实在简单，几乎一览无余，连上前搜寻的必要都没有。

南歌和郑落竹屏住呼吸，神经绷得紧紧的，满心满眼就一个念头——你赶紧滚吧！

可能是他们的虔诚感动了上天，Guest. 014 终于放弃似的叹口气，不太情愿地转身。

就在这时，吊灯上一根被郑落竹用手臂边缘压住的蜡烛，因为被压得太边缘了，竟在受力之下一滚，滑出了郑落竹的手臂。

郑落竹和南歌无声地倒吸一口气。

吊灯因为他俩的重量不均，本就向郑落竹方向倾斜，这蜡烛也就顺着倾斜方向一点点滚向灯架边缘。郑落竹想伸手去抓，可他要是伸手，胳膊底下剩的那些蜡烛都得骨碌碌地掉。

蜡烛终于滚出了灯架，就在 Guest. 014 转过身准备迈出第一只脚的时候，"啪嗒"，不偏不倚正中 Guest. 014 头顶，而后滚落在地，摔成两截。Guest. 014 先是看了一眼地上的蜡烛残骸，而后慢慢抬起头。

阴森幽暗的浴室里，六目相对，异常安静。

"嗨。"郑落竹尴尬微笑。

南歌也笑，比郑落竹自然，也更礼貌。

下一秒……

"啊——"

古堡八层，和主人起居室仅隔了一条走廊的某房间，床底下。

骷髅新娘："你们听见了吗？"

江户川："想不听见也难吧。"

佛纹："好像离我们不远。"

下山虎："要过去帮忙吗？"

骷髅新娘："当然，别说我们蹭了 VIP 那么多次好处，理应还人情，就算没这些，我们也不能见死不救！"

江户川："骷髅，做人真实点儿。"

骷髅新娘："我们赶紧过去帮 VIP 解围，然后联合组队，肯定还能和他们一路蹭到通关。"

佛纹、下山虎："……"

骷髅新娘："就知道你们要鄙视我。"

江户川、佛纹、下山虎："但是话糙理不糙。"

骷髅新娘："……"

同是古堡八层，但远在另一端的某房间。

刚费尽九牛二虎之力挪开一个沉重的大柜子，正准备在柜后墙壁上搜寻密道的许叮咚突然一愣，回头和趴在地板上潜心搜寻密道的蒋城说："我好像听见了女人的尖叫……"

蒋城艰难抬起头，一脸茫然："有吗？"

蒋城是真没听见，许叮咚则是被他这样一反问也不确定了，抬头看向舒舒服服坐在床榻上的白路斜："组长，你听见了吗？"

白路斜倒是干脆利落地给了肯定："听见了。"

许叮咚微怔，条件反射地等待下文。

他看白路斜，白路斜也看他。

最后还是许叮咚忍不住了，问："然后？"

白路斜耸了下肩："什么然后？"

许叮咚："不过去帮忙吗？"

闯关者、守关者全算上，就 VIP 的南歌这么一个女人，既然知道是闯关者遭遇了危险，还是在 4/10 通关时贡献最大的 VIP——严格说，他们仨能轻松通关也是托了 VIP 的福——眼下要是袖手旁观，实在有点儿说不过去。

白路斜蹙起眉头，对于"雪中送炭"这种事实在没什么兴趣。

蒋城心里也打鼓，一是他根本没听见尖叫，二是就算他们过去了，以他们现在战五渣（出自《七龙珠》，指战斗力弱）的水平，大概率也是送人头。

"你确定真听见尖叫了？万一是你听错了呢？到时候我们冒着风险出去了，人没救成，反而暴露自己。"他苦口婆心给许叮咚讲道理，"就算你没听错，真是他们遇险了，我们现在连文具树都没有，过去怎么和守关人打？"

许叮咚叹口气："你是不是太悲观了，说得像只要我们出去，就一定会遇见那俩变态似的……"

"肯定啊，"蒋城直接打断他，"你没发现现在走廊里都看不见人了吗？大家都苟着呢，估计好些队伍连生门都不找了，现在的情况就是谁敢冒头谁就是那俩变态的活靶子。"

"那就打一场好了。"白路斜忽然闲闲地开口。

蒋城茫然回头："什么？"

白路斜从床上跳下来，邪气的凤眼里开始冒出战斗前跃跃欲试的光："看目前的情况，你俩十有八九是找不到生门了，那不如换个思路，既然解决不掉游戏，我们就主动找过去，解决游戏发起人。”

许叮咚：“……”这是什么魔鬼思路！

蒋城：“……”一直找不到生门难道不是因为你非要坚持“找密道”这种诡异方向而且还不允许别人反驳吗？！

古堡七层，楼梯转角，按方位属于八层的主人起居室斜下方。

和尚：“是南歌。”

五五分：“文具树恢复了？”

和尚：“不好说，我感觉她日常尖叫就能达到这个水平。”

五五分：“重点是为什么叫。”

和尚：“要么跟我们一样，一队人分散了，冒着暴露的风险也想用声音召集队友；要么就是不幸遇到那两个家伙了。”

五五分：“过去看看？”

和尚：“肯定啊，离这么近，想装没听见都不行。虽然我们三个现在没有文具树，过去也未必……”

话说半截，和尚戛然而止，因为他发现哪儿还有三个人，前后左右只剩他和五五分。

和尚：“莱昂呢？！”

五五分：“上楼了，跑的，在我们对话之前。”

试炼区，顾问室。

原本的一块巨型投屏被分割成了十几块稍小些的投屏，随意而杂乱地悬在半空。这些投屏有的是同一关卡的不同视角，有的干脆就是不同关卡，唯一的共同点是这些关卡目前都有人在里面进行闯关。

前守关人们同样坐得杂乱，大多只围在自己感兴趣的关卡投屏前欣赏，也有极少数不定性的来回走动，这关看看，那关瞅瞅。但突如其来的一声凄厉尖叫，又把整个顾问室的目光重新集中到了6/10。

“这是被客人打了还是被杀了？”

“都不是，刚被发现而已。”

“并且到现在，那个14号还没碰她一根手指头。”

“那她叫这么惨干吗？”

“关键是一直叫到现在。”

“持久力惊人。”

“平时的文具树训练应该相当刻苦啊。”

得摩斯就坐在6/10投屏前，全程关注着这一关，此时望着画面里尖叫的南歌，苍白英俊的脸上露出一抹洞悉世事的神色，他感慨道："都说了，别惹女人，还是太年轻，没吃过亏啊。"

斜前方唯一的女性守关人，1/10的希芙回过头来，细眉轻轻挑起："你好像对我很有意见？"

得摩斯立刻摇头，否认道："不不不，我说的是她，绝对没有影射你守关严厉苛刻以致1/10通关率在十个关卡中常年垫底这件事。"

全顾问室守关人："……"你否认得太详细了。

希芙："……通关率低是因为1/10闯关者的基数大！"

"哎？虽然没有文具树，但她的尖叫还是很管用嘛……"有人在投屏里发现了新情况。

守关人们抬头望去。还真是，正有三路人马从不同的位置往声音源头奔呢——步步高升的骷髅新娘、江户川、佛纹、下山虎，甜甜圈的和尚、五五分、莱昂，白组的白路斜、许叮咚、蒋城。

6/10里的这些闯关者，守关人们原本是认不全的，尤其是4/10之后的守关人，压根儿就没见过这些人，哪怕是提尔、希芙、维达、得摩斯、卡戎、潘恩这样守前三关的，也只是对自己考核过的那部分人有印象，还不一定记得清楚。然而通过这几天在顾问室里的围观，尤其这帮家伙在4/10狩猎者游戏里令人印象深刻的表现，守关人们不管愿意不愿意，都被动地把这拨儿人记住了，不光是脸，还有姓名、昵称、组织，甚至各种错综微妙的人际关系。

比如现在，潘恩直接隔空操控，将甜甜圈视角的投屏画面往上推，一直推到甩开和尚和五五分，准确框定狂奔中的莱昂特写，一言难尽道："用不用跑这么快啊……"

得摩斯暧昧一笑："英雄救美，当然要积极。"

"等等，你们是说他对那个女人有意思？"才认清这些闯关者没两天的7/10守关人一下子将得摩斯面前的投屏隔空拖到自己跟前，指着画面中吊灯上的南歌和郑落竹，瞪大的眼睛里全是疑惑，"他俩不才是一对吗？"

得摩斯更疑惑："你这结论哪儿来的？"

7/10："多次并肩行动，一直亲密互动，还不够？"

旁边3/10的卡戎摇头，眼角沧桑的鱼尾纹都是岁月沉淀下的睿智："以我多年的经验，这俩明显是姐弟关系。"

同是3/10守关人的潘恩双手搭在椅背，前后晃着椅子："多年单身的经验？"

卡戎："……"

索贝克望着热烈讨论的同事们，听着他们你一句我一句地聊这些同关卡毫无关系的话题，一时心情复杂。他想，人果然不能闲下来，明明守关的时候个个都是出色的人才，这才闲了几天，就变得庸俗不堪，只关心花边八卦了。

这认知让他心情低落，再没胃口。放下才吃了一半的小面包，他抬头望了望投屏里的尖叫女人，又看了看另一边投屏里那个正在狂奔的冷漠男人，就这么左右转头看了几个来回，在心里中肯地给了评价：还挺般配的。

“那小子哪里冒出来的？！”1/10 的维达突然惊讶地说。

正在热络八卦的众守关人闻声迅速抬头，就见一个人咻地闯进了浴室，也闯进了南歌、郑落竹、Guest. 014 所在的投屏画面。但他的速度太快了，以至于在他自己停住之前，大部分守关人都只捕捉到一个虚影。

3

古堡八层，浴室。

Guest. 014 在耳鸣，嗡嗡的。虽然女人的尖叫已经停止，但他总觉得耳边还有绵绵不绝的回音，简直是噩梦。他很想等这些都消失再开始攻击，但是不行，他已经克制不住想把那个女人掐死了。于是就在南歌和郑落竹还没想好下一步该怎么办，是逃还是战的时候，Guest. 014 就猛然跳起，蹿得极高，双手一下子抓住了双层吊灯的下层边缘。

郑落竹和南歌都在灯架上层，Guest. 014 这一跳并没有碰到他们。但已经承重了两个人的吊灯又挂上了第三个人，立刻剧烈晃荡起来。

Guest. 014 没有继续往上去抓人，而是抓着下层灯架用力摆动身体，像荡秋千一样。本就晃荡的吊灯，随着他这一用力，晃荡幅度骤然增大。只听“咔”的一声，天花板上的固定点断裂，一盏吊灯连同上面的三个人重重摔到地面。下坠的瞬间，郑落竹本能地用手臂护着自己和南歌的头，怕在落地冲击力里，被灯架上那许多的尖锐处伤到。

“砰”，巨大的声响震动浴室。

郑落竹和南歌浑身疼得要散架，也分不清哪里是摔的，哪里是被灯架磕的。但头还是护住了，至少郑落竹感觉自己的脑袋还算清醒。他顾不得起身，立刻放下手臂想去看旁边的南歌，可还没等他转头，眼前已是 Guest. 014 的脸。郑落竹顿时从头凉到脚——同时摔在地上，他才放下手臂，对方竟然已经到了跟前！

Guest. 014 脸上再不见捉迷藏时的嬉笑戏谑，冷冷的没有任何表情，眼里深不见底。此刻的他，就是一把杀人的刀。

锋利的拳头如疾风利刃，霎时而出。郑落竹看见了，身体却根本来不及躲，只能依靠本能用手去挡。他知道，当手碰到对方拳头的那一刻，就会被立刻切开，甚至斩断。可他别无选择。

“南歌，跑——”伸手去挡的一瞬间，他大声地喊。

南歌没跑。

郑落竹的手也没被切断。

因为一个人影以鬼魅般的速度闯进浴室，咻地冲进二人和 Guest. 014 之间。

郑落竹和南歌只觉得眼前一闪，然后就是“当啷”一声，金属相撞，火花四溅。手持盾牌的绷带青年挡在他们身前，用盾牌扛住了 Guest. 014 的刀锋拳头。

郑落竹和南歌终于看清了那熟悉的身影：“霍栩！”

雪中送炭，绝渡逢舟，扶危济困……再多的词语都不能形容郑落竹和南歌现在的心情和对自家伙伴的感激。但是……中世纪风格的金属盾牌，现代简约冷酷风的帽衫、黑裤，以及手臂上若隐若现的白色绷带，这一番混搭下来的自家伙伴实在是别有风情。

“你哪儿弄的装备？”郑落竹也想搞这么个盾牌，风格无所谓，关键能保命啊。

“别废话，跑——”霍栩用力将盾牌往上一甩，硬是搪开了 Guest. 014 的拳头。

Guest. 014 一脸错愕。盾牌能挡下他的攻击，他不意外。本来自己的能力也没到万物皆能斩的程度，砍人轻松，砍硬物就有些吃力，何况金属。但他那一拳是用了全力的，速度和力道都是自己的最强程度，压根儿就没想给对方活命的机会，就算这人冲过来，用盾牌接了，也应该是被自己的力量砸得盾牌连同持盾的手臂一同沉下去。可是没有。这个看起来连二十岁都不到的家伙既没有高大到骨骼夸张，也没有强壮到肌肉偾张，竟用手臂扛住了自己的拳头，扛得稳稳当当，连一寸都没往下沉。

Guest. 014 不相信，更不甘心，所以他没收拳，而是继续用力，拳头抵着盾牌生生往下压。结果就是现在对方和那俩人喊了一声“别废话，跑”，回手一甩盾牌，就将他的拳头推飞了。

Guest. 014 不敢相信，但内心的震惊反而让他的动作比先前更快。就在拳头被推飞的一瞬间，他猛地一个扫堂腿，直扫向绷带青年。

霍栩虽然没看郑落竹和南歌，但喊那一声“跑”还是让他分了神，等察觉对面的攻击，已经晚了。尽管最后关头他还是撤了腿，避开了大部分攻击，可对方的脚尖依然扫到了他的小腿。裤管和皮肤同时被割开一道口子，渗出的血将周围的黑色布料一点点染湿。

Guest. 014 没再攻击。他甚至后退两步，拉开了一些距离，以便能更清楚地观察对方。

霍栩任由他打量，同时头也不回地和身后二人说：“跑。别再让我说第三遍。”

南歌沉默地抿紧嘴唇。

郑落竹无语：“你来救我们，我们丢下你跑了，还是人吗？！”

霍栩握紧盾牌，全然无视腿上的伤，双目紧盯 Guest. 014：“让你们跑，是因为你们在这里很碍事。”

郑落竹：“……”虽然才刚获救，但他现在想手刃救命恩人了。

Guest. 014 观察完毕，并没有发现霍栩身上有什么特别之处，但越是这样，越让他想一探究竟：“不用紧张，”他眼尾上挑，似笑非笑地看着霍栩，“既然你挺身而出，那我就给你机会，在杀掉你之前，我不动他们两个。”

霍栩嗤笑，轻蔑地上下看他：“杀我？就凭你？”

Guest. 014 一跃上前的主动出击宣告了他和霍栩正式开打。

赤手空拳招呼过去，被盾牌一挡，却是利器相击的声音。

Guest. 014 这一下不管是移动还是出手，都已经再次提了速，竟还被对方防住了，不由得意外，脸上却没表现出来，只淡淡扯了下嘴角：“反应挺快。”

盾牌遮住了霍栩半张脸，却遮不住他眼里的嘲讽：“来来回回就这么一招？这能力给你浪费了。”他指的是 Guest. 014 明明全身锋利，两次攻击却是用拳头这种单一套路。

郑落竹和南歌没听见 Guest. 014 怎么回应，或者可能干脆就没回应，而是继续过招，因为他俩前脚冲出浴室，后脚浴室里就继续叮叮当当，知道的是在战斗，不知道的还以为在打铁。

他俩撤得这么果断，也不是真的要把霍栩丢下不管，只是在霍栩和杀人魔真正开战的第一下，他俩就彻底明白了，霍栩先前的话一点儿没掺水分——他俩在里面是真的碍事。

那真正的第一击，杀人魔明显提速了，他俩只看见他身形一闪，下一秒已到了霍栩面前，换成是他们肯定反应不及，但霍栩不仅反应了，还反应得游刃有余，右脚一撤，持盾牌的左手一抬，侧身稳稳当当接住了攻击。唯一的意外是，他右脚后撤落地的时候踩到了站在身后的郑落竹的脚。幸亏郑落竹反应够快，蹭着对方鞋底将脚飞快抽出来，好让霍栩那一脚顺当落地，否则能不能稳住身体接下杀人魔那一拳就难说了。

也就是这一下，两个 VIP 伙伴便认清了残酷现实——他俩现在没有盾牌一样的物件做战斗支撑，根本近不了杀人魔的身，也就无法为霍栩的战斗提供任何助力，而反过来，在空间有限的浴室里，杀人魔不用顾忌他俩，霍栩却要顾忌，于是他们无形中就成了自家伙伴全力战斗的阻碍。

不过回到起居室的两人也没闲着，当下全屋搜寻，找能帮他俩杀回战场的装备。

郑落竹一眼锁定墙边木柜，飞快冲过去将其打开，然后就开始和门板较劲，想卸下来当盾牌。没承想那柜子看着不出奇，却坚固得犹如钢铁战士，任凭他各种摧残，竟然一点儿没松动。

“别弄那个了，”眼见郑落竹那边没进展，南歌果断冲到 Guest. 013 的肖像前，“拆画框！”

郑落竹立刻会意，松开手里的柜门，直奔南歌，和她一起开始往下摘画。

面对 Guest. 014 的能力，要么就是盾牌一类，可以挡住他的锋利，要么就是棍棒一类，不用近身就能攻击，可以让自己和对方一直保持安全距离。事实上，他们第一次遇见杀人魔，也就是从古堡外的软梯往窗口里爬时，范总就是靠捆在一起的树枝才将杀人魔推离窗口，为他们冲出一条血路。

南歌和郑落竹想得很好——画框拆开就是四根木棒，一人两根，双手同抡，冲进战场，气势非凡，不说能不能伤到杀人魔，至少可以唬住对方几秒，有这几秒，就能把霍栩带走。

南歌和郑落竹清楚，以他们现在的实力，想干掉杀人魔几乎没可能。他俩也没想达到这种不切实际的目标，就想让自家伙伴安全脱身。可事情总是不愿意按照人们的预想走。继柜门卸不下之后，油画也像焊在墙上了似的，别说拿下来拆画框了，南歌和郑落竹折腾半天，都没在墙壁和画框之间撬出来一点儿缝。

“这太怪了……”南歌又着急又莫名其妙。柜门卸不下，还可以说工艺坚固，谁家油画会紧紧贴在墙上？

“砰——当啷——”

浴室里突然传来杂乱响动，有重物落地的闷响，也有金属磕碰声，仔细听，隐约还夹着一丝吃痛的轻哼。

两人心里一紧，立刻齐齐望向浴室。

浴室门大开着，但宽度有限，从南歌和郑落竹这里无法看见里面的全部情形。但此时此刻，杀人魔和霍栩纠缠的地点恰好和浴室门口、油画在一条线上。只见两人都摔倒在地，彼此间隔了一两步的距离，不知是失去平衡前就分开了，还是落地时被摔开的。霍栩身上大大小小好多伤口，帽衫都快被割成乞丐服了，手中的盾牌不见了，从门口有限的视野范围里也看不见盾牌踪影。

郑落竹和南歌立刻反应过来，那声“砰”是两个人摔倒，而那声“当啷”则是盾牌落地的声音。也就是说，霍栩唯一的防具脱手了，现在不知飞到了哪里！

南歌和郑落竹不知道，身处浴室中的霍栩和 Guest. 014 却看得清楚，两人几乎是同时转头，锁定了落在不远处墙角的盾牌。

霍栩是要拿回防身武器。而 Guest. 014 恨不得夺过来立即销毁——这玩意儿挡住他不少攻击也就算了，竟然还被绷带小子当武器，狠砸了一次他的后背，还不是用盾牌面，是用盾牌侧，那一下下去就像被刀背砍，砍不死人，但疼啊。

两人目标一致，都是盾牌，动作也一致，都是目光锁定，一跃而起。

郑落竹和南歌在两人同时转头看不明方向时就意识到，他们看的应该是盾牌，也料到了 Guest. 014 可能会去抢，但他们怎么也没料到，霍栩的速度竟然比对方快——不是起身早，是和对方同时跳起来，却更快地冲了过去。

他俩没料到，Guest. 014 更没料到，当霍栩噌地从他身边擦过时，细长眼的男人身形一僵，内心受到了前所未有的冲击。盾牌抢不抢得到已经不重要了，他接受不了的是，绷带小子的瞬间提速，竟然比他快！一个连文具树都没有的虫子，拿个破盾牌和他周旋半天，遍体鳞伤，末了还在速度上赢了他。这不是天方夜谭吗？！

南歌和郑落竹倒比杀人魔冷静。当初自家组长要招募霍栩的时候，他们就知道霍栩很强，这种强，是从身体素质到战斗意识再到文具树的全面强势，想藏都藏不住，何况霍栩也没打算藏，所以整个 3/10 都知道有这么一号厉害人物。后来大家组了队，并肩战斗，霍栩展现出的速度、力量都远超普通的闯关者。

南歌和郑落竹怀疑过对方是不是在许愿屋里要的这样超群的身体素质，现在不用怀疑了，就是。因为哪怕再好的天赋，再地狱般的努力，正常人也不可能将身体素质锻炼到这种程度。不过话又说回来，既然有这种速度，抢什么盾牌，直接往门口跑啊！

南歌和郑落竹心急如焚，简直想冲进去敲醒恋战的伙伴，却在下一秒看见了 Guest. 014 堵在门口的背影，翻涌的内心瞬间冷却。不是霍栩不想跑，是杀人魔从头到尾就没想放他走。于是折腾一圈，又回到老问题——

郑落竹："这屋里到底有没有能用的家具啊？"

范佩阳："柜子。"

郑落竹："还用你说，柜门要能卸掉我早卸了！"

南歌："竹子。"

郑落竹："干什么？我说得不对？"

南歌："你最好回一下头。"

郑落竹莫名其妙，一个猛回头，这才发现屋里多出第三个人。

范佩阳站在柜子旁边，颇为认可地隔空朝他点点头："脾气见长，挺好。"

郑落竹欲哭无泪，他刚才都是话赶话，根本没注意到搭茬的是谁："老板，你能把刚才那段从记忆中抹去吗？"

范佩阳弯腰，双手搭上一人多高的柜子侧面："如果你再不过来，就和这个月工资一起抹。"

郑落竹没权没钱没对象，但是有眼力见儿啊，立刻奔到范佩阳身边，和他摆出相同姿势："老板，你想怎么干，我都听你的！"

南歌："……"挣钱不容易啊。

"把柜子推进浴室。"范佩阳压低声音，简短地说。

郑落竹和南歌对视一眼。范总就是范总，什么卸门、弄画框，人家上来就整个搬。听着像是随便想的，但仔细琢磨，这一人多高的柜子，虽然笨重，但占地面积大啊，到时候推进去往杀人魔身上一砸，砸到了就赚，砸不到也有这么个东西放那儿挡着，方便他们和杀人魔周旋，撤退。

浴室内激战正酣，没发现外面情况有变。等范佩阳、南歌、郑落竹三人合力把柜子推进浴室时，Guest. 014 已把霍栩逼到墙角，眼看霍栩那盾牌就要挡不住了。这局面这位置实在尴尬，想推柜子都没处下手。但霍栩那边已经命悬一线。

南歌："范总！"

范佩阳："砸。"

郑落竹："啊？"

没时间解释，甚至都没时间等南歌和郑落竹配合，范佩阳突然双手用力一推。那立着的柜子，柜门这边冲着范佩阳、南歌、郑落竹，背面则冲着霍栩和 Guest. 014 那边，被范佩阳这样一推，整个柜子直接朝墙角砸了过去。

Guest. 014 闻声回头，就见一个大物件轰然朝自己倒过来，本就幽暗的光线被这巨大的阴影彻底挡住。他怀疑闯进来的这三个家伙失心疯了，墙角可不只有自己，还有绷带小子呢。

试炼区，顾问室。

整个屋子的前守关人们几乎都集中到 6/10 的投屏前了，起先吸引他们的是八卦，后来是霍栩惊人的战斗力，再然后就是现在，范佩阳闪亮登场。

5/10 感慨万千："什么叫狠？疯起来连自己人都砸啊……"

6/10 不怀好意地瞥提尔一眼："我听说这家伙闯 1/10 的时候，把你打晕了？"

提尔正襟危坐，直视投屏，不想说话。

得摩斯不轻不重地踹 6/10 椅子一脚："这么闲，用不用我帮你看看内心恐惧？"

"得，当我没说。"6/10 吊儿郎当地摊手，算是求和。

论打架，得摩斯的能力压根儿不实用，顶多吓唬吓唬胆小的人，但在这种没理由升级到打架，仅仅是玩笑拌嘴、暗中较劲的日常互动里，得摩斯的能力就非常令人闹心了。因为大部分守关人的能力都是攻击型，所以往往是一边不敢出手，怕出手就伤和气，一边肆意窥探，探完了还到处分享。6/10 虽然不是个多愁善感的人，但谁心里还没点儿小秘密，他可不想成为同事茶余饭后的谈资。

“我觉得那家伙不是狠，是算准了会有空间吧。”仍盯着投屏的 7/10 把话题拉回来，“喏，这不跑出来了吗。”

得摩斯重新望向投屏。果然，柜子砸在墙角，其实和墙壁间形成了一个三角区的空隙，霍栩和 Guest. 014 早从柜子底下跑出来了。不同的是，霍栩和范佩阳、南歌、郑落竹一道，已经跑出了浴室，眼看就要跑到起居室的大门口，Guest. 014 却才追到浴室门口。

得摩斯有些嫌弃地皱眉：“这个 14 号的速度怎么越来越慢？”

旁边一直没分神的潘恩提醒：“你最好再仔细看看。”

得摩斯微怔，定睛去看，忽然发现浴室门框上嵌着一把……斧头？

“哪儿来的？”得摩斯惊呆了，这武器太复古了吧。

7/10：“生门直达古堡下层厨房，应该是那时候拿的。”

得摩斯：“谁拿的？”

维达：“还能是谁。”

卡戎：“没有文具树，依然是‘破坏狂’啊。”

潘恩：“所以不是 14 号不想追，是刚追到浴室门口，那边就一斧头飞过来了。”

得摩斯：“飞？”

希芙：“隔空甩过来的，刚看见的时候吓我一跳，还以为他文具树解禁了。”

得摩斯：“……”飞罐头，飞匕首，飞斧子，倒真是一脉相承。

投屏里，甩完飞斧的范总已经带着自家伙伴跑出起居室门外，但 Guest. 014 也追过来了，四人便在外面合力抵着门，同时四下看有什么合适的东西能把门挡住，给他们争取一些撤退的时间。

走廊尽头终于出现了众守关人们期待的身影——莱昂。但是有什么用呢？

希芙失望地摇头：“迟到不如不到。”

维达：“这是他第几次英雄救美失败了？”

5/10：“这可不能算失败，这是连机会都没争取到。”

6/10：“诚意可嘉，时运不济啊。”

古堡八层，走廊尽头。

和尚和五五分紧赶慢赶终于追上莱昂，然后就顺着自家伙伴的目光，看见了远处某扇华丽大门前的范佩阳、郑落竹、南歌、霍栩。

五五分怅然叹息，拍拍他的肩膀：“别灰心。”

莱昂：“……”

这还没完，在三个甜甜圈身后，另一支循着尖叫而来的小分队抵达。

江户川："你们在这儿干吗呢？"

佛纹："怎么不动了？"

骷髅新娘："南歌呢？不是她叫的吗？"

下山虎："嘘，你们听，还有人在上楼……"

主人起居室内，Guest. 014 试着开了两下门，没打开，就知道外面有人抵着呢。这种幼稚的举动，多少弥补了他被横空飞来的斧头伤害的心灵。以为这样他就出不去了？真是单纯到可爱。Guest. 014 调出投屏，直接选择隔壁房间，传送。

门外四人敏锐地发现房里好像没了声音，正狐疑，旁边房间的门突然开了，杀人魔惬意地从里面踱出来。四人愕然，一时无法判断是两个房间之间有暗道，还是守关人原本就可以这样空间转移。

好整以暇地从外面将房门关好，Guest. 014 转身面向还全力抵着隔壁房门的四人，目光怜悯："是不是忽然发现自己很愚蠢？"

四人本来是看着他，但很快，目光就飘向了他背后。

郑落竹的声音里也带上了同款怜悯："愚蠢没发现，就是忽然发现我们人挺多。"

Guest. 014 疑惑蹙眉，慢慢回头。身后，五五分、莱昂、和尚、骷髅新娘、江户川、佛纹、下山虎，还有散步而来依然赶上热闹开场的白路斜、许叮咚、蒋城，整整十人将退路堵得严严实实。

情势的逆转猝不及防，就像这古堡中遍布各处的沙漏装饰，每一个都在流动，你永远不知道接下来翻转的会是哪一个。

面对人海包围，Guest. 014 就两个感想：一、听说从前鸮系统选定吸纳闯关者时是不分性别的，近些年才修改成了只要男性，虽然他不清楚原因，但是改得好，女人果然是这世界上最麻烦的生物，不管哪里的女人；二、这帮家伙要么失忆了，要么就是比失忆了还蠢。

"需要我提醒你们一下吗，" Guest. 014 侧过身，背靠着房门，嘲弄的目光左右扫视两边人马，"之前我在窗口守着的时候，你们的人数可是比现在多得多，结果怎么样？"

结果是在"窒息 + 锋利"中溃不成军，落荒而逃。

众人当然记得，不仅记得当时的狼狈，更记得当时的恐惧。

从微妙的静默气氛里，Guest. 014 知道自己扎了虫子们的心，愉悦笑意在嘴角绽放，轻快的声音里透着毫不掩饰的鄙夷："所以你们现在这样气势汹汹聚过来，实在让人很难理解。是觉得三十多人一起打不赢我，十几个人就行了？还是想明白了，反正迟早都要死，不如热血一把自己感动自己？"

“你话怎么那么多？”甜甜圈的和尚实在受不了了。本来刚把人围住的时候，他肾上腺素激增，心跳狂野有力，蓄势待发，俨然完美备战状态，就等厮杀一番，结果杀人魔不动手，就叨叨，生生给他拖萎了。

嫌弃杀人魔的不止和尚一个。

江户川：“废话连篇倒是其次，主要是缺乏思考、自以为是。”

“也别这么武断，”前十八线小演员五五分设身处地地替 Guest. 014 想，“说不定这话也不是他想说的，就像浴袍男和我们玩游戏一样，都是关卡的既定流程，可能他说这些台词也很羞耻，大家互相体谅。”

Guest. 014：“……”

他怎么就缺乏思考，怎么就也很羞耻了？谁要你们体……慢着，不对。Guest. 014 差点儿被气昏的脑袋，在突来的新发现里降温、冷却。他终于知道从刚刚起就似有若无的违和感来自哪里了——来自和在窗口屠杀时截然不同的气氛，来自周围那一双双仍有恐惧、紧张却又多了一分战意的眼睛。

Guest. 014 的目光落到三个甜甜圈身上，这坚定战意是之前从未有过的，为什么？

目光相撞，心绪浮动——

五五分、和尚：之前以为找到生门就能通关，谁会吃饱了撑的和两个疯子动手，当然是先逃为上，尽量避免正面冲突，用最小的代价换想要的结果。现在确认生门不能通关，只剩解决浴袍男和杀人魔这一条路，他们就是不想干，也得硬着头皮上啊。

莱昂：想办法将他逼到门后，用门板挤住他，再弄死……不，不能弄死，要留最后一口气，让南歌过来手刃。

Guest. 014 没读到甜甜圈们的心，他始终沉浸在自己的思绪里，目光渐渐偏转，又落到了四个步步高升身上，而后一怔。这四人的战斗意志竟然看着比之前的三人还要坚决？

江户川、骷髅新娘、佛纹、下山虎：能不能抱上范佩阳的大腿，在此一役了！

杀人魔的眼睛最终落在白组白路斜身上。四目相对，暗流涌动。

Guest. 014：这人眼睛挺好看，像我。

白路斜：全身锋利如刀，真是个不错的能力。

Guest. 014：他在想什么？为什么看过来的目光里隐隐带着……欣赏？

白路斜：既然身体是刀，风吹日晒会生锈吗？

“不是，到底还打不打了？”骷髅新娘朝着对望中的两人不耐烦出声，“你俩相亲呢？！”

白路斜蹙眉，淡淡瞥向骷髅新娘：“我不喜欢这一款。”语气轻佻，可神情里又没有明显的玩笑意味，让人一时也分不清他是认真的还是调侃。

“那你喜欢哪一款呢？”许叮咚发誓他从心灵到大脑都知道现在八卦不合时宜，但是嘴自己动了。

白路斜还真琢磨了起来，无奈记忆有限，来来去去闪回的画面都是地下城之后的记忆，且以孤岛求生那几天最为深刻、高清，不管他怎么驱逐，过几秒，那糟心的几天又自己回来了。

八卦问题是许叮咚采访的，但目中无人、曾在得摩斯神殿扬言可以几分钟内杀光全场的白路斜到底会喜欢上什么款，实在是大家都好奇的问题，于是整个包围圈的注意力就这么跑偏了。

置身包围圈的 Guest. 014：“……”能不能给舞台中心一点儿尊重?

杀人魔的好脾气——如果有的话——在彻底的忽视中，消耗殆尽。冷冷杀机在他眼底泛起，无声却迅捷。就算这些家伙敢于直面战斗又如何，双方能力水平没有任何变化，结局就永远只有一个。细长眼微微眯起，Guest. 014 身体慢慢绷紧，蓄势待发……

“他要动手了。”一个低沉冷静的声音响起，不疾不徐，却一下子将众闯关者的注意力吸引过来，也让 Guest. 014 的攻击准备出现片刻的中断。

Guest. 014 锐利的眼睛循声望去。

范佩阳随便他看，仍自顾自地说：“他的身体就是武器，所以他一定会像之前那样，在战斗中尽可能投怀送抱……”

Guest. 014：“……”

十三个闯关者：“……”

这大胆又精准的用词，真是充满灵性。

“你是想告诉他们，不要和我有身体接触吗？”Guest. 014 强迫自己无视对方的具体表达，只对这个幼稚的想法尽情嘲笑，“恐怕有点儿难。就算你们再把那些树枝都捡回来当武器，恐怕也拦不住我。”

的确是这样。众闯关者心里很清楚，先前爬窗口的时候树枝管用，是因为他们的目的是“逃”，而不是“打”，因此树枝才可以应急。但现在他们想“围殴”，这种一折就断、一砍就两截的东西，再多也没用。所以相比杀人魔，他们真的宁愿去打浴袍男。窒息再可怕，也能闭气坚持几十秒甚至更久，足够一群人扑上去暴揍了。但杀人魔这个“行走的刀锋”，围住了，碰不得，对方如果真要横冲直撞，他们还真没……

“那就不用树枝。”范佩阳从容接话，而后转身回到主人起居室内。

Guest. 014 和众伙伴都茫然看向门口，就听见屋里传来重物和地面摩擦的声响。

片刻后，那个差点儿砸到 Guest. 014 的高大柜子被范总推出房门，推进走廊，拦住了

Guest. 014 右手边的路。

江户川和骷髅新娘互看一眼，噌地就进了自己身后离走廊最近的一个房间，没一会儿，生生将屋里的床推了出来。那床不是主人起居室里的那种四柱床，就是普通的双人床，所以立起来正好可以推出门。

佛纹、下山虎看得一愣一愣的："你俩反应也太快了吧……"

江户川和骷髅新娘谜之微笑加沉默，总不好说是抱大腿抱出经验了。

床比柜子更宽，在走廊上横着一立，跟堵墙似的。如果说柜子将 Guest. 014 右手边的路挡住了大半，那这架床直接将他左手边的路堵死了。

像个三明治一样被夹在中间的 Guest. 014 是真没想到会遇上这种操作，一个愣神，那边郑落竹、霍栩、南歌已经接连把五斗橱、床尾凳、半人高的大花瓶给弄到走廊了，全堆在柜子旁边，助阵似的。

Guest. 014 都不知道该气还是该笑了，问范佩阳："你就打算拿这些破烂儿困住我？"

"困是困不住的，"范佩阳说，"但是很感谢你一直配合地待在原地，因为如果你早早地就和我们动手，这些东西就没机会被挪出来了。"

语毕，他的目光从自家伙伴扫到对面十人，战术指令简洁明了："砸。"

骷髅新娘和江户川就等这一刻呢，欢天喜地地朝着 Guest. 014 推倒大床。

霍栩、南歌、郑落竹四箭齐发——霍栩负责两个——柜子、五斗橱、床尾凳、大花瓶悉数往 Guest. 014 身上招呼。

众多重物一齐砸下，对 Guest. 014 来说犹如灭顶之灾。

Guest. 014 一直背在身后的手，在重物袭来的一刻本能地将门扇拉开。众人甚至都没看清他的动作，对方就咻地一闪，跑进门内，比泥鳅都快。

一片"轰隆""稀里哗啦"的声音里，重物接连砸向地面。

十四个人对于 Guest. 014 的"逃跑"有点儿意外。他们没想着单靠这些东西就能把 Guest. 014 解决，只是想借重物将他压住，禁锢其行动，以免时刻担心被其割伤，然后再考虑后续的事。当然，Guest. 014 是肯定不甘心就范的，多半要杀出重围，所以他们其实做好了"死磕"的准备。没承想，Guest. 014 会选择逃回屋内。

已经回到房间的 Guest. 014 可不觉得自己是"逃"。刚才那种情形，他当然可以选择突围，但乱七八糟的那么多家具，他就是真成功了，也很难保持一个好看的姿态。如果关卡里的客人只有自己，Guest. 014 才不在意什么鬼姿态，疯玩就行了。但古堡里还有 Guest. 013，他可不想给那个时刻装相的家伙看见自己狼狈样子的机会。所以，还是去找落单的闯关者玩吧，至于这帮缠人的家伙，祝愿 Guest. 013 尽快和他们偶遇。

走廊上。

蒋城："他跑进去是什么意思？"

下山虎："怕被砸？"

五五分："怕被砸可以往外跑，往屋里跑不等于自己进了笼子？"

"不是笼子，"南歌在 Guest. 014 闪身进去的那一刻就想起来了，"他能空间移动。"

四个步步高升："啊？"

三个甜甜圈："什么移动？"

"空间移动，"郑落竹拿手比画，"就是任意两个地点之间，咻咻咻……"

"不是任意两个地点，"范佩阳将砸落在门前的柜子挪开一些，而后把那个只能打开三分之一的门全部打开，望着空空荡荡的室内，"是任意两个房间之间。"

Guest. 014 消失了。十四人不用在房内翻箱倒柜就确认了这点，因为这就是个普通起居室，一览无余。

南歌这才有机会详细给十个伙伴讲之前的来龙去脉，包括他们四人以为将 Guest. 014 困在了主人起居室内，结果对方却从隔壁房间出来的事。

如果那时候对于守关人可以在关卡内瞬间传送还只是猜测，那后面 Guest. 014 逃进房内消失不见，则彻底将这猜测坐实了。众人也反应过来，为什么范佩阳要说对方只能在任意两个房间内传送。如果是任意两个地点，Guest. 014 在被砸的一瞬间，直接从门口消失就行了，何必还要开门进屋再进行传送。

"不过我还是想不通，"搜寻完毕，蒋城第一个从房里走出来，一边出门，一边回头和许叮咚讨论，"他为什么要跑啊？"

"想不通，"许叮咚也没明白，茫然地跟在后面走出门，"之前明明很嚣张。"

"怕了呗。"骷髅新娘紧随其后，"我们有十四个人，又想到了拿家具砸这么绝妙的点子，换谁不怕？"

还在屋内的郑落竹："……"总感觉自己的狗腿岗位岌岌可危。

"害怕倒未必，"佛纹沉吟道，"但至少是不安了。"

下山虎："为什么？"

"因为我们不怕了。"郑落竹正好在旁边，一把揽住下山虎单薄的肩膀，语重心长，"我给你说，打架的时候，害怕的总量是固定的，你怕得少一点儿，对方就怕得多一点儿，所以才有那么句话，愣的怕横的，横的怕不要命的。"

"谁说不怕了，"下山虎小声咕哝，又心虚又惭愧，"我刚才心都要跳出来了，就怕他朝我这边撞过来。"

郑落竹仍是鼓励为主：“那你不还是站住了没跑嘛。”

“没跑是因为想通关啊。”下山虎悲催地叹口气。

正陆续离开房间的众伙伴闻言一愣，连门外的许叮咚、蒋城都诧异地看过来：“你们知道通关方法了？”

下山虎吓一跳，连忙摇头：“不是不是。”

佛纹帮忙解释：“不久之前，我们在五楼遇见莲花的大四喜，他说已经找到生门了，就在五楼的一个传菜通道。但生门只能回到古堡下层，脱离关卡十五分钟，之后还要再消耗一张‘‹特›我是 VIP’回来，继续闯关。”他无奈地叹口气，“所以我们只是知道了生门没用。但既然没用，那想通关肯定还要找两个守关人。”

下山虎在一旁猛点头。不是不怕，但为了通关，怕也得上啊。

“呃，”佛纹忽然发现自己讲了一堆重要情报，周围还是一群平静脸，困惑地环顾左右，“你们会不会太镇定了一点儿？”

南歌：“我们第一个找到的生门。”

五五分：“我们第三个。”

郑落竹：“莲花第二个。”

和尚：“他们完全是撞大运，可以忽略不计。”

佛纹：“……”

“等一下，”许叮咚扒着左门框，探头进来问佛纹，“你刚才说生门在哪儿？”

佛纹：“传菜通道。”

蒋城扒着右门框：“找到了也不能通关？”

佛纹：“要是换了莲花的其他人可能还有疑问，但是大四喜，我选择相信。”

郑落竹、南歌、江户川、骷髅新娘、下山虎：“……”

清一色、十三幺、对对碰做错了什么？

白路斜思忖片刻，有些得意地扬眉，心里艳阳高照：“生门果然是密道。”

蒋城、许叮咚：“……”

这和你一直让我们凿墙挖地找的密道根本是两回事！

十四人离开了 Guest.014 逃跑的房间，却没急着离开，而是又进了隔壁那扇华丽到让人很难忽视的大门——后来的十人是压根儿没进过这个一看就很特殊的房间，哪怕抱着撞撞运气的心理，也得进去查看一番，万一有通关线索呢；范佩阳和霍栩虽然进过房间，但当时只为救人，根本没顾得上看；南歌和郑落竹倒是把这间屋子查得仔细，就因为仔细，到现在心里还记着一些疑团。

试炼区，顾问室。

守着 6/10 关卡投屏的前守关人们满怀期待等着 Guest. 014 被围殴，就算殴不成，至少也得被砸两下，扯几根头发吧。哪承想，那个狡猾的家伙直接溜了。

“幸亏他跑得快，不然还真有可能被抓住。”4/10 的索贝克难得地发表意见。主要是刚才那十几个闯关者的表现，尤其是范佩阳那个乍看胡来但切实有效的“用重物代替近身攻击”，都挺让他意外。

“抓住有什么用，”6/10 嗤之以鼻，带着对自己关卡的莫名骄傲，“就算他们把 13 号和 14 号都杀了，还是一样通不了关，他们压根儿就没搞懂 6/10 真正的通关条件。”

3/10 的潘恩身体后仰，带着椅子往后倾，双手枕在头后，优哉游哉道：“不是没搞懂，是连路子都还没摸到吧。”

以前他们各守自己的关卡，其实不太打听其他关卡的事，但自从大家都成了顾问，就开聊了，现在他们对每个关卡的内容设置、环节走向，基本都有大概了解。

1/10 的维达捋着自己宫廷礼帽上的羽毛，说：“我刚才想了想，要是我被封了能力，扔进 6/10，然后来个变态玩什么找出口的游戏，再来个疯子见人就杀，我可能……不，我绝对也发蒙。这得什么脑子才能在被追杀时找到另外一条通关线……”

越说越觉得这关一言难尽，维达直接转头去找 6/10：“左右不过是筛选，就不能设计得简单点儿？”

6/10 一脸无辜：“这个你可找不着我，有疑问请找鸮系统。”

“鸮也只是按设定执行，”希芙轻轻打了个哈欠，清丽的声音不自觉带上一点儿慵懒，“真正该找的是鸮系统的设计者。”

正喝着热茶的卡戎闻言放下茶杯，袅袅上升的热气遮住了他眼里的沧桑和唏嘘：“那你找不到了，早死了。”

希芙刚还困倦得有些眼皮发沉，此刻瞬间清醒：“死了？”

同样震惊的还有其他人。或者说，除了卡戎大叔，一屋子年轻守关人都是第一次听说这个劲爆消息。

“怎么会死？”得摩斯代表全体疑惑发问，“这种人才不是应该被重点保护吗？”

“我也是道听途说，”卡戎回头看了一眼门口，像是担心惹来不必要的麻烦，直到确定隔墙无耳，才压低声音道，“说是后来莫名其妙发了疯，非要摧毁系统，上面拦不住，只好把人处理掉了。”

5/10：“系统不就是他设计的吗？千辛万苦设计完了再毁掉？没道理啊。”

得摩斯：“所以说他疯了嘛。”

希芙："如果真是疯了，可以关起来治疗，退一步讲，就算治不好，疯子一样有可能冒出天才想法，上面怎么舍得就这么……"

"听说最初也舍不得，就是先关起来了，"卡戎说，"但是没想到，他可以随时随地入侵系统，后来是系统连续出问题，上面才发现不对，不得不把人处理掉。如果上面出手再晚点儿，估计整个系统就崩了，我们今天也没机会坐这儿了。"

"还是很可惜啊，"7/10一声叹，"毕竟是能设计出鸮系统的人，错过这个可不好找第二个。"

"不是不好找，恐怕根本就没有了。"提尔沉声开口，少见地加入讨论，"这些年鸮系统出过大大小小的问题，影响大的靠系统自行修复，影响小的干脆就放着不管了，整个系统还是按照最初的设定运行，一次都没更新过。"

顾问室陷入沉默。是的，至少他们守关这些年，系统没有任何变化。他们原以为是资金有限，上头不愿意再在这个陈旧试炼区的维护上进行投入，但现在换个思路想，会不会是根本就没法维护呢？因为唯一懂得修改、更新鸮系统的人已经不在了，而他设计的这套系统，旁人根本无力插手。

"喂喂，跑题了。"潘恩打破顾问室的安静，朝6/10的投屏一努下巴，示意大家别忘了正事。

但隔空围观其实也算不得什么正事。虽然他们挂的名头是"顾问"，实际工作交接之后，新的运营部门压根儿没再理过他们，他们就算全天候监督各关卡内的情况，也创造不出什么工作成果，纯粹打发时间罢了。何况——

维达："要看也别看6/10了，你还指望他们突然开窍、福至心灵？"

5/10："没可能啦，这概率比他们把13号和14号都弄死还低。"

7/10："确定都不想看了？那我可把7/10的移过来了。"

语毕，7/10守关人就要把正直播自己关卡内景象的投屏和占据视野中心的6/10投屏交换位置，以获得更好的围观体验。

不料他意念刚起，就被提尔温和打断："现在给他们判死刑还太早吧，这不已经回了主人房。"

6/10投屏里，再次返回古堡主人起居室的十四个闯关者正在屋内各处查看。鉴于屋内比较大的物件，如柜子、花瓶等都已被当作武器砸进了走廊，屋内现在除了一张床，再没什么陈设，所以众人省略了"翻箱倒柜"环节，重点检查浴室、床榻周围及床下、墙壁等。个别人会去捅捅天花板和地面，谁让他们有个执着于"密道"的组长。

闯关者们不清楚前路，一切行动全凭直觉。守关者们却知道，这房间里是有线索的，所以提尔那句“已经回了主人房”，怎么听都带着“谁说他们就一定找不到呢”的意味。

5/10 在不久前就发现这位 1/10 的同事思想倾向有点儿问题，话不多，但一说就明里暗里透着对虫子的“同情”，有时候这“同情”里更是见鬼地还有几分“肯定”。这种家伙，要么是脑子真坏掉了，要么就是故意搞特殊，你们越同意什么，我越唱反调。但不管哪种，5/10 都很看不上，这会儿便也不再客气，直接嘲讽：“主人房从里到外都那么醒目，就差在门上直接写‘我与众不同’了，傻子都知道探头往里看看。但线索可不是想找就能找到的，如果他们有那个智商，就不会快把房间搬空了还没发现问题。”

这话可有点儿刺耳，摆明要和提尔杠上。顾问室的气氛顿时变得微妙起来。

提尔微微皱眉。反唇相讥还是就此收声以维持虚假同事友情，这是个值得思索的问题。

得摩斯没让他烦恼，直接一脚踹上 6/10 的椅子，因为是第二次出脚，动作更娴熟。就听一声椅子摩擦地面的刺耳长音，6/10 连人带椅子被踹出去快半米，撞上 5/10 的椅背才停下来。

5/10 眼里立刻起了火，当下就要跳起来反击。6/10 眼疾手快，立刻把人揽过去，看似亲热地勾肩搭背，实则是压着 5/10 肩膀呢。

“哎哎，都是同事，为了虫子闹不愉快，也太不值当了。”6/10 这话说得大声，是给整个顾问室缓和气氛用的，之后他又靠近 5/10 耳边，作为有幸挨了得摩斯第一脚的选手，以过来人身份给了对方一句专属劝告，“你想体验‘恐惧窥探’？”

5/10 当然记得先前得摩斯也踹了 6/10 的椅子，并以窥探恐惧威胁，但他可从来没当回事，因为“禁止守关人之间互相攻击”是试炼区的几大铁律之一。

像是看出了 5/10 的不以为然，6/10 几不可闻地叹口气，声音压得更低：“你可别忘了他的光辉事迹。”

5/10：“……”

得摩斯，试炼区成立以来，唯一一个荣获“惩罚制度大满贯”的选手。警告、通报批评、禁闭惩罚、扣发工资……但凡制度上列明的惩罚项目，他都体验过，个别项目还经常体验、反复体验。体验的原因也五花八门，偷偷潜入不属于自己的关卡、袭击不属于自己关卡的闯关者、擅改守关流程、过度自由发挥、和守关人斗殴、唆使其他守关人加入斗殴……你能想到的错误他犯过，你想不到的错误他发挥创造性，也犯过。

5/10 在追忆往昔里默默安静下来，反手也搭上了 6/10 的肩膀，和其假装一对亲热兄弟，强行开启新话题。

后方，被刻意遗忘的得摩斯满眼失落。他都把窥探前的准备酝酿好了！

小冲突被化解，守关人瞬间变得轻松，顾问室重新恢复嘈杂。

提尔无奈地叹口气，对得摩斯说：“你不用总帮我出头，我还没弱到连挑衅都不能应付。”

仍站着的得摩斯低头斜他一眼，毫不掩饰怀疑：“你确定能像我刚才那样一脚踹过去？”

提尔：“……回应挑衅不是只有踹椅子这一种方式。”

“算了吧，”得摩斯耸耸肩，坐回椅子上，“你这种人，要么不动手，一动手就绝对是大事。你以为我在保护你？我这是在保护他。”

提尔：“……”

“对了，那个 VIP 的组长，叫唐什么来着？我感觉如果他在，说不定还真能发现线索。”已经把注意力放回 6/10 投屏的 8/10 守关人突然有感而发。

“唐凛。”卡戎帮他补完姓名。

唐凛在 4/10 狩猎者游戏中的表现，是他们围观这么多天来，这么多个关卡的闯关者里最亮眼的一个，单是竟然能拥有第二棵文具树，还是治愈系的，就足以傲视所有闯关者了，更难得的是还有脑子，够冷静。

不过顾问室里绝大多数守关人，只见过唐凛 4/10 以后的表现。关于他在 3/10 孤岛求生别墅的“捉迷藏”游戏里，以“铠甲战士”造型把当值守关人耍得团团转这件事，只有天知、地知、潘恩知。眼下，潘恩背靠椅子，双手插兜，乖巧得连红发看着都很柔顺。

“也不一定非要唐凛，”4/10 的索贝克认真盯着投屏里的某个背影，说，“他在那儿站半天了。”

说着，他用意念将投屏视角推进，让画面更清晰地锁定目标人物——范佩阳。范总不知道什么时候到了油画前，这会儿正驻足在那儿，微微仰头，全神贯注地望着画里的 Guest. 013。戴着眼镜的男人占据了画幅的大部分，背景像是一间书房，Guest. 013 穿着正装，坐姿优雅，手中拿着一本翻开的书。从画里看不出书页内容，更看不见书的封面，只能依稀辨认书页泛黄，封面则是深色的。

房间里的范佩阳在沉思。顾问室里的守关人们也渐渐安静下来，一些人甚至还不自觉地有点儿紧张。这紧张当然不是担心闯关者，而是他们知道油画里有线索，画前的人却不知道，于是“范佩阳到底能不能察觉”就成了一件隐隐让人期待的事。

“他不会真看出来了吧？”

“有可能。”

“不然不会一动不动这么长时间。”

“这人可以啊，我还以为他只会暴力……”

起居室内，众伙伴也发现了范佩阳的异常。

油画是他们进入房间后第一个查的地方，因为郑落竹和南歌都说这幅画十分奇怪，屋子里什么家具都能挪动，就这幅画跟长在墙上似的，怎么都不动。十几个伙伴都上了手，最终确认郑落竹和南歌说的是实情。

如此可疑，必然要重点查看，可众人花了很长时间来研究这幅画，也没研究出个所以然来，最终不得不放弃，开始查看房间的其他地方。此刻范佩阳又回到了油画前，还欣赏得无比专注，谁看了都会觉得奇怪。

郑落竹立刻跑到他旁边，问："老板，怎么了？"

这一问，顾问室瞬间安静，所有守关人都目不转睛地盯住投屏。

起居室内，众闯关者也望向范总。

范佩阳则心无旁骛，只认真看着油画上的 Guest. 013："还是浴袍适合他的气质。"

起居室内所有伙伴："……"

顾问室内所有守关人："……"

就不应该高估这家伙!

没一会儿，投屏里又传来范佩阳的声音："他为什么不看书？"

这时候房内的大部分人都已聚到了油画面前，陪着范总一起"赏画"。画上，Guest. 013 手里的书可是画得清清楚楚。

"你眼……咳，你再好好看看，这不是就在看书吗？"在"你眼瞎"脱口而出前的最后一刻，和尚终于反应过来，他面对的不是普通闯关者，是范佩阳。他当然不怕对方，但是为了爱与和平，可以暂时迁就，保持文明礼貌。

"手里拿着书，眼睛没看，"范佩阳直截了当，"视线不对。"

众人再度看向油画，终于明白他在意的点是什么了。画中的 Guest. 013 坐在书房里，手里捧着书，理所当然让人觉得他就在看书，但仔细观察可以发现，他的视线虽然对着书页方向，但又稍稍高于书页，像是正越过书本看更远处。但这更远处的景物又不可能从油画中体现出来。

众闯关者越观察越疑惑："他到底在看什么？"

范佩阳越观察越笃定："他在瞪我。"

众闯关者："……"

范·总有刁民要害朕·佩阳，又上线了。

"等一下……"南歌忽然上前半步，离油画近到不能再近，而后踮起脚，试着和画中人微微下行的视线对接。很快，她就发现，Guest. 013 的确是瞪着范佩阳，可那是因为范总非站在人家的视线路径上，身高又高，正好截住了对方的目光。如果无视范总，让 Guest. 013 的视线继续往前走，那就是一条继续往斜下方延伸的线。

南歌顺着视线轨迹一步步后退，退离墙边，退到屋中央，再继续……最终停在了距大门两步左右的地方。她的脚下是一片平地，看不出任何出奇。这是一进门就会踩到的地面，却也是搜寻时很容易忽略的盲区。

南歌思索片刻，突然抬脚用力一跺。地面传回的声音有点儿实，并不像有藏着什么的空间。

白组三人是唯一没聚到油画前的小分队。这会儿白路斜坐床上，俩组员站床边，一左一右帮组长撩开床幔，陪同组长一道张望南歌。

蒋城："她在找什么？"

白路斜："密道。"

许叮咚："组长……"

蒋城："您能不能把这个执念放下？别的不说，就听她跺脚那个声儿，也不像有……"

"砰——"

那边南歌用尽全力，再次跺了第二脚。这回传来的声音，竟真的有些发空了。南歌喜出望外。

众伙伴也听出门道了，哪儿能再让她辛苦，立刻围拢过来，对这一小块地面展开了惨无人道的围攻。终于，地面轰然碎裂，露出一人多宽的大洞。洞内幽深不见底，不知通向何处，只有冷风源源不断地吹上来。

密道，标准的密道。

蒋城、许叮咚："组长，我们错了。"

白路斜："你们对过吗？"

蒋城、许叮咚："……"

4

十五分钟前，古堡五层，浴袍男最初洗澡的房间。

从越茫然地跟着唐凛进屋，小心翼翼关上房门之后，总算有机会问了："组长，我们为什么要回这里？"

唐凛不看其他地方，直接往浴室走："想确认一件事。"

从越连忙跟上去："那个，你之前说浴袍男不是故意放祁桦走，而是因为某些'不可抗力'，到底指什么啊？"

唐凛踏入浴室："我要确认的就是这件事。"

从越愣了愣，立刻识相地闭嘴，以免打乱自家组长的思路。虽然他到现在仍是一头雾水。

唐凛把他从浴袍男手中救下是在七楼，他们一路迂回，绕了很久，才缓慢地绕回五楼。当然这样谨慎也是有回报的——不光完美避开了杀人魔和浴袍男，连闯关者都避开了，一路上就没遇见半个人影。只是自家组长非要回到这个故事开始的地方，到底想确认什么事？

从越抬头，发现唐凛并没有如他想象的那样在浴室里四下搜寻、翻箱倒柜，而是站在一个挂在墙上的空衣架前，不动了。

“这个位置应该是之前挂着浴袍吧……”从越难得地动脑，“后来浴袍男拿过来穿了，所以才只剩衣架？”

唐凛：“推理正确。”

从越刚要高兴，就听唐凛道：“但是方向错了。”

从越：“……”

唐凛莞尔，不再欺负自家伙伴，低头道：“让你看的不是衣架，是这个。”

从越的视线跟着往下，这才发现衣架底下摆着一个漂亮的浅口竹篮，编织得异常精美，篮子内侧还衬着素雅的棉麻织布，以防置于其内的物品被竹条边缘勾扯到，尽管那些竹条已经被打磨得极其光滑。

如果单是一个篮子，从越很难猜出来是干吗的，但现在，一件叠得整整齐齐的浴袍摆在里面，他就秒懂了：“脏衣篓？”脱口而出之后，他又立刻否定了自己，“好像不对……”

脏衣篓里面的衣服都是随随便便一丢，等待被洗，谁会把已经脏了的衣服叠得板板正正放里面？所以……这难道不是个脏衣篓，而是置物篮？

“就是放脏衣服的，”唐凛淡淡一笑，“只不过有人的习惯比较特别，非得这样叠好了放才舒服。”

“这叠得也太专业了吧。”从越看着竹篮里叠得漂漂亮亮的浴袍，再想想自己衣柜里那一团团洗过的衣服，发现自己的干净衣服还不如人家的脏衣服“过得体面”，顿时羞愧。

毫无疑问，篮子里的衣服是浴袍男的。一是浴袍男再次出现在他们面前时，已经换了一身正装，那之前穿过的浴袍自然脱掉了。二是这浴袍下摆边缘蹭黑了，因为浴袍男在古堡外和那几个主动冲上去的闯关者打架时，下摆蹭到了地面。

事情看似清楚了，但从越实在想不明白：“他特意回来换回自己的衣服也就算了，还特意把脏衣服叠好？这不叫习惯特别，这叫有病吧？”

“说不定就是有病。”确认完浴袍，唐凛离开浴室，又回到房内。

从越跟出去，越发迷糊。

房内，他们最初曾跳过的那扇窗已经关上了，关得严丝合缝，连风都透不进来。但窗户的玻璃上有不少划痕。丛越想起从生门回到古堡下层后，甜甜圈曾提到，他们怀疑生门就是当初跳古堡的窗口，所以回过这间屋子，想必这些划痕就是甜甜圈们砸窗时的杰作。

唐凛没看窗口，而是走到了书桌面前，微微俯身，认真查看桌面。桌面上本来应该有一本日记、一瓶墨水、一支羽毛笔、一个小花瓶。现在，日记不见了，而其他物件都大体留在他们最初进这个房间时的位置——墨水瓶和羽毛笔在右上方，插着一支玫瑰的小花瓶放在左上方。

但是墨水瓶原来是拧开的，羽毛笔插在里面，瓶盖放在旁边。现在瓶盖被拧上了，羽毛笔被拿出来擦干净，挨着墨水瓶规整摆放。花瓶和玫瑰还是原来的样子。半枯萎的玫瑰，花瓣蔫头耷脑，花茎上保留的叶子也缺水泛黄，有些叶片已经脱落，掉在桌面上。掉下来的干枯花叶一共三片，唐凛记得当时的它们就是自然散落在花瓶周围的。然而现在，小小的叶片被整齐摆在一起，还是按叶片大小排的序。

丛越也学着唐凛俯下身来，直勾勾盯着桌面。墨水瓶先前是拧开还是盖上，他毫无印象，玫瑰花落了多少叶子，他更是全然空白。但就算前面的都没记住，也不妨碍他对着这三片叶子的造型露出一言难尽的神情："这是有人故意摆的？"

唐凛点头。

丛越："难道是要给我们传递什么密码信息？"

唐凛一怔，眼里难得地露出意外之色："我还真没想到这一层。"

丛越错愕："不是密码还能是什么？"

唐凛："也许他就是单纯看不惯，非要摆整齐。"

丛越："太变态了吧……"

慢着！丛越抬头想想浴室里那件叠得跟新衣服似的浴袍，再低头看看摆得跟军训列队似的枯黄玫瑰叶……这两处若隐若现透出的微妙变态感绝对是相似的！

"都是那个穿浴袍的家伙干的？"丛越终于开窍。

唐凛正色点头，不再卖关子："洁癖加强迫症，这就是他的'不可抗力'。"

丛越恍然大悟，再回顾先前和浴袍男有关的种种情景，一切被忽略的不自然处都有了解释。

为什么祁桦蹭着浴袍男腿爬走的时候，浴袍男不是踹人，而是收腿？因为会被碰脏，所以在"杀人"的主观意图之前，"洁癖"的本能先给了反应。为什么唐凛扯幔帐救他时，还没等真把幔帐罩向浴袍男，浴袍男就先身体一僵，给了他逃脱的机会？因为幔帐带来了尘土飞扬，这对连被唐凛撞一下都要认真拍掉灰尘的浴袍男来说，无异于重击。

祁桦的"爬"和唐凛的"扯幔帐"，都不在浴袍男的预计之内。而强迫症的主要表现，就是凡事都必须按照自己的规划和标准来，一旦出现意外就很难调试。

强迫症加洁癖……

从越深吸一口气，感觉漫漫前路终于见了光："我们是不是可以利用这些弱点打他？"

唐凛："太可以了。"

从越："那还等什么，组长，你赶紧定战术，我保证全力配合！"

"不急。"

相比从越的激动，唐凛冷静得多。他直起身，目光却还在桌面上，过了会儿，忽然跳到另外一个话题："日记不见了。"

从越现在满脑子都在想古堡里到底能找到什么"脏东西"来对浴袍男发动致命攻击，听唐凛说日记，不假思索便道："肯定在浴袍男手里啊。"

当时在这个房间，日记隔空飞到浴袍男手里，大家都是看见的。

唐凛眉头轻蹙，微微疑惑："但他穿的浴袍没有口袋，后来和我们一起到了古堡外，那时日记在哪里？"

从越被问住了。

唐凛："他后来换回的正装是修身剪裁，如果身上放一本那么厚的手札，绝对能看出来……"

但是没有。

从越见唐凛仍盯着书桌，知道自家组长心里还是没放弃怀疑，但日记不在书桌上，也不能凭空把它看出现啊。

"如果日记真在这儿的话，甜甜圈他们过来的时候就该找见了。"

"说不定他们只顾着找生门，根本没想起日记，又或者和你一样，想当然地认为日记被浴袍男拿走了，所以连查都懒得查……"唐凛说着再度俯身，将书桌唯一的抽屉用力拉开。偌大的抽屉里，深色封面的皮革手札规规矩矩躺在抽屉中央。

从越："……"

这严谨的摆位，除了那个连脏浴袍和枯叶片都不放过的浴袍男，绝没有第二种可能。

唐凛将日记取出，当下翻开。第一页还是鲜红刺目的"偷看者，死"。但因为已经是第二次看了，这些字再难造成什么冲击。相反，由于第一次刚翻开就被浴袍男隔空收走了，他都没来得及好好欣赏一下笔迹、字体什么的，这回终于看清楚了。

不过唐凛真正想看的是后面，他翻过第一页，来到第二页——老旧泛黄的纸张上，什么都没有。唐凛微怔，继续翻后面，从第二页一直翻到最后一页，都是空白。

从越看得满脑袋问号，但又怕自己说话影响唐凛，直到唐凛停下翻页，对着日记出神，他才低声道：“组长？”

“抓住浴袍男或者杀人魔逼问通关条件是下下策，是实在没有办法的办法，”唐凛缓缓合上日记，看向丛越，“但未必真能行得通。‘守关人知晓一切’只是我们认为的，从前面浴袍男走‘故事线’的反应看，他不一定就比我们知道的多。”

丛越：“可他们是守关人啊。”

唐凛摇头：“一个关卡，如果逼问守关人就能通关，那设计者就太偷懒了。”

丛越：“你的意思是……”

唐凛：“这座古堡里一定有条‘正规’的通关路。”

丛越看着自家组长手里紧握的深色皮革手札，好像有点儿懂了：“你怀疑线索就在这本日记里？”

唐凛刚要回答，忽然听见门外有响动，立刻伸手压住嘴唇，示意丛越噤声。

丛越最初没听见，但在看见唐凛的动作后，条件反射地竖起耳朵。果然，门外有极轻微的响动。这意味着有人已经到了这个房间的门前！但对方的动作轻到走过来根本没脚步声，要不是现在离门太近了，门内根本不可能察觉。

唐凛立刻将日记本塞进怀里，拉着丛越迅速躲到门后。

他们刚站定，房门就被打开了。进来的不是一个人，也不是两个人，是三个人——何律、三道杠、大四喜。

唐凛和丛越不约而同松了口气，进门的三人捕捉到了旁人气息，敏锐回头。

“唐凛？”何律全身紧绷的应战姿态，在看清门后人的一瞬松弛下来。

“唐队！”大四喜没想到会在这里和唐凛重逢，喜出望外，但安全起见，只敢压抑着惊喜，小声呼唤，同时细心地关上了门。

三道杠：“胖子，你叫什么来着？”

丛越：“……”这打招呼的待遇差太多了吧？！

第　六　章

WEN JU SHU JUE XING | 文具树觉醒

1

三言两语，大四喜就讲明了他们这个三人组的由来。

从古堡下层再度返回后，莲花和 VIP 一样被关卡分散，落单的大四喜想和自家伙伴会合，不承想伙伴没找到，先遇见了浴袍男。就在他以为自己必死无疑时，何律和三道杠正好进了那条走廊，于是两个铁血营伙伴把他从浴袍男手里救了下来。

三人侥幸逃脱，又在一个偏僻房间藏了很久，才敢继续行动。

躲藏期间，大四喜把生门的情报分享给了何律和三道杠：这两人从游戏开始就一直在找生门，压根儿没想过生门竟然不能通关，只得再从头调整闯关策略。最终，三人研究出的方案便是回到这里，回到这个关卡开始的地方，从头开始找线索。

“看来咱们想到一块儿了。”听完大四喜的讲述，从越煞有介事地点点头。

何律：“你们也是来找线索的？”

“本来不是，”从越实话实说，“但我们组长现在怀疑……”

“日记。”唐凛接口，晃了晃手里的日记本，说，“我发现……”

“轰隆——”

巨大的响动从头顶传来，将唐凛的声音淹没。

五伙伴惊诧抬头，只见天花板上出现一个大洞，足有一人多宽，内里漆黑一片，只有冷风一直往下灌。迎面的冷风里，似乎还夹着滑行的摩擦声，正由远及近。

唐凛、何律、三道杠、大四喜面面相觑，下一秒各自后退，迅速散开。

从越根本什么都没反应过来，就见周围四人倏地一闪，黑洞下只剩自己。滑行声似乎到了跟前，他条件反射地抬头，只见一个人影从天而降。

“咣当——”

黑洞里滑出来的下山虎结结实实砸在了从越身上，落地后还有点儿蒙：“咦，怎么地是软的？”

从越躺在地上，咬着牙一字一句道：“因为这不是地，是你越哥的肚皮。”

下山虎这才看清，敢情有个人肉垫。

“还回味呢？赶紧下去啊！”从越要怒，没直接把人掀翻已经是他最大的温柔。

“不好意思，不好意思。”下山虎立刻道歉，麻利地从从越身上下来。

从越翻个白眼，刚想起身，头顶上又传来新的、更嘈杂的滑行声。

“咣当——”

“咣——”

“咣——”

“咣……”

一个接一个伙伴滑出来，佛纹、骷髅新娘、江户川、莱昂、和尚、五五分、许叮咚、蒋城……叠罗汉似的落成小山。

从越起初还挣扎，后来就认命了。

提前闪到一旁的唐凛、何律、三道杠、大四喜眼睁睁看着落下来的人越来越多，数到第九个的时候都有点儿惊到了，怀疑这是关卡新启动了什么必须所有人集合才能进入的环节，因此把闯关者全送到一起了。

第十个落下来的是白路斜。他没为叠罗汉添砖加瓦，坠落瞬间轻盈一跃，就从“罗汉塔”上下来了。

第十一个落下来的是霍栩。他比白路斜动作还敏捷，几乎一闪就到了旁边落地。

三道杠挑眉，这后面来的都是高手啊。

第十二个落下来的是郑落竹。“啪叽”，他趴在了蒋城身上。

三道杠：“……”他收回前言。

郑落竹之后则是南歌和范佩阳，两人同样避开“罗汉塔”稳稳落地。

唐凛没想到自家队友全会合了，正要开口，有人比他还快。

“组长？！”郑落竹趴在“人山之巅”，在重逢的喜悦里呼喊。

从越被压在最底下，看不到自家同伴的脸，但听见了声音，立刻热情地喊：“竹子——”

“越胖胖？”郑落竹没想到在看不见的“罗汉塔”底层还有自家伙伴，连忙呼应，“我、老板、南姐、阿栩都过来了！”

霍栩：“……”

范佩阳之后再无人落下，反而是黑洞慢慢消失，天花板又恢复了正常模样。

众伙伴叠成的“罗汉塔”终于在尘埃落定后，稀里哗啦倒塌。好在天花板到地面也没多高，众伙伴陆续爬起来，顶多就是被压得腰酸背疼。

真正让他们无法接受的是，密道终点竟然是这个房间。他们原以为就算无法直接抵达关卡终点，至少也该是某个隐藏通关线索的密室之类。

“你怎么在这里？”范佩阳第一时间来到唐凛身边。

唐凛哭笑不得，总觉得这话该自己问，但范佩阳抢先了，他只好先回答：“我和越胖胖来这里找对付浴袍男的办法，还有通关线索。”然后才问，“你们这是怎么回事？”

范佩阳言简意赅，将在八层和杀人魔战斗，又在主人起居室内通过油画发现密道的事，大略讲了一遍。

和自家伙伴会合的只有 VIP。剩下的何律、三道杠、大四喜分属于铁血营和莲花，而后来的十几个伙伴分属于甜甜圈、白组、步步高升，双方没有喜相逢的环节，于是更迅速地进入了信息共享阶段——何律、三道杠、大四喜这边，就旁听范佩阳讲；步步高升、甜甜圈那边，就等着范佩阳讲完，再问唐凛这边的情况。

只有白路斜，实在没耐心等范佩阳讲完，索性直接朝何律挑眉：“你们发现线索了？”

何律还没开口，三道杠不乐意了：“你什么态度！”

问人情报不说低三下四，至少得客客气气吧，白路斜这语气就好像在问自家小弟。

许叮咚和蒋城默默交换个眼神，装死不吭声。组长就是这么跩，他俩是无辜的。

白路斜懒得理三道杠。孤岛求生的时候，他还觉得这人很吵，现在已经完全可以当空气了。

三道杠见白路斜眼皮都不抬，更是气不打一处来，刚要上前一步，肩膀却被何律箍住了。

“我们目前还没有发现。”何律据实相告，“本来是在找生门，但莲花的大四喜告诉我们，生门只能暂时脱离关卡区，不能通关。”

白路斜适应了三道杠，何律也适应了白路斜。或者说，从一开始，他就没觉得白路斜难相处。因为他对这人没有任何“情绪索求”，不需要对方礼貌、客气，更不追求真诚、深入，该谈事时谈事，该陌路时陌路，该合作时合作，该提防时提防，一切交往都建立在彼此最低限度的需要上，这就简单多了。

白路斜以为何律这边能提供什么有用的线索，结果一听，进展还不如自己呢，自己这边至少找到了一条密道。

何律看着白路斜眼里毫不掩饰的失望和嫌弃，也不恼，只歉意地笑笑。

白路斜到了嘴边的嘲讽，在这莫名其妙的笑脸里卡住了。

“洁癖？”

那边传来范佩阳的声音，因为意外，语调微微上扬。

所有人的注意力顿时被吸引过去。

“对，”唐凛将声音提高一些，以便让在场伙伴都听清楚，“浴袍男有洁癖和强迫症，如果再遇见，我们可以利用这两点对付他。”

“遇见”两个字提醒了范佩阳，先前的讲述中，他漏掉了一个细节：“杀人魔可以在任意两个房间之间传送。”

唐凛微怔，忽然想，浴袍男特意回来换自己的衣服，会不会除了强迫症外，也有“可以空间传送，所以来回方便”这一因素？

“有这个可能。”范佩阳毫无预警地接了一句。

唐凛这回是真惊讶了：“你知道我在想什么？”

“我刚说完杀人魔可以空间传送，你就看浴室，难道不是在怀疑那个回来换衣服的家伙也可以这样？”范佩阳不明白这有什么难猜的。

唐凛心情微妙，还有点儿复杂。当年两人共事时，范总要有这洞察力，他们何苦磨合得那么艰难。不过转念一想，他又觉得自己有些不讲理。谁也没义务去揣摩你的心思，想说的话就直说，想做的事就表态，自己舒服，对方也轻松。

“传送就传送吧，”收敛心绪，唐凛叹息着耸一下肩，“局面已经很棘手了，不差再多个困难。”

“困难可以解决，人也总有办法抓到，”范佩阳说，“但是抓住他们对于通关的作用恐怕不大。”

唐凛怀疑自己听错了：“你之前不还一直想着对战策略？”先前还没分散的时候，范总眼里的战斗意志可是蠢蠢欲动到想忽视都难。

范佩阳现在倒是冷静得很：“必须打，当然就要考虑怎么赢，但如果对战不是必须的，就没必要浪费体力。”

旁听的众闯关者：“……”和那俩家伙打，浪费的不仅仅是体力吧？！

“因为发现了密道？”除此之外，唐凛想不出其他范佩阳改变闯关思路的理由。

范佩阳大方承认：“密道不可能毫无意义，多半是‘通关线’上的某一环，如果我们能把其他缺失的部分找出来，将这条‘通关线’补完，就可以清楚地知道路该怎么走了。在这之前，没必要和那两个人起冲突。”

唐凛定定地看他：“你也觉得存在一条‘通关线’？”

范佩阳一听这个“也”字，就懂了，唐凛又一次想在了他的前面。

在意的人比自己聪明是一种什么感受？自愧不如？低落沮丧？

才怪！内心强大如范总，骄傲得不得了——自己的眼光真是万中无一的好。

“就算真存在‘通关线’，怎么找？根本没方向啊。”骷髅新娘不想在这时候说丧气话，但密道尽头是五楼这件事，对他们打击实在太大，“我们以为找到密道就能通关，谁知道滑下来是这里。”

“密道那头是八楼？”唐凛问。

佛纹：“是，八楼主人起居室，房间很大，和这里完全不一样。”

唐凛抬头看向天花板：“我想上去看看。”

那个房间他还没去过，也许去一次会有新发现。

一直安静靠着墙的霍栩哼了声：“通道都没了，你怎么去？”

唐凛转头，朝他微笑：“搬桌子。”

霍栩：“……”这是给他解释去八楼的方法，还是给他下达的劳动指令？

四目相对，良久。

唐凛微笑，一直微笑。

霍栩：“……”看来是劳动指令。

徒手将桌子搬到屋子中央，正对着他们刚刚落下来，也就是黑洞出现的地方，霍栩“咚”的一声把桌子放下，转身走远，继续靠墙，假装刚才出苦力的不是自己。

唐凛踩在桌子上，抬手便能轻松摸到天花板。可是天花板已经恢复原状，他摸索了半天，也没找到可疑缝隙，更别说密道口。真的消失了？唐凛缓缓皱起眉头，这到底是什么意思？送他们来了这里，却又立刻把通道封上，就像不希望他们再走回头路似的……

范佩阳沉声开口：“这是一个单行道。”

两个人的想法不谋而合。

可是为什么呢？唐凛陷入更深的思索：为什么只能单向传送呢？

忽然，唐凛心中一亮。如果这就是一条单行道，且路线是固定的，八楼是入口，五楼是出口，那么换句话说——

他看向范佩阳，沉静的声音难掩激动：“这条单行道也可以看成是一个单向箭头。它是在指引我们，通关的秘密就在这个房间里。”

“这里？”郑落竹四下环顾，空间小得一览无余，“这里有什么？”

“难道是……那本日记？”步步高升的江户川启动推理头脑，“总不能是那个变态的浴袍吧？”

“要是浴袍还好说，日记的话，”五五分耸肩，“只能从浴袍男手里抢了。”

从越闻言挑了挑眉毛。先前唐凛猜测甜甜圈来这里找生门的时候，想当然地认为日记在浴袍男手里，所以没翻桌，他对此还半信半疑，现在他只想说一句组长牛！

“日记在这儿。”唐凛没吊大家胃口，直接从怀里将日记取出。

甜甜圈几人蒙了：“怎么在你手上？”

唐凛：“刚刚在这个房间里找线索的时候发现的，藏得很隐蔽。”

从越：“……”一拉就开的抽屉能有多隐蔽？不过这时候还不忘照顾甜甜圈们的心情，自家组长真是温柔啊。

郑落竹瞄着从越那一脸狗腿相，发现自己的竞争对手越来越多，狗腿职业生涯真是倍感压力。

“唐队，”何律沉静出声，“你之前就说过怀疑日记，但没说完，现在能否具体讲一下？”

之前没说完，是被天花板上突然轰开的密道口打断了。不过那时候唐凛只是怀疑日记本是重要线索，现在这条指向这里的单向密道则把这一怀疑坐实了九成。

唐凛不废话，直接把日记本在桌上摊开，先翻第一页，再翻后面。所有人都看清楚了，除了第一页，后面全是空白。

何律不解地看向唐凛：“这是……”

“几乎一整本日记都是空白的，”唐凛说着随便捏起一张空白页，“但你们看这些空白页，每一张都是皱的。一张纸如果被书写过，墨水干了，就会像这样起皱。”

江户川犹豫道：“也不一定吧？你看这些纸都泛黄了，如果年头够久，就算一个字不写，纸张也会发黄发皱。”

唐凛轻抖那一页：“但纸张边缘不会像这样起毛刺。”

江户川怔住，定睛再看，还真是，几乎每一页的侧边缘都或多或少起了毛刺，这不是年头够久就能起的，而是要经年累月地翻看，才会在边缘摩擦出这样的痕迹。

一本空白日记有什么翻看必要？

日记的蹊跷大家都看明白了，但是——

蒋城：“就算线索在日记里，现在都是空白，怎么弄？”

许叮咚：“放水里？武侠小说里不都这样，什么秘籍啊密信啊遇水才显影。”

骷髅新娘：“那还有用火的呢。”

许叮咚："火有点儿危险吧，万一把日记烧成灰……"

"就是火。"唐凛缓缓合上日记。

五五分："这么确定？"

唐凛点头，看向屋内所有伙伴，声音沉着，目光冷静："这一关从最开始就是我们自己写的剧本，我们以为拿到了上帝视角，但事实上，我们只拿到了一个梗概……剧情里的所有细节都是未知的，所以我们不知道自己的文具树会消失，不知道故事结束了，关卡才开始……而我们忽略的除了细节，还有道具。"

蒋城："道具？"

唐凛："对，我们这个故事里出现过很多东西，日记、眼镜、软梯等等，但是现在密道把我们指回了故事最初的地方，那我们需要的，也许就是故事中第一个出场的道具。"

众闯关者："……火柴？！"

唐凛看向大四喜，这位当初被系统随机赋予火柴，并划亮一根许愿的幸运伙伴："还在你身上吗？"

大四喜飞快地从口袋里翻出那一整盒火柴，拿在手里"沙沙"地晃："全在，你想烧多少页都行！"

昏暗房间里，火柴噌地划燃。一根火柴带来的光，竟比满屋微弱烛火都耀眼。

日记在桌上翻开。火柴靠近泛黄发皱的空白页面。"唰啦啦——"火光里，根本无人碰触的日记却像被风吹过一样飞快翻页。

火柴燃到了尽头。日记还在翻，页面却不再是空白。厚厚的一本日记，从第二页开始，每一页都写得满满的，内容却只有翻来覆去的一句话——通关条件：冲破觉醒。

疯狂翻页的日记终于停下来，停在随意一页，就那样敞开着平摊在书桌上。

没了纸张乱翻的声音，房间里一下子安静了。众人怔怔地看着翻开的日记，半晌都没人说话。

给他们带来冲击的不单是日记诡异的变化和其上翻来覆去却没头没脑的那几个字，还有唐凛竟然真的一顿神推理就把这关最重要的核心谜题给破了，关键是破的时候连谜面的存在都是空白，可以说完全就是——我觉得日记可疑、我认为可以破解一下、我考虑破解方法如下、我推断破解完会对我们起这样的作用——"无中生有"四部曲。

"这样也行？"弯腰在桌前凑近看了半天日记页面的蒋城回过头来，难以置信地看向唐凛，严重怀疑对方偷了关卡攻略。

和唐凛一起闯过1/10的何律、五五分、莱昂、和尚，在地下铁车厢里就见识过唐凛的解谜能力了，如今早已心如止水。上帝是公平的，给了唐凛聪明的大脑，又给了他出色的外表，给了他不菲的身家，还给了他同样有钱的范佩阳当保镖……上帝，你过来我们谈谈！

“但是这个冲破觉醒到底什么意思？”从越同样伸脖子到书桌前，用力地盯着那四个字，好像盯得再使劲点儿就能盯出注解。

“冲破觉醒……”三道杠默念了几遍，越念越觉得不通，“这根本就是一个硬组的词吧？觉醒就觉醒，什么叫冲破觉醒？觉醒怎么冲破？”

“如果把它们分开呢，”唐凛说着，环顾众伙伴，“不是一个词，而是两个词，冲破、觉醒……”

其实当看到“觉醒”两个字，在场大部分人脑海中瞬间闪过的念头，几乎都是相同的——

江户川：“如果说我们现在的处境，有什么能和‘觉醒’联系上的……”

五五分：“文具树。”

骷髅新娘：“那‘冲破’……”

“冲破桎梏，觉醒文具树。”唐凛一字一顿缓缓道。

屋内再次安静下来。

闯关者们无法证明这一定就是日记密语的正确解答，但现阶段，他们想不出比“解锁文具树”更像答案的答案。

如果不是为了逼他们自己觉醒文具树，为什么一进 6/10，他们的文具树就被封锁了？前面 1/10~4/10，文具树都可以应用自如，哪怕是被限制了文具树的 5/10，也仅仅是不能把文具树用于登山，文具树的能力依然在他们手里，而不是像现在这样彻底消失，再感应不到。

烛火幽暗的房内，一片寂静。

唐凛轻轻抬眼，打破沉默：“还是在培养。”

众人困惑地看他，一时不解。

霍栩问：“培养什么？”

“培养我们。”唐凛说，“从 1/10 开始，守关人对我们的考核既是筛选，也是培养。1/10 让我们认识到文具树的应用，2/10 磨炼我们面对恐惧的心理素质，3/10 是生存能力，4/10 是追踪与反追踪，5/10 是体力和耐力……然后就是现在，自行冲破身体桎梏，觉醒新一阶文具树的能力。”

从越：“新一阶？”

“5/10 通关后就没给经验值了，”南歌思索着，“五级文具树也是最后一个明确要求经验值才能解锁的，再往后的文具树解锁条件都是问号。如果这一关真是要培养我们觉醒文具树的能力，恐怕以后的文具树都要靠我们自行解锁。”

唐凛点头："这一关的'觉醒'，未必一定能解锁六级文具树，有可能仅仅是觉醒我们被封锁住的一到五级文具树，但之后要解锁新一阶文具树，我想就像南歌说的那样，只能我们自己去领悟，而且多半没有固定时间、固定地点，可能突然某一刻就解锁了。"

佛纹："那样的话，每个人的进度就不一样了，很可能有人解锁了六、七、八级，有人还停在五级。"

"这个设计我喜欢，"白路斜单肩倚靠着墙壁，似笑非笑，"强行让所有通关者保持在一个文具树水平本来就很奇怪，强的理应更强，弱的就该淘汰。"

蒋城、许叮咚用力低头，拼死沉默，用生命降低存在感，不想被组长连累路人缘的日常操作，分外熟练。

众闯关者已经习惯了白路斜的性格，毕竟是在神庙发表过"三分钟内杀光全场"言论的男人，就连当时没走"神庙线"的，也在事后被科普了这一"金句"。所以白路斜再说什么、做什么他们都不会奇怪。相反，白路斜直到现在竟然还老老实实和他们在一个屋子里，划火柴、翻日记、头脑风暴、分析讨论，安分得离谱，这才让人意外。

何律对于白路斜的观点，每个字都很难同意，但他并不打算真的出声和对方进行讨论。一来，白路斜不是铁血营的组员，他既没有"说服"对方的立场，也没有"改造"对方的义务；二来，以白路斜的脾气，短时间内的三言两语恐怕也很难改变他的看法，就像孤岛求生时，他仅仅为了说服对方联手，就花费了不少时间和精力。

明明都想得很清楚，可当看见没一个人搭理白路斜，几乎全场都把这位白组临时代理组长当空气的时候，何律莫名就有点儿不舒服。当然，他对众人的态度没任何意见，甚至非常客观地认为，无视白路斜才是对当前局面最有利的选择——维持稳定总比节外生枝要好。

那一点点微妙的不舒服，全部来自白路斜。

面对无人理会的局面，白路斜不见一丝尴尬，十分坦然地继续倚着墙，就像对此情此景早有预料，又像已经历过无数次似的，习以为常。

何律想，以白路斜这样的恶劣性格，被孤立被疏远是必然的。甚至很可能，这就是白路斜想要的结果。但何律就是不想遂他愿。于是在所有人都默契地准备回到之前的话题时，何律毫无预兆地开口："一个人再强也只能单打独斗，一群人再弱也可以团结协作。"

这话显然是回应先前白路斜的"优胜劣汰论"，大家先是微微讶异，而后本能地望向白路斜。

白路斜也意外，眉毛微微挑起，跟何律对视了一会儿，轻蔑地一笑："一群废物再抱团也是废物。"

何律不赞同地皱眉："一个人是强是弱，不是单凭战斗力决定的，关卡也不是单纯依靠战斗力就能通过的。都到 6/10 了，你应该明白这个道理。”

这语气实在太苦口婆心、语重心长了，就像辛勤耐心的园丁在谆谆教导不懂事的熊孩子。白路斜听几个字就不耐烦了：“我最讨厌别人和我讲道理。”

何律锲而不舍：“良药苦口利于病，忠言逆耳利于行。”

无语片刻，白路斜忽地笑了，眼里闪着危险的光：“说教上瘾了？”

何律很坦白：“如果你能改变想法当然好，如果改变不了也没关系，毕竟我也只是建议，你没有义务非要听我的。但有两点，我觉得应该和你说明……第一，如果不是这些各有所长的伙伴团结协作，你找不到密道，抵达不了这里，发现不了日记，更不可能解出隐藏的通关条件。第二，你现在没有文具树，再盯着我的眼睛，我也中不了‘孟婆汤’或者‘催眠术’。”

白路斜：“……”

跟着对话来回摆头围听全程的众伙伴：“……”

惹天惹地，别惹何律。

人间净化器，熊孩解决机。

“那个，”大四喜试探性地举手提议，“咱们继续？”

江户川则直接将对话拉回正轨：“其实现在就两个问题。一是弄这么个复杂的系统，一关关筛选培养我们，目的究竟是什么？二是我们到底要怎么冲破身体封锁，觉醒文具树？”

“第一个问题可以直接跳过，”和尚摸着自己的光头，撇嘴道，“你把猪养肥的目的是什么？年底一刀呗。”

江户川：“猪可以吃肉，我们有什么能被吃的？战斗力？文具树？而且养多肥算肥？这一刀什么时候下来？”

五五分：“没必要想那么远，这个问题从 1/10 就存在，也不急在一时半刻，现在最紧要的就是觉醒文具树……”

吹一下额前忧郁的小卷发，五五分的目光缓缓移到唐凛身上。没一会儿，全场目光都随着他集中到了 VIP 那里。

“唐队，”五五分语气如常，但神情里多了几分谦逊和尊重，“你在狩猎者游戏的时候，没依靠任何经验值，直接解锁了第二棵文具树，能不能请教一下具体方法？”

早在看见“冲破觉醒”四个字时，唐凛就回忆过那时的情景。因为第二棵文具树的解锁的确完全符合“冲破桎梏，觉醒文具树”这一流程。解锁之前，他和现在一样，根本感觉不到那棵文具树的存在，觉醒的一刹那，仿佛堤坝被冲破，文具树的力量犹如洪水倾泻而出。但要说具体的操作方法……

漫长而认真的思索后，唐凛还是遗憾地摇了头：“其实到现在，我都很难说清当时到底发生了什么，似乎是一瞬间冲破了某些东西，然后身体就感觉到了新文具树的存在和力量。”

众闯关者在唐凛摇头的那一刻，心就开始往下沉，然后越听，心情越灰暗。

三道杠：“什么叫……冲破了某些东西？”

蒋城：“基本等同于菜谱里的‘少许’‘适量’，你就自己琢磨吧。”

和尚：“‘少许’‘适量’前头还有调料名呢，你这整个一片空白。”

“哎哎，”郑落竹不高兴了，“你们问了，我们组长答了，你们还挑三拣四，就不能自主思考，领会精神？”

下山虎：“这太难领会了吧，修仙也就这么玄乎了。”

“虽然不清楚方法，”何律思索良久，道，“但如果能营造出相似情境，是不是就有可能触发相同结果？”

唐凛也在考虑这个方向，闻言谨慎地点头：“我觉得可以一试。”

“相似情境？”并没有亲眼见到唐凛解锁治愈系文具树的众伙伴带着疑惑望向唐凛，“具体是……”

当时在第一现场且是唯一近距离清醒围观的霍栩抬手指了下范佩阳，如实分享：“他要死了。”

范佩阳：“……”

唐凛：“……”

当时的确是范佩阳身负重伤，眼看就要遭 Guest. 006 毒手，他才情绪爆发，解锁了新文具树，但……自家伙伴会不会太言简意赅了点儿？

不想霍栩又一指唐凛，还有后半句：“他很激动，好像要哭。”

唐凛：“……”

范佩阳轻抬了一下眉，决定把刚刚拉进黑名单的霍栩再放回“待考核”区域。

虽然霍栩只说了三个短句，十二个字，但架不住闯关者们都是资深围观粉，立刻就脑补了一出大戏——风起云涌，天地变色，猎人凶残，范总舍身，唐队伤心欲绝，文具树横空出世。

那么问题来了——

众闯关者看向霍栩：“你当时在干吗？”

一说这个霍栩就郁闷，他先瞥范佩阳：“这个让我带唐凛走，”再看唐凛，“这个完全不配合。”

众闯关者了然：“哦……”

2

营造相似情境当然不是指让范总再经历一次生死存亡，事实上就算再来一次，刺激的估计也只有唐凛，其他伙伴们实在没那心。

所谓相似，应该是指“危急关头”“千钧一发”。

深思熟虑后，唐凛缓声开口：“虽然很冒险，但我当时解锁文具树，就是发生在最危急的时刻。所以如果我们能让自己陷入某种巨大危险，就很可能激发潜力，冲破觉醒。”

巨大的危险……众闯关者你看我，我看你，有了。

“我们现在就去抓两个危险回来！”

同一时间，分别在古堡六、八层的 Guest. 013 和 Guest. 014 不约而同地回头。身后什么都没有，可他们就是觉得冷飕飕的。神经过敏吗？

微妙的凉意转瞬即逝，Guest. 013 转回头，重新看向前方。这是古堡六层的主走廊，通道最长，房间最多，且两端都有楼梯，无论是上楼还是下楼，只要有人经过，就一定会被他发现。

Guest. 013 在靠近一侧楼梯的墙壁转角后停下来。这里既可以隐蔽自己，又可以同时看见楼梯和附近大部分房间的动静——Guest. 013 决定守株待兔。这样的策略并不符合他的行事风格，因为守株待兔，主动权就到了兔子手里。什么时候会等到，等到的会是谁，他一概无法决定，只能被动地等，等来什么就接受什么。Guest. 013 不喜欢失去主控权的滋味，但他更不想再去洗第三遍澡。

是的，在接连遭遇爬行蹭腿、横空飞撞、幔帐扑灰后，他实在忍无可忍，脱离战场后的第一件事，就是尽快找房间洗了个澡。此刻他的头发仍是半干，但他的内心空气清新、洁净明媚。所以他不打算再大动干戈去一个个房间搜寻了，就隐蔽在这里，静待闯关者自投罗网——那些人想通关，就必定要出来寻找生门，只要进入他的视线范围，游戏就结束了。

Guest. 013 立于转角之后，身体和墙壁保持了一两厘米的“卫生距离”，目光平静如水，呼吸轻而均匀。

人都是怕死的，那些已经在各房间里藏好的闯关者不会轻易出来，只有安稳的时间足够长，那些家伙的恐惧才会慢慢减弱，与之相对，出来探探风的心思就会冒头。Guest. 013 想得很清楚，也准备了足够的耐心来应对接下来的漫长等待。他甚至考虑到了这样的策略很可能最终捕不到几只猎物，毕竟还有五、七、八三个楼层是守不住的。但没关系，他宁可闪电偷袭一击杀死一个，也不想缠斗十个。毕竟鬼知道混战中还会遭遇什么

“肮脏”的招数——这里的“肮脏”，就是字面意思。

然而事情的发展总是喜欢和他唱反调。明明做好持久战准备了，却才在转角后面藏了不到三分钟，就捕捉到了楼梯口的人影。Guest. 013 立刻收回目光，将身形彻底隐匿在转角之后。他相信对方一定会战战兢兢观望很久，但他也可以确定，对方只能看到一条空荡“安全”的走廊，然后就……

随性自然的脚步声打断了 Guest. 013 的思绪。

对方竟然就这么直接进了走廊！什么战战兢兢，什么长时间观望，这大大方方的架势简直就像在自己家里溜达。

Guest. 013 实在好奇，到底是哪个闯关者这么愣头青，不怕死，但他忍住了没动。因为脚步声正在逐渐靠近，迟早要经过他这里。

长久盘旋在走廊里的冷风不知何时停了，壁烛的火光稳定下来。一片阴郁幽暗里，地面上被拉长的影子先进入了Guest. 013的视野。影子越来越完整，意味着人也到了转角之侧。Guest. 013 屏住呼吸，纹丝不动。终于，来人越过了转角。他一直目视前方，并未注意到侧面的阴影里藏着人，所以脚步没有停下。

Guest. 013 只来得及捕捉他一刹那的侧脸，之后再看，就是背影了。但这并不妨碍他的瞬时判断——一个很年轻的闯关者，顶多二十岁，身材修长匀称，恰到好处的肌肉线条漂亮。Guest. 013 对他有些印象，虽没一对一正面交过手，但在最初的闯关者大集合里，他一眼就记住了这小子缠满双臂的白色绷带。现在绷带被染成了红色，个别地方应该是被割断了，又重新系上打结，于是看着就真像在包扎伤口了。

但也只是像。因为除了手臂，这人浑身上下大大小小的伤口不下十几处，全是利器割伤，衣服和皮肉一起破开，有些伤口太深，血凝不住，还在往外渗，所有伤口都没有被处理过的迹象。显然，重新系好绷带应该只是这位闯关者的个人执念。

至于这些伤，Guest. 013 不用想也知道必然是 Guest. 014 的杰作。不过这人竟然能从 Guest. 014 手下活着逃掉，还挺让他意外的，假以时日，应该是个不错的战斗选手……

可惜，马上就要死了。Guest. 013 在心中淡淡一叹，镜片后的眼睛却冷得没有任何感情。

青年已走过了转角约一米。时机成熟，Guest. 013 风驰电掣窜了出去，霎时逼近闯关者后背。闯关者似有所觉，脚下一顿。但他没给对方任何反应的机会，手臂已从背后绕前，狠狠勒住对方的脖颈。这一勒，他没保留太多，至少用了七八成力道，按常理应该可以立刻听见闯关者那脆弱颈骨被绞断的声音，然而没有……

预料之外的发展让 Guest. 013 微微一怔，手臂上却开始传来一股反向挣扎的力道。Guest. 013 皱眉，进一步用力，猛地将人勒得和自己贴合更紧，越过对方的肩膀看清了对方垫在脖颈前的手。原来在被自己勒住的前一刻，这人抬起右手挡住了咽喉，所以他的手臂是连同对方的手掌和脖颈一起勒住了，难怪没有一击毙命。手掌做了缓冲带，并且现在正紧抓他的手臂试图往外挣脱。

Guest. 013 看清了对方的防御套路，心中的讶异却更甚。他偷袭的力道至少还保留了两三分，偷袭的速度却是完全没保留，这样的情形下，对方居然还可以本能防御自救，瞬时反应的速度之快不逊于他。

闯关者用于自救的是右手，但左肩膀突然向后发力。Guest. 013 敏捷侧身，同时抓住了对方握着短刀向后刺的左手手腕。

“还真不能小看你。”Guest. 013 勾了勾嘴角，抓住对方的手腕用力一扯，想直接将这条胳膊卸了。

不料他用力的时候，对方也在用力——他是向下扯，对方是把手臂向前甩。不同方向的两股力道正面相抗，结果竟是对方成功，生生将手臂从自己的禁锢中挣脱出来了！Guest. 013 不可思议得差点儿掉了眼镜。

对方趁机向后一个凶狠肘击。Guest. 013 本能地躲闪，手臂不自觉松懈。闯关者立刻发力挣脱，时机卡得极准，动作敏捷得惊人，顷刻就冲出去几米。

Guest. 013 想都没想，果断追击。他不喜欢死缠烂打，但被咬住的猎物还能飞了，是对他战斗力的侮辱。哪怕周围没有一个观众，哪怕只是天知地知，Guest. 013 也过不了自己心里这关——全古堡的闯关者都可以活，这个人必须死！

那家伙跑得很快，Guest. 013 全力去追，却也只能让双方距离保持在数米不变。Guest. 013 听着空气划过耳边的呼啸声，发动“真空领域”。他其实不太欣赏自己的这个能力，因为效率太低，所以偷袭时他更喜欢用纯武力，短时高效。但现在，他很高兴可以用自己的能力，来慢慢欣赏对方死亡的全过程。

真空降临，对方跑路的速度没减，但细看就会发现，身形姿态和先前有细微不同。那是闭气造成的变化。

Guest. 013 先前那点儿对猎物脱手的恼怒悄然平息。对方甩不掉他，甚至连拉远彼此的距离都做不到，那结局只能是逃着逃着就窒息在了他的真空领域里，连上手都省了。Guest. 013 喜欢这个结局。

不过对方的闭气时间倒挺长，竟一路从六楼走廊逃窜到五楼走廊。Guest. 013 游刃有余地在后面追，甚至都不那么着急了。

就在他以为对方会这样耗死在逃跑中时，绷带青年竟然倏地一转，进了某个房间。Guest. 013 一愣，不懂这种主动投向死胡同是什么战术，毕竟除了生门，没有任何窗户能再打开。

但下一秒 Guest. 013 就反应过来了，这不是自己最初进入关卡的房间吗，自己在里面洗了个热水澡不说，还折返过一次换回了原来的衣服。

难道生门就在这个房间里？

Guest. 013 就这样随意猜测着，冲进了房门。迎接他的不是绷带青年，是连同绷带青年在内的十九个闯关者。满满一屋子，每个人脸上都带着亲切的微笑。

“砰”，房门在 Guest. 013 身后被人用力关上。

“真空领域”已经解除，所有人都听得见声音。

Guest. 013 站在屋中央，环顾周围人海，感觉自己可能、大概……是被诱敌深入了。

很快，这些闯关者就直白地给了他答案——

丛越：“阿栩，干得漂亮！”

郑落竹：“你小子可以啊，我还怕你不会演戏，露了馅呢。”

骷髅新娘：“喂喂，这是你们自家组员，多给人家点儿信任好不好，演一个‘瑟瑟发抖，拔腿就跑’能有多难？”

Guest. 013：“……”大大方方的脚步，利落自救的手掌，隐秘偷袭的短刀，强势挣脱的伪逃跑……你们对瑟瑟发抖是不是有什么误解？

“好了，抓紧时间。”唐凛的声音很轻，却让房间迅速安静下来。

众人不再说些有的没的，空气里只剩起伏的呼吸声。

所有视线都集中到了 Guest. 013 身上。

那些视线熟悉而又陌生——熟悉的部分是戒备，是忐忑，是努力隐藏却还会泄露的恐惧；陌生的部分，Guest. 013 却是第一次见，像是某种豁出去的决心，又像某种前途未卜的期待。

Guest. 013 很费解，又很好笑：“你们这是觉得自己人多有了底气，还是制订了什么自以为惊艳的战术？”

“我想有必要提醒一下，”男人推了推眼镜，彬彬有礼中是与生俱来的傲慢，“在闯关的最初，你们的人数可是现在的两倍，结果怎么样，需要我帮你们回忆吗？”

闯关者们看着他，没被挑衅，亦没人接话。

只有唐凛开了口，却是对 Guest. 013 身后的莱昂、何律说的：“守好门，别让他跑了。”

莱昂点头。

何律：“放心。”

Guest. 013 乐了。怕他跑？他还怕这些家伙跑了呢。好不容易一次性逮住这么多人，不酣畅淋漓玩一场，都对不起自己付的钱。

他的视线飞快地扫过每一个人，不看脸记人，不看身形判断实力，只看衣服。他需要清晰确认每一件衣服的污损程度，这样等下不得不亲密接触时，便早早有了心理准备。

沉默在对峙里蔓延，让本就塞满人的房间更压抑、憋闷。

Guest. 013 扫完两圈，连哪件衣服上缺了颗扣子都了然于心，却还没等来闯关者的群起而攻。他们在等什么？ Guest. 013 微微眯眼，心里泛起疑惑。

众闯关者一动不动，一言不发，就这么围着 Guest. 013，每个都像望夫石。

Guest. 013 在这诡异的群体凝视中，耐心一点点耗尽。敌不动，我不动，那是弱者给自己找的借口。Guest. 013 不再陪他们玩这种愚蠢对峙，冰冷杀机掠过眼底，"真空领域"即刻启动。周围闯关者瞬间有了反应，纷纷闭气，微变的神色透露出他们的不适。

Guest. 013 在真空领域里依旧呼吸自如。发动能力之后，他便向早就锁定的某一方向急速冲了过去——那个方向是步步高升的下山虎。

Guest. 013 不认得这位清秀的闯关者，却轻易看出他眼中的恐惧。如果把在场十九人的恐惧值排个位，此人就是最高的那位。玩游戏嘛，弱的无趣的先解决，强的有趣的留最后，是通用原则。

下山虎眼看着浴袍男第一个冲向自己，且毫不犹豫，悲伤得想哭，但真空领域里哭也哭不出声，只能踉跄着后退，同时飞快在心里、脑里、精神力里搜寻那棵被封锁的文具树。"如胶似漆""如胶似漆 II""胶水侠"……你们再不出来我就死了啊！

文具树没来，但就在 Guest. 013 到跟前时，侧面扑来三个人影，直接把 Guest. 013 撞开了。

是江户川、佛纹、骷髅新娘！

真空里喊不出声，下山虎只能热泪盈眶地凝视三个伙伴。仨伙伴一人给他脑袋一下，怒目圆睁。

江户川——你就不会躲？！

骷髅新娘——你还能再废柴一点儿吗？！

佛纹——敢哭，开除。

下山虎："……"虎生太艰难了！

被撞开的 Guest. 013 没跌到地上，而是摔进了一个宽阔的怀抱里。

甜甜圈的和尚也没想到对方主动上门，立刻用铁臂圈住，同时光溜溜的脑袋猛地向后一仰。

Guest. 013 呼吸一滞。这是准备拿自己的脑袋当武器直接撞？被这么不堪地抱紧已经是他的忍耐底线了，对方竟然还敢用“头撞头”这种原始粗鲁野蛮肮脏到令人发指的招数，他绝对要让……

嗯？Guest. 013 镜片后的眼睛里闪过一丝迷惑——后仰的光头没撞过来，就那么维持后仰的姿势，不动了，而且把眼睛都闭上了，就像在对着天空冥想。这是什么作战方式？意念祈祷？

闭目凝神的和尚正徜徉在意念的沙漠里：“那绿洲一样的文具树啊，你在哪里？在哪里？能不能听见我的呼唤？”

文具树听没听见不知道，但 Guest. 013 忍不了了。他一脚狠狠踹过去，轻而易举踹开光头，重获自由。光头被踹倒在地，挣扎半天没爬起来。事实上，对方还能尝试挣扎已经让 Guest. 013 意外了，他这一脚是奔着重伤去的，身体抗打击能力弱的话，直接死掉都有可能。

既然一脚踹不死，那就再补一脚。Guest. 013 三步并作两步上前，刚要再抬腿，背后突然传来巨大压力。他没扛住，直接被扑倒在地。

这冲击力绝对不是一个人。Guest. 013 在倒地的一霎本能地回头，只见压在他后背上的至少有四个人，且陆续还有人往上扑，叠罗汉似的。

Guest. 013 在不断增加的重压下，脸色黑得可怕。让他发怒的不是这些闯关者，而是自己那个低效率的能力。如果他拥有的是 Guest. 014 的全身锋利，早早就结束战斗了！但是能力天生，每个人的能力方向在出生那刻就落定了，他没得选择。

升腾的怒气让真空领域的持续越发稳固、长久，也让 Guest. 013 的身体爆发了巨大的力量。趁闯关者们被持续的窒息逼到极限时，他猛地起身，竟将压在背后的人全部掀翻。闯关者们跌落在地，雪上加霜，脸色越来越难看，肺憋得要爆炸，身体细胞里最后一点儿氧气眼看就要消耗殆尽。

Guest. 013 集中精神，给真空领域注入最后一次力量。

这就够了，虽然不比全身锋利直接高效，但一次性团灭全场这样的杀伤力，也是全身锋利不可及的。带着一丝轻蔑，Guest. 013 淡淡环视全场。再过几秒，这里将无人生还。

一直在外围紧盯战场动态的唐凛不再犹豫，发动突袭。

Guest. 013 挂在嘴角的笑意还没来得及收，就发现有人过来找死了，还是用拳头这么没创意的招数。他敏捷后撤，轻松拉开安全距离。那袭来的拳头打在了空气里。Guest. 013 的嘴角扬得更高，却在下一秒僵住。那拳头里好像还握着一瓶墨水，而且那墨水瓶……没有盖。

寂静世界里，一汪黑蓝色墨水在空中泼出优美姿态，最终落在 Guest. 013 身上，染湿了他的头发、他的脸颊、他的西装。

Guest. 013 僵在原地，石化了。

真空领域消失，声音和氧气重回大地。

众闯关者像刚刚从地狱里爬上来，拼命地大口呼吸。

唐凛同样，但还是在呼吸空隙抓紧时间问："有谁的文具树觉醒了？"

一屋子东倒西歪的伙伴你看我，我看你，彼此只有灰头土脸，哪儿有什么闪亮觉醒。

唐凛的心开始往下沉。难道自己猜错了，置身危险并不能触发文具树的能量？

豁出命去也没博来想要的结果，闯关者们眼中的光随着期待的破灭一起黯淡。可是Guest. 013 还在，他们就算不能觉醒文具树，也不能趴地上等死。想到此，闯关者们一个接一个起身，动作迅速果断，虽然失去期待，却还有斗志和求生欲。

Guest. 013 仍僵在那里，但看神情，显然已在慢慢回魂中。

唐凛握紧手中的墨水瓶，里面还剩一些，但剩多少其实意义不大。这种出其不意的招只能用一次，再来，恐怕就不顶用了。

"下山虎，你干吗呢，别玩儿了！"窗口方向忽然传来骷髅新娘焦急的催促。

唐凛一愣，和众人循声望去，发现满屋子的伙伴都起身进入下一轮备战状态了，就下山虎还紧紧搂着窗帘，犹抱琵琶半遮面的。那姿态一看就是刚刚战斗的时候慌不择路，随手抓了窗帘搂入怀中，增加些许安全感，同时万一情况继续恶化，还能进一步藏身。

同为步步高升成员的江户川都替他脸红，无奈道："你可赶紧松手吧。"

下山虎撇撇嘴，仿佛下一秒就要哭出来："我也想，可是松不开啊……"

松不开？佛纹快步过去，关切地查看自家伙伴的情况，这一看才发现，下山虎还真没说谎，他全身上下都和窗帘紧紧粘在了一起，严丝合缝。佛纹拿手指蹭了下粘连处，缝隙里还有胶水渗出来。

"下山虎，"佛纹将蹭上胶水的手指亮给他看，带着点儿不确定道，"这好像……是你的'如胶似漆'……"

如胶似漆，下山虎的一、二级文具树，效果是在目标人物碰触到物品的一瞬间，将其和该物品粘到一起，从而达到限制对方行动的防御目的。

下山虎还从没把这招用在自己身上过。

不，现在的重点不是这个，而是——

"我的文具树……觉醒了？"

下山虎在自言自语里尝试和文具树建立联系，可才刚集中精神，就感应到了自己的文具树，连"正在起效中"的状态都感受得一清二楚。他立刻用精神力操控文具树解除效果。

窗帘随即和他的身体分开，自由垂下。

下山虎既错愕又惊喜地看向众伙伴："真的觉醒了！"

"叮——"

清脆的提示音同时响起，和他的话重叠到了一起。

下山虎本能地低头查看手臂。

小抄纸："你已达成通关条件——冲破觉醒。恭喜6/10通关！"

"这就通关了？"他诧异出声，喜悦被不安取代，通关了就意味着不能用觉醒的文具树帮忙战斗，那这……

突来的天旋地转让下山虎眼前一黑，紧接着意识便在失重感中渐渐飘远。

众闯关者只来得及听见那句"这就通关了"，然后就眼睁睁看着刚觉醒文具树的伙伴咻的一下凭空消失，不由得面面相觑，一脸茫然。

郑落竹："刚刚那声'叮'是通关信息？"

丛越："应该是吧，他自己不说了吗……"

许叮咚："所以通关条件真的是觉醒文具树！"

和尚："是有屁用，觉醒就走什么意思？"

佛纹："下山虎也不想，很明显是关卡设定。"

和尚："我骂的就是这个鬼设定。觉醒就通关，那冒着必死风险拼命还有什么意义？"

蒋城："意义就是让我们学会怎么自我觉醒。"

和尚："意义不应该是觉醒之后反虐那两个变态报仇吗？"

众伙伴："……"好有道理，完全不想反驳。

屋中央，"那两个变态"之一的Guest. 013已经从泼墨的冲击中彻底缓了回来。但心收回来了，坍塌的冷静和理智再难重建。他低头看着满身满脸的墨水，此时此刻心里就一个念头——杀。

可他终究是Guest. 013，自尊心不允许他崩溃失控，更不允许他连遭遇了什么都不清楚，就像个疯子一样爆发。哪怕理智坍塌了，他也要在废墟外围拉起警戒线，强迫自己保持最后一点儿体面的姿态。

反复深呼吸中，Guest. 013缓缓抬头，对身上的墨水再不看一眼。他的后背也重新挺直，像屹立在严寒中的雪松。现在，雪松开口了，一字一句，带着刺骨寒意："你们最好解释清楚，到底在做什么。"

这要求不过分。人家带着赤诚的杀意而来，结果他们从头到尾只把对方当工具人，换个大环境，他们妥妥就是骗感情的渣男。而且都这样了，浴袍男还愿意"对话"，而不是"疯狂屠杀”，他们当然要抓住机会，说不定双方沟通得顺畅，还能打开全新局面——

和尚：“事到如今，我们也不瞒你了。”

五五分：“我们的通关条件是觉醒文具树。”

江户川：“我以为你们守关人应该早就知道，但现在看起来不是这样。”

骷髅新娘：“我们研究过，生死关头才能触发觉醒。”

大四喜：“所以你和我们现在的追求方向是一致的。”

何律：“你想和我们打，我们也想和你打，你越想杀我们，我们越有危机感，也就越容易通关。”

三道杠：“别废话了，再来，快点儿打我们。”

Guest. 013：“……”

雪松被十八片雪花压垮，理智废墟的警戒线被十八簇烈焰焚烧。Guest. 013 现在从肉体到灵魂，全都叫嚣着一句话：“死，都、得、死！”

暴走的守关人恰恰是众伙伴现在需要的——常规的浴袍男只成全了下山虎，那就让失控的浴袍男来激活他们沉睡的文具树。于是当气氛陡然生变，当 Guest. 013 散发的压迫感和杀机达到最盛，众闯关者熟练地闭气，一边疯狂地在脑内呼唤自己的文具树，一边戒备着浴袍男可能发动的攻击。

但很快，大家就发现情况有异。

最先察觉的是范佩阳，因为他并没有急着闭气，所以才过两秒就意识到了：“没有真空。”

没有真空，不仅意味着可以呼吸，更意味着声音可以传递。所以他的话清晰传到了每个人的耳朵里。闭气中的众人愣住，立刻试着吸口气，还真的可以。当下十八双眼睛就聚到了 Guest. 013 身上，对方明明已经暴走，而且看姿态看神情，就是在使用精神力，为何真空领域没降临？

盛怒中的 Guest. 013 根本没有理智去分析周围那些虫子的眼神和反应，但这并不代表他没有察觉，因为能力本身反馈来的信息更直截了当。那是一种和真空领域全然不同的新力量，前所未有，此刻却正在他的体内活跃。这全新的感受先是让 Guest. 013 疑惑，但很快就变成了惊喜。

唐凛将他的神情转变都看在了眼里，同时大脑高速运转。为什么要疑惑？因为他也没想到真空领域会失效吗？那为什么后来又变得惊喜？思绪纷飞中，唐凛忽然感觉到一股莫名的力量在挤压自己的身体。他很难具体形容这诡异的感觉，就像四面八方都有墙正在推过来，要把自己压成罐头。

挤压带来的疼痛感从肌肉蔓延到关节，唐凛现在要很艰难才能保持头是抬着的。他费劲地去看满屋伙伴，发现几乎所有人都和他的处境一样。是关卡生变，又来了什么灾难环节，还是另外一种他们从未遭遇过的能力攻击？

目光再回到浴袍男身上，对方神情里已没有半点儿疑惑，镜片之后，冰冷杀意越发坚定，却又透出一丝藏不住的兴奋和新鲜。

唐凛的思绪一霎清明。

“是新的能力，他也觉醒了。”

众人震惊。他们知道唐凛在说浴袍男，甚至理智也告诉他们，眼下的情况还真就挺符合这一论断。但下山虎所谓的觉醒，不过就是找回了自己的“如胶似漆”，且根本没机会参与战斗就被强制送走。这浴袍男不光觉醒了新的攻击能力，还可以立刻用于实战，这破关卡还能再偏心一点儿吗？！

唐凛没那么多情绪波动，或者说，他必须压住情绪，才能让大脑一直保持冷静运转：“是空气。”越来越重的压力里，他迅速判断，“如果他和我们一样，能力都是同属性升级，他的能力方向就是空气。之前是真空，现在是气压。”

霍栩：“你有应对办法了？”

唐凛：“没有。打得了就打，打不了就跑，觉醒第二，命第一。”

闯关者们感觉到的压力已经让他们连冲过去扑浴袍男都有些难——可以移动，但速度起不来，就像带了沉重脚镣。直到这时，大家才意识到浴袍男新能力的可怕。窒息会让你瞬间感觉到濒死，于是求生的本能也瞬时上线，但逐渐增加的压力却是温水煮青蛙，等青蛙反应过来想跑，已经晚了。

“为什么偏偏是下山虎那小子先觉醒了啊！”骷髅新娘在重压之下，发出羡慕嫉妒恨的咆哮。

众伙伴要不是现在难受得厉害，简直想大声附和。明明就是一样的处境，凭什么你先飞升！

“因为他胆子最小，”唐凛说，“真正触发文具树觉醒的不是危机，是恐惧，恐惧会让人对力量的渴求瞬间到达顶点。”

就像他觉醒第二棵文具树，是因为那时候，范佩阳眼看就要被 Guest. 006 杀掉了。他害怕失去范佩阳。那种前所未有的恐惧，他不想再尝第二次。

风吹壁烛，火光摇曳如鬼魅，处于重压之下的房间正慢慢成为地狱。

这里本来应该有十九个闯关者，现在觉醒飞升……哦不，通关一个，还剩十八个。

十八个苦命伙伴现在连挪动一下都很艰难，只能用目光寄托心中的波涛起伏，巨浪翻滚——一碰就炸毛不碰都发抖的下山虎竟然是第一个觉醒的，还有没有天理了。他们这些胆大心细勇敢坚毅的招谁惹谁了！

心塞归心塞，闯关不能放弃。承着快到极限的重压，伙伴们仍努力挑动自己的恐惧神经，同时用精神力疯狂向文具树发出呼唤。

Guest. 013 看着周遭这些人徒劳地挣扎，只觉得可笑。如果不是新觉醒的进阶能力还不熟练，必须全心全意才能持续操控，没办法做到像真空领域那样“操控能力 + 近身战斗”同时进行，他早就冲过去亲手送他们每个人一程了。

持续的能力输出让 Guest. 013 的鼻尖渗出汗珠，散发的热度和他温热的呼吸交织着往上，竟将眼镜片底部熏出少许雾白色。但镜片后那双眼睛，却越来越兴奋。是的，兴奋。能力进阶带来的惊喜和新鲜，足以弥补他不能亲自上前动手的遗憾。

不同于真空领域，空气重压不仅能给目标带去杀伤，还能即时反馈目标的承压情况。所以现在，Guest. 013 清楚地知道这帮家伙已被逼近承受极限，再过不久，兴许是半分钟，兴许只要十几秒，这些人中的大部分就会被压得骨头断裂，瘫倒在地。觉醒通关？那不过是极其侥幸的个例罢了。

Guest. 013 鼻尖的汗珠越来越多，终于开始滴落。众闯关者则早已满头大汗，神情艰难而痛苦。双方都在和时间赛跑，可自下山虎之后，竟再没有第二个人……

“叮——”

毫无预警的短促提示音，给这阴霾地狱注入第二缕明亮阳光。所有伙伴的视线都在搜寻，是谁？这回是谁？

“我通关了！”白组的蒋城激动地大喊，话音还没落，整个人就咻地消失。

不知是不是觉醒也能传染，他这边刚消失，同是白组的许叮咚也收到了觉醒提示。

“叮——”

同样的清脆尾音还未散尽，整个人就消失不见。

通关就被传送走，衔接之快，和下山虎如出一辙。

屋内还剩十六个，而空气带给闯关者们的重压已到承受力的临界点。

Guest. 013 的呼吸开始紊乱，不是累的，是极度愉悦带来的心跳加快。再增加一点儿力量，只要一点点，这满屋烦人的虫子就会全被压碎，一个不留。

烛光映在镜片上，像杀戮焚起的烈焰。Guest. 013 勾起嘴角，聚集起剩余的所有精神力，一次性全部投向众闯关者，发起最后也是最凶残的……

“咻——”

有黑影在视野里一闪，Guest. 013 本能地分神，刚聚起的精神力被中断。下一秒，有人从后面狠狠抱住了他。

Guest. 013 心下一惊，不敢相信自己竟然没听见任何扑过来的声音！就算是 Guest. 014，想从背后偷袭他，都不可能这样轻易得手。

背后人才没这么多心理活动，抱住 Guest. 013 的同时，手里的刀顺势插进了对方腰眼，一气呵成，行云流水。

Guest. 013 根本来不及反应，只听见“噗”的一声，然后就是腰上一凉。他条件反射地用力一甩，力道之大，生生将后背上的人甩了下去。

骷髅新娘摔出去几米远，鼻子在被甩时让对方的手肘磕出了血，这会儿一抹满脸红，却还得意得不行：“管你穿西装还是穿浴袍，都别想躲开我的‘背后灵’。现在感觉怎么样？腰上有没有很酸爽？”

插在 Guest. 013 腰侧的匕首，刀锋全没入，只剩刀柄在外。

凉意之后，剧痛蔓延开来，迅猛地袭向四肢百骸。要害应该没伤到，因为 Guest. 013 还能站住，但伤得一定也不轻，因为男人的腰背已经无法像先前那样挺拔笔直了。Guest. 013 甚至不敢贸然去拔腰上的匕首，只能先捂着伤口周围，控制住出血量。

骷髅新娘见状，有点儿不满意地转头，去看不远处的五五分：“你的‘兵器库’也不行啊，就没个扎进去不用拔就能直接放血的东西？”

五五分无语：“你要刀，我就给你刀，谁知道你要放血啊。”

骷髅新娘重重叹息：“默契度太差。”

随着 Guest. 013 受伤，房内的空气压力减轻了大半，众闯关者终于得以喘息。而先前的一头雾水，在五五分和骷髅新娘三言两语的交谈里也解惑了大半。

显然，骷髅新娘和五五分都觉醒了文具树，而两人原本的站位是离得很近的，所以骷髅新娘就拿着从五五分“兵器库”弄来的匕首，启动“背后灵”，直接到了 Guest. 013 身后，连抱带捅。捅的位置也是不得已的选择。如果想捅脖子或者其他要害，势必得先抱上再挥刀，那就给了 Guest. 013 足够的反应、防御时间，所以只能是“抱”和“捅”同时进行，故而能下手的位置也只有腰侧附近。

闯关者们懂了，Guest. 013 却没有。两个闯关者不声不响觉醒了文具树这件事，超出了他现有的认知，他必须弄清楚到底哪个环节出了问题。

“你们没收到提示。”他能确定，从第一个家伙离开到现在，新响起的提示音只有两声，而那两个家伙也已经走了。

“我们是没收到，”五五分在逐渐减轻的重压里，费劲地撩了一下小卷发，“但我们很快就会收到了。”

Guest. 013 的迷惑更深，腰侧更痛，眉头更紧。

骷髅新娘摇头："一看你就没做好功课，从我们觉醒到收到通关提示之间，至少有一到两分钟的空隙。"

所以下山虎那时候都觉醒了，还不自知地蒙了一会儿，又和他们有的没的讨论了一番，最后才在"叮"的一声里被光速送走。至于许叮咚和蒋城"叮"完就走，则是和下山虎一样，没察觉自己觉醒，等到通关提示来临，已经没时间再停留了。但骷髅新娘和五五分不同，他俩在觉醒的第一时间就察觉了，这才有机会制订攻击方案。

"别嘚瑟了，"和尚粗声粗气地唤回自家伙伴的注意力，抓紧时间问重点，"你到底怎么办到的？"

莱昂没出声，但一贯冷静淡漠的他也跟和尚一样，流露出不可思议的神情。

"怎么办到的？"五五分理所当然道，"就让自己害怕啊。"

和尚想都没想："不可能！"他绝不相信五五分会害怕。如果对方的心理素质只到这种程度，当初也不会有资格进入草莓甜甜圈。

"怎么不可能，"五五分一脸恨铁不成钢，"这就是你和莱昂的问题所在。"

和尚、莱昂："啊？"

五五分："你们的表演太流于表面了，要沉浸式，沉浸式懂不懂？你们想投入角色，就必须先忘掉你们自己，把自己真的当成胆小如鼠一吓就哆嗦的人。只有这样，你们才能真正感受到角色的内心，才能彻底和角色达到灵魂上的统一！"

和尚、莱昂："……你、赶、紧、滚！"

"还是你们先跑吧，"骷髅新娘不知何时挣扎到了门口，这会儿正努力开门，"一个个都勇者无惧，就别假装害怕了，趁现在我俩还有时间，你们赶紧撤，再去想别的招儿。"

"你们想的是不是太好了？"Guest. 013 怒极反笑，一个字一个字几乎是从牙缝里往外挤，"你，你，还有你们，都会死在这里。"

如果说闯关者们拿 Guest. 013 当工具人，使得他怒火中烧，那现在骷髅新娘和五五分送来的腰上一刀，足以让 Guest. 013 烈焰焚城了。空气中的压力一霎消失，取而代之的是 Guest. 013 眨眼就到了门口，到了骷髅新娘跟前。这速度根本不逊于骷髅新娘的"背后灵"！

骷髅新娘呼吸一滞，似乎在 Guest. 013 沸腾的杀意里，看见了自己即将到来的悲惨结局——攻击将至，他跑不掉，也躲不开。

众闯关者在压力消失的刹那向着门口一拥而上，潮水般，却也来不及阻止 Guest. 013 伸向骷髅新娘咽喉的手。可就在最后一刻，在 Guest. 013 的手即将碰到骷髅新娘脖颈的时候，他突然停住了。他的手指就停在骷髅新娘咽喉前，再往前一寸就能洞穿。

骷髅新娘后怕得甚至忘了再去躲。Guest. 013 则死死盯着自己的手，不可置信的眼神泄露了他内心的混乱。

第一个反应过来的是 VIP 伙伴，因为此情此景太符合“静止键”的效果。

面对众伙伴的凝视，从越一脸羞涩，又难掩兴奋：“是的，我觉醒了！嘿嘿嘿嘿……”

范佩阳点头：“嗯。”

霍栩耸肩：“哦。”

南歌惊喜：“漂亮。”

唐凛赞许：“好样的。”

郑落竹翻个白眼：“鄙视你！”

从越：“……”尿是天生的，他也不愿意啊！

有了从越的“静止键”加持，众伙伴本来想把方案从“撤退”改成“解决浴袍男”，不料第一个行动起来的骷髅新娘刚把刀从对方腰侧拔出来，就被对方一脚蹬飞——二次袭来的剧痛不仅让浴袍男冲破了“静止键”的禁锢，还让他爆发了最后的力量，竟然“真空领域”和“空气压力”一起降临了。

闯关者们哪儿还能硬扛，只好趁着“空气压力”还没到寸步难行的程度，凭人数优势冲破房间，逃出生天。随着他们成功突围，五五分、骷髅新娘和从越也终于等来通关提示，潇洒闪人。

在唐凛的带领下，众人一路七拐八拐，绕到了同在五楼的生门。

“先回休息区！”唐凛果断地说。

没人知道浴袍男什么时候会追过来，此刻脱离危险区域的最有效办法，就是先回古堡下半部。一来大家手上的“‹特›我是 VIP”还有不少，二来一个绝对安全的环境也有利于从长计议。

郑落竹第一个响应自家组长的号召，敏捷地爬了进去。待他落下，传菜板重新回来，南歌、霍栩先后进入，接着是唐凛、范佩阳。

VIP 都闪了，其他人也没什么可犹豫的，尤其是还没进过生门的，对于传送体验甚至还有点儿期待。就这样，莱昂、和尚、白路斜、江户川、佛纹、何律、三道杠依次进入。

最后是大四喜。他不是非要留在后面，只是看大家都跃跃欲试，就谦让着，让着让着就落到末尾了。结果就在传菜板重新回归，他想弯腰进入时，肩膀忽然被人拍了一下。

“嗨。”

轻佻的招呼声里，锥心的疼痛在肩膀上炸裂开来。那一拍，更像是拿刀在砍。

大四喜惊恐地回头，正对上 Guest.014 带笑的细长眼。

“啊啊啊——”

三道杠才在厨房地面站稳，就听见背后传菜通道里响起惨烈叫声。在他之前抵达的十一人也听得清清楚楚。

十二个伙伴同时变了脸色。

郑落竹："谁还没下来？"

何律："大四喜。"

三道杠："怎么把他留最后了？他那细胳膊细腿……"

"啊啊啊——"

惨叫声由远及近，然后"咕咚"一声，带着半肩膀血的青年落进了厨房。

众伙伴立刻七手八脚将他扶出来，唐凛直接沿着他肩膀破开的衣服"嘶拉"将袖子扯下来，再绑在肩膀上止血。

"什么情况？"江户川关切地问，"那个变态追过来了？"

"不是那个，是另外一个。"大四喜倒吸着凉气，却愣是忍住了没动，乖乖地让唐凛包扎。

霍栩坐在厨房案台上："不是窒息浴袍，那就是锋利人魔？"

"嗯，"大四喜猛点头，"就是他，在后面拍我肩膀，我先是被吓死，后面就疼死。幸亏我反应快，一头扎进来。他伸手也不知道是想抓还是想攻击，反正差一点儿我就没命下来了……"现在回想起那惊魂一刻，他还呼吸困难，头皮发麻。

白路斜拿着个不知哪儿摸来的梨子，咔哧一咬，汁水饱满，他颇为满意地扬起眉毛，瞥着大四喜，说着风凉话："怕成这样了，怎么还没觉醒？"

大四喜茫然看他，不解其意："觉醒了啊。"

白路斜咬着梨子，含混不清地咕哝："唔？"

大四喜又认真地回答一遍："我觉醒了，就在回头看见杀人魔的那一刻。"

白路斜："……"

众闯关者："……"

敢情杀人魔是来送助攻的。

"马上就要分别了，来个拥抱吧。"郑落竹走过去，也不管大四喜乐意不乐意，张开双臂就是一个结结实实的拥抱。

大四喜蒙头蒙脑，却还是客气道："嗯，我在通关那边等着你们。"

郑落竹抱了很久，最后是被和尚扯开的。因为和尚也要抱。

和尚抱完江户川抱，江户川抱完佛纹抱。

一连四拥抱，大四喜终于等来了通关提示。

"叮——"

众人目送大四喜光速消失，而后铁血营的三道杠哼了一声，带着嘲讽瞟拥抱的那四位：“形式主义。真有那么深交情，什么都不用说，一个眼神就彼此明白。”

郑落竹：“你是不是误会了什么？”

和尚：“我们抱他是为了蹭运气。”

江户川：“系统随机发火柴，给他；全队碰巧遇生门，靠他；敌方秒变助攻，为他。”

佛纹：“这都不蹭，暴殄天物。”

三道杠：“……”为什么不早说，抱的时候也好带他一个啊！

3

随着大四喜的通关，厨房里只剩下十二人：VIP五伙伴，草莓甜甜圈莱昂、和尚，白组白路斜，步步高升江户川、佛纹，铁血营何律、三道杠。

从觉醒率来讲，VIP还不算垫底，至少有个丛越呢。铁血营才是从始至终一个没醒。勇敢无畏是优良品质，但放在这一关里，好像就有点儿多余。

“现在怎么办？”三道杠烦躁地想薅自己头发了，“我是真不知道什么叫害怕，从小到大我就没怕过，小时候亲戚讲鬼故事吓我，我乐得嘎嘎的。”

“嘁，”和尚哼一声，“小时候我直接装鬼，给我亲戚吓得心脏病犯了，大过年的我爸差点儿没把我打死。”

江户川：“你们那算什么，小时候我亲戚……”

“不是，能不能放过亲戚们，”佛纹让这一群成年“熊孩子”搅和得脑瓜仁都疼，“咱们现在的问题就是胆子太大了，恐惧值不达标。”

“也奇了怪了，”郑落竹抓头，“在‘终极恐惧’的时候，我们一人脖子上戴个恐惧颈环，记得吧，分分钟就滴滴滴报警，随便吓一下恐惧值就要破九十。”

全场除了霍栩，都是同一拨儿闯2/10的，虽然兵分两路，有些人去了神庙，没走“终极恐惧”，但两条线都隶属于得摩斯。霍栩呢，闯关时间和大家不同步，可当时守他的仍是神庙得摩斯，所以本质上大家都闯的是同一关卡，交流起关卡内容自然也不受限制。

“那能一样吗，”江户川现在想起那条破路线还心有余悸，“那是妖魔鬼怪，随便来个黑影都让人发毛。现在这俩变态再变态也是人，恐惧效果天差地别。”

和尚摸下巴：“要不和他俩聊聊，配合一下装装鬼？”

三道杠：“我觉得他俩应该会直接送你见鬼。”

“那就换个路子。”唐凛忽然道。

“换路子？”佛纹怔怔看着唐凛，“你之前不是说，只有恐惧才能激发对力量的最大渴求？”

“其实不是。”唐凛坦白承认，“恐惧只是众多情绪里相对容易激发的一种，靠恐惧觉醒应该是最快的一条路，下山虎又恰好是被恐惧触发了觉醒，所以我才那样讲。在当时的情况下，如果选项太多，我们的精神力很容易分散，倒不如最大限度集中在一个点。”

佛纹没想到在面对浴袍男那样紧张危险的时刻，唐凛还能考虑这么多：“所以除了恐惧，还有什么？”

“……愤怒。”若有所思的江户川和一直沉默的何律几乎同时开口，不约而同给了一致答案。当时无暇顾及，现在终于能静下心来思考，很多东西便有迹可循了。

唐凛：“对，浴袍男觉醒得比下山虎还早。虽然他是觉醒新能力，我们是觉醒被封锁的现有文具树，但在觉醒的本质上，我想应该是一致的。而他觉醒的时间点，正好是最愤怒的时候。”

“这个我同意，”和尚摊手，“刚才那家伙几乎被我们气到昏厥。”

“那如果愤怒和恐惧都可以触发觉醒，其他情绪为什么不行？”江户川在情绪王国里一个一个清点，“喜哀乐，忧思苦，爱满足，恨别离……”

“都行，”唐凛毫不犹豫，“只要这一情绪的爆发，能让你对力量的渴求瞬间达到顶峰。”

郑落竹、和尚、三道杠一齐转头看他，神情复杂。

郑落竹：“你的感情世界会不会太丰富了？”

三道杠：“谁让你喜哀乐，忧思苦？”

和尚：“我小学毕业之后再没拉过妹子手，你都爱满足恨别离了？”

江户川沉默良久，深思熟虑：“我们还是来谈谈恐惧和愤怒吧。”

其实这两条路成为首选是必然的。文具树的觉醒靠的是短时间内的情绪炸裂，这样的情绪通常是极端的、负面的、瞬发的。喜悦、快乐不是不行，但很难引起人对力量的渴求；忧虑、思念不是不行，可是想达到一刹那爆发的程度太难；仇恨倒是符合文具树觉醒的全部要求，可仇恨的最直观情绪表象就是愤怒。

挂满厨房墙壁的沙漏一分钟翻转一次。自众人回到这里，它们已进行了四次翻转。十五分钟休息时间，还剩十一分钟。

虽然回到了古堡下半部，但文具树依然被封锁，说明他们现在仍处于“闯关中”的状态。既然是“闯关中”，就应该存在“通关”的可能，至少是值得一试的。

达成了理论共识的闯关者们不再耽误时间，迅速展开实践。

恐惧需要由外而内，假他人之手才能达到一惊一乍的战栗效果，是因为众伙伴心里原本就没太多恐惧阴影，所以做不到自产自销，由内而外。愤怒却不然。别的不说，单在这6/10关卡，浴袍男和杀人魔那两个变态就成功地在他们心里播撒了愤怒，现在就看能不能破土发芽，席卷胸腔了。

厨房在众闯关者的屏息凝神里陷入寂静。

这样的寂静，让时间的流逝都好像变慢了。一分钟，仿佛过了一个世纪那样久。

“不行。”和尚最先放弃，一拍菜板，皱眉瞪眼，“没感觉就是没感觉。”回忆那两个变态的行径固然使人愤怒，但离“炸裂”这种极端情绪，还差得很远很远。

“那就再感觉感觉，让情绪的积累和对文具树的搜寻同时进行。”唐凛缓缓抬起眼，“我们体内的文具树力量没消失，只是被掩藏在了一个不易察觉的角落，当我们在不断攀升的渴望里，持之以恒地尝试和它们建立联系，就一定会得到它们的回应。”

和尚怀疑地吊起眉梢：“这么肯定？”

如果唐凛已经成功觉醒了，分享经验天经地义，但这会儿大家都摸着石头过河呢，唐凛就一副“天底下我最懂，听我的没错”的样子，实在很难让人信服。

其他伙伴比和尚多些耐心，此刻还没睁眼，仍在试图挑起内心愤怒，以激起文具树的蛛丝马迹。但他们面上表情的细小变化，还是出卖了他们竖起的耳朵，以及内心跟和尚一样的波动。

唐凛看在眼里，没继续进行说服，因为再明晰的理论也没有一个实例来得有说服力。他收敛眼眸，凝聚心神。过了几秒，所有人都听见了他再次开口的声音，更沉静，更冰冷，可那沉静和冰冷之下，是长久累积的、难以平息的汹涌暗流。

“别想文具树了，想想你们这一路来的遭遇。从被卷到这个鬼地方的第一天开始到现在，有多久了？一个月，还是一年？你们有多少次和死亡擦肩而过，又有多少次濒临崩溃……”

众伙伴知道这是激将法，是唐凛在试图挑起他们的愤怒。可他们还是不受控制地中了计，着了道。因为心里积蓄的愤懑不甘甚至是仇恨太多了，也太久了。

唐凛的声音越来越远。众伙伴各自内心里的声音却越来越近，越来越响。

他们被迫卷进这里，他们被迫要拿生命战斗，他们到现在甚至都不清楚这一切是为了什么。那些死在关卡里的人，当中有他们的朋友、伙伴。可是守关人夺取这些生命，就像碾死一只虫子。鸮从来没把他们当人，关卡从来没把他们当人，守关人更是没把他们当人。凭什么他们要遭遇这些？凭什么他们就要被这样玩弄？凭什么他们不能用文具树，把外面那两个混蛋杀得片甲不留？

愤怒在漫长的积累之后，终于临近爆发点。甚至有几个人就像唐凛说的那样，真的捕捉到了一丝来自文具树的微弱回应。可是不够，心底涌起的愤怒总是离真正的觉醒差那么一点儿，就一点儿。

南歌就是其中之一。她每次觉得就要抓住了，那微弱的回应便又从她指间倏地溜走。她不甘心，可同样的失败总在循环往复。终于，她做了决定，将那段封存的、本已打算永不再回溯的黑暗岁月，再度从记忆深处挖出来，全部摊开。

阴暗破败的小屋、潮湿发霉的墙壁、遍布窟窿的屋顶……其中最大的一个窟窿，是她永恒不变的“观景窗”，可地下城没有白天黑夜，没有浩渺星空，她看见的只有灯。地下城的灯，永远昏黄，永远黯淡。

一天，一月，一年……时间对于她来说已经没什么意义，甚至到了后面，她都不知道自己每天在坚持什么。有呼吸就算活着吗？她真的能等来重新站起的那一天吗？不，她最想问的是，为什么？为什么要让她在人生最美好的岁月里遭遇这些？她与人为善，从不伤天害理，她做过最出格的事也不过是把欺负她的男同学揍了一顿。为什么要选中她？

停。不要问为什么了。那是年轻的南歌发出的无力追问，毫无意义。她现在该质问，凭什么？谁给这个鬼系统的权力，让它可以把他们弄进来，为所欲为？她要解决的不是一个两个变态的守关人，她真正想要做的是彻底毁掉这个鬼地方！

“叮！”

清脆提示音近在耳畔。

南歌诧异地睁开眼，没想到自己真的成功了。而且如果她现在收到了通关提示，那说明在一到两分钟之前，她就已经觉醒了。

郑落竹比她还惊讶，瞪大眼睛，羡慕地道：“你……”

话才出口，隔壁的霍栩那里也传来一声“叮”。

郑落竹左右转头，都不知道该顾哪个了：“你俩是有多愤怒？”

南歌的怒气，郑落竹多少还可以想象，毕竟是在地下城里那样艰难地撑了许多年。可霍栩哪儿来的那么大怒气？以霍栩十九二十的年纪，总不可能也被困在这里许多年吧？还是说曾被谁狠狠欺负过？不可能，以那小子的性格，他不欺负别人就谢天谢地了。

通关提示之后，紧跟着的就是被系统强制送走，时间之短，速度之快，甚至都没机会说什么话。南歌想让大家小心，想说“我在通关尽头等你们”，才张嘴，就被卷走了。不过她的意思，自家伙伴应该是收到了。因为失重感袭来前的最后一刻，她看见唐凛在冲她笑，淡淡的，却让人安心。

霍栩没打算学着南歌感情泛滥，当然，他也学不来。他更没想留什么话，毕竟剩下这三个家伙能不能通关还两说呢。所以他从头到尾就沉默地等着被传送。没承想唐凛给完南歌回应，又对着他笑，笑得霍栩心烦，更烦的是自己的嘴角也非常不听话，莫名其妙就要上扬。幸好，没扬出明显弧度，他就被卷走了。第一次，霍栩觉得这破系统还有点儿效率。

南歌和霍栩的觉醒，给其他人带来了极大的鼓舞。如果说之前还有人对唐凛的“愤怒觉醒法”持保留意见，或者对“在休息区通关的可能性”抱有怀疑，现在全烟消云散了。

很快，江户川、佛纹、三道杠也迎来曙光。

江户川：“我感觉到了！”

三道杠：“我抓住文具树了！”

佛纹：“我好像也觉醒了……”

三个人的声音几乎叠在一起。

见状，除了佛纹还算淡定，江户川和三道杠都一脸意外。三道杠意外的是你我他竟然同步。江户川的意外却全都贡献给了佛纹——能在唐凛的激将法里觉醒，靠的必然是自身愤怒，但江户川和佛纹认识这么长时间，不敢说对方从来没生过气，但绝对是佛系时候居多，何况现在这么多暴脾气都没觉醒呢，佛纹就觉醒了，不科学啊。

都是自家人，江户川心直口快：“你还会愤怒？”

佛纹笑得温和：“为什么不会？”

江户川无语：“你自己照照镜子，你现在就一点儿看不出生气了啊！”

佛纹摇头：“我心里在愤怒。”

江户川翻白眼：“完全没有说服力。”

佛纹忽然问：“那为什么我的文具树是‘禅心’？”

江户川愣住：“这……有什么逻辑关系吗？”

“当然。”佛纹不急不躁，望向自家伙伴的目光就像在看迷途的俗世之人，平和，清澈，悠远，“小江，你记住，紧箍紧的都是泼猴，佛心佛的全是怒汉。”

江户川：“……”

不想听也听了一耳朵的众伙伴：“……”

深奥的哲思里，三声“叮”陆续响起。继霍栩、南歌后，江户川、三道杠、佛纹也通关了。原本十九人的队伍，只剩下唐凛、范佩阳、郑落竹、莱昂、和尚、白路斜、何律七人。

十五分钟休息时间，还剩七分钟。

“算了。”送走五位伙伴，唐凛果断结束“愤怒觉醒”，有些无奈地道，“看来我们还得继续换方法。”

“别！”和尚赶忙道，“我再酝酿酝酿。”

“放弃吧。”同样松弛下来的莱昂看看他，难得说了个长句子，“你能这么迅速接他的话，就离被愤怒冲昏头脑还差十万八千里。”

和尚喘了几口粗气，不甘心，但残酷现实摆在面前，再不甘心也只能接受，于是开始碰瓷式泄愤：“绝对是我这名号起得不好。和尚和尚，四大皆空，斩红尘浮浪，断七情六欲，要害怕害怕没有，要愤怒愤怒不来！”

莱昂对此不发表意见，反正他很喜欢自己的名号。

“恐惧和愤怒都行不通，”何律看向唐凛，认真而虚心，“还有其他方法吗？”

思索片刻，唐凛谨慎地说：“我现在还给不出具体方法，但我想一定有。”

白路斜歪得都快躺案台上了，他撑着头瞥唐凛，半调侃半嘲讽：“又是‘你想’？又是‘一定’？”

唐凛对这位的风凉话早免疫了，根本没打算理。

不想何律转过身，严肃地对白路斜说：“从我们在五楼找到日记线索开始，一直到现在，唐凛所有的推测、判断都是正确的。他发现了通关条件，利用浴袍守关人的洁癖帮我们度过了第一次被围攻的危机，提出的恐惧、愤怒两种觉醒理论帮助十二位伙伴顺利通关。你可以选择漠视这些，但这样一个无私帮助我们的人，你至少应该尊重。”

白路斜一听这长篇大论就烦，但对象是何律，他莫名其妙就忍到了说完。当然，忍完就后悔了，可时光不能倒流，他只好随意一笑，眼角眉梢都是爱谁谁的任性调调：“十二个都通关了？真遗憾，我没在里面。”

何律微微皱眉，眼里露出不解：“你应该早就想到这样的结果。”

这下换白路斜愣了：“你说什么？”

何律直视他，坦荡、诚恳：“你恣意任性，以战斗为乐，看热闹不嫌事大，唯恐天下不乱，这样的性格当然不会轻易恐惧，更不可能存在愤怒，因为一旦让你愤怒，你必定当时当场报复，绝不会累积到现在。”

白路斜：“……”

围听众伙伴：“……”

真是让人怀念的校园岁月啊，那被教导主任支配的恐惧。

“我本来也以为自己没有愤怒，”白路斜危险地眯起眼，锐利视线锁定何律，“但我现在，好像有点儿生气了。”

“你不是生气，你只是不想承认我说得对，却又找不到理由反驳。”何律一针见血。

白路斜：“……”

围听众伙伴：“……”

虽然这可能不是何组长本意，但总觉得小白离“愤怒觉醒”越来越近了。

何律也说不清自己为什么要开启“教育模式”。他虽然喜欢讲道理，但多是和自家队友，毕竟外人没义务听他的。但对着白路斜，他总忍不住：“你的确还没通关，但通关条件是突破觉醒这一线索，你是跟着唐凛获得的；情绪激烈到一定程度会促成文具树的觉醒，也是他先推断，再由十二个伙伴验证的。这些既有信息都将成为你最终通关的帮助。对此，你可以不回报，虽然我觉得竭力回报才是正途，但至少你可以安静，不要捣乱。”

白路斜脸上挂着笑，懒散地点着头，眼里却一片冰冷：“你说的都有道理，可我就是不想听，怎么办？”

何律毫不气馁，目光灼灼：“如果我在，我会摆事实讲道理，耐心说到你想听。如果我不在，你多半就会因为这样的任性而吃亏。我知道你不喜欢反思自省，所以下次再遇见，我会帮你梳理这些经验和教训，继续摆事实讲道理。”

白路斜：“……”

围听众伙伴：“……”

小白，你就答应他吧，小白！

“那个谁，”白路斜突然起身跳下案台，撞开何律径直走到唐凛面前，“你刚才说暂时给不出具体方法，但一定有，理由？”

唐凛压住想给他一个安慰拥抱的同情心，努力正色道：“Guest. 007 说过，5/10 之后将不会再有经验值的通关奖励，至于以后的文具树如何觉醒，要我们自己摸索。我不相信那之后的每一次觉醒，都非得是我们被逼到生死关头。就像刚刚，在冥想中积蓄愤怒同样可以冲破觉醒，所以恐惧也好，愤怒也好，都只是觉醒的途径之一，除此之外，必然还有。”

“说了等于没说，”白路斜毫不留情地吐槽，但又立刻问，“那你下一步准备干吗？”

“回去找杀人魔。”唐凛也毫不犹豫，因为心中早有盘算，“既然浴袍男那里失败了，就找另外一个，说不定能碰撞出新火花。不过生门返回会被分散，我们要定一个具体的集合和作战方案……”

“可能是新火花，也可能是被直接切成几段。”白路斜不咸不淡地说着极凶残的前景展望。

不料唐凛反而笑了：“那样正好。当我们真的意识到这人我打不过，对付不了，随时可能死在对方手里，恐惧也就爆发了。”

白路斜没问题了。他本来就不喜欢刨根问底，顺势追问唐凛两句已经是破天荒地配合了。转身重返何律面前，白路斜理直气壮索取回报：“从现在开始，闭嘴。”

何律犹豫片刻：“能再听我说最后一句吗？”

白路斜：“……”自己竟然还没觉醒，这不合理。

何律耐心地等，他从来不会把对方的无言当成默认，这太不讲道理。

四目相对，良久。

白路斜："……说。"

何律立刻开口："等下如果你觉醒文具树的时候正逢危急关头，希望你能用文具树帮大家支撑一时片刻。"

白路斜被气笑了："凭什么？我欠你们的？"

何律："凭你的文具树太特别，太有杀伤力。'孟婆汤'也好，'催眠术'也好，随便哪一个都可以轻而易举让守关人陷入困境，没有第二个人的文具树能达到这样的效果。"

白路斜："……"

围听众伙伴："……"

真诚是真逼人，甜枣也是真甜。

沙漏翻转第十一次，休息时间还剩四分钟。

唐凛心中已有了成形的集合、作战方案，所以拿出来和大家简短讨论、改进，就迅速制订了最终计划。

"对了，"战术确定，唐凛又想起了什么，补充道，"如果回去时的落脚点不好，不方便执行战术，不必强求，要么就近躲避，等待时机寻求会合，要么就直接再回生门，继续尝试自我觉醒。反正大家手里的'‹特›我是 VIP'都还有不少，连续用掉几张应该问题不大……"

"不过如果一直不觉醒，也别持续浪费，"唐凛非常明确地看向白路斜，不是对对方有成见，实在是放眼全场，就这位最容易随心所欲，"当你打定主意要回关卡内觉醒时，手里的入场券最好不要少于五张。"

白路斜不满地挑眉："你这是特意单独提醒我？"

唐凛飞快看向何律。

何组长不明所以，却还是义气地帮 VIP 组长点头："他是。"

白路斜忍无可忍，刚想发作，眼前突然又凑过来一张大脸。

"你就听我们组长的吧，'‹特›我是 VIP'省着点儿用，这样通关之后如果手里还有剩，可以回底下关卡卖钱！"郑落竹字字真切，满眼忧心忡忡，仿佛白路斜即将浪费的是他的存款。

白路斜深吸一口气，又慢慢呼出，抬头望天花板，陷入对人生的思索。2/10 环形城抢颈环的时候，他为什么没把这些人都解决？为什么？！

战术定了，该嘱咐的也嘱咐了，剩下的就是等休息时间结束，或者不等结束，直接从生门返回。但唐凛哪个都没选，而是走向厨房窗口，尝试着开窗。没承想用力一推，竟真把窗户推开了。

风凉如水，直接吹进了厨房。

郑落竹吓一跳："窗户居然能打开？"

唐凛也有些惊喜，他原本没抱太大希望的，不过转念一想："这里是休息区，又不需要找生门，总该让我们透透风。"

"问题是你现在开窗干吗，"和尚看不懂这操作，"就为吹风？"

当然不是。唐凛抬脚一踩，直接跳出了一楼厨房的窗口。落地后，他回过身，对着还在窗内的众伙伴微微一笑："既然能出来，那有件事我得抓紧办了。"

和尚越发费解。唐凛跳出去肯定不是为了逃跑。回过一次生门的他们都清楚，休息时间一到，就算他们不主动回古堡上层，鸮也会把他们强制传送回去。

范佩阳大概猜到唐凛的意图了，紧跟着跳出窗。

郑落竹完全猜不到，但组长和老板跳了，他要不跟着跳窗，就只能跳槽了。

同一时间，古堡五层。

放跑了大四喜的 Guest. 014 在生门前郁闷了很久。猎物都在眼前了还能溜掉，这简直给他当头一棒，背后一拳，眉间一枪，心脏一刀。唯一庆幸的是 Guest. 013 不在场，所以他还不至于死透。

但 Guest. 014 的原则是，从哪儿跌倒就要在哪里把人杀掉。不过他实在没心情像最初那样躲进生门里守株待兔，他现在只想杀人，却一点儿也不想让自己再受委屈，哪怕只是身体上的不舒适。所以他就站在生门前面等，看哪个不长眼的倒霉蛋会第一个从转角拐出来，和他面对面。

他运气不错，才等了十分钟就有了收获。自投罗网的还不是一个人，而是一、二、三、四……整整七个人。Guest. 014 数到最后，眼睛都笑弯了。

对面的周云徽、老虎、强哥、华子、崔战、郝斯文、清一色却笑不出来。

孔明灯和十社两队一起在古堡里折腾了大半天，快走吐了也没找到生门，直到几分钟前遇见清一色，才得到生门情报。两队当机立断，让清一色带路。他们至少得蹚一遍生门，毕竟耳听的情报和自己切实体验一遍还是不同的，而且脱离这里，回到古堡下半部，说不定还能想出一些通关的新思路。

他们想得很好，甚至觉得遇见清一色就是转折点，他们即将触底反弹，绝地逆袭。然后从走廊转出来，他们看见了杀人魔的笑脸。触底是真触底了，反弹不存在。

彼此间的距离仅有五六米，他们就是立刻转身往回跑，也拼不过杀人魔的速度。

Guest. 014 显然比他们更清楚这一点，以至于他都不急着攻击，反而好整以暇地把对面七人依次打量，就像在评估哪个猎物更让他满意："既然知道逃不掉，就别挣扎了，乖一点儿的话，我会考虑给你们个痛快。"

清一色欲哭无泪。如果大四喜在，周云徽和崔战提议回生门的时候，自家队友就算被封锁了"幸运抉择"，也一定可以凭借第六感 Say No！大四喜，我想你……

周云徽没想大四喜，他在想应对杀人魔的招儿。跑是没可能的，既然没可能，唯有硬着头皮打，以攻代守，博一线生机。但怎么打？打浴袍男，他们至少可以用闭气赢得些许时间。更重要的是，浴袍男他们可以上手啊。杀人魔这家伙却碰不得，全身锋利这种能力根本就是 Bug。一滴汗从周云徽的脸颊滑落，握紧的手心已湿透。

耳边突然传来崔战的声音："我拖住他，你们进生门。"

"你拖住他？怎么拖？"周云徽信他的态度，却不信他的战术。或者说，他强烈怀疑崔战这家伙的大脑里就没战术。

Guest. 014 也很好奇崔战哪儿来的自信，难得耐心地等着后续，反正这些家伙一个都跑不掉。

崔战给周云徽的回答，是忽然转身，一脚狠狠踹向旁边房间的大门。"当"的一声巨响，猝不及防。

众人看着被踹开的门板，一脸茫然，包括 Guest. 014。那就是古堡中的一个普通房间，和其他众多房间一样，门根本不上锁，一推就开，这么费劲地踹是为哪般？而且踹开了还不算完。众目睽睽之下，崔组长又朝着那已经敞开的可怜门板连踹了好几脚。门板终于"轰"地一下，彻底从门框上脱落。

Guest. 014 极快地眯了下眼，有点儿琢磨过味儿了。不过无所谓，一碰就断气的猎物哪儿有垂死挣扎的有趣。

崔战已经动作飞快地将被踹掉的门板扛了过来，立在身前，妥妥一个"实木盾牌"。战前准备完毕，他才看向周云徽，结果发现对方神情微妙。

崔战皱起眉毛:"想笑随便笑，"说着大力一拍门板，"但对付那家伙，现在就这招管用。"

周云徽没想笑，难得坦白:"哎，我第一次发现，你身上这种'不要命就是干'的气质，还有点儿迷人。"

崔战摇头："别撩我，会受伤。"

周云徽："啊？"

崔战："我会让你伤心的。"

周云徽："……赶紧拿着你的门板离开我的视线。"

想揍崔战的不只周云徽，还有 Guest. 014。他等到现在，是希望对面能带来惊喜，不是想听这些奇奇怪怪的东西！

收起漫不经心，Guest. 014 凝聚精神力，眼中的懒散一瞬被凌厉取代。全身锋利，准备就绪。Guest. 014 锁定崔战，缓缓将力量集中到左手，使之成为最锋利的所在，锋利到可以洞穿门板。对方不是想逞英雄吗，他最喜欢的就是摧毁这些自以为是的天真，然后去欣赏那一张张崩溃后的脸。

周云徽将手伸到后腰，攥住了匕首。他不可能真留崔战一个人战斗，那不就成过河拆桥了，他得想办法找机会把崔战一起带走……

“啊啊啊——啊啊啊——”

声嘶力竭的咆哮在古堡外如惊雷般炸起，震得周云徽几人一激灵，也把 Guest. 014 刚认真起来的战斗意念搅和得稀碎。

那咆哮声听着离这里并不近，但古堡内外太安静了，咆哮者又吼得拼尽全力，所以那声音穿透关闭的窗户传进房间，再沿着只剩门框的大门横冲直撞到走廊，响亮得仿佛就在耳畔。

外面的人显然就为了让全古堡听见，咆哮的回音还没散尽，就传来了新的呐喊：“我是 VIP 的郑落竹！各位还在古堡中的伙伴听好了，通关的条件是觉醒文具树！”语速飞快的呐喊没任何啰唆，上来先直奔重点，仿佛担心有人正身处险境，来不及听到后面。

这一吼也的确有效果，至少在生门这里，攻击的忘了攻击，防御的无心防御。

通关条件竟然是觉醒文具树？

周云徽几人被这重磅消息砸得呆愣，Guest. 014 相对冷静，细长眼里却也闪过一丝讶异，毕竟这对于他同样是新消息。

外面却还没完，又释放了第二个重大消息：“浴袍男已经觉醒了新能力，可以利用空气产生巨大压力，既能阻碍我们的行动，还能给我们的身体造成伤害！”

闯关者瞠目结舌。自己这边还没觉醒呢，浴袍男倒先觉醒了，敢情这关还连带培养守关人？！

Guest. 014 也再难冷静。他们获得进阶能力可不像这帮虫子，给个硬性指标，什么闯过哪一关，达到多少经验值，就顺顺当当觉醒。他们的能力提升从来都是漫长的、艰难的，甚至是偶然的，每一次提升都被他们当作生命中不期而遇的惊喜。Guest. 013 那个装模作样的家伙竟在这种纯消遣的娱乐活动中觉醒了进阶能力？这不可能！

通关条件和浴袍男新能力这两条最重要的情报被反复呐喊三遍，确保尽可能多的人听见、听清，古堡外的人才马不停蹄进入详细展开：“我们身体里的文具树没有消失，只是被暂时封锁禁锢，当我们短时间内情绪剧烈爆发，将自身对文具树的渴求推到顶点，就能冲破禁锢，全面觉醒！”

什么情绪？怎么爆发？周云徽几人不约而同露出课堂听讲却跟不上老师思路的艰难神情。

没承想郑落竹下一句就开始解释了，简直不能更贴心：“情绪爆发的方式有两种。一种是由外而内，利用环境倒逼自己在危急关头爆发对文具树的强烈渴望，比如主动和那两个家伙对战，然后在濒死的极度恐惧里冲破觉醒。我们家越胖胖，还有骷髅新娘、下山虎、五五分、大四喜、白组两个伙伴，都已经这样通关了。一种是由内而外，自己酝酿情绪，主动冲破禁锢。比如‘愤怒觉醒’，我们家南歌、霍栩，还有江户川、佛纹、三道杠，就是在休息区里自我冥想，回顾一路来的悲惨遭遇，怒火中烧，进而觉醒通关……”

周云徽几人一愣，敏锐捕捉到关键词：休息区？

“是的，在休息区里也可以觉醒通关！”

要不要接得这么顺当？！

周云徽几人不必交换眼神，就默契地一脸迷惑。但迷惑的不是情报，因为外面已经讲得非常明白了。可就是太条理清晰、用词严谨、表达准确，才越发充满违和感。这样的发言完全不符合郑落竹那小子的气质啊！你要是被绑架了就咳嗽两声！

古堡外，楼下。

唐凛等郑落竹吼完，继续阐述最后一部分：“关于生门……”

郑落竹深吸一口气，发出最后呐喊：“关于生门——”

作为一个没有感情的扩音器，郑落竹此刻肉体在嘶吼，灵魂在垂泪。他要去找南歌索赔代班费、嗓子损耗费、精神补偿费、你凭什么丢下我提前通关费……

VIP 带来的最后情报，经由郑落竹，传遍古堡内外：“关于生门，位置就在五楼南面传菜通道，古堡地图上可以找到。但是生门不能通关，只能将我们送回古堡一层厨房，休息十五分钟，之后强制返回古堡上半部。并且杀人魔已经知道了生门的位置，另外一个就算不知道，现在也知道了，所以不建议……”

郑落竹的声音戛然而止。

十五分钟到了，VIP 三人和厨房里的四人一同被强制传送回古堡上半部。

“不建议”后面的内容，古堡内的伙伴们再没机会听到。但 VIP 都把话说到这分上了，他们要再领会不出对方的提醒，基本就可以告别闯关了——生门位置已经暴露，现在的生门反而是古堡里最危险的地方，因为两个变态都有可能去那里守着，所以不建议还在古堡内的伙伴贸然前去。

以上就是 VIP 带来的全部情报，详细、实用得超乎想象：通关条件是觉醒，真空领域先升级，冲破觉醒两条路，愤怒、恐惧已验证，生门位置和作用，后续提醒请脑补。一条条一项项，就差手把手教他们通关了。

孔明灯、十社、莲花三队七人，同样的心情——又是 VIP。

1/10 地铁车厢的“唐凛给你讲北欧神话”，2/10 终极恐惧的“曼德拉带你逃离噩梦船舱”，3/10 孤岛求生的“狼影带你翻越环形山，寻找大别墅”，4/10 狩猎者游戏的“跟着唐凛去围殴”……VIP 从来没标榜过自己要成为闯关先锋军、扶危助困小楷模，却每每在最需要的时候成为及时雨、雪中炭。

说不动容是假的，但眼前只能把欠的这些人情先记下。毕竟当务之急，是先通关。

第 七 章

TIAN KONG CHENG | 天 空 城

1

“他刚才说都有谁是靠打架通关的啊？”崔战顶着门板，一边警惕着 Guest. 014，一边问。

“不是打架，是恐惧。”周云徽嫌弃地纠正，“丛越、下山虎、骷髅新娘、五五分、大四喜，还有白组那俩，都是对战的时候因恐惧觉醒。”

“一个意思，”崔战不拘小节，紧盯 Guest. 014 的两只眼睛炯炯有神，“就是说我们和这家伙打一架，殊死搏斗的那种，就能觉醒了？”

周云徽缓缓看向 Guest. 014，目光同样炯炯有神：“理论上来说，是这样。”

强哥、华子、老虎、郝斯文、清一色五双凝望杀人魔的眼睛也开始发亮，带着对工具人的感恩和期待。

Guest. 014：“……”他现在同意 Guest. 013 的看法了，这是十个关卡里最烂的，没有之一。

古堡七层，某房间里，扒着窗口的对对碰和十三幺转回身，缓缓坐到地上。

对对碰：“听明白了吗？”

十三幺：“非常明白。”

对对碰：“你觉得我们适合哪条路？”

十三幺：“你说呢？”

两个莲花四目相对，眼神交织，激动里带着亢奋，亢奋中染上喜悦。

对对碰、十三幺：“谁㞞谁通关，咱俩强项啊！”

与此同时，生门上方的古堡六层附近某房间里，才会合没多久的关岚、探花、全麦同样聚在窗口，听完了 VIP 的情报。在此之前，他们本来正计划去找另外三个伙伴会合，现在省事了，直接去掉一个错误选项——五五分那个不讲究的已经提前通关。

探花："如果通关条件真如 VIP 说的那样是觉醒文具树，那会合的意义就不大了。"

全麦："莱昂跟和尚那两个家伙会自己找到通关路的。"

关岚："那就别耽误时间了。现在开始，跟着我，闭上眼，凝聚精神力，呼唤文具树，同时想象你们经历过的最愤怒的事情……"

全麦："被你折磨算吗？"

关岚："算呀。你还可以想想这么说完之后会遭遇的恐惧，双管齐下嘛。"

全麦："……"

探花闭目凝神，安静如鸡，默默在心里给全麦的求生欲打了个大大的负分。

"砰——砰砰——"

连续声响从楼下传来。

探花立刻睁开眼，和关岚、全麦面面相觑。相同的动静，这是第二次了。第一次发生在 VIP 的情报呐喊出现之前，也是持续多声的"砰砰砰"，就像是有人在一脚脚踹门。

全麦耸耸肩："八成是有闯关者躲在房间里，被那两个家伙发现了，里面不开，外面只好踹。"古堡房间都没上锁，这种需要踹门的情况，想不出第二种可能。

探花犹豫地问："我们要去帮忙吗？"

全麦遗憾地摊手："助人为乐可不是甜甜圈的风格。"

探花想了想："万一被困在里面的是 VIP 呢？"

全麦事不关己的小手僵在半空，无言片刻，深沉一叹："那不过去就有点儿不是人了。"

关岚那边已经把门打开了，回头催："还愣着干吗？"

三个甜甜圈鱼贯而出，贴着墙边阴影低调前行，敏捷无声。七绕八绕到了楼梯口，反而听不见声音了。这很正常，他们那个房间下面正对着五楼的生门附近，而楼梯口这里已经离他们出来的房间很远了。

三人小心翼翼通过楼梯，下到五楼，再以最快速度往生门方向奔。才靠近生门所在的走廊，还没真正拐过去，他们就重新听见了声音，但不再是踹门声，而是杂乱的打斗声，里面还夹着闯关者的呼喊。

"组长，我就快没时间了，实在不行你们就撤吧，再想其他办法——"

甜甜圈们一怔，这声音好像是十社的郝斯文。

三人加快脚步，眨眼就冲出拐角，转进了生门所在的走廊。只见前方不远处，郝斯文、周云徽、崔战人手一扇门板，合力将杀人魔狠狠怼在墙角。杀人魔纵有全身锋利，被三大门板这样死死压着也无计可施，徒劳地挣扎，像一只困兽。不过周云徽他们脚边还散落着另外四块门板，上面有利刃割出的划痕，显然之前也应该是战斗中的一部分。

可周云徽、崔战、郝斯文一人一个门板已是极限，没可能三人拿七块门板，还不够吃力的。所以这里本来还有另外四人？先前听见的踹门声，就是这帮人在拆门板当武器？那另外四人哪里去了？甜甜圈们一边飞快思索，一边逼近战场，很快就找到了答案——透过门板缝隙，隐约可见杀人魔身上缠着“捆仙索”。

“甜甜圈？！”郝斯文最先发现了背后过来的闯关者，立刻求助，“我已经觉醒了，马上就要被送走，你们能不能用地上的门板帮忙顶一会儿，拜托了！”

他这番话才说完，那边三个甜甜圈早各自寻了顺眼的门板捞起来了。虽然是冲着 VIP 来的，但来都来了，也没有到跟前了还见死不救的道理。

“叮——”

郝斯文的通关提示终于到了。如他所言，下一刻便被咻地传送，“捆仙索”一同消失。

Guest. 014 解除了束缚，却没获得自由。因为走了一个郝斯文，又上了三个甜甜圈，五人透过门板传送过来的压制力竟比最初的七人合力还猛。他几乎要被挤扁在墙角，门板紧紧贴在他身体上，推挤得他连动一下都困难，根本没条件也没空间再上手去砍。他只能不断增加身体的锋利度，希望门板在挤压中被割断。但挤压不同于冲击，没有一个瞬时猛力，任他再锋利，也仅仅是让门板压出一些凹痕。

“前面觉醒的都是谁啊？”全麦死死抵着门板，大声地问。

“我们组的三个和清一色。”周云徽的体力已经在相持中消耗大半，气喘吁吁。

甜甜圈们一听就明白了。周云徽带到 6/10 的伙伴就三个：强哥、老虎、华子。崔战带到 6/10 的伙伴就一个：郝斯文。至于清一色为什么会混到这两队里，显然是和他们同批次从古堡一层厨房返回关卡区时，被系统一视同仁地强行分散，八成是寻来寻去没寻到自家伙伴，却碰上了孔明灯、十社的人。所以——

全麦：“你们组员和一个外人都觉醒了，反而剩你们两个组长在这儿死磕？”

崔战：“帮忙就专心帮忙，废话那么多！”

全麦：“哎我这暴脾气……”

关岚：“全麦。”

全麦：“好好，理解理解，你们勇敢，你们无惧，你们品质优良。”

“叮！”

提示音突如其来，所有人都猝不及防。

周云徽、崔战互相看一眼，很好，仍然不是自己。

“又是谁觉醒了？”

探花颤巍巍开口，一脸尴尬羞愧：“好像是我……”

“咻——咣当——”

探花消失，门板落地。

Guest. 014看准时机猛地一挣，可仅剩的四块门板纹丝不动，甚至连压制力都感觉不到削弱。刚才通关那个是压根儿没使劲吗？！

象征意义大于实战意义的，还有关岚组长。他那小身板能扶住门板不倒就不错了，基本算是通过这种形式对周云徽和崔战给予精神上的支持。但他从始至终神情轻松，这种轻松不是漫不经心，而是难得的冷静。他全程目睹探花觉醒，待前者传送立刻后退松手，任由自己手里的门板“咣当”一声倒在地上。

仍奋力压制杀人魔的三人疑惑回头。

全麦：“组长？”

“这么下去没用，要有用我们就和他们一样觉醒了。”关岚直截了当，“现在这种局面，离让我们真正恐惧还太远。”

周云徽眸光一闪：“你想怎么做？”

关岚朝杀人魔一扬下巴：“扔了门板，放他自由，让他随便攻击我们。”

周云徽：“自寻死路？”

关岚：“A. 死亡；B. 通关。一半的机会，赌不赌？”

身上的压制力陡然消失，被闯关者们松开的门板东倒西歪落到地上。倚靠在墙角的Guest. 014缓缓站直。很显然，这些家伙选择了赌。

如果是以前，他会嘲笑这些虫子的天真，嘲笑他们放弃了唯一一次可以杀掉他的机会，就为赌一个十有八九要拿命去填的“可能”。但他现在笑不出来。周身的酸痛仍在，心底的屈辱更甚，他现在只想把这四个人碎尸万段——后来的那三个还剩俩，其实没惹到他太多，但这就是命，前面的觉醒离开了，只好后面的人来补缺。

全身锋利凝聚到极点，Guest. 014锁定关岚，一个箭步就冲了过去。四个人里，这家伙看着最弱，Guest. 014就喜欢先碾死弱的，再折磨强的。

关岚做好了准备，却还是低估了对方的速度。在愤怒的加成上，杀人魔已经是标准的瞬移了，顷刻就逼近眼前。关岚也用自己的最快速度往旁边急速闪躲，却还是慢了半步。肩膀被Guest. 014狠狠撞到，半个肩膀几乎被削掉，血流如注。

“关岚！”全麦一声暴喝。

Guest. 014 眼睛都没抬，欺身又往关岚身上去。关岚没躲，木木地站在那里。但木的仅有身体，疼到极致，他的大脑反而前所未有的清醒。在被杀人魔真的撞到后，他发现自己的恐惧不见了。剧痛让一切杂念消失，心间只剩淡淡的四个字：不过如此。

全身锋利这种能力，越在脑内推演对战过程越觉得恐怖，最后生出“千万不要被对方碰到”的心理红线。但真碰到了，不过如此。关岚怕疼，可是等到真疼了，也就疼了。发生的事情不可逆，他从不做多余的懊恼。他只是有点儿担心，先前仅有的一点儿恐惧也没了，要如何通关？还有，杀人魔又过来了，自己会死吗？死了的话，很多事情都做不了了，比如去更后面的关卡找某个身高比自己高、体力比自己好的家伙算账。

不开心。他真的一点儿都不想死在这里！

“啪——”

“咣——”

两个声音几乎同时响起，都是招呼在 Guest. 014 身上。如果非要分先后，那还是关岚那一巴掌快了那么一点点，然后才是冲过来的全麦用身体把 Guest. 014 撞开。

周云徽和崔战惊呆了。徒手扇杀人魔脸和拿身体直接撞上去，都是什么魔鬼操作？！杀人魔竟然还真被全麦撞飞了，带着一脸的奶油？！

当然全麦也没全身而退，撞飞了杀人魔的他，四肢和躯干但凡和杀人魔接触的部分，也留下了密密麻麻的切割伤，但仅仅是皮开肉绽，没有真的贯穿，更不致命。再看关岚，肩膀持续的失血让他靠着墙壁滑坐在地，扇杀人魔脸用的是另外一只手，不过也就那一下，现在无力地垂着，但手本身并未受伤，只是上面沾满了白色奶油。

周云徽和崔战忽然反应过来，关岚没真的扇到杀人魔的脸，只是借着扇巴掌的惯性把蛋糕甩上去了，是“蛋糕有毒”。同样的，全麦仅仅受皮外伤，也是因为他在冲撞杀人魔的时候，“别碰我”就已经觉醒了。“别碰我”可以反弹伤害，但反弹的程度和对手的能力成反比，所以他没有真的完全将“全身锋利”反弹走，还是受了伤，并且反弹回去的“锋利”几乎没对杀人魔造成伤害。可是他至少救下了关岚。否则就算关岚甩过去蛋糕，也要被二次冲撞切割得四分五裂。

Guest. 014 在地上烦躁地擦着脸上麻酥酥、火辣辣的奶油。

受伤的关岚和全麦静静等通关提示。

剩下两位组长彼此相望。

周云徽：“人家后来的都觉醒了。”

崔战：“你说给谁听呢？”

周云徽：“我也快了，我刚才确定感应到文具树的回应了。”

崔战："不要这样欺骗自己。"

周云徽："……"

有一种友谊叫"来啊，互相伤害"。

"小心！"不远处的全麦忽然大声吼。

周云徽和崔战本能地往两边闪开。不知何时冲过来的 Guest. 014 撞到墙壁上，却还是擦了两人的肩。两人的肩膀当下被划开口子，幸而剐蹭轻微，伤势远没有关岚那样重。

与此同时，全麦和关岚的手臂同时响起通关提示音："叮——"

两个甜甜圈消失，Guest. 014 却已经被愤怒冲昏了头，杀红了眼。一击不中，他立刻选定闪到左边的崔战，动作几乎没有任何停顿，直逼上前。这么近的距离，这么短的时间，根本避无可避。崔战咬紧牙关，硬着头皮抬臂抵挡，牺牲一条胳膊总比丧命强。

眼看杀人魔就要撞上他的手臂，崔战甚至已经开始想象自己被血腥切割后的惨状，旁边却突然过来一片巨大黑影，是周云徽扛着门板从侧面冲过来了。

巨大的闷响声里，周云徽生生用门板将 Guest. 014 撞开了。猛烈的惯性作用下，他和 Guest. 014 一起摔到地上，但他仍死死抱着门板，且因为是主动冲击的一方，他比 Guest. 014 摔得更远。

这一摔极重，摔得周云徽眼冒金星、浑身都疼。可在漫天金色小星星里，他听见了杀人魔起身的动静。周云徽心里一紧，也挣扎着爬起来，努力眨眼，想让视野尽快清晰。终于，他看见了背对着自己的杀人魔和被杀人魔再次逼到墙边的崔战。

这一次，这样的距离，周云徽再没可能携门板去解围。

崔战比他还清楚，所以在退无可退的这一刻，果断向着周云徽喊："去生门！"

打到这份上还没觉醒，那就是和"恐惧觉醒"无缘，有点儿脑子的都知道先撤，再从长计议。当然，这里面不包括崔战。他喜欢"别废话就是干"，至于能不能干成，那是附加效果，不影响他的行动。然而这仅仅是个人喜好，他可从来没打算把这种作战风格传染给别人。可现在，被他提醒之后还没有撤退意思的周云徽怎么看都好像已经被自己传染了。

崔战只好辛苦一下，再吼："你倒是快走啊！"

吼出去了，Guest. 014 的致命锋利也来了。崔战咬紧牙关，做好了被横劈竖砍大切八块的准备。

"呼啦——呼啦——"

一个接一个的密集火焰燃烧声，在崔战和 Guest. 014 头顶响起。

崔战一惊。Guest. 014 一怔。两个脑袋同时抬起。只见密密麻麻的小火球铺满了走廊上空，就在他们抬头的一刹那，火球倾泻而下，恍若一颗颗坠落的陨石，穿透大气层，熊熊燃烧。

“繁星流火”。

坠下的火球像接收到了某种指令，全冲着 Guest. 014 的方向。

那里也有崔战。但崔战早回过神来，趁着杀人魔还被漫天流火闪得发蒙，猫腰就从墙边溜了出去，一路向着周云徽狂奔。他刚跑起来，火球就悉数砸向 Guest. 014。

Guest. 014 抬手挡住头和脸，收起全身锋利，调动所有精神力提高身体的防御力。

火球噼里啪啦砸到他身上。

崔战头也没回，以最快速度跑到周云徽身边，一脸哀怨：“你也觉醒了？”

这个“也”太有灵性，“也”得周云徽不自觉反思自己是不是太不讲义气了，竟然和之前那些伙伴一样觉醒了，只留下崔战一个人，简直禽兽不如……

“等等，”周云徽猛然反应过来，“我是为你觉醒的好吗？！我再不觉醒，你就要被弄死了！”

崔战当然知道，所以被吼完，也就自觉理亏不还嘴了。但有一件事儿他想不通：“我要死了，把你逼觉醒了，那我自己怎么还不觉醒？”

周云徽气结：“你、问、我？！”

那边，随着最后一个火球落下，“繁星流火”结束。

Guest. 014 放下手臂，衣服上被烧出了一片片焦黑，还有破洞。裸露出的皮肤轻微发红，是灼伤，但显然不重。只是他的表情很不好。或者说，他已经控制不住情绪了。杀机从眼底溢出，愤怒让五官狰狞，明明一张还算帅气的脸，此刻只剩濒临崩溃的疯狂。

崔战全身已被汗水浸透，湿衣服贴在身上，微微有点儿凉。直觉告诉他，杀人魔的攻击力和愤怒是“共生”的，就像他们可以通过愤怒觉醒一样，杀人魔也可以通过愤怒让能力增强，甚至进阶。所以当杀人魔再一次攻击过来的时候，他八成就躲不过了。毕竟周云徽已经觉醒，没人能再帮他一次。

但这也是眼下他唯一觉得比较安慰的。至少周云徽觉醒了。

生门就在杀人魔身后，距离崔战不超过十米，可想越过杀人魔抵达生门，这十米难如登天。说得再直白点儿，去生门就是送死。可就算放弃生门，转身就跑，杀人魔可是可以瞬移的，被追上弄死的概率几乎是百分百，所以这条路也是死。崔战对这两个结果都很清楚，因而他无比明白自己陷入了死局——前进、后退都是死，除非觉醒……

“我挡住他，你找机会进生门。”

身旁传来的声音把崔战的思绪从绝路上拉了回来，他愕然转头，待看见周云徽眼里的坚决，才后知后觉明白对方的意思，想也不想就拒绝：“你？你给我站在这儿乖乖等通关！”

现在的杀人魔绝对是高度危险分子，哪怕周云徽觉醒了文具树，崔战也不觉得他能在杀人魔那里占到什么便宜。万一就在这最后等待通关传送的两分钟里丢了命，他都能替周云徽亏吐血。

“乖乖？”周云徽斜眼鄙视他，“崔组长，我听过你的话吗？”

语毕，根本不给崔战再反驳的机会，周云徽扛着门板就朝 Guest. 014 冲了过去，如疾风利剑，速度竟不比空手时慢多少。

Guest. 014 不闪不躲，就站在那儿等他撞。

崔战看出不妙，大声喝止：“你给我——”

“停下”两个字还没来得及出口，周云徽的门板已经撞向 Guest. 014。同时漫天火光如雨而下，砸在他和 Guest. 014 身上。

“赶紧去生门——”

火光里，崔战听见周云徽这么喊。但他也同时听见了一声“咔嚓”。那是门板被撞得开裂的声音。Guest. 014 的半个肩膀从开裂处透了过来，但在此刻那不是肩膀，更像是一把劈开门板的斧子。

周云徽是抱着门板全力冲撞过来的，为的就是把 Guest. 014 推压到墙边，给崔战争取跑路时间，所以当门板被穿透时，他根本不躲，仍用力将门板往墙边压。于是那透过来的杀人魔半个肩膀，正顶到他的胸口。令人窒息的剧痛一霎从胸膛蔓延开来，周云徽疼得眼前直发黑，手上的门板再抓不住。Guest. 014 看准时机，一下子将门板甩开，扔得远远的，而后冷笑着勾一下嘴角，抬手朝着周云徽已经血肉模糊的前胸狠狠就是一拳。

先前穿透门板顺带给周云徽胸膛造成的割伤虽然深，却没真的伤到五脏六腑，但这一拳如果打上，必然就是胸膛的彻底洞穿，神仙也救不回。周云徽看见对方出拳了，也察觉了对方的意图，身体本能地往后退。可一退，胸口就疼得几乎让身体蜷缩，他也随之踉跄。躲不开了。周云徽看着逼近的拳头，冷静地做了判断。他现在没别的想法，就希望崔战那白痴已经进了生门。当然在这个希望达成的基础上，再允许他贪心一点儿的话，他还是希望能赶在被杀人魔一拳打穿之前，由鸮系统通关传送……

“咚——”

很好，周组长两个希望都没达成。隔壁突然疾驰而来一个让人糟心的身影，用身体将他撞飞，当然，也撞开了杀人魔的拳头。

重重摔在几米外的地上，周云徽甚至顾不上爬起来：“你觉醒了？”如果不是觉醒，崔战根本不可能有这样的速度。

他没等来崔战的回答，却等来对方一句风马牛不相及的话：“火焰喷射枪。”

没头没尾，周云徽竟然也懂了。刚觉醒那会儿没用“火焰喷射枪”，是因为杀人魔和崔战在一起，不方便选目标。现在毫无负担了，他立即启动文具树，一把拉风巨型武器顷刻入手，他就仰躺在地上，稍稍撑起上半身，冲着 Guest. 014 就是一顿烈焰喷袭。

刚准备离开墙边往前去的 Guest. 014 直接被这突如其来的烈焰吞没。死估计是死不了的，但烧伤是肯定的了。

周云徽虽然看不见火焰里的情景，但报仇的快感依然爽得他通体舒畅。

“行了。”崔战一把拉起对方，中断了孔明灯组长的快乐复仇。他让周云徽用“火焰喷射枪”，是为了困住杀人魔，好给他俩创造进生门的机会。结果可倒好，周云徽嗨得根本就是要大开杀戒。以后谁再说他崔战横冲直撞、战斗疯狂，他就拉周云徽过来表演。

崔战集中精神力，操控刚觉醒的文具树，以极快速度带着周云徽移动，转眼就到了生门前。传菜通道入口只有一人宽，但那边 Guest. 014 身上的火已经灭了，守关人被烧得跟黑炭似的，速度却不减，脚下一动，身影已经逼近到跟前了。

崔战再没其他选择，管他入口只有一人宽，生生拉着周云徽一起挤了进去。刚一进入，传菜板就急速下坠。与此同时，崔战听见一声“叮”。上下贯通的传菜通道里，那清脆久久不散。

“咚”，崔战落入古堡一层厨房。

周云徽不见了。先一步觉醒的人已经通关，只剩手腕的温度还残留在崔战指尖。

2

古堡八层。

当崔战也顺利收到通关提示，被传送出 6/10 时，从生门返回并已按约定会合的唐凛和郑落竹正在这一层的主走廊上大声交谈。交谈的内容不重要，重要的是能不能引来守关人——鉴于浴袍男已经被他们打败过一次，很难再激起新的恐惧，所以根据制订的战术，他们十分希望这次能引来杀人魔。

古堡五层，北面传菜通道入口所在的走廊。

这里和生门所在的南面传菜通道入口是古堡五层一南一北对称的两个位置，同样隐秘，同样偏僻，也是同一层直线距离最远的两个点。此刻，Guest. 013 就在这条走廊上的某个房间内自我疗伤。

先前一役，他在自己曾沐浴过的房间里吃了大亏——在和一群闯关者的交手中，让一个手臂文着骷髅的和一个梳着中分小卷发的联手，往他腰上刺了一刀。这刀离致命伤还差着十万八千里，却彻底扎醒了他。他太过轻视这些闯关者了。这些家伙的实力并不像他以为的那样弱，甚至当聚集的闯关者达到一定数量，是有可能给他带来危险的。这样的游戏，是否还要继续？

当未觉醒的闯关者趁他受伤逃之夭夭，当觉醒的闯关者被系统传送，Guest. 013 面对骤然空了的房间，盛怒的情绪渐渐冷却。清醒如他，忽然意识到自己进入了一个全然没必要的偏执状态。他偏执地要把这古堡内的闯关者都杀尽，却忘了他是来游戏的，不是来拼命的。前面轻而易举杀掉的那些闯关者已经给他身心带来了愉悦，值回票价了。后面这些难啃的骨头，只会让已经到达顶峰的愉悦值一点点下降，且下降过程中，还可能给自己带来不必要的危险和麻烦，那为什么还要坚持这个游戏？

被撩拨起的怒气当然没那么容易平息，可是和安全性相比，Guest. 013 还是比较惜命。所以冷静下来之后，他离开沐浴房间，故意和那群逃跑的家伙走了反方向。他当时的想法很明确，就是尽可能远离喧嚣，找个没人打扰的地方安静疗伤。鉴于关卡规则不允许客人提前撤离，疗伤之后，他可以继续待在那里消磨时光，直至所有闯关者死亡，或者通关。没想到歪打正着，他竟然来到了这条离生门最远的走廊。

生门在这一层南面传菜通道这件事，他也是不久前才知道的。那时的他刚选定这条走廊上看起来相对干净的房间，进门还没几分钟，正在专注操控自身基础愈合力给伤口止血，窗外突然响起咆哮声，把通关条件、怎么觉醒、生门位置一股脑吼出来了。他被干扰得频频分神，眼看就要止血的伤口又裂了。底下的咆哮持续了几分钟，他就头疼了几分钟，最后世界重新安静的时候，伤口基本就和刚把刀拔出去那会儿一样了。

不过这个插曲，倒是更坚定了 Guest. 013“提前结束游戏”的念头。

关卡进行到这里，已经到了最艰难的阶段，闯关者的体力消耗、心理压力都巨大。在这样的时候，这些家伙还拼尽全力解开了连他和 Guest. 014 都不清楚的通关条件，且解开之后，冒着风险到外面大喊大叫，只为和散落在古堡其他地方的同伴分享情报。这样的意志力、这样的执行力、这样的闯关决心，远超 Guest. 013 预期。他已经为自己的轻视付出了代价，现在及时止损，很明智。

楼下的喊声早没了，Guest. 013 低头看着腰侧，表面皮肤完好，根本看不出受伤痕迹。但他自己很清楚，对于这样深的伤口，自我愈合力只能愈合表面，内里的皮肉还是伤着的，得回去继续治疗。收回目光，打着赤膊的 Guest. 013 起身走向床边——为了方便治疗，他把上衣都脱下来，整齐摆放在了床上。

随着他的走动，腰侧内里未愈合的伤又传来阵阵疼痛。Guest. 013 预料到了，却还是有些不耐地皱眉，以至于走到床边，他忽然改了主意，没去拿衬衫，而是先将西装拿了过来。他一手提着西装外套，一手伸进口袋，很快摸出一支针管大小的制剂。密封的透明试管里，淡紫色的液体隐隐发光，喝下去后，细胞再生能力可以瞬间达到峰值，不管受多重的伤，只要还有口气，都可以短时间内痊愈，痊愈速度和效果碾压其他一切治疗手段。

沉吟两秒，Guest. 013 又把制剂放了回去。别说他现在只是腰上挨了一刀，就是挨了十刀，如果一时半会死不了，就没必要用这个，太浪费。说到底，自己竟然会带一支进关卡，也是小题大做了。Guest. 013 一边自嘲地想，一边一颗颗系好衬衫扣子。这样的娱乐活动，受轻伤已属罕见，怎么可能真有客人伤重危急……

“咚——”

门外突然传来一声闷响，听着离得很近，就在走廊上。

Guest. 013 微微抬眉，他虽然主观上不愿再继续游戏，但如果有猎物主动送上门，他也乐得接收。

系好最后一颗扣子，又以最快速度穿好西装外套，Guest. 013 大步流星推门而出。就在他房门左侧，大约两米的地方，一个浑身烧伤黑炭似的家伙摔坐在走廊上。Guest. 013 没认出脸，但认出了身形和那双一片焦黑中的细长眼。

一秒钟前他才刚在心里说过，怎么可能真有客人伤重危急……打脸来得太快，还是被自己人打的，啪啪啪。

Guest. 014 虽然体力透支，但精神没涣散，听力、反应力都还在及格水平，Guest. 013 这边一开门，他就艰难扭过头去看了。这一看，还不如不看。人生最悲剧的，就是在最落魄的时候遇见衣冠楚楚的同行，一对比，伤害加成。

“怎么弄的？”Guest. 013 先开了口，不过声音里没什么关心，就是单纯疑问。

Guest. 014 闭紧嘴巴，装死，专心装死。

“沉默抵抗不能帮你化解现在的尴尬。”Guest. 013 无情戳破，“这个关卡里除了我们就只有闯关者，我没伤你，除非你自残，否则凶手很好猜。”

Guest. 014 用最后一点儿力气，咬牙道：“我还没死呢……”哪儿就出来个凶手！

“是我用词不准确。”Guest. 013 虚心接受指正，“你还站得起来吗？”

“你说呢？”Guest. 014 呼吸不稳，浑身上下仍残留着灼热。

“看来是不行，”Guest. 013 予以同情，但很有限，“那你只能坐在这里等关卡结束了。”

Guest. 014 听出了弦外之音：“怎么，你已经放弃了？”他鄙夷地一笑，却牵动了灼伤的肌肉，立刻倒吸一口冷气。

Guest. 013 看得直摇头：“自顾不暇，就不要再撩拨别人了。”

“我这是嘲讽！”要不是身上太难受，Guest. 014 绝对要切他一下。

“嘲讽也是撩拨的一种。”

“……”

见一贯嬉皮笑脸的Guest. 014再无话，Guest. 013颇为惊喜。原来牙尖嘴利也是会随着体力消耗而打折的，真是个意外收获。

时间分秒流逝。Guest. 013没动，Guest. 014是没力气动，于是两个人就这样一站一坐，共同沉默地在走廊度过了整整一分钟。

Guest. 013也不知道自己为什么要站在这里，只是觉得Guest. 014都伤成这样了，他转身就走，似乎有些说不过去。但他没打算给对方提供什么帮助，连扶一下的想法都没有，所以留在这里似乎也挺多余。

正想着这些有的没的，下方Guest. 014急促的喘息声突然低了下来，Guest. 013一愣，低头去看，发现Guest. 014倚靠着墙壁，陷入了昏迷。

Guest. 013惊讶地蹲下来凑近，推了推镜片，认真观察，发现对方的烧伤比他想的还要更严重。他以为只是皮外伤，看着唬人，没想到是真的伤到了。以Guest. 014的身手，不可能站在那里任由别人长时间灼烧，所以这伤一定是短时间强火势才能造成的，并且随着时间推移，烧伤反应会越来越严重。

Guest. 013伸手按住Guest. 014的颈动脉，脉搏的跳动力度还好，就这么昏迷上一日半日也死不了人，就是难熬一点儿。因为没救治，身体会持续脱水，自身基础愈合力又赶不上脱水速度，灼伤反应就会加剧。

Guest. 013看着蜷缩在墙边的Guest. 014，看着他浑身的焦黑，看着他失去意识还不时因疼痛而微微抽搐，不由自主陷入沉思。最终，当Guest. 013从口袋里再次拿出疗伤制剂时，他给自己的理由是：Guest. 014这样黑黢黢的，还带着焦炭味，实在脏得令人难以忍受，为了净化环境，他可以付出一些昂贵的成本。

Guest. 014做了个梦，梦见在一片大火中，他把所有看不顺眼的家伙都踩了个稀巴烂。但踩完了，大火还是没灭，他在火海里成了一个人形火球，横冲直撞，找不到出口。就在他濒临绝望之际，火突然灭了。天降甘霖，他在雨露滋润里全身焕然一新，灼伤不见了，衣服复原了，连体力和精神力都悉数回笼……

“醒了就睁眼，别自我陶醉。”

甘霖里，突然传来一个不和谐的声音。

Guest. 014缓缓睁开眼，抬头，先看见一副逆着光的眼镜。

对视片刻，Guest. 013起身，居高临下地说：“我在听，你现在可以感谢了。”

Guest. 014看对方的表情就像在看神经病，可下一秒，他忽然瞥见对方手里空了的制剂。那透明试管虽然空了，却还在底部残留了一点儿紫色，隐隐发亮。Guest. 014 不敢相信，立刻低头，抬起手，看身体，看手掌，看一切能看的地方。除了挂在身上的残破衣服仍一片焦黑，身体各部位的烧伤都恢复了大半，且仍在以肉眼可见的速度继续愈合。这种愈合速度，别说他自身的基础愈合力，就是离开关卡后进行专业治疗也不可能达到。

“你给我用了……”Guest. 014 愕然出声，话说一半想到什么，顾不上讲完，立刻追问，“你怎么会有这个，还带进了关卡？！”这种制剂根本没普及，因为技术难度太高，成本极其高，属于传说中的药品，只在特定领域内流通，千金难求。

“第一，申请时只说不可以中途退出，不可以携带关卡规定以外的武器，没说不可以携带药品。第二，我为什么会有这个，你可以猜测，但我不会回答。”Guest. 013 慢条斯理地说，“第三，我认为你应该先对我的无私奉献表示感谢。”

Guest. 014：“……”这是恩人，不能动手，忍住！

一连几个深呼吸，Guest. 014 干净利落地起身，最后一点儿灼伤也治愈了，甚至连先前损失的体力、精神力都一并回归，他现在就像刚进入关卡时一样战力满满：“多谢。”不甘不愿地咕哝一句，他立刻进入下一话题，“走吧。”

Guest. 013 不解：“去哪里？”

“当然是报仇。”Guest. 014 冷笑道，“伤了我，他们还想全身而退？”

Guest. 013：“你的伤很明显来自文具树。既然伤你的人已经觉醒，应该早就通关全身而退了。”

“这个不用你提醒，”Guest. 014 无所谓地耸肩，目光充满杀机，“反正他们都是同伴，留下来的给走的还债，天经地义。”

Guest. 013 不喜欢劝人，所以只说一次：“最好别去。”

Guest. 014 拧起眉头，突然想到先前 Guest. 013 话里话外透露出的“放弃”意图，嘲讽地哼一声：“你怕了。”

“是理智。”Guest. 013 说，“关卡进行到现在，能给我们提供娱乐的闯关者已经没有了，剩下的不仅无法提供娱乐，还可能给我们带来不必要的损失。你现在被愤怒冲昏了头脑，就像陷入泥潭，越挣扎越往下陷，不如趁早抽身。”

“呵，”Guest. 014 冷笑，“那我就白被烧了？”

Guest. 013：“你可以总结经验，吸取教训，获得成长。”

Guest. 014：“你没受伤，当然站着说话不腰疼。”

Guest. 013：“……”腰侧还隐隐作痛，但体面如他，不准备共享伤情。

话不投机，多说无益。Guest. 013 自认仁至义尽，不再规劝，目送 Guest. 014 的背影消失在走廊尽头后转身回房，进入浴室，开始给浴缸放水。距离关卡真正结束应该还有段时间，Guest. 013 低头闻闻满身沾染的 Guest. 014 的焦煳味……闲暇美好，不如洗澡。

3

古堡八层，主走廊。

郑落竹操着沙哑的嗓音，生无可恋地望着唐凛："组长，还继续吗？"

他们在这里"高谈阔论"了快二十分钟，连个鬼影都没引来，他的声带功能已经在之前的古堡外嘶吼中报废了 80%，现在仅剩的 20% 也岌岌可危。

唐凛眉心微蹙，沉吟几秒，摇头："不了。"

郑落竹可算松了口气，如获大赦，但又担心计划就此夭折："那我们现在怎么办？"

"既然守关人不来，那我们就主动去找。"唐凛果断道，"下楼。"

郑落竹立刻配合行动："去几楼？"

唐凛："五楼。五楼没有，再逐层往上找。"

"五楼？"郑落竹一愣，"五楼不是老板他们……"

唐凛："我们找我们的，他们埋伏他们的，只要两条线不交叉，就不会露破绽。"

新行动方案一敲定，唐凛立刻带着郑落竹下楼。他没有时间可以耽搁了。范佩阳那边早准备好，他们这里却迟迟没动静，古堡内又不能即时沟通，如果再拖得久一点儿，久到范佩阳开始担心他和竹子这边是不是遭遇不测才没执行原定战术，那绝对就要乱了——一个主动出击的范总，后果不堪设想。

偌大的古堡，守关人只有两个，两个里唐凛还只想要一个，找起来根本没什么好办法，只能用最笨的地毯式搜索。故而从八楼往下走时，唐凛是做好了最艰难准备的。不料，沿着楼梯才下到六楼，就和正在上楼的杀人魔走了个迎面碰。

谁也没想到相遇来得这么突然，三人都愣了。

阴暗逼仄的楼梯道，唐凛和郑落竹在上，Guest. 014 在下，隔着半截楼梯彼此相望——两个踏破铁鞋，终见曙光；一个满心复仇，迎来猎物自投罗网。双方的眼睛几乎同时发亮，不同的是唐凛和郑落竹极力掩饰，Guest. 014 恣意释放。然而除了一双眼睛，Guest. 014 再没什么激烈的神情，之前常挂在他脸上的嘲讽、戏谑都不见了，只剩淡淡的冷。

"去死吧。"他仰头轻轻吐出这三个字。

唐凛感觉到了他的变化，那是一种截然不同的决绝的杀意，从极致的愤恨里滋生出来，眼前的守关人不再是当个杀人魔玩玩，更像是要把所有遇见的人以最残酷的方式折磨致死。

危险！唐凛仿佛听见了脑内的警报在疯狂响。他甚至没时间去喊一声“竹子，跑”，而是抓了人就转身往楼上带。

郑落竹终于在唐凛的反应里捕捉到了不寻常的讯号，被抓瞬间立即提速，和唐凛一同朝楼上狂奔。

但他们的速度怎么可能快得过杀人魔。Guest. 014 面无表情地勾起嘴角，身形一闪，眨眼就窜了上去。

郑落竹正好跑到楼梯拐角，余光里瞥见守关人瞬移般的速度，当下呼吸一滞。要是一个人，快就算了，可这是一把人形刀啊！纵然他有所准备，真到跟前了，还是头皮发麻。

急速窜来的人影毫不犹豫地扑向他的后背。郑落竹果断转身，抬起胳膊抵挡。Guest. 014 根本没把这脆弱的抵抗放眼里，看也没看，上来就是一记手刀，直砍向那不自量力的手臂。郑落竹咬紧牙关，只听“当”的一声，手刀砍在郑落竹小臂上，却发出了砍在金属上的声音。Guest. 014 淡漠的脸上终于有了一丝错愕，难怪他总觉得对方的手臂线条看着怪怪的。

郑落竹被砍到的衣袖割开一条口子，内里露出的不是皮肤，而是泛着古铜色泽的金属。那是厨房的金属托盘，薄薄一层，用点儿力气就能卷成圆筒，套在胳膊上当护臂。

这招是郑落竹想的——在对铁板和类铁板的应用上，他是专业的。不过也就是因为质地不厚，郑落竹一度怀疑这玩意到底能不能扛得住杀人魔的锋利，现在用实践检验过了，可以，他紧张得快要骤停的心跳终于缓和下来。

一缓和，他就可以演绎“战术剧本”了。

“组长！”仍抬臂抵挡的郑落竹回头一声大喊，声声嘶哑，字字泣血，“别管我，快跑！”

高出几级台阶的唐凛：“……”战术只需要群演，队友还了他一个影帝。

唐凛没有立刻跑，而是犹豫踌躇，一副想跑又不愿丢下队友的纠结。直到郑落竹突然发力，用胳膊将杀人魔的手猛地挡开，转身往上跑，他才跟着一起。但双方速度的差距是实打实的，当 Guest. 014 从“劣质护臂”的冲击中回过神来，再去追，还是几秒就追上了。唐凛和郑落竹始终保持着一前一后的跑位，所以追上的 Guest. 014 面对的依然是郑落竹的后背。

此时，他们已经跑到了七楼半，眼看就要抵达八楼，胜利在望。郑落竹在狂奔中全神贯注听着背后动静，一听杀人魔又来了，再度转身防御，不仅动作比先前熟练，连心态都稳定了许多。

Guest. 014 这次没有用手刀，而是直接用身体冲撞。郑落竹仍是用手臂去挡。可他拦住了杀人魔的身体，却没防备杀人魔伸手。在胸膛撞上郑落竹手臂的同时，Guest. 014 一拳打向他的心口。

"唔——"

"咚！"

郑落竹疼痛的闷哼和拳头击打到硬物的声音同时响起。

Guest. 014 无语地看看自己的拳头，再看看他。

郑落竹指指胸口，再指指手臂，微笑："同款'托盘护心镜'。"

Guest. 014 怒不可遏，几乎要把牙咬碎。这个蠢货到底在身上绑了多少个金属托盘？他是打劫了整个厨房吗？！

一个金属托盘毫无预警地从郑落竹后背的衣服里掉出来，"当啷"落地。郑落竹和 Guest. 014 同时低头，一个变了脸色，一个神情微妙。那是郑落竹垫在后背的防护托盘，和前胸的"护心镜"一起，用布条缠绕着身体绑住。现在后背的掉了，那前胸的……

Guest. 014 不动声色地收回拳头。

没了拳头的压制，胸前的护心托盘果然从衣内滑落。一同从衣服里落到地上的，还有被 Guest. 014 锋利拳头割断的布条。失去了防护的前胸后背凉飕飕的，郑落竹额头唰地就出了冷汗，此时才真的感觉到害怕。

这变故倒让 Guest. 014 的心情好了不少："护心镜？"他十分遗憾地叹息，"下次绑紧点儿。"

语毕，他再度出拳，还是直奔郑落竹心口。不是非要这样招式单一，但此刻，他就想活生生掏出这家伙的心脏！

距离太近了，郑落竹避无可避。他甚至觉得世界一瞬间寂静无比，只剩下那个致命的拳头，慢动作般一点点靠近自己的心口。濒死关头，郑落竹想的最后一件，也是唯一一件事是：果然那些破烂托盘都是不可靠的，如果自己的"铁板"在，挡天挡地挡锋利，怼东怼西怼死你！

杀人魔的拳头抵达，郑落竹却也在同时被一股巨大的力道拖拽着失去平衡。磕在楼梯上的一刹那，他看见了自家组长的脸。原来是唐凛在千钧一发之际拉他躲开了要命的拳头。

可 Guest. 014 的拳头也没扑空，而是重重打在一块横空出世的铁板上，"当"的一声，震得铁板直响。

唐凛也没想到还有意外收获，飞快地把郑落竹拉起来，难掩惊喜："你的'铁板'。"

郑落竹还有点儿蒙："我觉醒了？"

唐凛点头："你觉醒了。"

郑落竹觉得不可思议，愤怒能觉醒，恐惧能觉醒："怨念也能觉醒啊？！"

唐凛："……"

VIP 组长决定就不打听自家伙伴在危急关头的内心活动了。郑落竹已觉醒，后面的战术执行就更安全了。郑落竹的文具树简直就是为克制杀人魔能力而生的，他从来没有像今天这样热爱自己的"铁板"——那平平无奇、朴实无华的板材，却散发着最璀璨的生命之光！

两人凭借郑落竹的"铁板一圈"，引着杀人魔到了八楼，又一路有惊无险地跑到了主人起居室门口。郑落竹一把将唐凛推进主人起居室，从外面关上门，自己面对杀人魔，慷慨激昂地隔着门板喊："组长，别担心，有我！"

Guest. 014 怀疑他觉醒得忘乎所以了："你是装傻还是真蠢？最多再有十秒，你就会被系统强制送离这里。"

郑落竹的神情僵在脸上，半张着嘴，傻得浑然天成，仿佛每个毛孔都在懊恼——啊，我忘了。

Guest. 014 的怒火都因他的过度愚蠢而有了平息趋势，看着郑落竹的眼神充满同情："我会帮你给你的组长收尸的，"细长眼里笑意阴森，"如果没切太碎的话。"

"叮——"

通关提示如期而至，郑落竹圆满谢幕，功成身退。

或许是那一圈专门克他的铁板看着闹心，或许是郑落竹的愚蠢带给了他快乐，Guest. 014 难得好心地什么都没做，就静静目送郑落竹消失。

外面的走了，屋里的还在。Guest. 014 推开门，就见唐凛一只脚正要跨入密道，闻声回头，神情紧张。

Guest. 014 看着地上的大洞，没想到房里还有这样的玄机。他先前来过这里一次，发现了藏在吊灯上的那个刚通关的蠢货和另外一个女人，还和一个缠着绷带的小子打了一架，从头到尾可没见地上有这样的大洞。难怪这两个人一路逃窜，隐约像是有着明确目的地，原来是希望借由这个密道逃跑。可惜，还是慢了一步……等等！ Guest. 014 突然闪念，想起了那个自己可以进却无法下坠的生门，眼里掠过一丝犹疑。该不会这密道也只允许闯关者进吧？

一个分神，那边唐凛已经跳进去了。

"啧。" Guest. 014 懊恼着，立刻上前，抱着试试看的心理，也往里纵身一跳，没想到一进去，人就急速往下滑。幸福来得太突然，Guest. 014 一喜，在急速的下滑中甚至开始脑补等下要把唐凛切成几片。

"咚——"

隐约的闷响传来，应该是那个家伙落地了。

Guest. 014 调整滑行姿态，对密道的尽头充满期待。终于，他也滑出密道口，“咚”地落地。

离开漆黑的密道，Guest. 014 的视野慢慢……

“砰——”

“咔嗒。”

奇怪的声响中，视野重新一片漆黑。

Guest. 014 怔住，那两声，一个像是关铁门，一个像是……落锁？

对危险的直觉让他本能警惕，立即想要起身，但身体才撑起来一点儿，头就“当啷”撞上了铁板。Guest. 014 什么都看不见，只能用手四下去摸索，然后发现自己好像被困在了一个金属围成的狭窄密闭的空间，而且这个空间正在迅速移动中。不对。为什么会移动？是……怕他用两个房间之间的传送逃脱被困空间？

Guest. 014 一霎惊醒，来不及调投屏，立刻操控精神力，在脑内调出古堡房间平面图，随便选了个房间就用意念发送移动指令。可指令发出，人却仍在黑暗幽闭中。Guest. 014 这才后知后觉地发现，幽闭空间的移动停下了。他用力一砸金属壁，懊恼到吐血，就差一步！

房门外，走廊。

唐凛、范佩阳、莱昂、和尚、白路斜、何律六人围着那个被他们以最快速度挪出房间的铁柜子，确认杀人魔还在里面，稍稍松口气。

柜子放倒在地上，柜门已经上锁，原本在屋内正对着密道下来的落点，是他们从生门返回，按照事先约定的地点集合后，走了几十个房间才寻觅到的。这柜子一人多高，两人多宽，材质、大小都符合战术要求，更完美的是还自带简易锁，外面插销一落一卡，里面死也别想打开。

找好柜子布置妥当，唐凛和郑落竹才去的八楼，用“高谈阔论”开启战术第二阶段。之所以非要找杀人魔，也是因为这个陷阱对浴袍男效果有限。后者就算被困在里面，也可以发动“真空领域”和“空气压力”。

一切都按照既定的战术进行，顺利得超乎唐凛的想象。当然，这也要感谢杀人魔的配合。

唐凛虽然不清楚是谁让杀人魔处于一种被愤怒支配的不理智状态，但显然这种状态让他们的战术执行得事半功倍。

唐凛落下来的时候，柜门还是开着的，所以他起身就能闪。杀人魔当然没这自由——关门，落锁，全封闭打包，才是他的待遇。

“郑落竹呢？”范佩阳没看见自家员工。

唐凛：“觉醒了。”

“他也觉醒了？”和尚一脸羡慕，“胆子小就是好啊。”

“不是恐惧觉醒，”唐凛替自家队友澄清，“是怨念。”

和尚、莱昂、何律、白路斜：“……”

“话说回来，这也太容易了吧？”和尚“咣当”踹一脚铁柜子。他还以为得殊死搏斗一番才能把杀人魔塞进去，结果三下五除二就搞定了。

“的确有些难办，”何律犯愁道，“人抓住了，我们还没觉醒。”

白路斜闲闲一笑：“那就先报仇。”

报仇大家当然想，被两个变态追杀这么久，心里都憋着气呢，但是——

和尚：“人在柜子里，碰都碰不着，怎么报仇？还是说你要把他弄出来？我可提醒你，他是全身锋利，弄出来可就更碰不得了。”

白路斜歪头，狡黠地勾起嘴角：“谁说人在柜子里就碰不着？”

十几分钟后，六人合力将铁柜子从五楼搬到八楼，古堡顶层的楼梯口。柜子被放置在地面和楼梯交接的位置，一半在地上，一半悬空。

里面的人不明真相，只直觉要糟，愤怒咆哮：“你们要干什么？”

没人理他。

白路斜抬脚踩上柜子边沿，用力往下一蹬。柜子滑出去，重重落到楼梯上，先随着楼梯角度翻滚半圈，然后在“咯噔”声里，径直滑到楼梯底。柜子里安静了，不知道是被摔蒙了，还是在羞耻感中晕厥了。

白路斜走下楼梯，来到柜子旁边，抬头望向另外五人，漫不经心道：“如果踹的力气够大，一路翻滚也是有可能的。”

和尚不喜欢白路斜，但这不妨碍他快乐地咧开大嘴：“放着我来！”

古堡五层，某房间浴室。

热气冲淡了昏暗烛火的阴森感，赋予了这个洗涤尘埃的宁静之所一丝精神上的明媚亮色。Guest. 013 闭目躺在温暖中，思绪彻底放空，灵魂随着周身的热水一起流动飘向远方，飘向云端，飘向一个只存在于他梦中的井然有序、一尘不染的理想国……

“咯噔——咯噔噔——咣当——”

微弱的杂音闯入他的冥想，Guest. 013 不悦地睁开眼。

那声音飘飘摇摇、断断续续，听起来十分遥远，远得甚至不能确定是真实的还是虚幻的。Guest. 013 这个热水澡正泡到最舒服的阶段，才懒得费力去猜，他保持着放松的姿态，继续闭目养神。该来的总要来，躲不掉，不该来的也没必要上赶着去找。

浴室重归安静。过了很久，扰人清梦的杂音并未再出现。

Guest. 013 很满意。他的灵魂随着冥想再度轻盈，乘着烛火之光，乘着热气微醺，飞向理想国的静谧黄昏……

同一时间，同古堡五层，离浴室很远很远的楼梯口。

唐凛、范佩阳、和尚、莱昂、白路斜、何律六人合力在楼梯上谱出一首“踢踏舞曲”。铁柜子随着伴奏从八楼滚到七楼，七楼滚到六楼，六楼再滚到五楼。受限于环境，喜庆的复仇之舞不得不在这里画上休止符。

和尚一脚踩上柜子，以手撑头，惆怅道：“快乐的时光总是很短暂啊。”

“你可以把柜子抬回八楼，再来一次。”莱昂难得给出建议，虽然神情还是一贯的淡漠。

“还是算了吧，”和尚呼哧带喘，“快乐也是很费体力的。”

唐凛在柜子旁边蹲下来，望着柜门若有所思。

“想什么呢？”范佩阳问。

唐凛：“里面没声音了。”

和尚把脚从柜子上放下来，也凑近去听：“还真是。”

“死了？”白路斜不负责任地猜想。

话音还没落，柜子里突然响起一声巨大的砸“墙”声，力道之大，生生把柜门砸得凸出一个拳头印。

伴随着砸墙的，还有杀人魔濒临崩溃的咆哮：“都这样了为什么还不能觉醒？！凭什么 Guest. 013 那家伙就可以！凭什么啊啊啊——”

六人互相看看，不免唏嘘——死是没死，疯了。

唏嘘之后，就是更充实的满足和快乐。白路斜弯弯眼眉里的笑意就没收起过，这会儿更是愉快地吹起了口哨。口哨声中，他的目光不经意落到和尚身上。

四目相对，和尚莫名其妙：“干吗？”

白路斜看了他两秒，停下口哨，微微挑眉。

和尚蓦地有种不好的预感。但是晚了，在某种神秘的不可抗力里，他的大脑瞬间空白，神志被模糊，五感被抽走，整个人顿时成了一具空壳，一个任人摆布的提线木偶。

唐凛、范佩阳、莱昂、何律看不到和尚的内在变化，但当和尚眼神涣散地冲着白路斜傻笑，动作僵硬地开始一件件脱衣服，他们就算再迟钝，也知道和尚这是中招了。

“你觉醒了？”何律第一时间问白路斜。在他这里，就算事实再明显，为避免那万分之一的冤假错案可能，也需要凶犯点头才能定罪。

白路斜倒是模范凶徒，不仅坦然承认，还帮着梳理案情：“没愤怒没恐惧，就这么觉醒了我也很意外，为了防止是错觉，拿他试试。”

唐凛：“……”是没愤怒，没恐惧，但有快乐。能把文具树冲破，这位白组临时代理组长到底在刚刚的“复仇”中获得了多么顶级的快乐？

“停下你的‘催眠术’。”莱昂的声音冷冷响起。

白路斜不以为意地转头，眉心正好抵上莱昂瞄准的手指。他一愣，神情里没有恐惧，但闪过一丝意外。

唐凛微微惊讶：“莱昂？”

“是的，我也觉醒了。”莱昂沉声回应，眼睛却紧盯白路斜。

唐凛略微思索，了然：“你们甜甜圈其实感情很好。”

“不是因为担心和尚，”莱昂语调毫无起伏，“在杀人魔咆哮的时候，文具树就回来了。”

唐凛：“……”很好，又一个快乐觉醒。

面对莱昂的狙击，白路斜没丝毫慌乱，反而一脸愉悦地挑衅：“你觉得是你的狙击快，还是我用‘孟婆汤’让你忘了‘你正在狙击’这件事快？”

莱昂：“你可以试试。”

甜甜圈的狙击手不是故意用激将法，他是真的邀请白路斜试。白组代理组长也不是谨慎稳妥派，既然对方都发出了邀请，当然得试。邪气的眼睛极快眯起，白路斜毫不犹豫转移目标，切断“催眠术”，发动“孟婆汤”。莱昂的脑内操控也已经扣上了扳机。

但半空中突然闪现的电火花比他俩更快。那火花就像一条游蛇，霎时击中白路斜。白路斜猛然一僵，什么“孟婆汤”，什么对决，全忘了。弱电流带来的痒让他连魂儿都散了，简直地狱敞开，噩梦重临。

“不要对愿意和你并肩作战的人下手，哪怕只是玩笑。”在他背后，何律不赞同地眉头紧锁，“一次两次，别人可以当你是任性，但三次四次，你就会发现自己身边再没有人了。”

白路斜艰难回头，恼羞成怒却又无计可施，只能从牙缝里一个字一个字地问：“什么时候弄的？”

他问的自然是给予电流惩罚的“墨守成规”。但何律没答，因为在他看来——

“我什么时候觉醒的并不重要，”往前一步，和白路斜的距离拉到最近，铁血营组长目光真挚，语重心长，“没有战友是很孤独的。”

白路斜：“……”

“叮！”

通关提示救了白组长。身形一闪，魔鬼一样的何律再和他无关。

“叮！”

第二声提示音紧接着响起，却不是莱昂或者何律，而是刚从“催眠术”中解脱，还在茫然恍惚中的和尚。敢情被白路斜催眠的时候，他已经快乐觉醒了，只是还不自知。

第三个收到通关提示的才是莱昂。第四个是何律。两声“叮”几乎是同时响起的。

唐凛和范佩阳目送四个伙伴一个接一个“咻”，直至全部消失。原本拥挤的楼梯口顷刻只剩两位 VIP 领导和一个柜子。

最怕空气突然安静……

闯关的列车，相邻乘客下得太快，被孤单留在原地的两人需要缓缓。

“你真的没觉醒？”抱着最后一丝希望，唐凛看向范佩阳。

范佩阳对此倒很淡定：“你不也没有。”

他越不着急，唐凛就越替他着急：“你别等我。我想觉醒随时可以，你能吗？”

范佩阳愣住，声音不自觉提高：“你随时可以？”

“逗你的。”唐凛没好气道，“现在就剩我们两个了，怎么办？”

“很难，”范佩阳客观道，“但再难的事情也有应对之法，只是需要时间。”

“你真的一点儿都没感应到文具树的讯号？”唐凛不死心，“刚才踢柜子的时候，没快乐觉醒的迹象？”

范佩阳摇头，毫不犹豫：“复仇对闯关本身并没有实际意义，这种额外付出的时间、体力成本，我很难感受到快乐。”

“没有实际意义？”唐凛疲惫扶额，“你是不是忘了，刚有四人因为这件无意义的事觉醒通关。”

“我承认在这点上我有失误，”范佩阳中肯道，“如果早知道快乐也能通关，我会努力让自己心花怒放。”

唐凛：“……”就算时光倒流，他对这个“努力”的成果也持严重怀疑态度。

“那恐惧呢？”唐凛不想放过任何一个能帮范佩阳通关的可能，“你在面对浴袍男和杀人魔的时候，真的一点儿都没感觉到恐惧？”

范佩阳：“无论多难缠的对手，也总有方法克制，有战术解决。”

唐凛：“愤怒也没有？”

范佩阳：“愤怒并不能解决问题。”

唐凛：“……”再被范总气下去，他就要怒而觉醒了。

淡定如范佩阳，终于发现了他好像快把唐凛气跑了。但唐凛脸上又好像不是单纯的生气，他的眼里有着急，甚至还有些许不安。唐凛在……担心他？范佩阳终于抓到了对方情绪波动的核心，并且因为那核心是自己，莫名有了一丝雀跃。他踹了铁柜子那么多脚，都不如这一刻的万分之一。

嘴角不着痕迹地上扬，范总突发奇想，如果唐凛现在愿意让他……他会不会直接就因为过于快乐，冲破觉醒？但他很快又否了自己不切实际的幻想。不是说唐凛不会，恰恰相反，如果自己提出要求，但凡这要求有一丝觉醒可能，以唐凛刚刚的态度，怕是都会果断答应，全力配合。然而也就是因为太过清楚唐凛只是为了让他觉醒，和一切他想要的感情都无关，所以就算唐凛真的做了，他也高兴不起来。

这么一想，自己还真是挺难搞的……范总在发散思维的脑补中，罕见地认清了自己的某个侧面。

“什么都不行，那就只剩一个办法了。”

耳边传来唐凛的声音，带着孤注一掷的决绝。范佩阳没来由地心里一紧，立刻收拢思绪，转头看唐凛。

唐凛没看他，正弯腰摸向柜门上的插销。

范佩阳一把抓住他的手："你做什么？"

唐凛抬头，平静道："让你觉醒。"

范佩阳瞬间明白了唐凛的意图——唐凛是要用自己的独自涉险来逼他觉醒！胸膛起伏，他握在唐凛手腕上的力道骤然加重："我不同意。"

唐凛："没时间了。现在关卡里没有多少人了，甚至可能只剩我们两个，拖得越久，越危险。"

柜子里的杀人魔在那一阵崩溃性的咆哮之后，已经安静很长时间了。也许他就此沉寂，但也可能在沉默中爆发，带着新能力卷土重来。

可范佩阳还是那句，语气比手上的力道更重："我不同意。"

唐凛甩了几下没甩开，有点儿着急："范佩阳！"

范佩阳更恼，这简直是他这辈子见过的最糟糕的方案和最不听话最胡作非为的提案者："唐凛，"他压抑着怒气，一字一顿，"你别仗着我纵容你。"

唐凛也看进他的眼睛，然后扬了嘴角："我就仗着你纵容我。"

没被钳制的另外一只手不知何时摸上了插销，灵活地一抬一移，门扇松松地开了。范佩阳想去按住门扇，还没等伸手，整个人就被唐凛猛地推开。铁柜之前就剩唐凛一个人，而铁柜里的人已经嗅到了自由的气息。

“咣当”，铁质门扇被从里面直接撞开。杀人魔就像出柙的猛虎，冲出后直扑离得最近的唐凛，速度之快，可能根本都没看清目标是谁，反正是谁都得死。

唐凛可以躲，虽然未必全能躲开，至少可以避开要害。但他没动。这不是赌博。他不会拿自己的生命去赌范佩阳的觉醒。他只是相信范佩阳一定会觉醒。

杀人魔直逼眼前。唐凛听见了他粗重紊乱的呼吸声，闻到了他身上类似烧焦的奇特味道，但同时也看见了他背后高高腾空的铁柜。

“轰隆——”铁柜自上而下，重重砸在杀人魔身上，就在唐凛眼前，铁柜的棱角甚至蹭到了唐凛的鼻尖。杀人魔被铁柜狠狠压在下面。操控者赋予的冲击力让铁柜在砸落瞬间，扭曲变形。

唐凛迅速后撤，以最快速度和铁柜拉开距离。他心里高兴极了，但现在不能表露，因为他敢保证，此刻转头过去只会看见一个……竹子说过的那个词，什么来着……对，人间凶兽。

在唐凛彻底退到安全距离后，柜子重新飘浮到半空，转瞬又重重落下，速度极快，被砸蒙的杀人魔根本来不及起身。而且二次坠落的铁柜附赠热情爆炸，硝烟弥漫，铁片纷飞如深色花瓣，有种硬核的美。

唐凛远远看着战场，看着战场里的范佩阳。

范佩阳没回头，碎屑烟尘让他的背影也变得模糊。

唐凛知道范佩阳一定很生气，揍他一顿都不解恨的那种生气。说实话，唐凛也是有点儿怵的。一个暴走的范总足以让整栋公司大楼从上到下结冰，从里到外气压低到窒息。但这些都是后面的事。此时此刻，唐凛只觉得这画面很漂亮，无论是硝烟还是范佩阳的背影，都漂亮得让人心动。

“叮——”

通关提示在尘埃落定时响起。

传送前的最后一刻，范佩阳回了头。明明隔着很远，可唐凛就是读懂了范佩阳的眼神。他在说：“你最好给我立刻跟过来。如果不能，你最好有后手。如果连后手都没有，你就敢逼着我先通关……”后面的部分，范总的眼神没表达。但唐凛知道，这是让他自行领会，而且最好是尽量往凶残方向领会。

前方传来动静，是杀人魔从铁柜残骸中挣扎起身。他踩在铁柜的废墟之上，脸被熏得焦黑。唐凛看不清他的表情，却听得见他咬牙切齿的声音。

“都——给——我——死——”

那声音凄厉嘶哑，就像地狱的恶鬼爬出来索命。

与此同时，他身体里突然爆发出奇异的光。那光极亮，唐凛被晃得眼前阵阵发白。

忽然，一阵气流迎面而来。唐凛直觉危险，敏捷闪到旁边。那气流贴着他的手臂外侧而过，刹那间，剧痛袭来。

杀人魔也觉醒了新能力！

唐凛呼吸一顿，转身就跑。

Guest.014冷眼看着那逃窜的狼狈身影，心里没任何温度，只有残酷杀意。活该他留到最后，那就做好承受自己全部怒火的准备吧。

紧紧锁定那虫子的背影，Guest.014脚下启动，全力加速。他觉醒的不仅是进阶能力，还有更快更迅捷的移动速度，这样的距离在他眼里近得犹如咫尺，他只需要……

“咻——”

突来的漫天黑影阻断了Guest.014的视线，也打乱了他急速移动的步伐。Guest.014茫然四顾，发现那层层叠叠的黑影是有形状的，好像是……狼？！

听见身后呼啸着接近的脚步停住，唐凛也随之停下，尽量不发出任何声音。在“狼影幢幢”里，别人看不见，他却什么都看得清。他看得见后方的杀人魔距离自己仅两三米之遥，看得见手臂外侧被杀人魔的新能力隔空割出的伤口又长又深，鲜血染透了衣袖。

幸好，他觉醒得还算及时。

——“你别等我。我想觉醒随时可以，你能吗？”

这句他不久前才和范佩阳说过的话其实不是玩笑，是真的。

在二次通过生门返回厨房的时候，他带领大家感应文具树。当时甜甜圈的和尚努力半天说没感觉，他劝对方再感觉感觉，说文具树并不是真的消失，只是被掩藏在了体内一个不易察觉的角落，只要渴望不断攀升，并持之以恒地和它们建立联系，就能得到回应。当时的和尚还很怀疑，问他为什么这么肯定。他当然肯定，因为那时候他已经实践成功。他说感觉到了但没捕捉到，是谎话。他不是没捕捉到，而是故意没去捕捉，因为他不想那么早就通关，他必须看着所有伙伴都觉醒才能真正放心。但这想法不能和范佩阳透露，否则范佩阳一定会强制要求他立刻觉醒通关。他没信心能拗过范佩阳——在固执己见上，范总是无法逾越的高峰。

现在，因封锁而虚弱的文具树正在迅速恢复元气，就像干涸的溪流迎来雨水，重新潺潺流淌。唐凛可以感觉到，文具树的能量正在充盈到他的四肢百骸。

“你也觉醒了是吧？”“狼影幢幢”里，杀人魔对着前方冷笑，他明明看不见唐凛，方向却找得极准，“我知道你就在那儿，离我很近，我也知道距离你通关传送至少还有一分钟。你猜，一分钟够我杀你几次？”

语毕，不等唐凛回应，Guest.014如离弦的箭，径直向前方扑来。

唐凛屏息不发出任何声音，脚下纹丝不动，只全神贯注，用精神力在兼顾“狼影幢幢”的同时，又启动了五级的“狼影成双”。两个凌厉黑影从天而降，一个迎面扑向Guest.014，一个从背后偷袭。

Guest.014和迎面而来的狼影重重相撞。他以为撞到的是唐凛，但立刻感觉不对，因为被撞的“人”发出的不是惨叫，而是一声呜咽。与此同时，他的后背突然被狠狠一抓，就像利爪自上而下贯穿，火辣辣的疼。不，不是像，就是野兽的爪子。

是狼，和现在这些阻碍他视线的该死的黑影一样，都是狼!

唐凛一动不动，就站在层层叠叠、急速流动的黑影中，屏住呼吸，安静地操控狼影和杀人魔周旋，一分一秒地耗着时间。终于——

“叮！”

小抄纸：“你已达成通关条件——冲破觉醒。恭喜6/10通关！”

唐凛长舒一口气，闭上眼，在天旋地转的失重感中离开关卡。

随着他的离开，“狼影幢幢”和“狼影成双”一齐消失。走廊骤然安静，黑雾散去，世界重新变得清晰。

Guest. 014沉默地站在那儿。壁烛摇曳的火光里，他的影子忽明忽暗，像要破碎。

4

唐凛并不知道自己是6/10关卡内最后一个幸存者。

Guest. 013和Guest. 014也不知道。

但鸮系统知道。并且根据系统设定，当关卡内再没有活着的闯关者，即视为关卡结束。所以当唐凛被传送至通关集合地点后，两位客人也被立刻送出关卡，转移至“娱乐完成区”。该区域位于试炼区出口附近，提供酒水、食物、按摩、休憩、治疗等一系列后续服务。完成娱乐的客人可以在这里稍事停歇，待工作人员办理完相关手续即可离开，算是整个娱乐流程彻底结束。

但以上都不是重点。重点是“关卡内再没有存活的闯关者”这个娱乐结束条件实在很难掌握，以致Guest. 013、Guest. 014二人对于自己被传送出关卡的时机毫无预警。

没有预警，就容易……尴尬。

偌大休息区内，两位彼此熟悉但并无好感的客人一个在房间这一边，一个在房间那一边，视线相交，神情微妙。

Guest. 013上下打量伤痕累累满脸被熏黑的Guest. 014：“为什么又被烧焦了？”

Guest. 014上下打量头发湿漉漉连带子都没系好的Guest. 013：“为什么又换回浴袍？”

“正装束缚感过强，我发现还是浴袍比较舒适。”Guest. 013很自然地回答。虽然真实情况是传送发生得太突然，他只来得及扯一件浴袍蔽体。

“我怎么可能被同一个套路烧两回？这脸是我自己弄的，便于在光线暗的地方伪装。”Guest. 014 面不改色。虽然真相是他被铁柜子的爆炸险些崩飞。

“原来如此。”Guest. 013 点头。

“浴袍的确很适合你。”Guest. 014 微笑。

两位对对方说辞半个字都不信的客人互相颔首，神色真诚。

试炼区协助客人办理离开手续的工作人员推门而入，笑容满面：“两位玩得可还开心？”

Guest. 013、Guest. 014 默默看他：“……”

工作人员不明所以，懵懂回望，小小的眼睛里透着大大的疑惑。

Guest. 013 和 Guest. 014 起初以为工作人员这样问是故意讽刺。毕竟就算浴袍造型可以勉强解释为“惬意度假风”，Guest. 014 那满身的伤和惨兮兮的脸怎么看都绝对和开心无缘。但工作人员那满眼的疑惑实在太真诚，他俩又不得不重新思考。

最合理的解释是，负责后续手续的低层级工作人员并没有权限去看他俩在关卡内的体验过程，所以对于他俩的遭遇一无所知。加上关卡内不过就是一群闯关者，他们这些客人又被允许最大限度使用能力，故而工作人员和刚进关卡时的他们一样，真心认为他们轻轻松松就能碾压全场，自然玩得开心愉快。

这是一个美丽的误会，美丽得让人……心酸。

“咳，”Guest. 013 清了清嗓子，很自然地无视掉先前的问题，“对了，”他像突然想起什么似的，客气询问工作人员，“你们这里有没有娱乐结束的客人向尚未娱乐的客人分享玩后感的环节？”

工作人员礼貌摇头：“没有。为了给客人更好的用户体验，我们都是尽量将双方分开，避免见面交流，以保证关卡的新鲜感和神秘感。”

Guest. 013、Guest. 014：“……”

还真是很新鲜，很神秘，很、美、好的体验呢。

工作人员调出投屏，整理最后的手续资料。

Guest. 014 在治疗区对伤口进行了简单处理，回到工作人员背后，对一直站在原地没动但已经把浴袍严谨系好的男人说：“留个名字吧。”

来这里娱乐，身份信息都是保密的，大家都只用数字做代号，Guest. 013 不明白 Guest. 014 此举的意思，目光透出微微询问。

“我不喜欢欠人情，”Guest. 014 爽快道，“留个名字好联系。那个制剂，我一弄到手就还你。”

“不必。”Guest. 013 一口回绝。

Guest. 014：“这么大方？”

Guest. 013：“因为我不觉得你能弄到。”

Guest. 014：“……浑身上下没有一点儿可爱之处，你是怎么做到的？”

古堡顶层之上，瞭望台。

这是沙漏古堡最高的地方，也是整个古堡最大的一块平台，半露天结构，搭在古堡上的三分之二有华丽的顶盖，向古堡外凸出，悬空的三分之一则是露天的，有顶盖的下方摆着众多舒适的软椅，旁边还有一个小型的治疗区。

通关的三十人，大部分都集中在这片区域。

唐凛是第三十一个。他以为传送的目的地会是通关集结区之类独立于古堡外的新地方，没想到还在古堡，只不过从古堡之中到了古堡之上。

天边已经泛白，晨曦正悄然来临。不过众人显然没心情欣赏这些。受伤的伙伴陆续在治疗区愈合完毕，唯独甜甜圈们仍围在那里——关岚伤势过重，还没有完成治疗。

孔明灯四人、步步高升四人、莲花四人、十社两人、铁血营两人、白组三人这会儿都东倒西歪地在椅子上休息——除了何律组长，他是正襟危坐的。

之所以说大部分伙伴都集中在这个区域，显然是因为还有不合群的。比如 VIP 的小伙伴正在范总的带领下，站立于瞭望台的尽头，也就是露天的那部分，默默远眺。单是背影，唐凛都能感觉到范总周身的低气压和郑落竹、丛越的心酸——频频回头的两人显然更向往舒适软椅。

“组长！”

椅子暂时坐不上，但不妨碍他俩率先发现自家通关的组长。

唐凛向前走去，想和自家伙伴会合，不料才迈出一步，瞭望台中央上空就突然出现一块三百六十度的环形投屏，一只胖乎乎的小猫头鹰“滚滚而来”。

“咕咕！ Guest. 013 恭喜大家 6/10 全体通关哟。”

还是那么熟悉的戏谑电子音，还是那么微妙的诡异感。

椅子上的人纷纷坐起来，治疗区的甜甜圈和平台尽头的 VIP 五伙伴则从各自的方向回头。

江户川神情复杂地望着小猫头鹰：“全体通关？你确定？”

小猫头鹰扑打翅膀，跳啊跳：“6/10 里再没有活人，通关的都在这里了，你们不就是‘全体’嘛！”

整个瞭望台一起沉默。

在鸮这里，活着的才有价值，死了的什么都不算。

“不要这样嘛。”像是能感知到众闯关者的情绪，小猫头鹰的声调越发活泼，“你们现在已完成了全部考核，终于要进入真正的战场，应该高兴起来呀！”

真正的战场？众闯关者猛地一震，不可理解地死死盯住投屏，他们九死一生才从1/10闯到6/10，却还不是真的战场？！

小猫头鹰：“1/10考核对文具树的领悟力，2/10考核对恐惧的抵抗力，3/10考核生存力，4/10考核追踪和反追踪力，5/10是体力和毅力，6/10是觉醒力……”

郑落竹、丛越、南歌越听越惊讶，一齐看向唐凛。猫头鹰说的这些，和自家组长之前推测的几乎一样。

“你们现在通过六关考核，已经是合格的战士了哟。”小猫头鹰拖长尾音。

居高临下仿佛玩养成游戏一样的口气令人愤怒——

“谁要给你们当战士！”

“去你的合格，去你的战场！”

“你们到底想干什么？”

“你们究竟什么目的，说啊！”

面对闯关者们的质问，先前还各种回应的小猫头鹰却好像全然没听见，仍自顾自道：“从7/10开始，后面的每一关都是真正的战场，拿出你们最强的本事，努力活下去吧……闯过第十关之日，就是你们自由之时！”

眨眼间，投屏和小猫头鹰一起消失。那蛊惑人心的“自由”二字，还回荡在迎面吹来的晨风里。

三十一个闯关者久久不能回神。

天上突然飘来巨大阴影。众人一惊，仰头去望，只见那巨物轻轻缓缓，落向瞭望台悬空的那三分之一。VIP五伙伴立刻往旁边闪，避开它降落的位置。

巨物慢慢落下，众人这才看清它的全貌——一艘巨大的飞艇，模样很像帆船，但比帆船多了横向展开的帆。

“叮——”

瞭望台响起一片提示音。

小抄纸：“通过考验的战士们，请登上‘胜利者之舰’。它会带着你们飞向7/10天空城，迎接你们的将会是一个崭新的世界！”

飞艇落下长梯，众闯关者陆续进入。

崭新吗？他们不清楚。他们只觉得自己像被困在沟渠中的鱼，艰难地沿着早被定好的方向游动。

几分钟后，全体通关者登入飞艇。飞艇划动横帆，重新升空。被晨曦映亮的天幕里，它像一艘大船，乘着微蓝色的风浪，驶向遥远的云端。

飞艇之中，休息娱乐设施完备，美食酒水一应俱全。闯关者们总算知道为什么先前的瞭望台上就给几把椅子了，敢情好吃好喝在这里预备着呢。

酣战了一夜的众人早已疲惫不堪，饥肠辘辘。艇内的舒适和准备的丰盛，算是让他们严重低落的情绪有了些许回升。虽然身不由己，至少还能吃饱喝足，人活着，而且活得有精气神，就什么都有希望。

孔明灯的老虎、强哥、华子和十社的郝斯文因在觉醒战斗中结下了深厚友谊，勾肩搭背地扑向美食海洋，扑完发现好像缺了重要人物，整齐划一地回头呼唤："组长，你们快过来啊！"

周火火："……"

崔跑跑："……"

他们并不想把两队关系搞得这么融洽。别问，问就是我俩不投缘，脾气不合，三观不合，文具树也不合！

草莓甜甜圈的关岚的伤势基本在瞭望台治愈了，但看起来疼痛还有些许残留，并不舒服，所以他什么都没吃，挑了个舒服的软榻补觉去了。不过组长补觉不影响另外五个甜甜圈胡吃海喝。他们和步步高升、莲花都在一片美食区域，不时还交流两句品尝心得。

铁血营的三道杠和白组的蒋城、许叮咚聚到了一起，开吃。他们彼此间倒没有太深的情谊，主要是三道杠以"批评白组临时代理组长"为己任，多看白路斜一眼都想吐槽两句，而蒋城和许叮咚没有吐槽自家组长的胆子，于是默默凑过来假装大家恰巧选了同一区域，尽情听三道杠吐槽，不仅纾解压力，还下饭。

何律本来坐在三道杠旁边，后来实在觉得自家队友有些吵，但吃饭闲聊是非常自然的行为，他没有权力要求对方"食不言"或者"至少不言他人之槽点"，只能选择独自离开。然后不知怎的，他就坐到了落单的白路斜附近。

当然，白路斜应该不是落单，而是故意选了没人的地方图清净，所以看见他过来一脸不爽，分分钟就想掀桌。

何律反而觉得这里比刚刚的地方舒服多了。但紧接着，他就陷入了认真的反省。他不应该习惯甚至乐于见到白路斜对他无可奈何的样子，因为这样的自己看起来很像在……欺负人。

大快朵颐中，聚在飞艇休息区一角的 VIP 成了最不合群的存在。

之前见先等来的通关者不是唐凛而是范总，郑落竹、丛越、南歌三个 VIP 伙伴的心就急速沉了下去。毕竟以范佩阳对唐凛的重视程度，绝对不可能允许自己比唐凛先通关，然后留唐凛一个人待在危机四伏的关卡。出现这种局面，一定是发生了某种意外，且这个意外严重到连范总都无法抵抗。三人唯一能想到的就是唐凛出事了，而当时范佩阳整个人都不好的状态，更是给这个推测加了码——他们见过的范佩阳从来都是一切尽在掌握的强势和镇定，可那一刻，他们甚至不忍心去看范佩阳的眼睛。

直到两分钟后，唐凛被传送到瞭望台。

短短一百二十秒的间隔，却漫长得像过了一个世纪。

后来仨伙伴才转过弯，既然自家组长没出事，却还能让范总先通关，那就是用“独门秘法”了，具体操作经过他们不去探寻，只希望自家组长有始有终——自己点的火，自己灭。因为从确认唐凛安全抵达的那一秒，范总就开始释放低气压，显然是悬着的心落下了，要秋后算账了。不过还没来得及算，就被鸮和紧接着抵达的飞艇打断。如今上了飞艇，范总的低气压不仅没有缓和的趋势，反而越发令人窒息，方圆几米已形成生人勿近的死亡区域。

伙伴们什么也不敢说，什么也不敢问。郑落竹和丛越离得远远的，但又不敢真在这时候去快乐地吃吃喝喝，只好紧挨着坐在一起，可怜兮兮互相取暖。南歌也在这里，主要是陪两个小伙伴，总不能真像某个没心没肺的家伙一样，不管不顾自己开溜。

三个人默默转头，六只眯起的眼睛一齐看向正在餐桌那边啃鸡腿的霍栩。霍栩无知无觉，一口接一口啃得逍遥快活。

“你们去吃点儿东西吧。”唐凛走过来，温和开口。

郑落竹和丛越如获大赦，但立刻又因为担心犹豫起来：“组长，你……”

面对一个明显处于暴走边缘的范总，自家组长也不一定有完全的把握……吧？

“没事，”唐凛给了他们一个放宽心的笑，“去吧。”

最终，郑落竹、丛越、南歌还是远离了低压区，奔向幸福的美食海洋。

目送三人走远，唐凛转身返回，径直来到范佩阳面前坐下，坐得大大方方、稳稳当当。

范佩阳抬起眼，眼里沉得像黑夜。

“你早就掌握觉醒方法了。”意料之外，范佩阳先开了口，刚刚经历了一场急火攻心的他，声音哑得厉害。

唐凛蓦地有些心疼：“对不起。”

话一出口，他自己也有些惊讶。他虽然不像范佩阳那样自负，凡事决不低头，但也很少这样上来就先道歉，尤其在这件事上，他的选择和做法都理由充分。可是对着这样的范佩阳，想到对方当时真以为他会出事，却不得不被系统强制送出关卡时的心情，这三个字就很自然地从心底里出来了。

“我如果说了实话，你一定会坚持要我先觉醒，要看着我通关才能放心。”唐凛说，“但我走了，你怎么觉醒？”

范佩阳沉默地看了他半晌，面无表情道：“你是不是太看得起自己了？我的觉醒不是非你不可。”

“恐惧生不出，愤怒起不来，连快乐都失败了，”唐凛体贴地帮他用排除法，“你能说出第二个你能觉醒的方式，我就信。”

范佩阳：“……”

对付范总绝不能一味强势，再占理也不行，除非想去黄泉看看风景。所以唐凛见好就收，立刻放缓了语气：“这样，如果你答应我，以后不管什么事都愿意商量着来，而不单方面拍板就再没改变余地，我就答应你这次的事绝不会再有第二次。”

“这次的事？”范佩阳摇头，“表述太笼统，指向太模糊。”

唐凛：“……我以后都不再骗你，行了吧？”

承诺得太直白，唐凛总觉得有点儿亏。可就是这样，范总还没有立刻答应，而是微微挑眉，似在思考这笔买卖到底值不值。

唐凛冷下脸，秒变唐总监：“你还有三秒考虑时间，逾时就算谈判破裂，前面的承诺全部收回。”

范佩阳有些不满：“你以前很有耐心。”

唐凛深吸一口气，微笑：“那你就辛苦一点儿，好好适应现在吧。”

范佩阳：“……”他严重怀疑唐凛丢失的记忆都拿去换了伶牙俐齿。

唐凛扬起嘴角，冷淡在笑意里消融。范佩阳不提反对意见就是默认，代表协议达成。用“坦诚”换取范佩阳的“凡事可商量”，简直不要太划算。

范佩阳看着明目张胆得意着的唐凛，眼神有了些许变化，但具体是什么情绪很难辨认，有点儿高深莫测。

唐凛本能地警惕起来。

范佩阳上半身微微前倾，靠近他，刻意压低的声音只有他们两人听得见，近似呢喃：“你要仗着我纵容你，我让你‘仗’了，你是不是应该付点儿报酬？”他的声音本就哑，压低了更显危险。

唐凛极力让自己忽略掉那些若有似无的引申含义，一本正经地问：“你想要什么？”

范佩阳顿了下，似乎没想到唐凛答应得这样痛快。他眼里的调侃意味渐渐变淡，取而代之的是一丝苦涩：“不是我想要什么，是你愿意给什么。”

这下轮到唐凛怔住了。他才刚在 6/10 的生死关头欺骗过范佩阳，虽然说了对不起，还达成了以后的“坦诚协议”，可范佩阳的嗓子还哑着，他的歉意就很难这么快消失。在这个他还怀抱歉意的时间点上，只要范佩阳的要求不是太过分，他都能答应。他相信范佩阳对此也很清楚。然而范佩阳放着那么多可以满足的任性要求不提，只要他愿意给的。什么叫愿意？愿意就是那些哪怕对方不索取你也真心想给的东西。

唐凛垂下眼睛，沉默了很久，久到范佩阳以为自己只会等来一个遗憾的摇头，等来唐凛再说一句“对不起”。但他最终等到的，是唐凛弯下的清淡眉眼：“你用‘高级破坏狂’炸杀人魔的时候很漂亮。”

范佩阳在唐凛温柔的笑意里失了神，过了好半天才想起来问对方的具体审美取向：“是杀人魔漂亮还是铁柜爆炸的场面漂亮？”

“……是你漂亮。”唐凛怀疑“破坏狂”偷走了范总的脑子。

“我知道。”范佩阳勾起嘴角，终于心满意足。

唐凛：“……”上当了。

“下次，”范佩阳忽然凑得更近，“下次我更希望听见的不是漂亮，是迷人。”

温热呼吸随着范佩阳的话扑面而来，唐凛有一瞬的恍惚。他以前总觉得很难想象范佩阳也会有对人真心的一天。因为这人太冷静，太强势，也太自负，这样的人除了自己，旁的都难入眼。可是现在，这么近的距离，他清楚地看见了范佩阳眼里的真挚。它们深得像不见底的潭水，将映入其中的人连灵魂都一起吞没。

“唐队、范总，过来一起吃东西啊。”餐桌那边，步步高升的骷髅新娘发现两位 VIP 领导竟然没得吃喝，立刻谄媚……呃，热情召唤。

刚喊出去，就被飞扑过来的郑落竹捂住了嘴：“你傻啊，”郑落竹勒着他小声提醒，“没看见那边低气压？”

骷髅新娘挣扎着把捂在嘴上的手弄开，看向范佩阳和唐凛那边：“低气压？你确定？”

郑落竹随他望过去。唐队和范总不知何时已经起身，正并肩往餐桌这边来。两人的脸色都淡淡的，没有特别明显的情绪，但范总走路都带风了，再迟钝也看得出他的神清气爽，以及场面的安定祥和。

郑落竹几乎带着敬仰凝望唐凛。自家组长的文具树，除了“狼影”和“治疗”外，绝对还有第三棵——“驯兽”，人间凶兽的兽！

三十一人在飞艇里待了一天一夜，吃饱喝足，睡了个好觉。

他们不知道飞艇已经飞了多高，多远，每次看窗外，除了云层还是云层，区别只在于是像棉花糖，还是像积雪。

当晨曦再次来临，飞艇窗外终于出现了一座飘浮在天空中的巨大陆地。离得远时，那陆地的形状还很清晰，就像一座从海里飘到天空中的岛屿。等离得稍微近一点儿，他们就再难看清陆地全貌，因为它太大了，大得足够建立一座城——天空城。

半小时后，飞艇在城池最中心的广场上空缓缓降落。

三十一人走出飞艇，迎接他们的是一座和1/10地下城几乎同等规模的城市。不同的是，这里没有地下城浑浊的空气，只有清爽的微风；没有破败的废墟，只有联排美如花园的屋宇；没有奄奄一息者躺倒路边，只有精神奕奕的闯关者在广场上散步。

清澈的天空，温暖的阳光，蓬勃的生机……地下城里梦寐以求却永远求不到的，这里都有。

“叮——”

小抄纸："欢迎来到7/10天空城。在这里，你不必为生存操心，天空城将会免费为你提供一切生活必需品，以及治疗服务和返回下层关卡的权限。友情提示：返回下层关卡时，禁止透露关于天空城的任何信息。"

清晨，试炼区顾问室里空空荡荡的，只有提尔和索贝克在。

6/10的闯关在一天前就结束了，同时进行的其他几个关卡也在稍早或稍晚时完成，以至于接下来的一天，只有地下城新来了一小队人马进入闯关口，结果困在地铁里几乎要全军覆没。大家也就懒得看了，便在昨天下午早早散了，回房间补觉。

对于实质上已被架空的前守关人来说，没什么固定的工作时间，只要不闹事，试炼区对顾问室这边也是睁一只眼闭一只眼，所以能一大早就来上岗的，除了热爱顾问室烘焙区的索贝克，就只剩生物钟固定要在清晨苏醒的提尔。

“早。”提尔特意去烘焙区和同事礼貌地打了招呼。

正埋头往小蛋糕上撒坚果碎的索贝克听见声音吓了一跳，手上一抖，坚果碎就撒到了蛋糕外。他顾不上清理，连忙抬头："啊，早。"

提尔不好意思道："抱歉。"

“没事没事，”索贝克连忙将撒在桌上的坚果碎清理干净，“你怎么来得这么早？”

“醒了就过来了。”提尔淡淡道，“对了，6/10那些人现在应该到天空城了？”

“嗯，我刚刚看了一眼，已经到了。”索贝克答得顺溜，似乎完全不觉得提尔特意问一群闯关者的动向有什么问题。

相比之下，提尔倒有些意外了："你刚刚特意看过？"

索贝克叹了口气："那么令人……印象深刻的一群家伙，想不关注都难吧。"

6/10的后半段，他们整个顾问室几乎抛弃了所有同步进行的关卡，全体专注围观那座沙漏古堡。

其实也别叫沙漏古堡了，叫“客人的坟场”还差不多，Guest. 014 都要被玩儿死了。Guest. 013 聪明点儿，也是在经历了种种摧残之后才大彻大悟。

看到“快乐觉醒”的时候，原6/10守关人问索贝克要了一杯酒，最烈的那种，对投屏举杯，以感谢 Guest. 014 的英勇替岗。

索贝克和提尔在烘焙区说话的时候，外面工作区又有三个守关人到岗了——1/10 的维达、3/10 的潘恩和卡戎。

他们并不知道烘焙区那边还有人，自顾自交谈着。

维达：“才一天就传开了？真的假的？”

卡戎：“我一个朋友联系我，特意问来你们这里到底是娱乐还是被娱乐。”

潘恩：“我就说，试炼区的保密协议就是一张废纸……”

维达：“不过换个角度想，如果我花钱来娱乐，结果被人搞个半死，我也得全世界通告这就是个坑，坑钱、坑人、坑尊严。”

潘恩：“这么下去还会有人来吗，试炼区该不会提前结束运营吧？”

卡戎：“那倒未必。说不定有人就喜欢高难度，有挑战，有刺激。”

潘恩：“算了吧，什么高难度。那帮家伙从 4/10 到 6/10，哪一次不是靠人海战术？现在进了天空城，可再没有这种好事了，一个个战斗力到底怎么样，很快就会见分晓。”

烘焙区内，索贝克继续认真撒坚果碎，提尔静静听着外面的对话，若有所思。

5

天空城，中央广场。

飞艇离开，只剩下三十一人，像被投放在市中心的马戏团组织，供来往人群驻足围观。

晨光明媚，微凉的风吹过广场草坪，青草沙沙作响，抖掉了草尖儿的露珠。

围观者和被围观者都清楚对方的身份，只是这个相遇的时机，双方都没准备——三十一人在经历了 4/10、5/10、6/10 后，已习惯了一来就独立面对空荡荡的新关卡，谁承想飞艇把他们重新丢回了人群；天空城的闯关者们当然知道飞艇送来的是 6/10 通关者，但因为天空城已经好久没迎来通关者了，他们难免意外，更不要说一来就呼啦啦来了三十一个，这算什么？下面关卡又有新变化，通关不搞筛选搞批发了？

有人闲来围观，当然也有人暗中报信。很快，新闯关者到来的消息就传遍了天空城，各组织陆续过来领人。

最先来的是孔明灯、十社、铁血营、还乡团、甜甜圈五大势力，接着是步步高升、莲花、白组这样的中小型组织。

还乡团来人的时候,从越拉着郑落竹和霍栩给自己遮挡——一个伙伴的宽度不是太够。幸而还乡团来接应的人压根儿不认识他，只在一片嘈杂里大声问有没有还乡团的人，偶尔视线扫过 VIP，也没做停留。当然，最后结局就是这位接应者悲催地发现还乡团全军覆没，自己无人可接。

三十一人虽然分属不同组织，但一路闯关而来，结下的都是过命的交情，所以在分散之前低调约定，三天后还来广场附近集合，互通消息，分享情报。

广场的嘈杂喧闹持续了大约半小时，最后就剩 VIP 六人站在原地。他们下无根基，上无接应，十分标准的独立团。

围观的闲人发现他们被孤零零地留下，有看戏的，也有蠢蠢欲动想上前为自家组织招募的，毕竟是闯到了 7/10，战斗力不会差到哪里去。

“对不起，我们有组织。”郑落竹第三次用同一台词拒绝过来拉拢的人。

这位比前面两位执着一点儿，被拒了也不气馁：“别骗我了，我观察半天了，你们就没人接应。”

“那是因为我们组织规模就六个人，全在这儿了。”郑落竹说话那骄傲劲儿，仿佛自家不是六人，是六万大军。

招募者无语：“才六个人算什么组织啊。”

“你听好了，我们组行不更名坐不改姓——VIP。”郑落竹字字铿锵，“你现在可能没听过，但以后肯定是一个如雷贯耳……哎？我还没说完呢，你去哪儿啊？！”

不光郑落竹莫名其妙，旁听的南歌和从越也茫然。“VIP”三个字母是什么魔性咒语吗，一出口就恶灵退散了？

一再上来招募的人都被郑落竹挡回去了，唐凛和范佩阳就没太在意这边的情况，而是专注观察周围，看天，看地，看广场，看广场外的房屋，看来往的闯关者……他们现在有点儿明白鸮那句“崭新的世界”是什么意思了。

地下城是后十关的起点,为初来乍到的闯关者铺垫渲染出了一副残酷绝望的末日景象，预示着接下来的关卡也会和绝望、死亡这些黑暗相伴。天空城则是后十关的分界点，或者说，一个新的起点，仿佛预示着他们这些从前六关“地狱”里成功爬上来的恶鬼已经到了天堂，从此远离所有苦难和黑暗。

但真的这样美好吗？

崭新的关卡世界，看起来是的。可唐凛和范佩阳都发现，周围闯关者们的状态和他们这些刚从 6/10 上来的并无太大不同。虽然一个个气色不错，天空城的生活条件看起来的确可以，可没一个人是真正放松的，或多或少都带着紧绷和防备，那是长期处于不安环境中的本能。

霍栩也在观察。但和唐凛、范佩阳不一样，他毫不在意闯关者，只在意天空城本身。一草一木，一街一建筑，这些和前面关卡截然不同的东西格外吸引他的注意。

阳光开始变得刺眼，广场渐渐变得冷清，六人还没确定该去哪里，忽然听见个鬼鬼祟祟的声音。

“嘘，胖子……”

丛越对这呼唤最敏感，四下张望找得最积极，很快锁定声源——斜后方不远处，一个以背生双翼的神祇雕像为造型的喷水池后面，某个似曾相识的家伙正探头探脑。

“同花顺？”丛越惊讶，脱口而出。

唐凛也发现了喷泉后的人，问：“你认识？”

丛越点头，心里五味杂陈：“以前的兄弟。”

郑落竹诧异：“你不是还乡团的吗，怎么还和莲花的人是兄弟？”

丛越一脸茫然：“莲花？”

郑落竹：“莲花不都是什么大四喜、清一色、十三幺、对对碰，你这个叫同花顺，绝对一家啊。”

丛越语塞，一时竟觉得这逻辑毫无破绽。

南歌叹口气，提醒两位身在迷雾中的伙伴：“大四喜、清一色、十三幺、对对碰，都是麻将，同花顺是扑克。”

丛越被搅和乱的脑袋终于让南歌理顺，没好气地对郑落竹道：“什么莲花，他是我在还乡团时的兄弟。”

“胖子……”那头的人发现丛越已经看见自己了，立刻招手，让他赶紧过去的意思再明显不过。

丛越当然想和朋友叙旧，但一想到自己已经是 VIP 的人，再和还乡团继续有牵扯好像有点儿不合适，故而有些犹豫地看向唐凛：“组长……”

唐凛完全没想过阻拦，只是对方毕竟是还乡团的人，放丛越一个人过去，他有点儿不放心。

“介意我们一起过去吗？”他征求丛越的意见。

“可以啊，”丛越求之不得，嘿嘿一笑，带着他自己都没察觉的小骄傲，“我正好可以给他介绍一下我们 VIP，”他向前一个弓步，一指冲天，“战神天团！”

霍栩一言难尽地看过来。

郑落竹忍不住敲他脑袋："这个名号、这个姿势，你都赶紧给我忘掉，太中二了！"

说话间，六人走向喷泉。十几步路，从越已飞快简述完他和同花顺的"交情史"，其实一句话就能概括——地下城的友谊。那时两个人都是愣头青，在地下城前后脚加入还乡团，相处了几个月，友情也就是那时候建立的。后来同花顺先进了闯关口，两人就此错开。后来从越到了 2/10 水世界，当了还乡团水世界分部小组长，同花顺从上面关卡下来传达还乡团高层指令时，和祁桦谈完正事还特意偷偷找他私下见面，联络感情。可惜那之后没多久，从越就和还乡团决裂了，那也成了他们最后一次见面。

喷泉背后，同花顺只想找从越一个人，却迎来了 VIP 全员。但这也是意料之中的事，所以等六人过来之后，他立刻低声道："这里人多，跟我走。"

广场人多眼杂，同花顺不希望被还乡团的人看到自己和其他组织私下联系，万一再有一个人把从越认出来，更是罪加一等。

从越也理解，便带着自家伙伴，随同花顺离开广场，走了一段路后，拐进一条偏僻但整洁的小巷。这是一排花园式别墅的背面，几乎没什么人来，隐蔽又安静。

同花顺终于停下脚步，转身给了从越一个结实的拥抱，同时狠狠拍他后背——拥抱像兄弟，咣咣砸后背像仇人。

"你个臭小子到底发什么疯，好端端的出卖组织，暴力退团？！"

VIP 伙伴："……"现在知道他为什么捶越胖胖了。

"我出卖组织？我暴力退团？"从越简直要吐血，一把薅住同花顺压墙上，开始科普自己的血泪史，"我给你说，你是不知道我有多惨，听完你不涕泪横流怒发冲冠算我输……"

鉴于从越过分激动，VIP 伙伴们默契地保持安静，忍住了提醒他"涕泪横流"和"怒发冲冠"想同时出现其实有点儿难度这件事。

短短几分钟，同花顺被迫听完了一部"三观端正好组员被逼出走、愤而决裂"的起义史，正义凛然，荡气回肠。但他没怒发冲冠，因为迫害从越并向上面传播"从越背叛组织"这一情报的祁桦已经死了。他也没涕泪横流，因为从越看着比在水世界的时候又圆润了一些，以至于对方口中渲染的"悲愤欲绝、食不下咽"的可信度打了对折又对折。

"你打定主意跟着 VIP 了？"同花顺最后一次确认。

"不是跟着，"从越严肃纠正，"我现在就是 VIP！"

"行。在这个鬼地方，安全才是第一。"同花顺耸耸肩，说着大实话，"什么这个组织那个组织，还不就是为了活着。"

从越以为还得一番艰难谈心才能让同花顺原谅他的脱团，没承想这么轻易就被理解了，一时有些动容。

“而且——”同花顺的目光扫过另外五个人，最后才又落回丛越身上，“你小子还挺会挑，一找就找了个强力团。”

丛越闻言一愣：“你知道 VIP？”

同花顺：“3/10 集结区传上来的消息，说有个叫 VIP 的小队，人少，势头却很猛，短短两个月，一路从 1/10 到 3/10，这可是很多大组织都没有的效率。”想起什么似的，他紧接着问，“刚才我看见有个想收编你们的，听见你们是 VIP，立刻就撤了吧？”

“对啊，”丛越说，“我还纳闷呢。”

“你们的风评除了勇猛高效，还有王之蔑视，说是五大势力你们都不放在眼里，还在集结区收编了一个极难搞的刺儿头。”同花顺摊手，“现在你们又顺利到了 7/10，更加证明了传言不虚，所以一听你们是 VIP，他就跑了，知道你们不可能被招募，再撩下去容易遭到羞辱。”

丛越：“……”这都是什么舆论风向？他们 VIP 团结有爱、严肃活泼，对内真诚温暖，对外和蔼亲切，怎么就成洪水猛兽了？！

霍栩：“……”刺儿头？谁？

队伍口碑什么的暂且放到一边，聊得差不多了，丛越赶紧给同花顺介绍：“这个是我们组长唐凛，这个是范总，这个是……”

同花顺一一点头，末了爽快道：“叫我同花顺就行。”

唐凛看得出对方是个直来直去的脾气。这样的人特意把丛越和他们带到这里，应该不只是叙旧这么简单，总感觉还有其他想说的。

果然，报完名号，同花顺开门见山：“我和你们 VIP 没交情，但我和越胖子有交情，所以我现在不代表还乡团，完全是私人身份，给你们提供点儿天空城的信息，也省得你们浪费时间瞎摸索。”

第 八 章

GUAN QIA SHI JIE DE MI MI

关卡世界的秘密

1

“别看街面上这么安逸，其实天空城里门道很多。”

这是同花顺的第一句话。

由此，7/10 的神秘面纱缓缓揭开。

同花顺：“你们应该都收到‘小抄纸’了吧，那上面会告诉你们天空城里提供一切生活必需品……”

丛越：“这是骗人的？”

“真的，”同花顺说，“这里有自助饭店、旅店、服务区。每个类别都有十个自助点，平均分散在天空城各处，供闯关者就近选择。饭店免费提供食物和水，旅店免费提供住宿，不喜欢了还可以在街面上找没人住的房子，空房子很多，住进去就算你的，当然暴力抢夺鸮也不管，只要你不怕结仇。服务区可以回下层关卡，一个月三次，每次不超过一天，但不能回现实。”

丛越：“一次都不行？”

同花顺：“不行。”

丛越：“回到下层可以去现实的关卡再选择回现实也不行？”

“都不行。”同花顺严肃地说，“也就是说，如果不继续闯关，一直待在天空城，就永远没有回现实的机会了。”

“我们会继续闯的。”说话的是霍栩。

郑落竹、丛越、南歌意外，连范佩阳都微微侧目。唐凛更是赶在霍栩转开眼之前捕捉到了那双沉色眸子里的决心，还有一些更复杂的他来不及看懂的情绪。他直觉霍栩真正要的不是继续闯，而是闯到终点，甚至是……更深的地方。

“知道你们会继续闯，但首先得在天空城顺利安营扎寨吧。”同花顺意识不到霍栩搭茬有什么特别，接话继续道，“衣、食、住倒是不用担心，现在也没人敢在自助区闹事……”

“现在？”从越听出弦外之音，“以前有人闹过？”

郑落竹：“免费无限量提供，不争不抢全有份儿，闹什么？”

同花顺给了他一个“你太年轻”的眼神：“有资源的地方就有利益。如果我把所有自助区把持住，经我允许的人才可以进来获得食物，那会怎么样？”

范佩阳淡淡开口：“把无限资源人为变成有限资源，谁掌握源头，谁就是主宰。”

“对。”同花顺用力点头，“不过这是很久之前的事了，我也只是听了个大概。当年一个很有实力的组织试图占领自助区，强行控制，以此牟利。那时候铁血营、还乡团、十社、孔明灯还没有现在的规模，在天空城里的组员每一家拿出来都比不过那个组织，但联手就不一样了。所以后来他们合力将对方挫败，稳定住了天空城的局面，那个组织也分崩离析，就此瓦解。从那以后，五大势力正式确立地位。所以啊，天空城才是五大势力的崛起……”

“你给我等一下，”从越一脸纠结地瞪他，“我数学不好，你再给我说一遍，四大势力联手把反派瓦解了，然后就确立了五大势力，是怎么个计算过程？”

同花顺：“明面上是四大势力，那不背后还有一个甜甜圈嘛。”

从越：“背后？”

同花顺：“嗯。据小道消息，甜甜圈才是让那个组织真正瓦解的幕后黑手。”

从越：“他们把人家老大暗杀了？”

同花顺：“那倒没有。他们就是连续三天出现在那位老大的床头。老大睡到半夜，一睁眼就看见床头站着个甜甜圈的人，后来就亲手把组织解散了，然后在下一次关卡开启之日毅然决然独自奔赴闯关口。”

VIP 伙伴：“……”

这位老大究竟是“慷慨赴死”，还是“只要远离甜甜圈，哪怕闯关都欣然”，实在很难判断啊。

“我知道你们在想什么，”同花顺善解人意道，“甜甜圈的画风和我们四家确实不搭，但不管四大势力做什么都带着甜甜圈，外界一直喊五大势力，也没见哪家出来澄清说甜甜圈不算，所以久而久之，大家就基本默认了。”

“反正现在的天空城，自助区就是人人都能随意出入呗。”听完了历史，丛越还是更关心当下。

“对，吃喝随你，没人管。”同花顺说，“但住就不一样了，哪怕你们选择一直住旅馆，也最好选择一个相对合适的片区。”

唐凛：“这里划分区域？”

“鸮没给划，是各组织自己划的，”同花顺耸耸肩，“说白了，就是势力范围。”

丛越：“五大势力，五个片区？”

同花顺：“不，五大势力聚在一起，占据天空城的中心范围，算一个片区。以这个片区为中心，往北和往东，都是其他中小型组织的集合片区；往南，是探索者片区；往西就是自由者杂居片区，基本都是不打算再继续闯关的人聚在那儿，地方相对偏僻，人流杂乱，秩序也差，打架斗殴弄死人是常有的事儿，反正这里也不限制文具树使用。哦对，黑市也在那边……”

“等等，”郑落竹觉得哪里不对，“衣食住都免费，还要什么黑市？”

“你也太没追求了，”同花顺斜瞥一眼，“衣食住只是基本需要。”

“比如文具买卖？”郑落竹能想到的就这一个，但还是觉得市场意义不大，“以现在的关卡强度，除了治愈性文具还有点儿用，其他一次性文具的作用很有限了吧？”

后十关的一次性文具在效果和持续时间上都是被严重弱化过的。在他们文具树等级还比较低的时候，一次性文具的确能提供强力辅助，可即便是那时，这些一次性文具对守关人造成的杀伤也是极其有限的。如今关卡进行到了 7/10，守关人的战斗力早不可同日而语。举个最简单的例子，1/10 的提尔，直到通关他们也不清楚对方的能力究竟是什么，因为交手过程中对方压根儿就没用能力。可到了 6/10 沙漏古堡，他们差点儿被能力狂飙的两个变态弄死。当守关人火力全开时，一次性文具的强度在这样的战斗面前就和闹着玩一样了。所以有渠道获得一次性文具的关卡也就 1/10 地下城和 2/10 水世界，因为再往上就没这个必要了。

“你就不能逆向思考？一次性文具在天空城作用不大，但在地下城有用啊。”同花顺说，“黑市里收这些文具，不管什么来路，随便你是自己手里剩的还是从别人那里抢的，都可以在黑市转手，他们照单全收，然后再倒卖到下面关卡。”

“一次性文具数量有限，单靠倒买倒卖堆不出一个黑市的规模，”一直沉默的范佩阳毫无预警地开口，“里面还有什么？”

郑落竹被自家老板吓了一跳。果然，只有能花钱的地方对范总才有吸引力。

“你想要什么就有什么。”同花顺说黑市的语气，就像在说家附近的菜场，“小到理发、文身，大到买凶杀人，所有服务你都可以在黑市买到……”

“想回现实处理事情，天空城回不去，黑市可以在其他能回去的下层关卡找人代替你回去办，先给定金，事成之后再付全款。当然一般建议委托那种可以用录像、照片或者其他手段证明完成的事项，除非你对办事的人特别信得过……和人结怨了，不想自己动手，黑市里付够了钱，有的是人愿意帮你报仇……还有地下赌场，情报买卖，闯关替人头……”

“替人头？”唐凛听着不对，打断他，“什么意思？”

同花顺嘲讽地扯扯嘴角：“就是如果你不想闯关，可以到黑市花钱找人替你闯，他替了你，你就不用进闯关口了。”

郑落竹莫名其妙，找个给自己打工的一道闯关他理解，而且在这件事上他还能给后辈们分享一些工作心得，但找人替自己闯关是什么鬼：“自己不想闯关就不闯啊，找别人替，通关的也是对方，自己能得到什么？”

“如果闯关替人头都能形成产业链……”唐凛有种不好的推测，目光带着询问望向同花顺，“天空城对于进闯关口的人数有强制要求？”

同花顺：“据说这些年闯关口都是不定时开放，短则间隔一两个月，长的半年都有，每次进入关卡的人数多了不限，但最低不得少于三十人。”

“人数不够会怎么样？”南歌疑惑地问。

在地下城，闯关口限定的是人数上限，一旦进入闯关口的人数达到两百，闯关口自动关闭，从而保证系统设定。但天空城要求的是人数下限，难道低于三十人，闯关口还会出来杀人魔屠城？

“不会怎么样，”同花顺玩世不恭地一笑，“就是整个天空城断水、断电、断食物供给，封闭所有自助区，直到进入闯关口的人数达标。”

“那又怎么样？”郑落竹立刻支招，“你们可以提前在自助区多领点儿食物，囤着呗。”

“食物不是问题，重要的是水。”同花顺说，“水从水龙头里出来，最多放置一天，不管用什么方法保存，只要超时就会变质，人喝下去轻则昏迷，重则丧命。”

从越想说那你们可以去下面关卡吃吃喝喝，话到嘴边反应过来，又赶紧咽了回去。自助区都关了，还怎么去下层关卡。

VIP 伙伴们陷入沉默。水只能保存一天，也就意味着如果四天内不凑够关卡人数，整个天空城的闯关者都会面临脱水死亡的危险。鸮摆明就是要封死闯关者所有的路，只留下一条，就是乖乖遵循它的规则。但是怎么可能每次闯关都正好，就有三十人愿意呢？地下城条件那么差，2/10 水世界酒店里住一天就要花一天经验值，依然有大批的闯关者宁愿长久滞留也不冒险闯关，何况是免费提供衣食住的天空城？可这里看起来秩序井然，很难想象是运行在这样的高压之下。

“我知道你们在想什么，”同花顺说，“这里看着很太平对吧？因为有五大势力稳着局面，保证每次闯关的人数都能凑够，所以已经很久没出过乱子了。”

“这要怎么保证？”从越不解。进关卡就等于九死一生，真有人不愿意，难道还能强迫？

同花顺：“自愿闯关的能满足人数当然最好，满足不了，就各组织轮流补，一个组织补一人，补满为止。天空城的所有大小组织都在五大势力那里报备，这次补到你家，下次就从他家开始补，五大势力自己也在轮流补缺的组织名单里，大家平等。”

听到这里，霍栩才抬眼：“五大势力人多，这样循环补缺，而且都是补一人，他们的组员被选中的概率比小组织低很多。”

“可是我们自愿闯关的人也多。”同花顺看着霍栩，正色道，“如果没有我们，每次闯关的名额有一个算一个，都得各家硬着头皮出来补了。”

“行，我没问题了。”霍栩爽快点头，接受这个解释。

唐凛料到了会是这样。人数多，敢于站出来主动闯关的人也多，剩下的才各组织轮流补。五大势力做到这个地步，于情于理都足够服人，所以才能把天空城的秩序维持下来。只不过……大组织尚有勇者，轮到小组织补人，恐怕就只能像同花顺说的去黑市找了。我花钱，你来顶我们组织需要补的那个名额，便是同花顺口里的“闯关替人头”。但是再往深里想，那些需要补缺的组织次次都能在黑市买到自愿为钱卖命的人吗？如果没有呢，恐怕就只能“抓壮丁”了，随便绑个倒霉蛋塞进关卡，这几乎是难以避免的。

天空城，它的美丽，它的堂皇，它的生机勃勃，都生长在残酷的秩序之上。建立这样的秩序很痛苦，维系和遵守更煎熬，却是身处7/10的闯关者们唯一的生存之道。

“先别急着沉重，我还没说最要命的。”同花顺深深叹口气。

从越有点儿扛不住了：“随时可能被其他组织抓去闯关，还不是最要命的？”

同花顺摇头，直截了当给最终一击：“从半个月前开始，闯关口变成每周开放一次，每次最少十人进去闯关。凑不够人数的惩罚倒没变，‘小抄纸’明确说了，还是全城一起遭殃。”

郑落竹：“每周一次？一个月就要四十人？”

同花顺似乎想笑，但最终挤出来的笑容苦得难看：“所以我刚才说你们可以在街上找没人住的房子，以后这样的空房子只怕越来越多。”

日光的影子在时间流逝里慢慢偏移。小巷原本一半在阳光下，一半在阴影里，现在阴影没了，只剩阳光，安静、耀眼，却没有一点儿暖。

同花顺是真拿从越当哥们儿，几乎把所有知道的都掏心窝子讲了，所有能想到的危险也都提醒了，末了给了建议，最好去中小组织聚集的片区落脚——探索者那边对外人很排斥，自由者杂居片区又太乱，中小组织片区正好符合 VIP 的身份，也显得他们没有野心，不至于让五大势力感觉到威胁。

给完建议，同花顺还送佛送到西，避开容易被还乡团发现的主干道，走小路将他们送出天空城中心区域，离开了五大势力范围，进入了中小组织片区的边缘。

“到这里就行了，再往前我们自己逛。”从越不和同花顺说什么感谢的话，只说，“等安顿好了，我去找你，咱们再好好聊。”

“行。”同花顺拍拍他的肩膀，“注意安全。”

从越和同花顺之间不用多言，唐凛却不能，所以他还是代表 VIP 对同花顺表达了感谢。

临分别，他问了同花顺最后一件事：“闯关口在哪里？”

“天空之塔，就在你们降落的那个广场上。”同花顺回答。

VIP 六人目送同花顺的背影消失在街角。一时间接收了太多信息，他们急需找个地方坐下来消化。但在这之前，还有一件事要做。

唐凛无声地看向郑落竹。后者也在看他，或者说，早就在看他了，眼里带着藏都藏不住的期待。

唐凛朝他轻点下头，随即闭目凝神，唤醒“狼影追踪”。“咻——”黑色狼影从天而降，稳稳落地。

范佩阳、南歌、丛越对此并不意外。从进入天空城，发现这里有众多闯关者，他们就知道郑落竹一定会迫不及待先去找人。就像范佩阳想找回唐凛的记忆一样，找施方泽也是郑落竹的一个执念。

霍栩是唯一一个感到惊讶的。他知道郑落竹要在关卡里找人，但在刚刚接收了那么多重磅情报后，郑落竹第一个念头还是找人，显然这件事对他来说比闯关重要得多，这是霍栩没想到的。他更没想到，唐凛连先找个地方落脚都顾不上，直接就开始“狼影追踪”。南歌、丛越，甚至一贯独断专行、看起来完全不关心唐凛以外的人的范佩阳，对此也完全没意见，仿佛这件事排在第一位是天经地义的。

郑落竹不是什么重要人物，战斗力在 VIP 里都排不上前三。可是郑落竹的事情，好像被 VIP 的每个人都当成了最重要的事情。

霍栩看着唐凛从防水袋里把卷好的作业本拿给狼影，看着狼影专注地嗅着作业本上的味道，再看着旁边期待里透着紧张的郑落竹，还有和他一起紧张的南歌、丛越，以及沉默陪着等结果的范佩阳……心里划过异样的感觉。他说不上具体感觉，有些热，还有点儿别的什么正在悄悄翻涌，想要破土而出。

狼影突然动了，转身朝着西面狂奔而去。

郑落竹一愣，忽然意识到了什么，拔腿就追，一口气竟然冲到了狼影前面。超过一大截之后，他终于恢复了点儿理智，赶紧回头等狼影。

唐凛五人追了上来。没人笑话郑落竹的激动，因为他们都明白原因。

闯关口在中心广场，如果施方泽在后面的关卡，狼影就该和在 3/10 集结区时一样，带着他们往闯关口跑。然而从这里往西去，是同花顺口中那个黑市所在、最混乱的地带——自由者杂居片区。

跟着狼影大约跑了几条街之后，周围逐渐有了变化。同样的街道，却不复干净整洁。同样一栋挨着一栋的多层房屋，沿街铺成联排，阳台、窗口却大多光秃秃的，再难见到精心打理的花花草草。不少地方还有私自搭建，建得乱七八糟，阳光几乎被遮住，穿行在这样的巷子里，偶尔会让人忘了此时才上午，日光正明媚。

往来的闯关者也越来越少，更多的是暗中窥视的目光。四面八方都有，可能来自某条门缝、某扇窗后、某个暗巷转角。

VIP 伙伴们无暇顾及这些。

狼影仍在不知疲倦地奔跑，唐凛在跟随的同时，全神贯注维持文具树的操控，不敢有一点儿分心。对他来说，这只是一次文具树追踪，对竹子来说，却可能是闯关至今最重要的时刻。

终于，在跑了十几条街，跑得众伙伴差点儿体力透支，跑得丛越都要吐了的时候，狼影停了，停在一条很窄的暗巷里，一栋不起眼的四层房子前。

那房子被夹在左右两个六层公寓之间，正面看着占地很窄，仅仅是左右两栋房子宽度的四分之一。三栋房屋又是紧贴着建造的，稍不留神，就会把中间这扇门错过。但现在，狼影扒在门上，急切地挠着爪子。

唐凛结束“狼影追踪”。小狼消失，街巷回归寂静。冷清的巷子里，除了 VIP，一个人都没有。

郑落竹气喘吁吁地望着那扇门，似是想上前，却迟迟不敢动。他的眼里是难以抑制的期待和渴望，然而期待和渴望的深处又是极度的忐忑和不安——怕找错，怕失望，怕空欢喜一场。

轻轻拍了拍他的肩膀，唐凛上前，按响了门铃。

隔了几秒，门内传来由远及近的脚步声，有人到门口了。然而大门并没有被打开，来人隔着门问：“谁？”声音并不客气。

唐凛看向郑落竹，目带询问。

郑落竹有些失望地摇头。这声音难听到爆，他可以百分百确认不是施方泽。

“你好，”唐凛把目光重新转向大门，礼貌地开口，“我们在找人……”

话才开了个头，就被门内的人粗暴打断：“找人去黑市，别在我们门口转悠！”

“哎，”从越才把气儿喘匀，就又差点儿被气得心律不齐，“你什么态度！”

唐凛朝从越摇头，止住了自家伙伴的呛声。陌生人登门，有防备很正常，虽然他总觉得门内的反应稍微有点儿过度，好像是真的在防着什么。

再次开口，唐凛决定直接说施方泽的名字。如果人真在这栋房子里，门内人必然会有反应。当然，前提是这位发小同学行走关卡世界别起昵称，就用真名。

“我们在找施方泽。”

短短七个字，清晰送入门内。

门里的回答几乎是无缝衔接：“不认识，这里没这个人。”

但凡门内稍等一秒再答，唐凛都可以试着去相信，而现在，他可以确定了：“我知道他在，你只需要和他说，郑落竹找他。”

门内人：“谁？”

唐凛：“郑落竹。”

门内人：“你找的那个什么泽我不认识，你说的这个什么竹我也没听过。你们最好赶紧走，再捣乱我就不客气了！”

“唐凛。”

身后忽然传来范佩阳的声音，唐凛回头，就见范佩阳示意他往旁边去。

如果在平时，唐凛不会同意，毕竟能和平解决的，没必要暴力升级。但现在，郑落竹已经急得在原地来回走，胸膛剧烈起伏，完全是给他这个组长面子才撑住了最后一丝耐心。唐凛不想让自家伙伴再受煎熬，果断闪到旁边，把门口让给范佩阳。

范佩阳却没上前，还站在本来的位子，只直视门板。随着范总凝聚心神，眼底渐沉，门板开始轻微颤动。下一刻，只听“咔”的一声，门板竟带着门框一起从墙壁上脱落，直飞冲天，就像有一股巨大力道生生把整个门扯了下来，大臂一挥，扔向高空。“轰隆——”大门在半空爆炸，火光四射。空洞洞的门口墙壁上，只剩一点儿断裂的门框残骸。

门内长相凶悍的强壮男子看着门外。风灌进门洞，吹得他一脸茫然。

郑落竹再压抑不住心情，一个箭步冲进大门。

凶悍男人想拦，刚抬手，身体就不听使唤了，进入了一个极其迟缓的状态。

“别动。”从越操控着“静止键”，心情舒爽，“我们就找个人，你让我们找不就完了，左推右推，横挡竖挡，你房子里有宝藏啊？”

这栋房子并不大，每层只有两个房间，一个是单间，一个是套间。郑落竹一口气冲到房间最里面，没人。他又马不停蹄奔上二楼，也没人。他继续狂奔到了三楼。第一个单间和楼下所有房间一样敞着门，空的。但第二个套间，门是关着的。

进入这栋房子后，这是第一个关着门的房间。

郑落竹走到门前，屏住呼吸，心跳加速。他抬手搭上门把，没拧动——从里面锁上了。郑落竹的心跳更快了，他松开手，后退几步，用尽全身力气向前狂奔，奋力一撞。“砰”，房门被狠狠撞开，郑落竹也随着惯性摔进门内。

这是一个被当成书房的套间，四周墙壁都被书架挡住了，棕色书架将这里围成了一个安静深沉的空间，各种颜色的书脊算是这厚重氛围中唯一的点缀。正对面的书架前站着一个人，背对着门口，也背对着郑落竹。

郑落竹从地上爬起来，声音微微颤抖地喊了第一声，简单到只有一个字：“喂。”

书架前的人缓缓转过身来。

郑落竹眼底一下子就热了，几乎是扑过去把人抱住，紧紧地抱：“你个臭小子！”

唐凛、范佩阳、南歌、霍栩、丛越，还有被丛越控制着只能缓慢跟随的凶悍男人赶到书房时，看见的就是这一幕。

2

在此之前，唐凛曾或多或少想象过施方泽的样子。

那个在郑落竹口中，明明父母不让却还要和他一起玩的男孩；那个在幼儿园里呆头呆脑跟着他，在小学从家里拿吃的给他，在初中把攒的所有零花钱都留给他，郑落竹不要就哭，就一把鼻涕一把泪的男孩；那个就知道学习，总受欺负，于是不良少年郑落竹只好义字当头罩着他的男孩……这样的施方泽，在唐凛想来，该是关岚或者下山虎的模样，可爱清秀，再加一点儿探花的气质，一看就是学习型。

然而眼前被郑落竹抱住的施方泽，和他预想的一样都没对上。

那是一个和郑落竹身高相仿的青年，五官柔和，但绝不文弱。他穿着宽松的针织衫，整个人有一种清澈的明朗感。

南歌是见过施方泽的照片的，在郑落竹的手机里，可那已经是六七年前的照片了。眼前的施方泽和照片中的相比，五官变化不大，但青涩早已褪去，时光让他从大男孩变成了男人。

“……竹子？”被紧紧抱住的施方泽终于呢喃出声，带着不可置信的惊讶和微微的颤抖，但很快他就从冲击中彻底醒过来，用力回抱住郑落竹，又叫了一次，“竹子。”

南歌眼底起了雾，明明是旁人的久别重逢，她却……

呃？南歌这边才刚被感动，就见郑落竹忽然松开施方泽，像只大型犬一样在对方身上各种闻。

VIP伙伴看得迷惑。连刚被丛越解除文具树效果的凶悍男人都对着这场面呆愣。

施方泽更是茫然：“竹子，你……”

“不对，”郑落竹忽地抬头，严肃地盯住施方泽，“你身上味道不对。”

施方泽：“……”

VIP伙伴面面相觑，一时无语。都六年了，不是六天，别说一个人身上的味道会变，就是五官气质变了都不……

“这你都闻得出来？！”施方泽的语调骤然提高，看郑落竹的眼神就像在看灵异现象，“你是什么文具树，‘闻香识男人’？”

“还用文具树？”郑落竹嗤之以鼻，骄傲地一指脑袋，“他身上什么味道，全在这里记着呢。”

“不可能，我的‘画皮Ⅲ’百分百复制，外貌、记忆，连文具树都不在话下！”

VIP五伙伴：“……”这到底是个什么剧情发展？！所以施方泽是假的？是一个和祁桦一样拥有“画皮”文具树的男人伪装的，而且还真的被竹子用鼻子识破了？

才嘚瑟完的郑落竹忽然变了脸色：“不对。”他像是刚想起某种极度不好的可能性，一把揪住冒牌货的衣领，将人重重抵到墙上，“施方泽在哪里，你们到底把他怎么了？！”

场面濒临失控。

书房左侧通往套间里屋的门，却在这时缓缓打开。

众人循声望去，门里站着第二个施方泽，从身材到穿着，从发型到五官，和被郑落竹抵在墙上的那个一模一样。

但当唐凛看见这一个，就知道“画皮Ⅲ”并不能真的百分百复制——还是那张柔和的脸，眉宇间却多了几分镇定，那是一种少见的气质，仿佛这个人说出的话就值得听，做的事就值得信。

还在墙那边欺负假施方泽的郑落竹压根儿没听见这边门开。

门里的人不得不主动出声，带着笑喊道：“竹子。”

唐凛清楚记得，第一个施方泽一开口，气质就微妙地打了折。而这个施方泽明明笑了，却让人觉得他的沉静更有力量。

听见呼唤，郑落竹缓缓转头，待看清门里的人，手就不自觉松了。然后，他听见那个人问："要不要再过来闻一闻？"

郑落竹愣愣地望着那个对着自己笑的人，整个人定在那里，有好几秒时间，一动不动。被欺骗过一次的人，第二次总是充满防备。

施方泽仍温柔地笑着，等得安静而耐心。

最终，郑落竹还是没敌过心里的蠢动："闻个屁，我怎么知道你不是第二个冒牌货……"嘴上这样骂，身体却很诚实地抛弃"画皮"，走向那个施方泽。

几步路的距离，转眼，郑落竹就到了对方面前。

门敞开着，一个站在门里，一个站在门外，距离却只有一步之遥。

郑落竹这次没有闻，他只是平视着对方，在这样近的距离，死死盯住对方的眼睛。

施方泽也在看他，忽然又低声喊了第二次："竹子。"

郑落竹眸光闪动，哑着声音道："再叫也没用，我这一腔的感情都被刚才那个骗子浪费完了。"

话音刚落，宣称"感情被浪费完了"的郑落竹同学就又扑了过去："你个臭小子——"

都说喜极而泣，但被严重伤害过一次的郑落竹是喜极而怒。他这回扑到施方泽身上就不单是连搂带抱了，还连勒带擒拿，恨不得把人抱紧了揉碎了，再捶一顿。

施方泽任由他蹂躏。

郑落竹激动起来下手根本没轻重，有好几下，唐凛他们看着都疼，可施方泽像是根本不觉得什么，神情和目光甚至比先前更温柔。

唐凛料到了郑落竹不会气馁，什么"感情被浪费完了"这种话也就是说说。郑落竹是他见过的最有朝气的人，与年龄无关，是烙印在性格里的。这朝气让他充满生命力，就像一次次冲上岸、一次次拍打礁石的海浪，永远不会因为岸和礁石的无动于衷而停歇。更何况施方泽不是岸和礁石。而且，唐凛想，对方对竹子的了解只会比自己更透彻。

任由郑落竹揉圆捏扁了几分钟后，施方泽才找到空隙，向郑落竹询问一同闯进来的陌生人身份："他们是……"

"我队友，"一问自家队伍，郑落竹就骄傲了，"我们是 VIP！"

施方泽朝着 VIP 们的方向歉意笑笑："我能和他单独聊聊吗？"

久别重逢，想单独叙旧，这要求完全合情合理。让唐凛意外的是，施方泽问这话的时候，询问的目光是直接递给他和范佩阳的，像是认定他俩或者他俩当中的一个是这六人队的领导。从进门到现在的种种迹象，包括凶悍男人和画皮的反应，都说明对方并不清楚他们六个的身份，在这种情况下，施方泽的观察力让唐凛惊讶。

"我们没意见，"唐凛也朝施方泽笑笑，"你问竹子就好。"

言外之意，竹子愿意和你“单独聊”，才算数。

郑落竹浑然不知自己被组长给足了面子，没等施方泽问，已经迫不及待把人往屋里推：“我们是得好好聊聊！”

“砰”的一声，门被郑落竹带上。

外面就剩 VIP 五人、凶悍男人，还有仍顶着施方泽模样的画皮。一秒前的关门声还在众人耳边回响，那场面怎么看怎么像不良少年要欺负学习委员了。但凶悍男人和画皮脸上不见一点儿担心，仿佛认准了施方泽不可能吃亏。

这一次，唐凛和他们站到同一阵营。施方泽看着斯斯文文、安静温柔，可绝对不是乖乖牌。对着郑落竹，他或许还是那个别人家的孩子，那个会被不良少年欺负的竹马——虽然这点唐凛也存疑——但当他把专注力从郑落竹身上移开，比如刚刚看向自己和范佩阳问“能和他单独聊聊吗”的时候，唐凛清晰地在他带笑的眼里看见了锋芒。

唐凛现在唯一庆幸的是竹子不是一头热，施方泽看起来是真以竹子为重。否则，如果施方泽想害竹子，只要挖个坑就行了，剩下的都由竹子完成——自己往里跳，跳完了再伸手从两边把土搂下来，我埋我自己。

找施方泽这件事，不单是郑落竹的心病，其实找了这么久，南歌也一直替他惦记着。现在尘埃落定，南歌的激动不亚于郑落竹。这会儿正主都关起门来叙旧了，她还没完全缓和下来，眼底热热的，替竹子高兴，也替竹子感到不容易。结果余光里发现丛越也和她一样望着门板，但情绪上和自己的感动截然不同，大大的脸上只有更大的困惑，她偏过头问：“怎么了？”

丛越看过来，欲言又止。

旁边的霍栩毫无顾虑，一语戳破：“施方泽的反应有问题。”

“有吗？”南歌光顾着替郑落竹开心，根本没顾上注意这些。

“怎么说呢，就是太……太从容了，”丛越想半天，终于找到合适的词，“一点儿不像这么多年没见。你看竹子都激动成什么样了。”

南歌刚想说会不会是性格不一样，墙边突然传来“咣咣”两声巨响——墙边的画皮把附近一个柜子的两扇柜门踹下来了，一脚一扇，凶狠利落。

丛越被吓得一激灵，口气不善：“你干吗？”

画皮把两片一人多高大半人宽的长条柜门捡起来扛到肩上，口气比丛越更凶：“补门！”

眼见着画皮和凶悍男人一齐离开书房，下楼补门，丛越有点儿不确定地问南歌：“他俩在生气吗？”

南歌想了下，点头：“好像是。”

从越一脸无辜："为什么啊，就因为我说施方泽没竹子激动？"

南歌又想了下，继续点头："好像是。"

一楼，大门口。

礼拜天，也就是顶着施方泽模样的画皮，把柜门在空洞门口对了半天，还是不合适，烦躁地一脚踢墙上："一言不合就搞定点爆破，什么狗脾气！"

大吉，也就是凶悍男人，倒是看得开："没把门板炸我脸上，还不算太狗。"

"脾气不行，眼神也差啊。"礼拜天愤愤不平，"我跟了老大这么久，今天是头一次见他这样。这还不叫激动？他要真从容，绝对不可能被抱了那么半天，才缓过神来说要单独聊聊！"

大吉接过他手里的柜门，搭在门洞上，甭管漏风不漏风，先拿锤子钉上再说："你不能拿我们对老大的了解来要求他们。我刚认识老大的时候，也以为他只有笑眯眯一个表情，这不是相处久了，才摸清隐藏在谜之笑容下的喜怒哀乐。"

"哎不对，你怎么一个劲儿替他们说话？"礼拜天眯起眼，上下打量他，"被收买了，还是看上里面那个美女了？"

大吉："不是美女，是个头最高那个男的。"

礼拜天震惊："你看上他了？！"

大吉："他没把门板炸我脸上。"

礼拜天："……"

"话说回来，"大吉皱眉瞥了仍是施方泽模样的礼拜天一眼，"都被识破了，你还一直变身干吗？"

礼拜天忽然正色起来："大吉，你过来。"

两人就在门口，本身离得已经很近了，大吉不明所以："过哪儿去？"

"这里，"礼拜天指指自己的脖子，"你过来闻闻，味道和老大有什么不一样？"

大吉："……滚。"

礼拜天："是兄弟不？"

大吉："自己的破绽自己找！"

礼拜天："我要能闻出来还用你，早去训练室打补丁了。"

大吉："我要能闻出来还用在这儿补门，早和老大连搂带抱进屋了。"

礼拜天："……"槽点太多，画面太美，你赢了。

随着一阵叮叮当当，两块柜门总算将门洞挡上了70%，大吉和礼拜天心安理得收工——今天闹出这么大动静，这里肯定是不能再待了，大门什么的，对付对付差不多得了。

相比大门，他俩更担心楼上——

礼拜天："你注意到没？"

大吉："老大生气？"

礼拜天："我就知道你也发现了！"

大吉皱起眉头，凶悍的脸上此刻满是愁容："想不发现都难吧，也就那个什么……竹子，傻头傻脑的，真以为老大和他一样高兴。"

"高兴是真的，我就没见老大这么高兴过，"礼拜天说，"但生气也是真的，所以我现在好奇死了，那个竹子到底什么人物，把老大折腾得又高兴又生气，乱七八糟的……"

大吉："VIP。"

礼拜天："啊？"

大吉："他不是说了吗，他们是 VIP。"

礼拜天："等等，是那个新冒头的 VIP？他们这么快就闯到天空城了？"

大吉："不光闯到天空城，还在十分钟之前炸了我的门，破了你的'画皮'，抱了我们老大。"

礼拜天："这到底是什么神奇组织……"

三楼，书房里屋。

关上门，郑落竹气势汹汹转过身来，面对施方泽，准备来一番"你小子让我找得好苦，为什么六年都不回现实露个脸"的质问，不料刚被他松开的人，脸上的笑容已经淡了。

小时候施方泽不爱笑，总显得有些呆呆的，辜负了他的学习成绩。所以那时候郑落竹就一直告诉他要多笑，笑起来显得聪明。后来不知什么时候开始，施方泽就变得爱笑了，总是一副笑眯眯的模样。然后郑落竹才发现，这并不能让对方看起来更聪明——因为长大一些的施方泽，笑不笑都自带好学生气质——对谁都笑，只会让他看起来没脾气，很好欺负。所以那个时候郑落竹就开始改变思路，让他不要对谁都笑，不然被欺负了还得他出马。

可是这次施方泽没听他的。估计是到了青春叛逆期，郑落竹也就没强求，只能自己辛苦点儿，谁欺负施方泽了，他这个辍学的就堵对方放学路上，和他谈谈理想、聊聊人生。一直到施方泽上了大学，也不知道是不是日久天长看习惯了，郑落竹发现自己挺喜欢施方泽笑的，对方一笑，他就开心。但也同时掌握了被动技能，就是对方一不笑，他就能清楚判断出施方泽的情绪。

在别人看来，不笑的施方泽仍是淡淡的温和脸。可在郑落竹这里，能准确分辨出对方是冷淡还是生气。比如现在，就是后者。

问题是为什么啊？郑落竹一脸茫然，还有点儿委屈："你见到我不高兴，还生气？"

“你为什么会在这里？”施方泽忽然问。

郑落竹想也不想：“找你啊。你知不知道，我从 1/10 找到 7/10，如果不是我们组长有‘狼影追踪’，我就得大海捞针！”

施方泽：“我问的是你为什么会在这个关卡世界。”

“还能为什么，就是倒霉被选中了……”郑落竹说到这里突然愣住，有点儿明白对方生气的点了，简直冤死，“你该不会以为我是为了找你，特意进来这个鬼地方的吧？你怎么闯关还把脑子闯笨了呢？我在外面找了你好几年，然后被卷进这里，突发奇想，觉得你可能也在这里，于是继续找，结果让我蒙对了，这才是因果关系。”

施方泽：“突发奇想？”

“呃，”郑落竹卡壳半秒，“对啊。”

施方泽：“然后就蒙对了？”

郑落竹咽了下口水：“嗯。”

施方泽垂下眼眸，沉默半晌，再抬头：“竹子，我是不是看起来很好骗？”

郑落竹把差点儿脱口而出的“是”咽了回去。

四目相对，良久。

“算了，”施方泽释然一笑，“你不想说就不说。你一心找我，我不该和你生气。”

郑落竹不怕硬杠，就怕现在这样，好像自己欺负了人似的：“行啦行啦，我在许愿屋里问你的下落，才知道你在这里。”

施方泽一脸平静，像是早就猜到答案：“所以你为我用掉了唯一的愿望。”

郑落竹后退一步：“你不会这也要生气吧？”

“生气，”施方泽毫不犹豫，“但又高兴。竹子，这里很危险，我一点儿都不想你出现在这里。可是你被卷进来了，在经历了那么多关卡之后，进许愿屋里第一个想到的还是找我，我很高兴。”

“咱俩这关系你还和我说这些……”郑落竹嘴上咕哝，心里却是滚烫的，他知道对方是担心他，就像他也会生气施方泽的失踪一样，哪怕知道对方是无辜被卷入——这生气很没道理，但控制不住，“还有，我知道这里危险，但你就别担心我了，你能保护好自己就谢天谢地了。”

郑落竹没好气地把人拉过来，又一通揉，结果脚下不知怎么一绊，人就往后摔了去。这是书房里的一个小休息室，只一张床，郑落竹不偏不倚正摔进床里。被他拉着的施方泽也一起摔过来，落在他身上。

郑落竹自己没怎么样，连忙问对方：“没事儿吧？”

施方泽压在他身上，笑眯眯的："没事。"

郑落竹狐疑地看他，发现几年没见，这人好像有点儿变了，但哪里变了又说不上来："这么快又笑了？"

施方泽："高兴。"

郑落竹哭笑不得："你刚才说过了。"

在只有他们两个人的房间里，施方泽的眼睛完全弯下来，肆意耀眼："刚才高兴是你用愿望找我，现在高兴是你找到我了。现在比刚才更高兴。"

施方泽彻底放松，把全部重量都压在郑落竹身上。郑落竹坦然接受，后背浅浅陷入床里。两个人就这样贴在一起，安静躺着，谁都不说话，任由时间漫无目的地流淌。恍惚间，他们仿佛回到了很多年前的盛夏，不良少年郑落竹被放暑假的好学生施方泽窝藏在自己的卧室。卧室小小的，两个男孩儿也只有半大，闹累了就这样躺在一起。因为郑落竹总会不明不白地在剪刀石头布、斗兽棋、五子棋、游戏机等各种能决出胜负的环节输掉，最终不得不愿赌服输，给获胜的施方泽同学充当肉垫。郑落竹对此颇有微词，但最终也没真的起义。因为施方泽卧室里那张床实在硬到丧心病狂，难躺到郑落竹忍不住怀疑是施方泽父母故意弄来磨炼自己家孩子毅力的。每次他去施方泽家，都莫名担心那床能把施方泽的小身板硌散了，所以偶尔当个肉垫送个温暖什么的，他也就当为朋友两肋插刀了。

上午的阳光晒得人懒洋洋的。郑落竹陷在旧日时光里，久违的放松。有那么一刹那，他忘了这里是关卡，忘了前面还有那么多凶险，全世界就只剩下这个房间和他身边的这个人。

静谧是施方泽打破的。他没动，就维持着这样的姿势，轻轻开口："竹子，你怎么闯到的这里，还有怎么加入的 VIP，都给我讲讲……"

"我……"郑落竹才说一个字就发现不行。被施方泽这样压着，不说话的时候还好，一说话，重压带来的胸闷就感觉很明显了，他只好把人往旁边掀。不料施方泽好像还有点儿依依不舍，郑落竹掀了几下，愣是没掀下去。

郑落竹无语，刚要使劲，忽然看见对方一脸无辜，暴力因子瞬间歇菜，只得改成卖惨："躺得还挺舒服是吧，我要缺氧了……"

事实证明，卖惨虽然不够帅，但有效。施方泽听话地从他身上下来，躺到旁边，甚至还有点儿抱歉地转头看他，说："要不我让你压回来？"

郑落竹哪儿能欺负人，直接道："得，你这弱不禁风的，被我压几次就得散架。"

施方泽倒没坚持，就是眨巴着的眼睛里好像有点儿……失望？

郑落竹把这当成对方歉意的延伸，收着劲儿轻敲了一下他的脑袋："行啦，你先给我讲讲你怎么闯到这儿的，既然能到这里，为什么一次都不回家？还有外面那俩家伙又是谁，你雇的保镖？”

一门之隔，书房里。

从越把耳朵贴在门板上，神情郑重，无比专注。

南歌实在有点儿等不及了，小声问：“胖胖，听见什么了？”

从越缓缓转过头来，皱着两条小短眉，遗憾地摇头：“施方泽说话太温柔了，什么也听不见，就听竹子哇啦哇啦了。”

南歌问：“那竹子说什么了？”

从越有些为难地道：“门太厚了，竹子的我也就听清半句，好像是说施方泽弱不禁风什么的。”

……弱不禁风？南歌默默回头看唐凛、范佩阳、霍栩。

霍栩一脸茫然，范总疑惑挑眉，唐队摇头叹息。显然三人对于自家伙伴的“柔弱评价体系”都迷惑不解。

施方泽的身材和郑落竹相仿，身高仔细比较的话，似乎还能胜出半厘米。当然，身材并不是强或弱的绝对评判条件，有人身强力壮，依旧胆小如鼠，㞞到地心，这样的人完全可以归到“弱不禁风”里。但施方泽恰恰相反。从见面到和竹子一起进里屋，他的淡定从容，折射出的都是高度的自我控制力和强大的心理素质，单从精神力层面就碾压竹子好吗？！竹子是不是对自己的这位发小有什么误解？

门内，自我感觉依然良好的郑落竹从床上坐起来，把一路闯关的经过挑着重点给施方泽讲了一遍。

施方泽除了最开始听见郑落竹给范佩阳打工时微微蹙了眉，后面再没有太明显的情绪波动，一直目光温和地看着郑落竹，安静听完。

“好了，我的闯关就是这样，该你了。”郑落竹歇口气，好奇地等着施方泽坦白。实话实说，他真的很难想象，施方泽这样肩不能挑手不能提的要怎么闯关，难道是文具树够强力？

施方泽看了他一会儿，忽然说：“你好像还漏了一件很重要的事。”

郑落竹茫然：“什么？”

施方泽：“你还没说你是什么文具树。”

“呃……”郑落竹移开眼，左看右看，就是不看提问者。

施方泽缓缓眯起眼，笑了：“不够拉风？”

郑落竹认命地叹口气：“不是不够，是相当不够。”

施方泽一脸真诚：“没事，我保证不笑你。”

郑落竹磨蹭半天，小声咕哝：“铁板。”

施方泽点点头。

郑落竹是没听见笑声，但对面一双眼睛都眯成缝了。

“嘁，”郑落竹哼一声，没好气地提高语调，故意问，“你的文具树是什么啊，来，让我听听有多帅气。”

没想到施方泽摇头了，特谦虚地说：“既不帅，也没有你的好用。你的至少战斗时可以防御，简单直接，我的在战斗中基本派不上用场。”

郑落竹本来还有点儿羞恼，这会儿直接成同情和心疼了：“还没我的好用，你到底弄了个什么文具树？”

施方泽：“我在你左右。”

郑落竹：“……能说个通俗易懂的名字吗？”

施方泽：“随身窃听。”

随身 Wi-Fi 郑落竹懂，随身窃听是个什么概念？是人去跟随目标实时窃听，还是用什么手段？郑落竹还没思考出个所以然来，那边施方泽已经换了话题：“竹子，离开 VIP 吧。”

郑落竹没想到施方泽突然认真，而且一开口还是这种要求，没过脑子就脱口而出：“然后呢，我去哪儿？跟你一起当自由人？”

施方泽摇一下头，说：“我有组织。”

郑落竹愣住，脑袋一时转不过来，只能挑最直接的问：“你有组织你还住这里？”

同花顺说得很清楚，天空城大小组织都在五大势力那里备了案，除了探索者在南面，剩下的都集中居住在北、东两片区域，而这里是西面，环境最差秩序最乱的自由者杂居片区。

施方泽无奈摊手：“得罪人了，只好低调。”

郑落竹立刻担心起来：“你得罪谁了？”

施方泽却波澜不惊：“说来话长，这个后面再和你讲。”

郑落竹皱眉：“那有什么是现在能讲的？你给我提个醒，比如——”

施方泽：“组织名字？”

郑落竹其实对此不感兴趣，反正在他看来，施方泽最终都要脱离这个没什么实力还瞎得罪人的组织，归入 VIP——他有信心说服自家组长和老板，实在不行，大不了自己不要工资了，免费给范总打工，铁石心肠也得松口吧。但看着施方泽那一脸期待，他到了嘴边的“我没兴趣知道”生生转成了：“你们组织叫什么？”

施方泽笑笑：“彩蛋。”

郑落竹扶额：“这谁起的名字，怎么跟闹着玩儿似的？”

施方泽有点儿受伤地看他：“我。”

郑落竹：“……”

他错了，他不该……慢着！

“你给你们组织起的名？”郑落竹总算琢磨出来哪里不对了，“你在你们组织里是什么职务？”

施方泽一本正经问他：“我以前在学校最低什么职务？”

郑落竹：“班长。”

施方泽：“最高呢？”

郑落竹：“学生会主席。”

施方泽：“所以？”

答案呼之欲出，可郑落竹还是被冲击到了：“你是组长？这是你建立的组织？！”

施方泽歪头，可无辜了：“我一早就说了，我有组织。”

郑落竹：“……”

这个“有”，还真是完全彻底极致意义上的“有”。

“可是为什么要叫‘彩蛋’呢？”缓过来一些后，郑落竹迫不及待问了最想知道的。

施方泽顿了下，抬眼：“这个也说来话长。”

郑落竹服了：“你这里到底有没有说来不话长的？”

“有。”施方泽这回点头倒干脆利落，“你别给别人打工了，到我这里来吧。”

转了一圈，又回到了老话题。

郑落竹却一点儿不生气。因为他知道施方泽并不了解 VIP，只是单纯不想他再替别人卖命，而且“彩蛋”是施方泽的组织，虽然看居住地，这个组织混得有点儿……心酸，可他相信，施方泽就算只剩一块面包，也会掰成两半，然后把大的那半给他，绝对不可能亏待他。

等了半天没等来回应，却只等来郑落竹露出谜之微笑，施方泽微微疑惑：“你笑什么？”

郑落竹立刻收敛笑意，死不承认：“我没笑，我只是在等你后面的话。”

施方泽不解：“后面的话？”

“对啊，”郑落竹一本正经，“通常在挖角的时候，‘到我这里来吧’后面不是应该跟着‘他给你多少钱，我 ××× 出三倍’？”

施方泽笑出了声，特欢喜地看着郑落竹，像是怎么都看不够：“我们的关系还要谈钱？”

郑落竹煞有介事地想了想：“谈钱是有点儿伤感情，但我俩是兄弟，我来了之后，就成你手下了，我不干。”

施方泽十分好商量：“不是手下，是队友，如果你喜欢，当组长也行。”

郑落竹深深感受到对方的诚意了，但是：“要不你过来VIP，我介绍范总给你，我们一起赚钱。”

施方泽：“你要那么多钱做什么？”

“娶媳妇啊。”郑落竹不假思索，“阿泽，你这是和社会脱节了，不知道现在外面物价飞涨，不努力根本攒不够老婆本！”

施方泽受教似的点点头，问：“那你现在攒多少了？”

“差不多了，”郑落竹嘿嘿一笑，“等我离开这个鬼地方，就找个温柔漂亮、善解人意的……”

想想都美。

并且郑落竹把这种美充分展现在了一脸向往里。

施方泽看着陶醉中的郑落竹，脸上的笑意淡了，就像清晨的山，薄雾之后，险峰若隐若现。可他的声音还是如水般温柔：“哦，你喜欢这样的？”

郑落竹被问住了，从陶醉中醒来，有点儿不好意思地抓抓头：“那个，其实我还没遇见过心动的，但我想应该就是那样吧，不找善解人意温柔体贴的，难道要找凶悍任性的？”

“我刚才看你们VIP里面不就有一个挺好的，”施方泽忽然说到南歌，“又美又飒。”

“咱俩重逢那么感人的场面，你还分神看了美女？！”郑落竹莫名不爽，但不爽完了，也得给自家伙伴正名，“南歌不行，那是姐。”

施方泽认真建议：“姐弟恋也不错。”

郑落竹郑重摇头，脸上写满求生欲：“不要，我怕被家暴。”

这反应让施方泽猝不及防，呆愣几秒才理解透彻，然后又笑了。

郑落竹看着对方眼角眉梢柔和下来，一颗心也跟着踏实安定。就是嘛，施方泽这家伙就该笑眯眯的才乖巧可爱。

“竹子，我只问你一遍，你想好了再答。”施方泽单手托腮，静静看他，“如果只能选择一种关系，你把VIP这些人当成什么？雇主？同路人？随便组队搭个伴？”想了下，他又补充，“如果每个人的身份定义不同，你可以一个一个说。”

“不用。”郑落竹缓缓摇头，从小到大第一次这样清醒地知道选择题的正确答案，“他们是伙伴，全部都是。”

门外，书房。

唐凛、范佩阳、南歌、霍栩、丛越已经等得想睡觉了。虽然理解故人重逢满腔激动，但不会聊着聊着忘了外面还有人吧？

“还没出来？”

通向书房外的门口传来惊讶声。四人转头，就见补门的二人回来了。凶悍男人还是凶悍男人，画皮却已经摘掉画皮，成了一个穿着黑衬衫的青年，有点吊儿郎当，但偶尔闪现的眼神又会让人觉得有一丝危险。

“这都快一小时了吧？”大吉先看看门板，再看向礼拜天，不可思议道，“老大话这么多吗？”

礼拜天整理整理黑衬衫，末了耸肩：“也可能是那家伙聒噪，老大只负责听。”

大吉一琢磨，深以为然：“有道理，那家伙一看就话多。”

“喂喂，注意点儿，”从越抗议，“我们可都听着呢。”

凶悍的大吉竖起眼睛：“又没说你。”

南歌温柔瞥过来：“说我们竹子也不行。”

大吉语塞。倒不是什么不和女人争辩的绅士风度，主要是他的钢铁直男第六感发来警报——这个女人，不要惹。

就在这时，里屋的门突然打开了。施方泽先走出来，后面跟着郑落竹。

郑落竹能跟上施方泽的脚步，却实在跟不上对方的思路。就在他坚定选择 VIP 是“伙伴”之后，施方泽再没提让他脱离 VIP 加入彩蛋的事，只又拿他当肉垫躺了十来分钟，什么也不干，就舒舒服服躺着，末了估计是躺得心满意足了，忽然跳下床，说“竹子，走”。他问干吗去，得到的回答是“那些说来话长的，我想你的伙伴也会感兴趣”。

郑落竹蒙了。施方泽的经历，他实在想不出 VIP 伙伴们愿意听的理由，但他又不忍心打击施方泽的热情，毕竟对方愿意讲，就代表至少接纳了 VIP 成为朋友。为什么接纳？当然是爱屋及乌。

郑落竹清了清嗓子，准备帮施方泽铺垫铺垫气氛，开个头，顺带暗示自家伙伴给点儿面子，就算假装也多少配合着听一会儿。不料施方泽直接开口，语气淡然，内容却是惊雷——

“通过全部关卡就能回到现实，是一个谎言。”

3

通关就能回家吗？

唐凛曾无数次地想过这个问题，在地下城，在水世界，在孤岛……答案随着一个个关卡的通过，从最初的乐观逐渐走向悲观——当关卡的“筛选、培养”属性越发清晰，答案的天平就越发倾向于“否”。

道理很简单。一个千方百计投入成本运营的“培育机构”，最终目的一定是要从他们这些“成品”身上获取回报，就像养猪卖肉，养牛产奶，培育只是手段，源源不断从“成品”身上压榨价值才是目的。而一个能通过所有关卡的闯关者，自然属于品质最好的那一类“成品”，也是最应该被攫取价值的，培育者怎么可能放这样的闯关者自由。

但隐隐有预感是一回事，真的被证实了又是另外一回事。冷静如唐凛，也依然难以控制自己的心在巨大失望里急速下沉。

南歌、丛越、郑落竹更是遭受了前所未有的冲击。从地下城开始，“通过全部关卡就可以回现实”便是所有闯关者默认的铁则，虽然没人说得清它的出处，但当每个人都这样认为，一切就好像顺理成章了。他们从没怀疑过这件事还能有假，何况进入天空城时收到的“小抄纸”更是第一次明确写清了，通关就能获得自由。

“‘小抄纸’还能有假？！”丛越第一个心态崩了，声音骤然提高。

这坍塌的不是“小抄纸”的公信力，而是支撑他们坚持闯关的唯一的信念。如果闯关都不能自由，他们到底在为什么拼命？

丛越的崩溃完全在施方泽的预料之中，包括极力克制却依然微微颤抖的南歌、自己身旁被震惊得完全恍惚了的竹子，这些都是情绪大幅波动下的自然反应。让他意外的是唐凛、范佩阳和霍栩。

刚刚在里屋，郑落竹已经给他把每一个伙伴对号入座。现在，被竹子称为最冷静最聪明的组长唐凛没有辜负这番评价，足够镇定。被竹子称为全能王者的老板范佩阳除了听到消息的最初眸光闪了一下，从头到尾冷漠脸，是个单凭气场就让人难以忽视的人物。至于被竹子用一句“古怪小子”就简单略过的霍栩从始至终侧靠沙发站着，头都没抬，根本无从辨别情绪波动。的确够古怪，施方泽在心底给郑落竹的概括能力打满分。

迟迟没等来回应，丛越更加心急如焚：“你说话啊！”

“越胖胖你别急，再吓着他。”多少回过点儿神的郑落竹连忙开口，“他既然敢这么说，肯定有依据。”转头看向施方泽，郑落竹的声音缓下来：“对吧？”

施方泽轻轻点头。

丛越欲哭无泪。怕他吓到施方泽？现在被施方泽一句话吓到眼前发黑的是他好吗？！

大吉和礼拜天更是一脸迷惑。怕吓着他们老大？

施方泽先让郑落竹坐下，又给了大吉和礼拜天一个眼神。两人瞬间会意，迅速走到书房外，将门关上，在走廊里守门，确定这里成为一个绝对安全的密闭空间。

书房重新安静下来，施方泽才在 VIP 五人的对面坐下。

郑落竹独占侧面的单人沙发，哪边都不算，又跟两边都连着，颇有点儿友谊桥梁的架势。

“现在可以详细说说了吗？”唐凛一直等到施方泽坐定，才客气开口。

施方泽笑一下，不兜圈子，直接就给干货：“根本没有最后一关，9/10 就是终点，通关的人以为自己会进入 10/10，其实只是被重置了一段合理化记忆，再丢回地下城，文具树等级一键清零，一切从头再来。”

唐凛抿紧嘴唇，被一种前所未有的压抑感包围。

范佩阳眼底沉下来。

“怎么可能……”南歌声音轻颤，本能抗拒，“就算被重置记忆的人不知道自己闯过关，那些闯关过程中和他接触过的人呢，难道都到了 9/10 终点，都被洗脑了？”

施方泽笑笑摇头：“鸮想洗脑谁，不用非等到 9/10。”

南歌怔怔的，没了声音。是的，鸮甚至可以修改现实中的人的记忆，让他们这些被关卡世界选中的闯关者在现实社会中的失踪合理化，改一下关卡中的人的记忆简直不要太容易。

“你的意思是，鸮会让通过全部关卡的人重新成为一张白纸，再去进行新一轮的闯关？”唐凛带着疑问看向施方泽。

提炼对方话里的重点不难，难的是理清这一切的逻辑。

“是。”施方泽给了简洁而肯定的回答，“就像现在，没人能确保你们或者我，就不是被从 9/10 重置记忆后丢回来的。所有闯关者都不过是滚轮上奔跑的老鼠，永远跑不到尽头。”

“目的呢？”唐凛问，“设计这样一个复杂的关卡世界，让我们在里面周而复始，有什么意义？”

施方泽：“陪练。”

唐凛：“陪谁练？那些客人吗？”

“客人出现和闯关口的变化都是最近的事。”施方泽淡淡道，“在此之前，1/10 到 6/10 都由守关人考核，通过这六关才有资格当陪练。”

一直安静听着的范佩阳沉声开口：“所以到底是陪谁练？”

“一些和守关人一样有着特殊能力的军方战士。”施方泽神情平静，说出的话却每个字都带着巨大信息量。

郑落竹和丛越彻底蒙了。南歌还在努力保持最后一丝理智。连一直垂着眼睛的霍栩都抬起头，露出惊讶之色。唐凛和范佩阳也没想到是这样的答案，但两人的大脑都在飞快运转。

“也就是说，从 7/10 开始，守关人换成了这些军方战士，而我们去闯关，其实就是在给他们当陪练？”范佩阳眼底的不悦开始积蓄。

唐凛不用看，听都听得出范佩阳的情绪。以范佩阳的性格，被当成陪练沙包，仅仅是当成，不用真的陪，就足以让他掀桌了。

然而话都说到这样的地步了，对于范佩阳的总结概括，施方泽却说："我没办法回答你。"

没等范佩阳反应，那边郑落竹先出声了，一脸不解："为什么？"只是让阿泽确定一下范总说得对不对，点个头或者摇个头的事，为什么不行？

施方泽无奈叹口气，可怜兮兮地看向郑落竹，指指自己的头："因为这里会疼。"

大多数时候都迟钝的郑落竹突然福至心灵："哦哦，那你别说了，我懂。"

范佩阳说 7/10 的守关人换成了军方战士，这已经涉及 7/10 的关卡内容了，但关卡内容是禁止透露给没闯关的人的，但凡想说，都会头疼欲裂。

唐凛看着自家傻竹子，心情复杂。这家伙难得灵光一次，还只灵光了一半。关卡信息的确不可以透露给未闯关者，但如果双方都是未闯关者，仅仅放飞想象随意讨论，怎么会被限制？像是 9/10 就是关卡终点这种事，施方泽就刚和他们大大方方分享过，因为对于 9/10，他们都是未闯关者。

所以只有两个可能。要么施方泽可以说，只是不想说。唐凛觉得这个概率不大，毕竟在场的除了傻竹子，还有他们这些人。要么就是——

唐凛："你闯过 7/10？"

闯过，但不代表通关。

唐凛记得刚进地下城时，"闯关中途感觉不妙，可以中途跑出来"是大家的共识，虽然都说能成功跑回的概率不大，九死一生，但总归有一线机会。进了地铁站才发现再无法回头，是后面的事了，也是从那之后，大家才开始推测，关卡正悄悄发生着某种变化。

施方泽意外唐凛迅速而准确的反应，坦然承认："闯过，而且不止一次。"

唐凛："每次都是中途离开？"

施方泽轻笑，调侃自己："不是应该说中途逃跑吗？"

"一次可能是，"唐凛说，"但如果每次都半途而废，那你的目的就不是闯关。你也不是逃跑，而是目的达成，抽身而退。"

施方泽脸上第一次有了惊讶之色。他人在天空城，却无法畅所欲言讨论 7/10，由此猜到他曾闯过 7/10 不难，但他没想到唐凛能通过只言片语，就猜到他闯关是为获取情报——虽然唐凛没明说，但施方泽知道他猜到了。

唐凛没觉得自己怎么样，反而觉得施方泽不简单："你不能直接回答 7/10 的问题，却可以绕开关卡，用'军方''战士'这样的关键词来让我们自己拼凑信息，那我想你一定还有更多的事情可以告诉我们。"

施方泽静静和唐凛对视了一会儿，笑了，温和地摇头："信息太多对你们没用，还会给你们造成负担。我说这些只是希望你们放弃徒劳地闯关，在天空城先安顿下来，后面可以从长计议。”

唐凛的眉心微微蹙起。他看不透施方泽，这人就像云雾后的群峰，云雾随着清风流动，每次看过去，景色都不尽相同，却总也看不清全貌。施方泽给的信息不少，可牵出的谜团更多。如果这是个普通闯关者，唐凛大可以用上各种谈判手段，挖出对方的底牌。但这是郑落竹心心念念要找的重要的人，他不得不顾及……

“既然闯关是死路，还有什么可从长计议的？”范总完全没注意唐凛的思虑，直来直去，毫无负担。

“现在是死路，也许哪天得来新的情报，就有了出路。”施方泽兵来将挡水来土掩。

范佩阳挑眉：“现在关卡有去无回，你还怎么进去搜集情报？”

施方泽：“搜集情报不只关卡一个途径。”

范佩阳：“不进关卡，你接触到的就只有闯关者，你刚刚说过的那些情报里，没有一条是闯关者可以给你的。”

施方泽缓缓眯起眼。

“所以你现在卡在天空城了，还要求我们和你一样卡在这里。”范佩阳毫不留情。

施方泽笑了，不是冷笑，就是真诚的舒缓的笑，却又有自己的坚持：“我没有资格要求你们，你们想闯关，想到 9/10 看看我说的是真是假，都可以。但竹子要留下，我不能看着他和你们去冒这种没有意义的险。”

“你刚刚说的军方战士具体是什么？哪里的军方？”范佩阳忽然换了话题。

施方泽迷惑地看他，完全不懂这和之前的话题有什么关系，但话赶话说到这里了，非不说好像也没必要，而且和 VIP 闹僵，也不利于他和竹子的后续相处。想到此，他据实相告：“本质上和守关人是一类人。只不过守关人在这里工作，这些军人则来这里试炼。”

范佩阳：“他们和我们不是一类人？”

“如果你的类别是按星球分，”施方泽缓缓摇头，“不是。”

这下丛越和郑落竹要一起疯了：“他们是外星人？！”

施方泽：“他们的星球，代号 K，所以我一般称他们 K 星人。”

范佩阳：“这里是 K 星？”

施方泽：“这里是位于 K 星和地球中间点的一颗小行星，被他们打造成了关卡世界。不过他们不这么叫，他们叫这里‘试炼区’。”

丛越、郑落竹、南歌：“……”不行，这次信息量不光大，还特别科幻，他们需要静静。

唐凛也愣在那儿，一时说不清什么心情。从第一次进入这个匪夷所思的世界，他就怀疑过是外星高等文明，毕竟这样的关卡设置不是地球科技能达到的。后来见到守关人，发现他们不用通过猫头鹰图案就可以自如运用能力，好像那些能力是他们与生俱来的一样，就更可疑了。但唐凛总觉这个想法太……放飞，一闪而过后，没再往深想。现在回过头想想，每一关的守关人，包括后来的客人，对他们的态度无一例外都极不平等，那根本不是对待同种族的态度，更像高等生物对待低等生物。如果真像施方泽说的，他们根本不是地球人，那一切都说得通了。

或许是潜意识里有了心理准备，唐凛并没有像自家伙伴那样遭受三观颠覆的冲击，所以还能见缝插针去想，如果不是范佩阳这样横冲直撞地“硬核聊天”，估计施方泽还不会说这些。但现在施方泽说了，好像也没特别不高兴。竹子呢，早大脑空白了，更谈不上高兴不高兴。所以事实证明，他有时的一些顾虑很可能是自己想太多——唐凛不合时宜地自我反省。简单点儿，也许更好？

“阿泽，你和我说实话，这是全部的情报吗？”郑落竹已经放弃思考，破罐破摔了，他连人带沙发挪到施方泽旁边，身体前倾凑近对方，一脸凝重，“如果还有，你就趁现在都说了，可别哪天又给我个暴击。”

施方泽认真而安静地看了他半晌，几不可闻地叹了口气：“有。”

郑落竹彻底瘫下来，脑袋耷拉到他的肩膀上，生无可恋：“你说吧，我能坚持住。”

施方泽微微翘起嘴角：“不用这么沉重，这回是好消息。”

郑落竹猛地抬头，想惊喜，又不敢，将信将疑地看他：“真的？”

施方泽点头，然后说：“所有在这个关卡世界里死掉的闯关者，都没有真正死亡。”

和 VIP 分享这么多情报根本不在施方泽的计划里。他想要的从一开始就很简单——让竹子停止危险而徒劳的闯关。为此，他不介意拿出一点儿情报来增加这一建议的说服力。但注意，是一点儿，不是一串。因为很多情报就算共享了，对事情也带来不了什么帮助，还很可能因为情报扩散，带来负面效果。可是现在，施方泽明确感觉到自己的节奏被带乱了，而刚把脑袋从他肩膀上抬起的罪魁祸首还一脸无辜地等着下文。

那边传来丛越略显茫然的发问：“没真正死亡……是什么意思？”一连串的消息轰炸已经让他从震惊进化到了“行吧，你说，反正都这样了”的灵魂恍惚阶段。

“是指死后又被复活了吗？所有？”南歌不禁回忆起那些死状惨烈的闯关者，很多连尸体都拼不全了，这样的人要怎么生还？靠治愈系文具？

静默片刻，施方泽才道：“我不认为是‘复活’。死后的闯关者会被紫光送入一个特定的空间，在那里，他们的身体包括大脑都会被完全修复，但意识不会苏醒。至于是不是‘所有’，”他抱歉一笑，“基于现有情报，我回答不了这个问题。”

“鸮留着这些人干吗？”霍栩难得地插一嘴，“既然通关的都被记忆重置丢回地下城了，那这些修复好的也完全可以弄醒了丢回去，一次实力不济，不代表不能卷土重来。”

施方泽：“因为他们是死过一次的，即便被修复了，也无法再拥有文具树。一个没有文具树的闯关者，在关卡里毫无意义。”

霍栩：“在你说的那个什么空间里当植物人就有意义了？”

施方泽：“不是植物人，是能量提供体。具体的我不清楚，但你可以理解成‘人体培养皿’。K星人用他们的身体培育能量，再抽取……”他的眼里闪过嘲讽笑意，“没办法，我们太好用了。”

“培养皿”这三个字，直白，残酷，刺激到了在场几乎所有人的神经。

“这是没死，但比死更惨。”郑落竹极力克制着胸腔里的愤怒，不想对施方泽凶。

“那个空间在哪里？”安静多时的唐凛冷然出声。

施方泽抬头看他，没说话。

唐凛不关心K星人抽取这些能量做什么，他只关心：“如果他们的大脑和身体一样被修复了，只是因为被当成了能量培养体而无法苏醒，那我们把培养地破坏掉，把他们带出来，他们就有可能真的复活。”

施方泽微怔，第一次认真看唐凛：“你想救他们？”

郑落竹清晰感觉到了施方泽的情绪波动，这让他有些困惑。因为自家组长好像也没说什么特别了不得的话……等一下！郑落竹感觉脑袋里某些凌乱的元素要对接上了。自家组长说“有可能把他们真的复活”，而阿泽给组织起名“彩蛋”……复活……彩蛋……复活节彩蛋？词组是拼出来了，但郑落竹发现好像没什么具体意义，总不会是阿泽建立组织之初，就以复活死亡闯关者为目标吧。

唐凛：“我只是觉得如果有可能，就值得一试。而你看起来比我坚定得多。”

施方泽淡淡笑了：“我不明白你的意思。”

唐凛看着他，目光清醒：“你的情报搜集能力这样强，我想你手里应该还有很多情报，但被追问之后，你第一个说的就是这个，意味着你对这条情报最为看重。”

施方泽：“我也可能是随便敷衍。”

唐凛：“追问你的是竹子。”

施方泽：“……”

南歌、丛越：“……”

要么敷衍了竹子，要么的确最看重这条情报，选哪个都……这是一道送命题啊。

“阿泽，”郑落竹难以置信地看他，“不会真被我猜中了吧？”

施方泽罕见地正色起来："我没敷衍你。"

"不是，"郑落竹一脸嫌弃，"谁说这个了。我是说你给组织起名叫'彩蛋'，真是因为想复活那些人？"

唐凛莞尔："你们叫彩蛋？"

从越："电影里找彩蛋那个彩蛋？"

南歌："好可爱！"

施方泽："……"很好，两个人说的那点儿悄悄话都被抖搂出去了。

不过在听完死亡闯关者情报后，唐凛的第一个反应竟然是想救人，还是挺让施方泽意外的，紧接着而来的就是安心——竹子找了个还算靠谱的组织。

施方泽最终也没答自己是不是想救人和"彩蛋"的命名是不是跟复活有关这两个问题，他只说："我们离不开这个地方，就算把人复活了也没用。"

"话不能说这么绝对，"郑落竹不同意了，一本正经教育施方泽，"你得乐观点儿，一切皆有可能，还没努力就说办不到，这不是你的风格啊。"

施方泽："你怎么知道我没努力？"

郑落竹对着自家兄弟一点儿不客气："努力了？成果呢？"

施方泽："维持关卡世界运行的核心，是在一个守关人都无法碰触到的主控室。如果进入主控室毁掉系统，这里的一切都会结束。但消失的只是关卡系统，不是这颗星球，我们还会留在这里，并且无法预料当系统消失，这里会变成什么样，也许我们一刻都适应不了。"

郑落竹刚听到主控室的时候还激动了一下，可听到后面，才明白施方泽的那种无力感："所以，不管我们怎么努力，也不管我们是不是能把死了的人都复活，只要找不到回去的路，就都是白费？"

施方泽缓缓点头，眼里是化不开的无奈。

房间安静下来，空气变得凝固。

回家是每个还在努力的闯关者为之奋斗的终极目标。闯关是为了回家，救人也只有把人带回家才有意义。当前方无路，施方泽就算拿着满手的情报，就算把死去的闯关者都救了，就算真的毁掉了主控室，也无济于事。

但这些的前提，都要建立在"施方泽的情报是真实的"的基础上。

唐凛信得过竹子，可没办法完全信任一个还有所保留的施方泽："闯关是徒劳，救人也没有意义，那我们还能做什么？"

施方泽听出了唐凛的弦外之音，或者说，唐凛也根本就没想掩饰。他问的是"我们还能做什么”，可他的眼神分明在说，既然这也不行那也不行，你施方泽还煞有介事地捂着这些情报做什么，还一副要厚积薄发干大事的模样做什么？

施方泽不觉得自己想做的是什么了不得的事，他只是定了个目标，然后按部就班朝着目标前进罢了：“我现在什么都做不了，”他平静地看着唐凛，“但我可以等，等到情报积累得更多，多到可以让我们找出回去的路。”

唐凛：“那一天可能要很久。”

施方泽：“总能等来的。”

唐凛在那双淡然的眼里看见了坚定。那神情只是一闪而过，却让唐凛心里震撼了一下。最强大的情绪力量从来都不是激动，而是平静。那种知晓前方一切险阻，甚至很可能是根本无法逾越的天堑之后，仍然不改初衷的平静，只在性格最坚韧的人身上才有。

唐凛有些不自觉地想要去相信这个人了。他甚至觉得，施方泽失踪的这六年很可能大部分时间都在天空城这里等，等更多的信息，等那条不知道在哪里的回家路。

没来由地，唐凛想到了探索者，想到了郁飞谈起探索这个世界真相时的狂热，而施方泽手里就拿着郁飞他们不顾性命也想要的情报。唐凛忽然觉得心里的滋味有点儿复杂。

看向施方泽，唐凛斟酌着开口：“你没有考虑过和探索者合作吗？他们的目标是探索关卡世界，并且他们人多，而你有搜集情报的渠道，某种程度上，你们双方完全可以合作互补。”

“组长，”郑落竹赶在第一时间先替施方泽解释了，“他能探来这些情报，是因为他的文具树就是干这个的，和人多人少没关系。”

施方泽：“……”真是一点儿秘密都不替他留。

听完郑落竹的解释，唐凛先愣了愣，随即了然。闯关—找机会在守关人身上使用文具树—文具树起效—守关人在无知无觉中成为情报泄露体。链条完整，逻辑合理，完全可以解释为什么他能获得这么多“内部资料”。不过，不排除施方泽为了自圆其说，连文具树都骗了竹子——唐凛倔强地保留着最后一丝警惕。并非他固执，实在是竹子太傻。

本以为找探索者的话题就算告一段落，不想施方泽却主动接口：“与文具树无关。死亡闯关者的情报，还有主控室的情报，我都告诉过探索者。”

唐凛愕然，这个是真没想到：“你都告诉过？”

施方泽半认真半调侃：“因为以他们的横冲直撞，说不定哪天就真的自己撞进了主控室，万一他们头脑发热，直接把主控室毁了，就一点儿希望都没了。”

郑落竹：“你和他们都讲清楚了？”

“是的，”施方泽说，“不只讲清楚了，还特别强调，主控室一旦被毁，就是不可逆的，系统直接崩溃，我们也再不可能找到回去的路，只能在这里等死。”

唐凛回忆着郁飞的种种表现，有些疑惑道：“可是我们遇见过的探索者，好像并不清楚这些信息。”

施方泽摊手，嘴角勾起一抹嘲讽：“因为他们并不相信我。我第一个告诉他们的情报是通过全部关卡就会被洗脑，他们信了，然后拿着这条情报来质疑我后面的，理由是我也可能已经被鸮洗脑，之所以说这些，完全是为了阻止他们的探索计划。他们认为这是鸮的自保程序。”

“不是，”从越有点儿捋不清了，“相信一，然后拿着一来质疑二、三这是什么逻辑？”

“可能第一条情报和后面的情报隔了太久，我提供两次情报时，所在的关卡也不同，”施方泽还替探索者找理由，“所以换位思考，如果是我也会想很多。”

范佩阳沉吟片刻，若有所思地看向他：“也确实无法证明你的这些情报就是搜集来的，而不是被记忆重置进来的。”

“是的，”施方泽大方承认，“你们，我们，在这里的每个人，都不敢断言自己就是第一次闯关，而不是被重置记忆的轮回者，所以对于我的这些情报，你们也最好保持警惕和怀疑。”

“那不成死循环了吗？”郑落竹一个头两个大，前半辈子用过的脑加起来都没今天超负荷。

“不管了，”他快刀斩乱麻，直接看向 VIP 伙伴，说，“反正我信他。”

唐凛对于竹子的表态毫不意外，如果不这样，反倒不是竹子了。但其实这件事，不是简单的信与不信。信了，就要去做，比如救人，比如毁主控室，但如果仔细去想就会发现，死亡闯关者被送入的空间在哪儿，主控室又在哪儿，施方泽一个字都没说。唐凛不信他一点儿线索都没有。但这两个地点不说，前面所有情报都泄露了，也不怕出现“主控室被毁，一切无法挽回”的局面。这是施方泽为自己坚守的目标设置的最终防线。

“主控室在哪儿？”

直接得有些突兀的提问让气氛陡然生变。

所有人循声而望，是霍栩。

他定定地看着施方泽，又问了一遍：“主控室，在哪儿？”

施方泽和他对视片刻，淡淡摇头：“我不能告诉你。世上没有不透风的墙，我今天告诉了你，明天就可能传遍天空城。探索者也好，其他闯关者也好，包括你，总会有人抱着侥幸心理，想要去主控室里试试。虽然你们成功的概率微乎其微，我还是不想冒这个险。”

霍栩看向门口：“外面那个‘画皮’可以复制记忆，”他看回施方泽，“有第二个人知道，这情报就已经算透出去了。”

施方泽靠进沙发里：“‘画皮’不是无所不能的。所谓的记忆复制，不过是在遇见正主认识的人时，触发的与对方有关的记忆，帮助模仿者不露破绽。再说得明白一点儿，它只能复制正主和接触者都有的共同记忆，而不是单方面继承被复制者的全部记忆。还有，用‘画皮’变身守关人的话，连共同记忆都无法激活，只能单纯复制外貌。礼拜天为此吃过大亏。”

霍栩听得烦躁：“你的话还真多。”

施方泽保持着好脾气：“怕你不死心。”

静默几秒，霍栩一字一句道：“你告诉我主控室在什么地方，我有办法让所有人回家。”

霍栩的话就像在冬天结了冰的湖面投下石子，冰是薄冰，石是巨石，于是冰面尽碎，波浪滔天。唐凛、范佩阳、南歌、郑落竹、丛越被大浪打了一脸，震惊错愕。

施方泽却是直接被这浪卷进了湖里。回家的路，这个他多年以来一直寻找的东西，其实从未在守关人口中出现过。他的“我在你左右”可以跟随被窃听的守关人回到试炼区。基于此，他了解了守关人的身份、试炼区的运营模式，甚至连死亡闯关者被当成培养皿和主控室两件至关重要的事，都是通过守关人之间的讨论偶然得知的。但关于他们这些闯关者要怎么从这颗行星上回到地球，守关人一次都没提过。或许是守关人对此根本不在意，毕竟谁会关心试验用的小白鼠要怎么回家呢。但也可能是鸮系统在设计时，根本没考虑小白鼠也要回家，所以从始至终根本就不存在“回家的路”。

施方泽在漫长的窃听和蛰伏里，强迫自己不去想后一种可能，否则他就坚持不到现在了。可主观不想，潜意识却很难控制。他可以清楚感觉到那里每天都在偷偷释放绝望感，一点点地侵袭他的内心。他不知道自己还能坚持多久，他甚至已经开始去谋划，等支撑不住的那天，他坚持的这一切该传递到谁的手中继续。

然而这把他渴求已久却连是否存在都无法确定的钥匙，这把唯一能打开关卡终点死门的钥匙，就这样从天而降了，来得太容易，几乎没有真实感。和霍栩一队的其他 VIP 脸上的震惊错愕，更是让这种不真实感达到了极点。

“竹子，”施方泽回过神来，第一句话却不是对霍栩说的，而是对郑落竹，“你不知道他知道吗？”

虽然这话问得极简极省略，郑落竹还是秒懂了，因为他真的一点儿不知道霍栩知道这么个秘密啊！

见郑落竹用力摇脑袋，施方泽又把目光放到其余四个人身上：“你们也不知道？”

唐凛和范佩阳没言语。南歌细眉紧锁，神情复杂。丛越则压根儿没听见施方泽说话，他张大眼睛瞪着霍栩，脸上的表情说不清是震惊还是被队友隐瞒的愤怒：“你……你小子再给我说一遍，什么玩意儿，你知道回去的方法？！”

VIP 们并不知情——施方泽迅速做出判断。那就有两种可能：一、霍栩的情报是真的，但因为某种原因，可能是情报太重要，也可能是他另有打算，总之并没有和所谓的 VIP 队友分享；二、情报是假的，霍栩抛出这个饵，不过是想骗他说出主控室的位置。

无论哪种可能，有一点施方泽能确认，霍栩是真的想要毁掉主控室。

想毁掉主控室的探索者，施方泽见过许多，可是他从霍栩眼神里感受到的这一信念的坚决压过了任何一个探索者。

无视丛越的愤怒，也不看其他队友的脸色，霍栩从头到尾只盯着施方泽："考虑好了吗？”

施方泽看着他的眼睛，缓缓摇头："我不能确定你的情报是不是真的。”

“你给的就能确定了？”面对施方泽的过度谨慎，霍栩嗤之以鼻，“在抵达主控室之前，在把关卡里的人成功送走之前，你的情报，我的情报，都是一堆无法证明的废话。”语气恶劣，但道理分明。

施方泽不急，他越是想要，就越要沉得住气，无论是一件东西、一条情报，还是一个人。

“你说得没错，我们确实都无法证明自己提供的情报是真，但至少我说得清情报来源。”施方泽顿了顿，第一次完整而详细地摊开自己的文具树，“我的文具树是‘我在你左右’，可以在与人接触时生成一片直径不到一厘米的金属箔放到对方身上，可能是口袋里，也可能是粘在领口、衣袖、后背，甚至鞋底。只要不被对方发现，这些金属箔就会实时传送所在位置的一切声音，而一旦被发现，或者有外力干扰，金属箔就自动脱落销毁，文具才算失效……”

“你呢？”表达了自己诚意的施方泽盯住霍栩，“你的情报来源是什么？”

霍栩沉默。他的眼神，他从头到脚散发的抗拒气息都在表明，他不想说。

施方泽定定地看着他。霍栩眼底的急切和渴求明明都藏不住了，他能看出来，这人是真的想要知道主控室的位置。可漫长的对视之后，霍栩仍是一言不发。

所谓僵持，其实是双方心理的博弈。若是以往，只要对方有一丝情绪不稳，施方泽都有信心拿下，然而他在霍栩眼里看见了无数的情绪波动，却独独没有“动摇”。施方泽还没遇见过这样倔的人。

霍栩是不会说了，施方泽很清楚，自己只能在这样的局面下选择赌还是不赌。赌赢了，情报换情报，皆大欢喜。赌输了，主控室地点泄露，随时要面临灭顶之灾。

压抑的气氛在空气里蔓延，仿佛没有尽头。

终于，施方泽平心静气开口："我愿意和你交换情报。”

他选择赌，就为那一丝可能突破黑暗的光。

霍栩满意点头，刚想说话，又听见施方泽问："你想在哪里交换？"

霍栩被问愣了："什么意思？"

"如果你是代表 VIP 交换情报，我就在这里说。"施方泽的语气意有所指，"如果你仅代表自己，我可以换个地方和你单独交换。"

霍栩终于领悟，但因为完全没从这个角度考虑过，一时竟答不上来。

VIP 五伙伴，连暴脾气噌噌往上窜的丛越都算在内，悉数沉默。在此之前，他们可以很自信地说，霍栩那家伙虽然古怪，但也是在战场上并肩战斗过的，实打实的自家队友。可是现在，他们确实没什么底气了。他们不知道霍栩身上还藏着多少秘密，他们也不知道霍栩加入 VIP 这么久，到底有没有拿他们当过队友。

"不用有负担，"施方泽见霍栩好像很难决断，宽慰似的朝他笑笑，"你拿着情报却没告诉他们，裂痕就已经出现了，即使现在你选择和他们共享，也很难修复如初，所以随着你自己的心走就好。"

郑落竹越听这话越不对味，几乎要瞪施方泽了。这不是火上浇油，故意挑拨霍栩和他们已经岌岌可危的团队关系吗？！

施方泽用余光完整接收了郑落竹的情绪，但面上不为所动，仍耐心等着霍栩："想好了吗？"

霍栩不耐烦地伸腿踹一脚离得最近的椅子，彻底暴躁了："换个情报，谁还和你浪费时间再找地方。"

他踹的是丛越的椅子，丛越凭借自身体重优势稳住了，并且大度地决定原谅他，毕竟臭小子刚做了个还算是人的选择。

郑落竹也把刚酝酿的文具树切断。霍栩要敢和施方泽说私下换，他拿着铁板就去拍那小王八蛋的脑袋。

南歌的嘴角不明显地微扬，感到欣慰。

范佩阳把心里刚刚拟好的"试用期不合格报告"暂缓签字。

唐凛轻轻舒口气。还好，他选人的眼光还不算太失败。

对于霍栩十分不友善的态度和语气，施方泽不仅没恼，反而看起来还挺高兴，很干脆地同意了他的选择："行，那就在这里。"

既然决定了赌，施方泽便不再犹豫："主控室在 9/10 关卡的终点，通关了就会被鸮自动送入，但进入了就会被记忆重置，根本没有实施破坏的机会。唯一的办法，是在未通关情况下找到主控室的入口，并设法进入，这样就不会触发记忆重置，争取到破坏的时间。"

霍栩仔细听着，前所未有的认真：“未通关情况下找到入口，是说闯关闯到一半，绕过守关人去找？”

“是的。主控室不是虚拟空间，无论你是否通关，它都存在在那里。至于找到之后怎么进入，估计要靠文具树暴力破坏了，但我不能保证一定可以。”施方泽缓口气，说，“现在该你了。”

霍栩点头：“从这里回地球，需要超空间跳跃点。入侵主控室，将维持这个关卡世界运转的所有能量短时间集中释放，可以在每个关卡内同时形成多个能量旋涡，每个旋涡都可以成为一个超空间跳跃点。利用系统设置路径，让这些跳跃点的目的地通往地球，就行了。”

……就、行、了？

从越茫然四顾：“我刚才都听了一些什么？”

目光撞上郑落竹，后者皱起眉：“看我干吗，就跟谁能听懂似的。”

施方泽倒是大体明白了，但细思全是“操作黑洞”：“怎么释放能量？怎么利用鸮系统？怎么设置路径？”

霍栩真觉得自己讲得够细致了，就这些，换平时他完全可以压缩成一句“创造超空间跳跃点”，结果居然还被连珠炮似的追问，果断简单粗暴：“这我没法给你解释，总之等我进到主控室，我会先把一切设置好，等你们都从跳跃点跑了，我再毁掉这里，没问题吧？”

听话听音，霍栩言语中极自然的态度却让施方泽愕然：“创造跳跃点，毁掉主控室，你是准备一个人都干了？”

霍栩一脸不解地看着他：“已经知道主控室位置了，还有什么问题？”

施方泽：“……”他没问题，但他觉得 VIP 可能会有问题。

“问题大了！”从越实在忍不了了，腾地从椅子上站起来，伸手对着霍栩肩膀撞一下，说，“你小子到底有没有自觉？你现在有队伍了，你是 VIP，能不能睁开你的小眼睛看看我们这些集颜值与体魄于一体的队友？！”

霍栩猝不及防被一连怼了六七下，终于在第八下抓住从越的短粗手指头，客观陈述：“我眼睛比你大。”

从越：“……这不是重点！”

南歌拍拍从越：“胖胖，这是别人的地盘，咱们自己家的事，回去关起门来再说。”

从越：“可我现在就想揍他，他心里根本就没有 VIP！”

“有没有不重要，”南歌语重心长，“你打不过他。”

从越：“……”

场面一度混乱。

范佩阳连眉头都没动一下，气定神闲。

唐凛却在这时突然问施方泽：“那些死亡的闯关者在哪儿？”

施方泽一怔，本能地反问：“你有什么情报能拿来交换？”

“没有情报，”唐凛意有所指地瞥霍栩一眼，“但我这个队友效率很高，我担心你还没把人救出来，他先进主控室了。到时候他可没耐心等你，铁定是入侵系统、制造跳跃点、毁掉主控室，无缝衔接一条龙。”

施方泽：“……那你知道了位置，又能做什么？”

唐凛：“帮你一起救人，并且按住他先别冲动。”

施方泽很怀疑：“你按得住他？”

唐凛：“我是组长。”

施方泽：“他好像不太认。”

唐凛微笑：“那没关系，只要进了 VIP，他就别想跑。”

施方泽看着这个对内讧全然无视、莫名从容的组长，再看看旁边“全世界打翻，也与我无关”的范佩阳，最后望向已经发动水势攻击的霍栩和用文具树能力让水流变迟缓的丛越，还有围观得兴味盎然的南歌……他发现，自己实在很难把握这支队伍的气质。

最终，他把困惑的脸默默转向郑落竹：“你们 VIP 招人的标准到底是什么？”

郑落竹苦思冥想，末了还是老老实实摇头：“说不好，很飘忽。”

（第四部正文完）

4

子夜十

TEN LEVELS IN THE TRIAL AREA

作者

颜凉雨

封面绘图

LetterS

封面设计

杨小娟

内文版式

周沫

图片总监

杨小娟

责任编辑

徐慧

出版社

中国致公出版社

总出品

湖北知音动漫有限公司

制作出品

知音动漫图书·漫客小说绘

官方微博

https://weibo.com/xiaoshuohui

平台支持

知音漫客 漫客小说绘

图书在版编目（CIP）数据

子夜十. 4 / 颜凉雨著. -- 北京 ： 中国致公出版社,

2022

ISBN 978-7-5145-1941-9

Ⅰ. ①子… Ⅱ. ①颜… Ⅲ. ①长篇小说－中国－当代

Ⅳ. ①I247.5

中国版本图书馆CIP数据核字(2022)第052945号

子夜十 .4 / 颜凉雨 著

ZIYE SHI

出　版	中国致公出版社 （北京市朝阳区八里庄西里 100 号住邦 2000 大厦 1 号楼西区 21 层）
出　品	湖北知音动漫有限公司 （武汉市东湖路 179 号）
发　行	中国致公出版社（010-66121708）
作品企划	知音动漫图书 • 漫客小说绘
责任编辑	徐 慧
责任校对	邓新蓉
装帧设计	杨小娟 周 沫
责任印制	翟锡麟
印　刷	武汉鑫兢诚印刷有限公司
版　次	2022 年 8 月第 1 版
印　次	2022 年 8 月第 1 次印刷
开　本	787 mm×1092 mm　1/16
印　张	20
字　数	380 千字
书　号	ISBN 978-7-5145-1941-9
定　价	49.80 元